思與感

—徐訏文集—

散文卷

導言　徬徨覺醒：徐訏的文學道路

陳智德

「個人的苦悶不安，徬徨無依之感，正如在大海狂濤中的小舟。」[1]

——徐訏〈新個性主義文藝與大眾文藝〉

在二十世紀四、五十年代之交，度過戰亂，再處身國共內戰意識形態對立夾縫之間的作家，應自覺到一個時代的轉折在等候著，尤其在當時主流的左翼文壇以外，被視為「自由主義作家」或「小資產階級作家」的一群，包括沈從文、蕭乾、梁實秋、張愛玲、徐訏等等，一整代人在政治旋渦以至個人處境的去與留之間徘徊，最終作出各種自願或不由自主的抉擇。

1 徐訏〈新個性主義文藝與大眾文藝〉，收錄於《現代中國文學過眼錄》，台北：時報文化，一九九一。

一

一九四六年八月，徐訏結束接近兩年間《掃蕩報》駐美特派員的工作，從美國返回中國，直至一九五〇年中離開上海奔赴香港，在這接近四年的歲月中，他雖然沒有寫出像《鬼戀》和《風蕭蕭》這樣轟動一時的作品，卻是他整理和再版個人著作的豐收期，他首先把《風蕭蕭》交給由劉以鬯及其兄長新近創辦起來的懷正文化社出版，據劉以鬯回憶，該書出版後，「相當暢銷，不足一年，（從一九四六年十月一日到一九四七年九月一日），印了三版」[2]，其後再由懷正文化社或夜窗書屋初版或再版了《阿剌伯海的女神》（一九四六年初版）、《烟圈》（一九四六年初版）、《蛇衣集》（一九四八年初版）、《幻覺》（一九四八年初版）、《四十詩綜》（一九四八年初版）、《兄弟》（一九四七年再版）、《母親的肖像》（一九四七年再版）、《生與死》（一九四七年再版）、《春韮集》（一九四七年再版）、《一家》（一九四七年再版）、《海外的鱗爪》（一九四七年再版）、《舊神》（一九四七年再版）、《成人的童話》（一九四七年再版）、《西流集》（一九四七年再版）、潮來的時候（一九四八年再版）、《黃浦江頭的夜月》（一九四八年再版）、《吉布賽的誘惑》（一九四九再版）、《婚事》（一九四九年再版），[3]粗略統計從一九四六年至一九四九年這三年間，徐訏在上海出版和再版的著作達三十多種，成果

---

2 劉以鬯〈憶徐訏〉，收錄於《徐訏紀念文集》，香港：香港浸會學院中國語文學會，一九八一。

3 以上各書之初版及再版年份資料是據賈植芳、俞元桂主編《中國現代文學總書目》、北京圖書館編《民國時期總書目，一九一一－一九四九》。

可算豐盛。

《風蕭蕭》早於一九四三年在重慶《掃蕩報》連載時已深受讀者歡迎，一九四六年首次結集成單行本出版，沈寂的回憶提及當時讀者對這書的期待：「這部長篇在內地早已是暢銷一時的名著，可是淪陷區的讀者還是難得一見，也是早已企盼的文學作品」[4]，當劉以鬯及其兄長創辦懷正文化社，就以《風蕭蕭》為首部出版物，十分重視這書，該社創辦時發給同業的信上，即頗為詳細地介紹《風蕭蕭》，作為重點出版物。徐訏有一段時期寄住在懷正文化社的宿舍，與社內職員及其他作家過從甚密，直至一九四八年間，國共內戰愈轉劇烈，幣值急跌，金融陷於崩潰，不單懷正文化社結束業務，其他出版社也無法生存，徐訏這階段整理和再版個人著作的工作，無法避免遭遇現實上的挫折。

然而更內在的打擊是一九四八至四九年間，主流左翼文論對被視為「自由主義作家」或「小資產階級作家」的批判，一九四八年三月，郭沫若在香港出版的《大眾文藝叢刊》第一輯發表〈斥反動文藝〉，把他心目中的「反動作家」分為「紅黃藍白黑」五種逐一批判，點名批評了沈從文、蕭乾和朱光潛。該刊同期另有邵荃麟〈對於當前文藝運動的意見——檢討．批判．和今後的方向〉一文重申對知識份子更嚴厲的要求，包括「思想改造」。雖然徐訏不像沈從文般受到即時的打擊，但也逐漸意識到主流文壇已難以容納他，如沈寂所言：「自後，上海一些左傾的報紙開始對他批評。他無動於衷，直至解放，輿論對他公開指責。稱《風蕭蕭》歌頌特務。他也不辯論，知道自己不可能再在上海逗留，上海也不會再允許他曾從事一輩子的寫作，就捨別妻女，

[4] 沈寂〈百年人生風雨路——記徐訏〉，收錄於《徐訏先生誕辰100週年紀念文選》，上海：上海社會科學院出版社，二〇〇八。

離開上海到香港。」[5]一九四九年五月二十七日，解放軍攻克上海，中共成立新的上海市人民政府，徐訏仍留在上海，差不多一年後，終於不得不結束這階段的工作，在不自願的情況下離開，從此一去不返。

二

一九五〇年的五、六月間，徐訏離開上海來到香港。由於內地政局的變化，其時香港聚集了大批從內地到港的作家，他們最初都以香港為暫居地，但隨著兩岸局勢進一步變化，他們大部份最終定居香港。另一方面，美蘇兩大陣營冷戰局勢下的意識形態對壘，造就五十年代香港文化刊物興盛的局面，內地作家亦得以繼續在香港發表作品。徐訏的寫作以小說和新詩為主，來港後亦寫作了大量雜文和文藝評論，五十年代中期，他以「東方既白」為筆名，在香港《祖國月刊》及台灣《自由中國》等雜誌發表〈從毛澤東的沁園春說起〉、〈新個性主義文藝與大眾文藝〉、〈在陰黯矛盾中演變的大陸文藝〉等評論文章，部份收錄於《在文藝思想與文化政策中》、《回到個人主義與自由主義》及《現代中國文學過眼錄》等書中。

徐訏在這系列文章中，回顧也提出左翼文論的不足，特別對左翼文論的「黨性」提出質疑，也不同意左翼文論要求知識份子作思想改造。這系列文章在某程度上，可說回應了一九四八、四九年間中國大陸左翼文論的泛政治化觀點，更重要的，是徐訏在多篇文章中，以自由主義文藝的

[5] 沈寂〈百年人生風雨路——記徐訏〉，收錄於《徐訏先生誕辰100週年紀念文選》，上海：上海社會科學院出版社，二〇〇八。

觀念為基礎，提出「新個性主義文藝」作為他所期許的文學理念，他說：「新個性主義文藝必須在文藝絕對自由中提倡，要作家看重自己的工作，對自己的人格尊嚴有覺醒而不願為任何力量做奴隸的意識中生長。」[6]徐訏文藝生命的本質是小說家、詩人，理論鋪陳本不是他強項，然而經歷時代的洗禮，他也竭力整理各種思想，最終仍見頗為完整而具體地，提出獨立的文學理念，尤其把這系列文章放諸冷戰時期左右翼意識形態對立、作家的獨立尊嚴飽受侵蝕的時代，更見徐訏提出的「新個性主義文藝」所倡導的獨立、自主和覺醒的可貴，以及其得來不易。

《現代中國文學過眼錄》一書除了選錄五十年代中期發表的文藝評論，包括《在文藝思想與文化政策中》和《回到個人主義與自由主義》二書中的文章，也收錄一輯相信是他七十年代寫成的回顧五四運動以來新文學發展的文章，集中在思想方面提出討論，題為「現代中國文學的課題」，多篇文章的論述重心，正如王宏志所論，是「否定政治對文學的干預」[7]，而當中表面上是「非政治」的文學史論述，「實質上具備了非常重大的政治意義：它們否定了大陸的文學史論述」[8]，徐訏所針對的是五十年代至文革期間中國大陸所出版的文學史當中的泛政治論述，動輒以「反動」、「唯心」、「毒草」、「逆流」等字眼來形容不符合政治要求的作家；所以王宏志最後提出《現代中國文學過眼錄》一書的「非政治論述」，實際上「包括了多麼強烈的政治含義」。這政治含義，其實也就是徐訏對時代主潮的回應，以「新個性主義文藝」所倡導的獨立、

6 徐訏〈新個性主義文藝與大眾文藝〉，收錄於《現代中國文學過眼錄》，台北：時報文化，一九九一。
7 王宏志〈心造的幻影——談徐訏的《現代中國文學的課題》〉，收錄於《歷史的偶然：從香港看中國現代文學史》，香港：牛津大學出版社，一九九七。
8 同前註。

自主和覺醒，抗衡時代主潮對作家的矮化和宰制。

《現代中國文學過眼錄》一書顯出徐訏獨立的知識份子品格，然而正由於徐訏對政治和文藝的清醒，使他不願附和於任何潮流和風尚，難免於孤寂苦悶，亦使我們從另一角度了解徐訏文學作品中常常流露的落寞之情，並不僅是一種文人性質的愁思，而更由於他的清醒和拒絕附和。一九五七年，徐訏在香港《祖國月刊》發表〈自由主義與文藝的自由〉一文，除了文藝評論上的觀點，文中亦表達了一點個人感受：「個人的苦悶不安，徬徨無依之感，正如在大海狂濤中的小舟。」[9]放諸五十年代的文化環境而觀，這不單是一種「個人的苦悶」，更是五十年代一輩南來香港者的集體處境，一種時代的苦悶。

三

徐訏到香港後繼續創作，從五十至七十年代末，他在香港的《星島日報》、《星島週報》、《祖國月刊》、《今日世界》、《文藝新潮》、《熱風》、《筆端》、《七藝》、《新生晚報》、《明報月刊》等刊物發表大量作品，包括新詩、小說、散文隨筆和評論，並先後結集為單行本，著者如《江湖行》、《盲戀》、《時與光》、《悲慘的世紀》等。香港時期的徐訏也有多部小說改編為電影，包括《風蕭蕭》（屠光啟導演、編劇，香港：邵氏公司，一九五四）、《傳統》（唐煌導演、徐訏編劇，香港：亞洲影業有限公司，一九五五）、《痴心井》（唐煌導演、

---

[9] 徐訏〈自由主義與文藝的自由〉，收錄於《個人的覺醒與民主自由》，台北：傳記文學出版社，一九七九。

王植波編劇，香港：邵氏公司，一九五五）、《鬼戀》（屠光啟導演、編劇，香港：麗都影片公司，一九五六）、《盲戀》（易文導演、徐訏編劇，香港：新華影業公司，一九五六）、《後門》（李翰祥導演、王月汀編劇，香港：邵氏公司，一九六〇）、《江湖行》（張曾澤導演、倪匡編劇，香港：邵氏公司，一九七三）、《人約黃昏》（改編自《鬼戀》，陳逸飛導演、王仲儒編劇，香港：思遠影業公司，一九九六）等。

徐訏早期作品富浪漫傳奇色彩，善於刻劃人物心理，如〈鬼戀〉、〈吉布賽的誘惑〉、〈精神病患者的悲歌〉等，五十年代以後的香港時期作品，部份延續上海時期風格，如《江湖行》、《後門》、《盲戀》，貫徹他早年的風格，另一部份作品則表達歷經離散的南來者的鄉愁和文化差異，如小說《過客》、詩集《時間的去處》和《原野的呼聲》等。

從徐訏香港時期的作品不難讀出，徐訏的苦悶除了性格上的孤高，更在於內地文化特質的堅守，拒絕被「香港化」。在《鳥語》、《過客》和《癡心井》等小說的南來者角色眼中，香港不單是一塊異質的土地，也是一片理想的墓場、一切失意的觸媒。一九五〇年的《鳥語》以「失語」道出一個流落香港的上海文化人的「雙重失落」，而在《癡心井》的終末則提出香港作為上海的重像，形似卻已毫無意義。徐訏拒絕被「香港化」的心志更具體見於一九五八年的《過客》，自我關閉的王逸心以選擇性的「失語」保存他的上海性，一種不見容於當世的孤高，既使他與現實格格不入，卻是他保存自我不失的唯一途徑。[10]

徐訏寫於一九五三年的〈原野的理想〉一詩，寫青年時代對理想的追尋，以及五十年代從上

[10] 參陳智德《解體我城：香港文學1950-2005》，香港：花千樹出版有限公司，二〇〇九。

市上傳聞著漲落的黃金，
戲院裡都是低級的影片，
街頭擁擠著廉價的愛情。

此地已無原野的理想，
醉城裡我為何獨醒，
三更後萬家的燈火已滅，
何人在留意月兒的光明。

「原野的理想」代表過去在內地的文化價值，在作者如今流落的「污穢的鬧市」中完全落空，面對的不單是現實上的困局，更是觀念上的困局。這首詩不單純是一種個人抒情，更哀悼一代人的理想失落，筆調沉重。〈原野的理想〉一詩寫於一九五三年，其時徐訏從上海到香港三年，由於上海和香港的文化差距，使他無法適應，但正如同時代大量從內地到香港的人一樣，他從暫居而最終定居香港，終生未再踏足家鄉。

四

司馬長風在《中國新文學史》中指徐訏的詩「與新月派極為接近」，並以此而得到司馬長風的正面評價，[11]徐訏早年的詩歌，包括結集為《四十詩綜》的五部詩集，形式大多是四句一節，隔句押韻，一九五八年出版的《時間的去處》，收錄他移居香港後的詩作，形式上變化不大，仍然大多是四句一節，隔句押韻，大概延續新月派的格律化形式，使徐訏能與消逝的歲月多一分聯繫，該形式與他所懷念的故鄉，同樣作為記憶的一部份，而不忍割捨。

在形式以外，《時間的去處》更可觀的，是詩集中〈原野的理想〉、〈記憶裡的過去〉、〈時間的去處〉等詩流露對香港的厭倦、對理想的幻滅、對時局的憤怒，很能代表五十年代一輩南來者的心境，當中的關鍵在於徐訏寫出時空錯置的矛盾。對現實疏離，形同放棄，皆因被投放於錯誤的時空，卻造就出《時間的去處》這樣近乎形而上地談論著厭倦和幻滅的詩集。

六七十年代以後，徐訏的詩歌形式部份仍舊，卻有更多轉用自由詩的形式，不再四句一節，隔句押韻，這是否表示他從懷鄉的情結走出？相比他早年作品，徐訏六七十年代以後的詩作更精細地表現哲思，如《原野的理想》中的〈久坐〉、〈等待〉和〈觀望中的迷失〉、〈變幻中的蛻變〉等詩，嘗試思考超越的課題，亦由此引向詩歌本身所造就的超越。另一種哲思，則思考社會和時局的幻變，《原野的理想》中的〈小島〉、〈擁擠著的群像〉以及一九七九年以「任子楚」

---

11 司馬長風《中國新文學史（下卷）》，香港：昭明出版社，一九七八。

為筆名發表的〈無題的問句〉，時而抽離、時而質問，以至向自我的內在挖掘，尋求回應外在世界的方向，尋求時代的真象，因清醒而絕望，卻不放棄掙扎，最終引向的也是詩歌本身所造就的超越。

最後，我想再次引用徐訏在《現代中國文學過眼錄》中的一段：「新個性主義文藝必須在文藝絕對自由中提倡，要作家看重自己的工作，對自己的人格尊嚴有覺醒而不願為任何力量做奴隸的意識中生長。」[12]時代的轉折教徐訏身不由己地流離，歷經苦思、掙扎和持續的創作，最終以倡導獨立自主和覺醒的呼聲，回應也抗衡時代主潮對作家的矮化和宰制，可說從時代的轉折中尋回自主的位置，其所達致的超越，與〈變幻中的蛻變〉、〈小島〉、〈無題的問句〉等詩歌的高度同等。

＊陳智德：筆名陳滅，一九六九年香港出生，台灣東海大學中文系畢業，香港嶺南大學哲學碩士及博士，現任香港教育學院文學及文化學系助理教授，著有《解體我城：香港文學1950-2005》、《地文誌——追憶香港地方與文學》、《抗世詩話》以及詩集《市場，去死吧》、《低保真》等。

[12] 徐訏〈新個性主義文藝與大眾文藝〉，收錄於《現代中國文學過眼錄》，台北：時報文化，一九九一。

目次

思與感

窗下小語

蛇衣集

談詩

一

在猿猴進化到人類的過程上，重大的分野當是言語與歌的發生。言語與歌的起源，有許多人認為歌先於言語，也有許多人認為言語先於歌，這當然各有各的理由，但都有所偏的。

有人以為野蠻民族在唱的歌曲常常毫無意義，只為音調和諧而喜歡聽它。這的確有一部分真理在，但我們為什麼要唱毫無意義的歌?所謂音調和諧，究竟是根據什麼？這也是各有各的說法。不過，我以為應當根據他們的生活來解釋才是對的，我覺得集體勞作的當兒，就有群生活的韻律，反映這種韻律的就是那毫無意義的歌。

在工作的時候，為求動作的一律，或者是某種有秩序的參差，發這種有韻律的音調是必須的，而且我想也是一種必然的產物。在現在建築的工匠在打牆基的時候，他們五六個人拉著繩，由一個為首的發一個聲音，或者說一句順口的言語，其餘的都一齊發出某種聲調來，這就是在反映他們動作的韻律。有許多小鐵店打鐵的時候，大概許多讀者也都看到過，他們是三、四個人在打一塊燒紅的鐵，為首者一隻手握鉗子，夾著紅鐵，另一隻手握著小錘，其餘兩三位都兩手高舉著鐵錘，這錘是一個大於一個，順著次序下去，這時候你就可以聽到他們嘴裡哼著的歌調，這歌調固然是毫無意義，但是直接反映勞動的韻律是一件絕對不能否認的事實。

言語的發生，一半為生理上的進化，另一半是由集體勞動中動作與聲音交替反應而開展，固然在這裡我用了一個行為心理學上交替反應的字眼，但無論用什麼立場來說，言語究竟是有內容的東西，與沒有意義的歌當然是不同的。我這裡要這樣指出的緣故，是要說明言語發生是在動作的前後，或者是停頓的時候，更特別地要對比出，歌的發生是在動作進行的當兒，——像上面所說。

所以，言語與歌是無所謂先後的。反之，二者正是在生活中的兩種不同的情境的產物。

說到歌的起源，先想提一提藝術的起源，關於藝術的起源，一直是有兩派的主張，就是藝術起源於勞動與藝術起源於娛樂的二說。

如果你承認原始生活的艱難，人類的群生活是克服這種艱難而生，並不是有電扇，有汽爐，有紅木桌的環境，可以集合四個人去打牌的機會，那麼這個藝術起源於勞動的主張是沒有異議的事情。不過，有許多主張勞動說的人，以為與娛樂絕對沒有關係，這也不免有些機械，他並沒有想到原始時候的生活，更沒有在當時生活之中推想那藝術的活動與開展。

我們很知道，當時勞作的人們就是娛樂的人們，娛樂的人們就是勞作的人們；他們勞作時候勞作，娛樂時候娛樂，絕不是像現代這樣勞作的人們永遠在勞作，娛樂的人們永遠在娛樂的。——甚至他們的勞作與娛樂是完全沒有分開過。所以，當他們勞作完了以後，一群群地在荒野上散步，看日出，看雲起，到河流上去游泳；那工作的歌調就會在這時起了許多變化，尤其是常常會摻進了異性追逐的成分的。

因為這樣，這種在勞作時候發生的歌聲，到勞作停止後的休娛時期中，也會常在嘴裡哼著的，於是關於休閒時的心情，也會摻入進去了。

我們聽勞作時候的歌調，常常只管他們嘴裡發出的聲音，可是在事實上，那般正在勞作的人們，耳覺中是把從工作上發出的聲音（譬如說打鐵的聲音），與自己嘴裡的聲音完全打成一片的，他們絕對不會去分兩種聲音來源的不同。這是一個特別可注意的，而是大家忽略的一點。

心理學的進展，最近已經證明，人在任何種的動作之中，他的全身的器官，如呼吸，循環，排泄，分泌等等，都在起一種或多種變化。在鐵匠、挑夫哼著歌調的當兒，他們已經使嘴裡的歌調與他們的動作，完全成為一件合一的整個的分離不開的事情，與他們汗的排泄，血循環的加速完全一樣的連在一起，而且同動作的速度，環境的刺激（心理學上的用法），是有密切的關係存在。所以工作所發出的聲音，在他們耳覺中與他們嘴裡發出的音調的統一及其呼吸遲速之節奏與工作之節奏的統一，是一件極易貫通的事件。

這，在事實上也常常可以看到，我用一件最普通兒童的遊戲來說。這個遊戲，我聽到的名稱為「拍麥果」的，兩個兒童對坐著，自己拍了一下手，以右手拍對方左手，又拍一下手，再以左手拍對方右手來玩。開始的時候，為要時間的相同，先要三次拍摸對方的手，他們的歌謠是這樣：

一籮麥，（第一次摸手）二籮麥，（第二次摸手）三籮開稻麥！（三次摸手，於是拍手）

「劈啪，劈啪……」（拍的聲音）

我曾經問過二十八個兒童，問他們拍麥果的歌訣，除了兩個因為我當時技巧用得不好的緣故，沒有讓他自然地流露外，由他們嘴裡唱給我聽的都是這樣：

一籮麥，二籮麥，三籮開稻麥，劈啪，劈啪……

十分明顯，他們拍手時的聲音用到歌裡來了。這，還只是八個的答案，還有四個在說到第三句的時候，手就動作起來；另外十四個在說第四句時候更是說得好：「劈——啪，劈——啪……」在「劈」音與「啪」音之中，有一個小小的停歇，這個停歇，是非常值得我們注意，因為這正完全合遊戲中動的韻律，遊戲時是先拍一次自己的手再拍對方的手。在兩個聲音中，又正是一個小小的停歇。

這個實驗，二十八個兒童並不是連續著來問，都趁兒童高興時候，先用各種迎合他們興趣的方法，所以問他們的時候並不突兀；有幾個問了後還同他們玩了一兩次。每個兒童睽隔的時日很多，其中有男的也有女的，年齡也稍微有些不同；這在我報告實驗時應當附帶報告一點的。當然這些不能說是一個科學的很正確的實驗，但也可稍稍見到我們對於群工作或遊戲的聲音與工作時所發的聲音需要統一地來觀察了；同時，所謂歌與勞動韻律的關係也可以看到一點。

無義的歌，經過休息時候，或者娛樂時候的升華，又摻入工作的聲音，大自然的聲音，又摻入工作時候的情形（言語），變成了有義的詩。

他方面，無義的歌自身地發展成了音樂，這種音樂與言語化合就成了歌曲。歌曲的起初大概都關於白天勞動的情形敘述，與野獸爭鬥時害怕等情緒的描寫。它同詩一樣，由社會組織的變更而改換了它的內容的。

音樂的起源原在幫助歌唱，為什麼歌唱要幫助呢？這因為，如上述，勞作時候，嘴裡的歌調與勞作的聲音以及環境裡的聲音，如鳥叫、風鳴等是統一的，而到了不勞作的時候，就需要一種聲音來代替勞作的聲音，以及自然界各種聲音，來彌補你歌唱時候的缺憾。

根據我上面的實驗，就可以知道，缺少了拍手對象的兒童，他會從嘴裡發出拍手的聲音，以彌補歌唱的缺憾一樣；人們於是就敲起身旁的竹，踏著腳下的水，慢慢地尋各種各樣像工作時發出的聲音的東西，來彌補需要的聲音來，於是展開了獨立的音樂。

在言語方面，獨立發展了就成了散文。

二

上面的話，是說明各種東西本質上的構成，而現在我把詩特別提出來談談。上面已經講過：無義的歌，表示群生活，勞作進行時的韻律，而在勞作的停頓的時候，要在生活的韻律中勾出生活的事件，這就是詩。

詩是要在生活的韻律中勾出生活的事件，而散文只是直接地在敘述或說明生活的事件。

普通所謂散文詩，我認為它成立的根據，完全在以散文敘述生活的韻律。我用一個簡單的比喻來說，譬如詩是畫，散文是照相，現在我們用同樣的大照相，照一張同樣大的畫，（其實大小亦不是問題，而我要說同樣大，是表示弄得儘量相像的意思）則這張照相算畫呢，還算照相？於是簡單一點，就叫它「照相畫」吧。我想散文詩也就是這麼回事。

詩與散文的分別，簡單如上述。至於詩的變遷，不管內容與形式，我以為完全是依生活韻律的不同而變化，是必然的一種變化，並不是一兩個批評者所能提倡與壓抑的。所謂提倡，原是先感到新的生活韻律的作家之反映的呼號，他目的本身即是反映新生活韻律的人，絕不是站在超絕的地位的人。

我們還知道，歷史的變化，常常先有一個反常的現象，方才有一個新的創造。所以，新詩運動的起來，這種完全廢韻的新詩，原是必然的過程，而這種過程也正是反映當時這種盼著「新」喊著「新」的青年們生活的韻律。

所以，如果要闡明各時代詩的不同，我們要在各時代不同的社會生活來說明；如果要闡明各人的詩的不同，這需在各個人的時代，環境，地域，以及他生活態度來說明的。

譬如說，中文詩與西文詩的節奏上是不同的，前者偏重於韻，後者則偏重於聲。有人曾將這不同的原因歸於文字的，但我以為文字的不同固然是一個重要原因，但更重要的似乎還有社會生活的不同。

中國以前的詩人多半都是帶方頭巾的儒者，接近的，交談的也都是差來無幾的儒者。他們從小讀書，求功名，腦中沒有冒險的故事，靈魂裡沒有生命的波痕，沒有浪漫的流浪，只有勉強的作客，此外還有道德上禮教上的束縛。所以在詩的裡面，為生活韻律上的單調，高低輕重的節奏就完全沒有。反映這種單調的生活韻律，那就是講究韻的詩篇。

此外，中國的儒者，也缺乏宗教的情感，儒教原非宗教，它並無一貫的教義與信仰，所以許多曲折，起伏，空靈的幻想它也沒有。西洋詩，因為文字的關係，每個字都有輕重的音節，在聲的節奏上當然是見得最顯，但中文字儘管每個字是單音，而它的音也不見得完全不聯繫的，這我們在言語上可以看出來。

我們知道，原始的生產方式，全因為地域、環境、氣候的不同而不同的。因為社會生活的不同，生活韻律就不同，因為生活韻律不同，所以人的個性與詩的節奏也就有不同。

中國南北朝的詩，固然都沒有在重輕上注意，這原為經濟組織的關係，但如果仔細地考究起來，古代的民歌就有許多區別，即在韻的一端看來，也可以在那兒分出動與靜的不同；而宋詞、元曲裡，聲的輕重也已經慢慢有點看重了。法文詩音節之輕重，較英文詩為弱，這個重要的原因，也許還在英國是島國，而又是工業最早發達的國家，因而其生活的方式比較多流動性的。

論理，中國北部的游牧生活，與沿海的航漁生活還是有很多韻律的，可是與詩沒有關係，這因為詩人都是些文人，與這種生活完全是隔離著的緣故。偶爾有一兩個人寫一點田園詩，也只是表示自己的隱逸，讀者是只能讀到其超絕的詩趣，難獲得田園的情調，他們不能吸收田野間的生活韻律，他們的文字也沒有這種韻律的存在，他們沒有留心，而且沒有打算去提取田野間流行的歌曲與勞作的聲音到他們的詩中來。於是鬧來鬧去還是文人的掉文，陷於風花雪月，與實生活也就離遠了。在內容上既是這樣，在形式方面也陷入文人的修飾與雕琢，缺乏自然的重輕的聲律了。

相對地說，韻律的變化大半可由文人的已養成的情調及其才能去雕琢，聲律是要接受自然的社會的節奏的，這二者當然是不能死分，以作者的生活修養與個性，去接觸環境——自然的或者社會的，這是詩的產生。所以詩必須聲與韻並重的。

詩人同畫家一樣，同工人一樣，將自然的材料剪裁一下，使其更加有力更加美而已，所謂「文章本天成，妙手偶得之」，就是這個道理。

中國的新詩運動，如果說將白話去革命文言，是一種文字上的術語，則在詩的境域裡，更可以說是對於太重韻的一種反動，就是以重聲反對重韻。如果就是白話文之反對文言文，是反映中國悠久農業經濟的崩潰，則在詩史上說，這個重聲的運動也是含著這個意義。

這個運動的起來，第一步就是解除韻律的束縛，要求的是用白話來自由表現詩，用白話來表現詩，那時候雖說並沒有明白提出重聲的要求，但事實上的確已在要求而且已經表出聲的重輕的節奏了。第一因為言語根本就有重輕的節奏的，第二則是與節奏非常有關係的標點符號的應用。

這個重聲的要求不是偶然的事。宋詞、元曲就已有白話韻律的成分。因為詩歌本是反映生活的韻律，而舊詩的韻律既不能反映大家生活的韻律，於是需要解除了，可是解除以後還能算詩嗎？不是同散文一樣了嗎？這是那時反對新詩運動者的理由，其實這理由是有相當道理的。但是新詩終於生長著，這生長的根據就是著重於聲的節奏的。所以當徐志摩們介紹西洋詩的節奏來寫新詩時，是合一般人的胃口了，這因為那時人們的生活也已很受了西洋的影響了。

但是要抹殺中國歷史與地域，尤其是特殊的文字的影響，終是不可能的。這在這許多年來新詩作品裡可以看到，韻還是自然而然存在著。

聲與韻的節奏綜合著看來終是很自然的事情，什麼都有變動，對於這本無死板的要求，但是詩是需要節奏與韻律。舊詩之所以成為格調，起初也只是因為某種韻律表現某種情調非常親切，所以大家愛用它，變成死規總是後來的事情。

現在中國詩壇，詩體是非常繁多，有適當題材利用現成的調子當然也很好，但一定要死奉守一個技巧與調子，以為是唯一的，那無論你奉守的是什麼外國的派別，也終不是真正的詩篇。詩既是反映生活的韻律，則詩應當從其所表現的內容來求聲韻的節奏，而想創造新韻律的詩人，還應當直接到自然與社會中去尋。歌謠形式常常比詩豐富，其原因就是比文人們的詩，多在各方面接受生活的韻律吧。

論煙

一

煙是可愛的！

祀神的時候，爐煙裊裊，可愛；祭祖的時候，三支香，三縷煙，也可愛；盤香之煙可愛，絲香之煙也可愛；中國香之煙可愛，日本香之煙也可愛；蚊香之煙可愛，百花香之煙也可愛。工廠煙囪之煙，輪船火車之煙，無一不是可愛。

天下沒有第二樣東西有煙一樣的美，我敢乾脆地這樣說。它的多變化，多曲線，以及靜時的靜，動時的動，表示溫柔時候的溫柔，表示堅強時候的堅強，……沒有一樣東西可同它相比的。

天下沒有像煙般婀娜娉婷的美人，也沒有像煙般堅強有力的英雄；沒有像煙般奇曲多致的風景，也沒有像煙般險峻巍峨的山岳，更沒像煙一般的曲折的河流。一切畫家所要采求的，詩人要搜尋的，人人所要鑒賞的美，都可以在煙中去捉摸，想像。

最美麗的花朵，常常是最短促的生命，煙花之生命也可以證明其美麗之程度。美麗的花朵常有帶刺的莖幹，美人也常有難以接近的姿態，如果這樣說起來，煙之不容易親近，與煙之不容易占有，更是其美麗之證明。煙不像花刺般使你痛，不像美人般使你苦，它像太陽一樣，使你不能夠開眼，使你慚愧，使你流下淚來。

從歷史方面講，神權時代的文化就在宗教儀式上所用的煙氛。佛教，道教不用說，天主教做彌撒時，神父也拿著出煙的東西在唸經的；許多印度傳說裡的衛士，中國巫士之類是從不離開煙的。氏族社會的文化，乃在家庭爐竈的煙囪上面。在中國舊社會不開火煮飯是不能算自成一家的，大家庭的分家即是以煮飯的煙囪為標識。等到炊煙衰落到電竈，或者如上海般的，在一個六尺大的竈間，安放四家個別的小風爐時代，文化的象徵就在火車與工廠的煙囪上面了。這就是資本主義的社會。

煙是文化的標識，已如上述，所以凡發明煙頭的人，是最大的哲學家，思想家，科學家，這是毫無可疑的問題。恕我無知，連在佛教裡、彌撒裡發明用煙的人都不曉得，但是我曉得發明近代煙頭的人名，這就是一般人只知道其為發明蒸汽機者的瓦特（Watt）。此外社會習慣中，婚嫁死生的大事中用煙的發明，如燻死屍與嫁時的禮服的燻煙，與現在還流行的江南年底祭神時所用的香煙，以及老婆婆房中金剛經前面的，同閨房中床前茶几的爐煙，……凡發明這些的人，都是值得我們來讚揚。先以中國詠閨情的詩詞來說，一百首裡有一百首是直接或間接講到爐煙與爐香，這已經足證明發明者的偉大了；此外煙霧對於性欲、房事、愛情、及優生學影響的事實，是正需要科學家來研究的。

二

話雖這樣說，這班不同煙頭的發明者已夠值得我們敬佩，但這些到底與人都不是直接的。最直接影響於人類的煙，我要特別提出來的，就是吸「煙」了。吸的煙頭，有「旱煙」「潮煙」「紙煙」「雪茄」「板煙」等，這些，我都喜愛。我愛在冬天太陽裡聽江南父老們噴著旱煙講長毛的故事，我愛在田塍旁，在農夫們潮煙氣霧間聽田事的講究，至於房間中紙煙，雪茄，斗煙的煙氛裡，同師友們與愛人談些無系統的感想，當然是我喜愛的事，而在鴉片煙榻旁聽些或談些深奧的問題，也是我所喜愛的事情。

上面早談過煙的美，如果要把煙的美從外面的鑒賞，到內心的享受，吸煙是最最能收此效之事了。

煙以外的東西，有種種不便。賭博必需對手，喝酒、品茶則攜帶麻煩，且需要一定姿勢；唯有煙，多至十萬個人與少至一個人，都有意義；斗室裡，曠野中，都可以享受；坐也好，立也好，走也好，臥也好，真是無往而不便當，而意味之長，則更非他物所能代替。

假如把文明史與吸煙發明之日期相較，立刻可以看出人類文明的進步，在吸煙前何等遲緩，而在其後是何等的迅速呢。

假如自卑一點，或者可以說客觀一點來說，人類不過是一部像鋼琴一般的樂器，而煙草乃是音樂家，誰能夠證明，所有人類文化不是煙草在人的樂器裡奏出來的曲調？

用功一點的人可以去算計，科學家、哲學家、文學家、政治家、外交家等，凡是有才幹有能力的人，不吸煙者要是有千分之一，那才是咄咄怪事。女子在文化上少貢獻，我不相信會不是少吸煙之故，女詩人李清照如果肯多多吸煙，那她的詩詞必能更光耀萬丈，不會只取材於香爐之煙霧上面的。

時至今日，煙之好處，人人皆知，中外人士，無一不吸；所有牧師與道德會會員等的宣傳，為要宣傳吸煙之害的真理，預先多吸幾根雪茄是必然之事。我親記得，小學時給我出「說吸煙之害」作文題的先生，自己就是個必須吸煙的人。

煙之姿態最豐富，我在上面已講過。而煙之效用之豐富，也正如其姿態，工人、乞丐、商人、律師、文人、科學家、思想家、革命家與反革命家無一不以此助其頭腦之絕對不同的運用的。這還不夠，煙在一方面是助人以進取的精神，他方面則是給人以疲倦的安慰，它在一方面起科學的作用，在另一方面是收藝術的功效的。凡名利情場上的失意者，可藉此以為慰，而得意者也可以藉助其得意。

交際家常能以他的煙來聯絡人，外交家以煙來緩和自己的回答。這且不說，一個吸煙的人，常有一種魔力使對方在自己主意下屈服的。假如科學發達，煙能傳達自己感情與思想，則煙對於文化上的關係又是如何？

人類中有瞎眼者，他們以觸覺接觸文化，聾啞的人以姿態傳達意見，這些是不健全的。其實健全的人又何嘗健全呢？假如人可以用煙宣傳意見，則對於不能運用煙的人，就等於瞎眼與聾啞的不健全了。假如利用別人嗅覺可以宣傳思想，則煙之關係文化就更不能想像了。

記得有一篇筆記裡記載過一個奇客能吸許多許多煙，而吐成蜃樓一般的各種奇景。其實這是每個人都可能有的經驗，我個人就是能在夜的斗室裡，將煙吐成我遠地的故友與愛人，以及舊遊的景色的人。而且我相信，每個文人都只能將煙噴出自己的經驗，方才能夠下筆的。如果現在有一個禁止吸煙的命令，保管全國十分之九的刊物先要停版，所有的事業都要停頓。

三

吸煙是藝術的事情，但能享受這項藝術，必須講究吸的藝術。

有許多人，煙必到癮極時方才抽，抽必斷斷不斷，儘量吸入肺中，一直抽至沒有，這等於喝茶之「牛飲」，是最不藝術的事情。我常記得那位講長毛故事的父老，一次旱煙，常有十分之七是讓他自燒掉的，他抽到嘴裡不過是十分之三，而這十分之三裡，三分之二是吐在外面，只有三分之一是腹裡去的。這真是最藝術的吸法。所以以百筒煙一天來算，即使煙有害的，到肚也不過十次。

我們吸紙煙或雪茄，仿此法是最好。就算一支煙連拋掉之屁股，共白燒掉二分之一，則吸到嘴裡只是二分之一，此二分之一，吐出的是整支煙的十分之三，則吸進腹內只有十分之二了。

其次，吸煙不當專吸某一類的煙，應當在適當時候吸各類煙的才好；照普通生活來分配，早晨當吸水煙，出門當吸紙煙，中飯後當吸雪茄，晚飯後當吸旱煙，星期日當吸一次板煙，到田野去玩時該吸潮煙。這些好處，是只有親身經歷的人會知道的。

只有一個無用的人，才會被吸所累，上癮一類事情，那是一個懂得吸道的人所不取的。

所謂生活的藝術，乃是將自然收為人用，不是將人身為外物所奴役。我也愛女人們衣服的裝飾，但我討厭女人們為保住衣服的某種美麗，而失去舉動上的自由。所以這種要以人的自由來保住的某種美麗，我是主張取消的。吸煙也是一樣，我們是為特殊的安慰與情趣才去吸它，但如果一方面不能不吸，一方面卻是痛苦地熬著，這就失去吸煙的意義，而為煙所奴役了。有許多不能吸，或吸也無味的特殊的工作裡，有煙癮之人能常被一種紙煙所顛倒的，這就是不懂煙道的俗人！

「口口口」「……」論

人在情感十分緊張的時候，有常常滿腹是話，而一句都說不出來的；有同以前說過的話與發表過的主張相矛盾的話，想說而又不能說的；有一種思想或者感情，為找不出言語可以表示而說不出的；有一種話可以在床上同太太說而不能讓孩子聽見之故，因而不說的；有一種可以同知己朋友談而不能同家裡人談，因而不說下去的；有一種話是可以給少數人聽而不能給多數人聽之故，所以不說的；有一種話幻滅了自己的理想，或者徹底袒露出自己的恥辱，有意無意地不說出來的……凡此種種，在言語上面的表示是「無聲的言語」或者是「非言語的聲音」，而在文字上的表示就是「……」與「口口口」了！

甲同乙說丙不好，而丙忽然來了，他們就停了一停，接下去是：「今天天氣……」。這個停了一停就有「不便說」的話在裡面。

夫和妻在談昨夜的種種，孩子來了，他們立刻不談，於是說：「阿毛，外面去白相去。」這個「立刻不談」，也就有不便說的話在裡面。

有人發現了自己不是他的名義上爸爸生的，見了人就說：「他媽的，我……」。「我」字一說覺得不如不說，於是：「我會在路上丟了一塊錢！」這裡面那個「不如不說」的一轉念間，就有「不如不說」的話在裡面。

王老五被抓去了，你氣呼呼地去對別人報告，誰知王老五七十三歲的老娘在座，於是你就：「王老五，咳，咳，咳！」那位七十三歲慈心老婆婆就說：

「小阿四，怎麼，你傷風了？我不叫你一清早出去要多穿一件衣服麼？」其實小阿四的話就在「咳，咳，咳！」裡面了。

此外，戀愛的時候，有多少想說而不敢說的話？人生中有多少說了一半而又後悔的話？有多少先說了正面的預告而不得不報告一點反面的結果的話？總而言之，哪一個人都可能多多少少有主觀客觀的經驗的，無需我再這樣多多來舉例。

不過，人們常常不關心這些「突然中止」「停了一停」「咳，咳，咳！」「……」的內幕，最多也不過是懷疑一下。但究竟怎麼回事，當時是毫無法子知道的——除非你有勢力可以拷問那個人。不但是別人，就是自己，常常違反了自己靈性，為實際一點點尊嚴、虛榮或者是利益而隱瞞了欺騙了自己，一直到死都不覺悟的事，那也是非常非常之多，而且每一個人都不會絕對沒有的。不相信可以去體驗，就從今天起你立刻留心，會不會有一個時候，靈性一動，來了一個思想（心理學上就是叫未說出的言語），而因為同你的行為或者是習慣，或者是上午另一個為自私的實利而打算的思想，相矛盾牴觸的緣故，而打斷、遺忘、摒棄了？有的，而且是常常有的。

要是一個人，在這些性靈的言語升起來時，立刻把握，細嚼；不為過去的習慣所排擠，不為自私的意識所抹殺，不為可恥的自恕所掩埋，這個人就是非常之人，就是思想家，哲學家，革命家。

這裡非常容易的來舉幾個人出來。達爾文就是偉大的一個，他好好地不做上帝的兒子而要宣布做猿猴的後裔，你瞧，這夠多笨！但是到底是他克服了這點自尊心，真理在他手裡奠定下來，那班上帝的兒子也承認猿猴的兒子比他高明了。

在哥白尼以前，人還要自尊，他們都以為太陽星辰都是人類的用具，整天在侍候我們的，而我們自己是在一個穩定的地方每天受它們朝賀；然而事實是事實，人只是地球上的寄生物，而所在的地球是動的，而且是一個附從太陽的東西。

人要超自然，超動物，而事實怎麼樣呢？人在自然中地位是這樣細微，而人類是由猿猴進化的，於是有人只好偷了達爾文一點皮毛來說：「人是生成有聰敏，有不聰敏；有可以支配人的，有應當被支配的。」然而大思想家馬克思出來了，他捉握住靈性裡的真話，不被自尊心所排擠：他把有他這樣的聰敏的頭腦的人，同被那般只有一點小聰敏的人，看作下賤的愚笨的人一樣，所以他才奠定了他偉大的思想。

所以，他們的功績，沒有別的，只是在別人都要在那兒為自尊心「突然停下」，「咳，咳，咳！」或者是說出一句「今天天氣」般的岔話的真話說出來。換言之，就是為自尊心而逼出來的「……」（虛線）或者是「□□□」（空白）填填滿罷了。

這三個大科學家外，其他關於飲食住行，無論是物理、化學、政治、經濟、教育方面的貢獻，那更是將一些「排擠掉的」、「遺漏的」、「忽略掉的」以及「不敢」或「不願」的虛線與空白來填滿而已。

人類之比禽獸進步，是言語，言語之進步是文字；啞巴因為說不出言語用手勢來幫忙，其苦急之狀如何，我們一望就知。但是人類之中，言語表現之程度是參差的，識字之人可以用字幫言語所不及；但識字之程度也是參差的，程度低者其「……」（虛線）與「□□□」（空白）亦愈多。這是可以用「想起家中苦□□」的那個故事為證，毋庸我多多饒舌。

所以上面那般專填別人「不敢」與「不願」以及「遺漏的」、「排擠掉的」、「忽略掉的」、「消失掉的」的「……」「□□□」以外，還有一種說出別人心裡切想表示而無法說出的人，那就是些文學家、藝術家之類。他們是以不同的工具與方法來表示人人心裡都有的一點東西，也就是填一點別人想填而填不出的一點「……」「□□□」罷了。

其他至於考古家等等，只是用一點方法去尋些大自然或者別人早就填過的而又遺忘了或者遺失了的言語罷了。

所以，這是毋庸疑惑，無論何處無論何時，文化上的問題實際只在「……」或「□□□」上面，而事實上，每一次發生了「……」或「□□□」，必有許多人愚弄並且欺騙自己或別人而亂填，或填以「今天天氣……」，或填以「咳，咳，咳！」或填以「啊唷！啊唷！」（看過去兩手是按著頭或者是按著腎臟似的）或填以「儂，儂，儂，」的，經過了這個以後，方才有真話填出來，填出來以後，社會就分為信與不信兩派。確定了以後方才有點安穩，於是新的「……」「□□□」又來了。

所以一切是否健全與安定或病態與不安很可以用這些「……」「□□□」來量，這不但縱的史方面可用，橫的地域方面也可以用，不但大的方面可以用，小的方面也可以用，不但多的方面可以用，少的方面也可用。

那一處文化多「□□□」「……」，也就是這個文化不健全與薄弱。

有許多是自騙的日記常常多「……」的。

有許多無能表白自己話語，或者是自認，或者為習慣所認為不光明的情書等，也常常多「……」的。

世界或者社會多「□□□」時就等於情書中多「……」。
那一件國事多「□□□」也就是那一件國事不健全。
但是要知道「□□□」「……」之處，這就不是易事，因為「習慣」，「成見」，「愚魯」，「環境」，以及「咳，咳，咳！」「今天天氣」，「儂，儂，儂，」等等都會使我們弄昏了。
至於已經到了「□□□」「……」常常在報上的新聞中或要人通電中可以找到，那已經是誰都找得到的問題了。
但是找到沒有用，問題是填上去，填上去，填上去，第四個填上去。設想假如是學校考試，或者是文官考試，教授也出這種題目給我填呢？我要填什麼？沒有辦法我將填：「今天天氣大概落雨，也晴著。」我要填：「咳，咳，咳！」我要填：「阿毛！你外面去白相去。」我要填：「我的妹妹今天要養孩子了。」我要填：「……」

談科學

培根（Francis Bacon）所說的「用服從自然來征服自然」這句話，是被科學界一直用到現在的。

其實，近來科學的發達，所謂征服自然之處，怕是只能說作利用自然的。

人們是頂容易自傲，越庸俗的人們越是這樣；以為自己獲得的東西乃是自己的勝利，而終不反想到自己正是被所獲得的東西所獲得的。

一切事情是相對的。要以自己為主，強以一切的外物是死的，對於自己是絕對的，這是一個必須幻滅的夢境。

講到科學的發達，將空間縮小以外，就是將時間在歷史上變長，以前的人們活六、七十歲自始至終只是這樣物質環境，而現在可就不同了。所以若說近代人類短命的話，其實人生的經歷是較前代人為多的。這個，在歷史的編製法已經是這樣述說著，越到近代越是占著更多的篇幅。

這些是科學的神通，已經使我們沒有話說；科學萬能的呼聲，是人類絕對相信自己的能力，而且已經是好像所有自然都被人征服似的，人類可以向著上帝驕傲了。

人類可向著上帝驕傲，這已是舊事。現在的人類是向著萬物都可以驕傲了。人類可以驕傲的倒不是獲得了生存，而是支配了生存；倒不是光是生存了，而是生存以外還可以娛樂。在地球上生存，在石器時代中看來，實已不是易事，然而現在居然可以娛樂了。

光把人類史來翻，無論誰，都要為自己的後裔而樂觀著，世界是一天一天光明起來呢。

但是，稍稍看看人類以前的歷史吧，昆蟲類也曾做過世界的主人。地球是動的，太陽也是動的，哪一天太陽系稍有災難，哪一天地球稍有災難，人類的滅亡，同當時昆蟲的滅亡有什麼兩樣？

每一次地球的冰凍期，剩下的只是一個些微的種子，人類只是這點種子的變演品而已，而第五期冰凍期也不是一件不可以想像到的時期。而且，地球將復歸於太陽胸懷，科學已經這樣告訴了我們。

要把這些三、四位數字年代科學進步，來狂傲科學的萬能，這是一件可笑的事情。

近代的人們還要否認猿猴是人類的祖先，其實從生物的來源說起，人類只是水澤裡一些最下等的動植物的後裔——人類正應當反躬自思，好好努力；一點點能運用電力，能建築區區一百層的高樓，能駕一架飛機在空中飛飛……以為是了不得的事情，這是可恥的。

其實，科學的進步，是不是能算人類的進步呢？

衣服發生了以後，人類是把毛淘汰了。一個人可以伴著駱駝流浪一年來看，人在冬季披上了羊皮，而駱駝披著自己的毛；夏天裡駱駝脫了毛，而人還需要手挽著沉重的羊皮。在這一份事實講來，到底人類的衣服代替了毛是一種進步還是一種退步呢？

物質文明的各節，用這個眼光來看，實在是不得不叫自己心煩。

以前的人可以螢窗雪案來讀書的，現在呢，燈芯，菜油燈，煤油燈都過去了。都市的人離開了電燈，能在煤油燈下做點小事，已是非常勉強了，如再回到燈芯下來試，這怕要成為不可能的。在這個場合下，人類的眼睛在所謂科學的進步中，到底是進步還是退步？真牙。

指甲的退化不用說，連彈琵琶的小用處不是也要套上金套；牙齒在現在，假牙早已多過了

胃腸的疲弱是到了只能消化些純粹的維他命了。終有一天可以不吃飯，打一枚針就能供給一星期養料吧。

都市的富人再已不能走上百里的路途，小姐們的手臂只像是為衣袖而存在了，戲座上都是望遠鏡，以後金牙齒上怕要通了電才可以嚼物。

衣服的進步代替毛羽的退化，以一萬年來計算終夠了吧？用這個比例來想像上述生理的退化，則二、三萬年，十、廿萬年以後的人類會變成怎樣呢？——勢將退化為阿米巴了吧？

想像科學的萬能來代替這可驚的退化，還當想像當某種退化會支不住科學的器械變化的。不妨空想人類的腦波可以支配器械的一切，但一具器械如有意外的變動，人類立刻會失去一切的支持了吧？

或者還有別種的可能。根據變種的原理來談談，生物既然會因自然環境而變種，則人類為社會環境而變種也是可能的吧？於是手長一丈，腿短五寸的人會有，腿粗八尺，臂細五分的人也會有……至現在那般只注意屁股發達的女性們，會變成屁股占人身十分之六，也是件可能事情吧？

這，也是另一種退向許多不同樣的阿米巴的路線。

本來，所謂科學的進步，原只是指人說的；在自然界言，不過是換了個方式存在而已。人類將自然改一個方式來投身生存，使自己得到較好的生活，這是科學的進步。

但是自然科學的進步，是以一個最高的階段為標準，而社會科學是要談到人群的。當某一時

代自然科學進步超過社會的飽和時，新的社會科學要將這社會改為能跟從自然科學的要求的。唯物史觀所謂生產手段與生產關係的關聯，也就是在實踐上的一個理解。

將這個自然科學的進步，擴大那社會的飽和，就是社會科學的目標。所以，假如如上面所說，人類是因自然科學的進步而退步，叫社會科學也無能為力的，充其量，只能恢復這種退步普及與平均一點罷了。

相對的說，歷史是這樣的，由人與自然的爭鬥，變成人與人的爭鬥，人與人爭鬥告一個段落，又開始人與自然的爭鬥了。

人利用自然愈深愈快時，人與人爭鬥也愈烈；原始時代為搶奪一隻禽獸而紛爭，比近代為爭奪商場而起的戰爭，比求解放而起的階級戰爭，這個相差是多麼多呀。等到人與人爭鬥可以告終時，對自然的征取，怕也要因此而趨於比較遲緩了。

人類對於自然的征取遲緩起來，頭腦也再不運用，物質文明會開始使人類頭腦退步的。本來人類是以頭腦的發達來征取自然以助肉體的退化的，但到了那個頭腦退步的時期到了，人類將被所有自己創造的物質所困，而肉體的退步是顯然要更加明顯而尖銳了。

以這個根據來看科學，人類的前途似乎太可悲觀：那麼，所有一切文化的征取，似乎都是些可笑的輪迴了。

但是，要這樣消極與自卑來看人類，也正同把人類看成了不起的一樣，都是件可恥的事情。

地球第五次冰凍期也許到，地球或者必重返太陽懷裡，但是地球的歷史明載著，地球在以前是並非這樣美麗的。曾為地球的主人的爬蟲類雖然毀滅了，但我們爬蟲的後裔到底是比爬蟲更完美而存在著。人類或許逃不掉地球的浩劫，但以人類的文明，當能遺留更進步的種子，更靈活，更巧妙，更偉大地來支配空間與時間吧？

或者，科學的進步會將征服自然的豪語實現起來的。

但照現在來說，改變一點自然來謀較好的生存，尤其最終也只能說是能「利用自然」。這離征服自然是遠而又遠的事情呢。

從利用自然到征服自然，這段路長短是難測量的。但其間有個量變到質變的階段，這是信得過的事情。要越過這個階段，人們正需要沉著的努力。

其實，狹義地來用爭鬥兩個字，同征取是不同的。爭鬥是兩種相反力的比較，征取是一種力向靜方面的突進。所以，所謂同自然界爭鬥，還是廣義的應用。以為人類已經征服了自然，以為這征服是由爭鬥而來，這是狹窄的頭腦的想法。實際上，人類的爭鬥現在還未離動物，從蛇起到虎豹獅子……算已經征服許多，但從小動物戰起，到了大動物，現在又被各色各色的病菌在圍攻了。傾人力以戰細菌，是人類的大業，然而人力都忙於人的爭鬥，任別種小動物在吃人。

人性真是仍該為道學先生咒為獸性的，一萬年人類的歷史，到如今還是不能超離生物界的互相爭鬥的階段，所謂萬物之靈的人，一萬年的歷史仍未克服動物，這是光榮的事情嗎？

人可以對動物驕傲的，就是能利用自然，但是要對自然驕傲以為已經征服了自然，到底還不夠些的。

以服從自然來利用自然或者正是到征服自然的第一階段，自尊的人們以為這就是征服自然，這是太可笑了。

地球必有變的一天，它變的一天，也是它反叛人類的一天，真正同大自然短兵相接，怕是在那時候吧。

現在所有的文化或者是與自然相搏的一種準備，以為人類的一些利用自然認為已征服了它，則可已經驗一次水災，旱災或者是一次地震的場合去。曾傲視一切的頑強的日本，已在地震上得了個教訓的，萬噸的軍艦，千噸的飛艇，都不過是逃避的工具罷了。

然而地震不算什麼的。地球還有更大的變化。謙虛一點吧，人類！文化在這裡真是微而又微，然而這點微而又微的文化，人類的社會已經是容不下了。飛機播種的事情容不下，一種難破的鞋料發明了也容不下來用，牛奶的生產要倒掉，米麥的過剩要燒去；人類真是夠可憐，這樣慢的進化，還有人群要挽留它，妨礙它，這是多麼可恥而可恥的事情；那想同偉大自然來搏擊又怎麼能談得到呢。

以現在的成績而誇言科學萬能，這是坐井觀天學究式的自大。受不起地球開開火山之口一聲冷笑，就自以為可以高枕無憂地賴這點微薄科學以長生，那麼，重退化為阿米巴，絕不是一件可笑的幻想。現在看馬路上細臂細腿細頸……而有肥大屁股的女子們，我似乎更相信，我們這群懶惰而自大的人類，已是開始向阿米巴退化了。

談金錢

自從歷史上有了貨幣以來，無論多麼不愛錢的人，甚至是連叫都不願叫它，故意叱它為阿堵物者，也不能離它而生存。

要離開金錢而生存也不難，只要你有好的父母或者太太，他們會把金錢用得不給你看見，而給你有一個現成茶飯現成衣。這種事情是曾經有過的，但我們終覺得這是一種自欺欺人的事情，毫沒有理由可以說他是離金錢而獨立的。

金錢效用的範圍，在最初不過是在交換貨物時當作一種媒介品，慢慢可以把它積蓄了，於是有買田地買奴隸的用處起來，而到現在，隨著文化的進步，科學的發達，它的效用的範圍一天天擴大了。

金錢的效用擴大到現在，已使什麼都沒有稀奇；你的健康，你的博學，你的名譽，你的被人崇視，似乎是無論什麼人只要一有錢就可以辦到的。

法律是神聖的，但一遇到金錢，法律就化為烏有；愛情是神聖的，但一遇到金錢，愛情就化為烏有；天下有近真的真理，有近善的道德，有近美的時髦，但現在都隸屬於金錢之下，因金錢之有而有，因金錢之無而無了。

以前是的，大家都覺得金錢之外，還有些別的東西來區別身分的貴賤，現在這種騙人的哲學已經崩潰，誰也不相信那一套了。「你有什麼稀奇，還不是有幾個臭錢。」

可是金錢就可以化為各種各樣的美到一個女子身上與臉上，也可以化為各種各樣的身分到一個男子身上的，也可以化作各種各樣的道德到一個人身上。什麼慈善、慷慨、愛國、熱心教育、……好名詞，不都是一些金錢的聲音？

金錢可以購買舒服，購買光線，購買溫度，購買地理上的便利，天時上的優越，以及購買時間上的永生。它可以使一個人成為萬能的博士，在歷史上享受無數子孫的崇拜；它可以培養一株樹成奇木，培養一隻狗成警犬；它也可以培養一個人成科學家、考古家、……隨你的便，或者是詩人。用它，一個低能的人可以占據別人的一切，別人的田園，別人的房產，別人的妻子甚至是別人的科學發明，文藝的作品。

可是，就因為這樣，人類的文化就限制在它的檻前了。千餘年來它壓抑著人類的咽喉走它所布置的道路：一日深一日地，強姦了人類的意志，束縛了人類的理智，抹殺人類的感情。為它，我們同胞們互相殘殺，父子間互相衝突，兄弟姊妹們互相謀害，人與人間張大了嫉妒的凶眼，緊張了神經與血管每日仇視；為它，我們會發瘋般的拿著刀拿著槍，殺我們所不願殺的人，我們會怒著筋鼓著舌罵我們所不願罵的人；為它，我們為掉著筆，奏著琴，捧著畫具或者器械寫不願讀的詩文，譜不願聽的曲調，構不願看的圖案，以及策劃不願有的建築。

舉目看最近的世界，沒有錢的不用說，他們已經被它壓得氣都透不過來了。他們生活著，勞作著，他們甚至願意把生命去換金錢，因為他們已經明白所以他們之被人輕視，被人訕笑以及種種實際的壓迫，唯一的原因就是他沒有金錢；至於有錢的人，他們正運用所有金錢去求更多的金錢，世界是無窮的，物質是無窮的，所以他們要求無窮的金錢，以享受無窮的物質。這樣，大家都為金錢疲倦了。大家奔波，勞苦，投機，鑽營。他們什麼都不要，他們什麼都肯犧牲，健康與美麗，道德與人格，名譽與天才以及一去不返的青春！大家焦頭爛額，長吁短嘆，神經衰弱，行動癡狂。於是路人相見是仇，咧嘴相向，熟識之客，則亦笑裡帶刀，毒去毒來。世界到如今，全人類都在金錢之下喘氣了。

許多專門的學者與文藝家們，都提出過超金錢的東西。我們聽見過醫學家的普遍效用的藥與器械發明，可是只在有錢人身上見過效；我們也聽見法治，但一到實際，又被金錢賣掉。我們還聽見自由、平等與公理的名詞，但是都做了金錢的妾媵！

固然也可以這樣說，那些反襯金錢偉大的，也正面指出了人性之消沉。金錢從狹小的範圍，因文化的進步，科學的發達，它已是水銀落地般無孔不入了，可是它所侵略的範圍愈廣，人類的意志、理智與情感也磨滅得愈深，於是人性離它也遠了。

這人性就是金錢力量以外的東西，在現在這樣的社會中，少男少女熱戀於憑空的愛，青年們不顧利害，實踐自己所信仰的道德不是不少麼？而那些久經世故的男女，他們都要在金錢上盤算的時候，熱情早已在他們心中消沉，他們再享受不到這戀愛一剎那的美與光明以及幸福了。

世間還有許多極其純潔的友誼，但當某個人有了金錢時候，這個友誼是再也無法維持下去，而新起的別處友誼，已經不是友誼，而是你金錢買來的東西了。金錢可以買千萬人為你去死，但沒有一個是真為你死的。我們都看見過甚至是經歷過，兩個貧窮的朋友是怎麼樣的坦白真實，怎麼樣的毫不虛偽地掬出自己心底最祕密的事情來相處，可是當其中一個人一有了金錢，固然他常常會用金錢以買朋友的歡心，但是他再不會告他朋友一絲一毫的祕密，而那位朋友的心也早已離他很遠了。

但是金錢的力量早足以打破這些空靈的概念的。以金錢買他人之祕密，以及為金錢賣友，這不是耶穌時代就有的事情嗎？其實，所有的愛情或者是義氣，原也是從金錢而實現的。如水滸傳的英雄，要用一種最便當的方法來取金錢，金錢從便當上面取來，自然也就可以輕視了。可是這大半還是文學家的空想，或者是以前的社會還允許存在一點仗義疏財的條件吧？這不但在中國是這樣，外國以前也有許多情死一類的事情的，不過現在也已減少，而處理這種戀愛至上的方法，作家與電影編劇者也只得以富有為大前提了——或者是出身是富貴，或者是中途發了跡，或者是接吻時得到了遺產或橫財。

不但這樣，一個家庭愈窮，他們的孩子自然要早去負擔一家的生計；一個國家愈窮，國內的青年也自然要早負起生計的責任。於是兒童身上的天生的聰慧與獨立的空想，自然也要被金錢的欲念打消了。無論家庭或者是國家，孩子們即使不需要早負起生計的責任，而他們的心靈也早接觸了金錢的需要。於是少年老成，十來歲的兒童要在社會上拍馬與吹牛，十來歲的女孩要抹粉塗脂來引萬人的注目。像中國這樣貧窮的國家，兒童們這種現象自然更明顯了。於是兒童們在金錢下早熟，民族就在金錢下衰老，大家汗流浹背，血肉模糊地在過日子。這，你只要一到交易所市場裡，就可以看到這整個社會的縮影的。這世界，還有誰不在金錢的重壓中喘氣？多數的人已經是被壓得不像人了。

「有錢可使鬼推磨」，這句話現在似乎應當反轉來，說是有一個大鬼在運用錢，使我們全世界的人類都在他手下聽他指使似的了。有一天，人類能對金錢反轉身來，使役人的金錢乖乖地被役於人，則世界怕是有希望了吧。

談鬼神

達爾文的進化論，是宗教的一個大敵，很晚很晚在西洋還在禁止之列；但是最近我會到一個研究生物學的教徒，我當時立刻就感到生物學家與教徒是兩個不相調和的名稱，等相談之下，他倒是完全承認達爾文學說的人，但是末了他說，生物的原始到底是上帝創造的，而進化的力量也是上帝賦予的。

這種解釋雖有上帝，但與人的關係是已經拉得很遠了。人在聖經上的地位是上帝親手做成的驕子，而今是只做了離上帝的手最遠的後裔。這因為，科學在這位教徒的頭腦裡是發達了，但是上帝離開他也就較遠。

科學愈發達，宗教離人愈遠。

其實人類本是一種哲學動物，他需要自己有一個著落，想像一個上帝來依靠，原是他的初步的歸宿。等到真的比上帝可靠的事實有了，他自然會把上帝放到安穩的地方的。但是可怕的是在這裡，當新的事實未確定時，上帝的信徒們是不肯退步的。文化上面的慘劇發生在這個事實上是很多很多。

在通常常識上我們也可以看到，一個知道醫理的人不會去問神；一個軍事家之行軍，自己絕對有把握時，絕不必問卜祈神的；一個政治家相信自己的腕力時，也決不會去求於鬼神；一個人相信自己有做人之力時，不會相信鬼神。人之相信鬼神宗教，就因為自己無法信得過人類或自身有理解、解釋、控制自然的能力，尤其是對於自身的死亡。

孔子在數千年前就說過：「敬鬼神而遠之。」這句話意思該是這樣：「鬼神也許是有的，但即使有，則敬它就是，用不著拉它同人生太相接近。」孔子真是一個最相信自己的人。他所以能這樣相信自己，就因為他的「不知生，焉知死？」之原旨，他對於死，完全可置之不理，這是古代大人物中很少有的。

鬼神，本不能說是宗教，但二者的關係是很密切的。宗教如果離開了鬼神，就空；鬼神如果離開宗教，也就沒有著落。

天文學棄宗教，物理學棄宗教，生物學也棄宗教，心理學也已經棄了宗教。於是一代大哲學家康德的道德論中所容納的神，現在也沒有去所。那麼宗教的內容現在是完全同鬼神說一樣——尤其在中國。

其實，中國本是沒有宗教的民族，系統的教理與鄭重的宗教儀式，都不是中國的，所謂天子的祭天地五嶽，不過是一種維持君權的手段，而庶民的祭祖，更是一種紀念祖先，會敘同族的舉動。外國的宗教一到中國，教理普及於庶民的，其實只是禍福與鬼神而已。

佛教到現在流於民間的是完全為求今世與下世祖先的鬼魂之幸福。天主教耶穌教在中國也只是求親友及自己死後受最後之審判而進天堂。至於超度鬼魂與降福人間，也只是為自己打算而已。

因科學的發達，在西洋，除了是另有作用以外，真相信國教的人都一年年少了，相信新起的教更是不用說。獨獨在中國，無論哪一種宗教的信徒是一天天增加，佛教、天主教、耶穌教以外，同善社、濟公會之類還是層出不窮，現在是班禪所帶來的密宗，也正在風行。其實，人民所信仰的只是自己的利益。大家為利益信神，有鬼有神更好，沒有則所耗之資本也並不多。但這許多宗教，哪一個神是真的呢？大家不知所從，那還是多方面拉一點關係吧，像政客拉軍閥一樣。所謂五教同源說，原是迎合這般人的心理的。

我不信教，也不信鬼神，但是我是希望有鬼神的。其實誰不希望有鬼神呢？一死以後，一切皆空，則豈非太煞風景。

但是，要想用碟子在字紙上動動，瞎子在香灶邊哼哼，破屋裡藏一個女子哭哭，來同近代科學所尋出的解釋與證據來為難，這已經是不可能的了，那麼，且看看別處是否還有一點空隙。

看幾何學上的假定：「點」是無長、無寬、無高的；「線」是有長；「面」是有長有寬了；到「體」才是有長、有寬、有高。

人呢，是屬於「體」的動物。因為人是能夠理解並且運用長、寬以及高三度的。

那麼是不是有屬於點的，屬於線的，屬於面的動物呢？關於這，動物學沒有告訴我們過，科學也無確定的證明。這裡，我們暫且用點哲學的思想來作點科學的假定。

面的動物應當是不知道高度的，當牠遇到高的時候，也當牠是另一個面。這種動物我想還容易來想像，用常識方面來觀察，蠶蛾之類或者可算屬於這類。

線的動物就難想像了，但是我想，專心去觀察微生蟲或者遠可尋到，不知道草履蟲以及其他病菌是不是可以算？牠們左右的走著，或者只是一種線的行動了。

但是一想到「點」，這個問題，至少對於我是苦了，動物要是離線的行動都不能有，那怎麼還算動物呢？

但植物到動物，原也只是從量變為質變的階段。那麼，我就在植物上想到，或者，植物是屬於點的動物吧。

假如上面所說的可以暫用，那麼，將植物的地位改變，在植物本身是莫名其妙的：它無論占多少空間，但不會知道什麼是空間，也無法來變換以及支配空間，它只能在所在點生長與死亡而已。

同樣將草履蟲在牠行動時轉一個方向，牠一定也是莫名其妙的。最多牠會有一點點奇怪，或者牠會覺都不覺得地照舊的活下去。

講到蠶蛾，在我們，就清楚了許多。我們將蠶蛾從一個面搬到一個面，牠會同草履蟲轉方向一樣，一定也莫名其妙的。

那麼，所謂高等動物，他們是可以在體（三度幾何）裡活動了。其中當以人為最高。

問題起來的是：是不是有三度以上的動物呢？幾何學只談到立體，許多數學家在不耐煩，他們要研究四度與五度……的特質，然而終究還沒有達到。

像Minkowsky（一八六四－一九〇九），就用他數學的獨創力將時間的定變數乘光的速度在三度空間以外規定時間為「世界」的第四度，於是將時空合起來，成一個雙曲線的四度空間。但無論照他說就可以在YXZT四坐標線上決定一個世界點，但人類到底並不能在四度空間裡作些什麼吧？人類要像支配空間般的來支配時間，這只有如*The Time Machine*所描寫的來想像了。但這種想像是根據人類無力超越時間的事實。

但用時間來假定四度，應當是由量改變了質的階段，人在時間中存在，正如植物在空間中存在一樣。

在這裡，所為四度的境界裡，我想也許可有鬼神存在吧？

假如真有鬼神在四度幾何裡存在，那它同人的關係，一定也與人同植物的關係相仿；但是人可以在空間中將植物任意搬動，而鬼神對於人，雖然也有人有返老還童一類的，將人在時間中搬動的空想，而究竟並未見諸事實。

當初還有人以為人之生死是由鬼神在作祟，但現在醫學是告訴了我們，所有的病，不但不是人以上的鬼神在操縱，反倒是人以下的微菌在搗亂而已。

即使我們說鬼神在時間中搬動人類，是人類不覺得的事實，即使我們承認鬼神是有的，說就是存在於四度幾何之中，那麼鬼神對於人的禍福之關係，正如人與植物之關係一樣，人死自然難成鬼，人類之善惡也就非它所能知道，人們的祈禱也就非它所能聽見的了，那麼，正風行著的所為超度鬼魂祈求降福之說，更是笑話之至的事情。而對待這一類的鬼神，還是用孔子所謂「敬而遠之」為是。人類自己該努力的地方很多，有餘力去管它麼？

但是我還想，或者鬼神是植物以下的一種生物。把植物當做零度幾何裡的動物，鬼神應當是負度（-1，-2，……）幾何裡的動物了，負度幾何，終該是空間以外的境界，或者就是所謂陰間？再或者這種境界是可以多種的在空氣裡在水裡在泥土裡存在，而人是不能看見它的。這樣，那它之對於人的生死老苦有一點關係，也正如病菌之為害於人一樣，那麼，在人類尚未克服一度二度空間裡存在的種種現在正在害人的病菌以前，對於負度裡的鬼神克服還談不到，即使談到了，那麼對它們築壇祈求，禮拜降福，這是捉一隻螞蟻置之於黃緞座上，供之以童男貞女為進步了。

鬼神，無論說它是在人上或者人下，要想像同人去發生一點切近的關係，那是一件逃不出近代科學的駁斥範圍的，但是要把鬼神的存在，像上面這樣來肯定，那還有什麼意義？而一般信鬼之流，也可以信孔子所謂「敬鬼神而遠之」了。

上面談到人在不相信自己的力量時候，要求有鬼神，中國現在的鬼神要求之熱鬧，實乃社會與個人無可奈何的反應。

打倒迷信之說，排滿的時候已經有過的，那是人心都向著人間的光明，誰都不想再信無憑無據的神了；五四時候是更加徹底來排除迷信過，那時全國青年的步伐是整齊得一致朝著「新青年」走，整個的社會朝著「新潮」走，大家的力量有了用處，感到人的可靠，菩薩是只留給僻鄉冷村的幾個老婆婆去禮拜了；再次是北伐軍節節勝利時，各地毀廟宇，倒偶像，迷信大有根本鏟除之勢，這是人心感到人力之可靠了，以為天堂就賴於人間的努力的。

感到社會之到了絕境，儘量享受一時之快樂，極力探求鬼神之顯靈。冤屈的求報應，慘斃的求超度，活人們要降福，這些都是社會問題的虛懸，人民的力量無發揮的地方，把一切依靠於渺茫的神鬼去了。這是目前的中國。

但是這方面終究是絕路，即使要將鬼神之說來肯定，也總與人間世有可驚的距離，當人與人的爭鬥尚未決定時，當人尚未將病菌克服時，鬼神，總還不是人應該顧到的問題，人類的使命，是必須從最切身的問題解決起的。

一九三四，六，十八。

談服裝

服裝的起源，據正統傳說，是以樹葉編裙，圍於腰際，如所謂草裙舞之草裙然，似乎那腰以下是最當保護的部分；但如因此就說服裝起源歸於羞恥，我是有點不十分相信的。

服裝到底是由保護身體而起，如果把樹葉編裙解為保護性器官之隨時在田野間受人侵犯，則我倒有點相信。但是這似乎是由女子先實行的事情。

以服裝來保護性的尊嚴，到底還是野蠻時代的蠢舉。一個人的性愛的自由之被侵犯，在現在決不能以一層衣服為障礙，經濟力是使你不願意也要自動地來脫衣服的。

服裝是有禦寒的作用，這自然是不能否認，但是這是屬於對自然的抵抗。要是說到像許多禮儀上的規定，流入於道德意義上去的，這是無疑的，是由性愛自由的尊敬而來。像近代對於男人禮服之顏色與式樣規定，在社交上應用的，或者正是男子對過去的無禮之一種補贖，一種矯枉過正的懺悔。

其實，服裝的大小，既是因人之肥瘦而定，則其厚薄也應適應個人之需要；再進而言之，所謂顏色，式樣，則更應隨個人之喜歡去定才對。

記得中學時代穿制服，許多人因為以前習慣怕冷，呢制服裡套著絲綿襖，像大腸塞肉，看來煞是難看；聽說舊官僚中，大禮服裡套絲綿襖也有，則也未免是並不雅觀的。

所以，衣服之求統一，似乎還當求生活之統一；不顧生活根本之統一，而求衣服之齊一，這是不對的。

動物無衣，一生下來就有了毛羽，於是長成難看的，就一點也沒有辦法，其可憐同現在人類之骨骼與面貌一樣，但人類到底是人類，製造出許多粉脂以掩醜，最近且有科學美容出來了。而女服之變化繁多，自由自在，比毛羽自然要進步。科學的定論，說每種動物之美，完全是為性追求之用，自然界一切都已這樣的鑄定了，到高等動物，已會自動用舌頭去舔天然的毛羽，而人，自然是應當能自由支配，打扮得美麗嬌艷，讓別人見了來愛的。

講到個人生存與種族生存，這是相對的；一個人的食色，說食是為個人生存，則食中也同時保持種族生存的機能，說色是為種族生存，則在生理上講來，也是一個個人生存的行為。衣服與毛羽也是一樣，在維護溫度方面是根據個人生存而存在，而在美麗方面，則又是根據種族生存而存在的。

以一個人生理的演化來說，青年人因為個人生存能力正旺，可以犧牲一點去求種族生存的；戀愛之肯挨餓吃苦之根據就在此。等到年老了，個人生存都需擔心，已無能力去謀種族生存，這是生理上自然的變化。所以老年人為子女擇親多從其個人生存之富裕與舒適方面著想的。衣服也是一樣，冬天裡青年們男的革履洋裝，女的短衣絲襪，都是犧牲個人生存去求種族生存的一種極自然的分配，而在老年人看來就連嘆：「何苦，何苦！」這也是難怪他們的。

服裝之應用，在青年人既是說較重於性的作用，並且，人類既是勝於動物，則儘量隨意打扮，終是合理的；在老年人，既是以溫暖舒適為主，則極力求其舒適，也是十分合理。

為美，服裝到底是肉體的副品，暴露肉體上之美而掩其醜，這是必然的舉動；愚笨的人們也並不是不打算這樣做，不過有時弄得不得法是事實。

歷史上去考服裝的變演，其實都不外揚美而掩醜，不過是陷於當時的觀點與環境，或者混雜一點道德的習慣罷了。

即以纏腳來說，據我想來，完全是適合宮殿環境的。長袍掃地，婀娜地冉冉而來，其美何如？而且宮女從民間選來，難免面貌艷麗，而行動粗率的，纏腳之法，是能將彼矯正無疑也。

現在衣裝之奇異，其實同以前一樣，不過是因為環境與別方面的變動罷了。以前長袖寬衣，如梅蘭芳之演出者，飄來飄去，袖子一擺，兩個雪白的指頭向你一招，恐怕比現在還撩人心肺的。現在因為經濟組織不同，社會不同，女子們不能再在後花園裡與蝴蝶同飛，馬路又是這樣擠，不能飄來飄去，自然只好扭來扭去；扭來扭去之法，必須將衣服襯身，以露曲線，也正是必然之道。比以前「奇異」之說，或者是將現在在馬路扭來扭去之少女，與竈間裡烤火之老婆婆相比吧？其實，老婆婆在六十幾年前，也正在飄來飄去，撩人心肺者也。

其實，用赤露一些小腿與手臂以為性的吸引，倒是最正當的；在農村，這是頂普通的頂自然的應用，一個捲起衣袖在河邊洗東西，或者裸著腿洗腳的姑娘，常會引出隔岸車水的農夫的情歌的。船戶裡姑娘，打溼了衣裳在工作，就有一種美而不蕩，極其自然的吸人力。現在都市裡露臂的不穿襪子的與穿薄紗的女子，正是對於這種自然裡勞作的女子的模仿，假如說這種模仿是可恥的，那倒不是赤裸的可恥，而是不勞動的可恥；而這不勞動的可恥，乃是整個的社會問題，這裡自然不談。

把裝束的另一方面看作性的作用，各人將美的部分擴大，醜的部分掩去，這樣當然是正當的行徑，但是在一個團體裡，譬如學校是否要任其各各去拚命打扮，這是教育上的問題，這裡並不想多說，但一定要限制服裝的式樣，似乎也可不必。教育家能使學生們對學問發生興趣，學生們自然對別方面會稍忽略；反之，如只求其服裝外表的一律，精神上各各分歧著，則異服與奇裝是仍會發生的。我常見某中學女生，在愛國布校服的翻領中束條彩色的領帶，也常見某校女生把黑綢裙改得特別短，露出鮮艷的襪帶。此外，在手絹上，在涼傘上，在她們頭髮與臉都發泄她們裝飾欲望，在在皆是。蓋少男少女，求異性注目，乃自然的事情。

一個學校當因其精神上的參差，而求外表的一律以掩醜的。中國的許多事情似乎也都走這條道路，或者以為這是一條捷徑吧？

其實，能以美博異性之注目，青年人耐得住一點過分的熱與寒冷，倒還是健全的事情；事實是這樣，都市的公子小姐們早已無美可以博人愛，大部是只能博得異性之可憐了。知道紅胭脂冒充不了自然的血液以誘人，以黃粉來表示可憐來吸人的現在：腿與臂怕也將無法可露，只能用紅綠綢緞裹著與異性來互相依偎了。

話說起來又該怪現代社會的罪惡。不但青年人已到了不能使自己美的地步，老年人也不願使自己舒服。

四、五十歲的老婆婆，極力用粉脂搽面，衣服冬薄夏厚硬逼著來受熱受冷，老頭兒傴僂著背還披著曲線的洋裝。種種虛禮偽儀上所定的禮服與虛榮，叫人吃苦。你瞧這是多麼寃枉？

本來，一個地域一個時代只有一種裝束，真是夠愚笨的事情。現在，好容易有了西裝，中裝，和裝等的調劑，正該互相融合，務求其宜而穿之才好，現在偏偏用些禮貌、時髦，像煞有介事專門的式樣，來叫個個犧牲個性來附和，以地位環境來限制，本來很美的人兒弄得不三不四，本來很瀟灑的人弄得死枯，本來很自由的人弄得拘束，本來很可親的人弄成可憎。這好像一定要百尺大松也同開玫瑰花，要嬌艷桃花上也結大西瓜一樣的牽強。

而且，一個人在服裝上自由顯揚自己美點，則每個人都會在服裝露出個性的。現在則早無個性之可言！一妓首倡，萬女仿效；一花入時，大家都做；無論老幼，八十歲與八歲；無論肥瘦長短，花色千篇一律，式樣完全相同，都無脫光了照照鏡子自己估量自己的精神，只信裁縫所傳，以時行為美麗。蓋服裝到如今，都市中，青年早已離開美，老年人早已離舒適的立場，只表示金錢之多寡與倡隨之快慢罷了。

要知道服裝合宜的自然的運用，那或者在鄉村裡吧？但是，在中國，大部分鄉村是被封建的習俗所拘束著；而且現在，所有的鄉村不是都陷於連衣服都沒有穿的時期了麼？

一九三四，八，九。

房間藝術

T. K.先生：

我正想寫一封信給朋友談談房間，但我不知寫給哪一個朋友好，所以一直未寫。每星期四國內總有信到，我心裡預算這星期我接到的是誰的信，我就寫給誰了。今天是星期四，偏偏沒有接到誰的信，只接到一本《談風》，拆開一看，有你一篇〈談房間藝術〉，活該倒楣，就此就拉你一談，以消此「良辰美景奈何天」的聖誕夜。

西洋人過聖誕夜同中國人過除夕一樣認真，大大小小學校都放假。我們不願過聖誕節的人也在裡頭，於是有家的回家，無家的跳舞、看戲、喝酒、蕩馬路……我則一個人守這個旅館。自然在平常日子也是一樣，但平常大家在旅館裡，雖然不見得都看見，但至少總意識到。今天大家一出去了，連旅館的老闆也在內，我才更意識到我的孤獨，於是更意識到這個房間，因此也更看清了房間與人的關係，並且也使我回憶到過去我住過的各地的房間，各地或久或暫我住過的房間。

我住過的房間不算少，因為我是一個愛搬家的人，到過地方又不算少，但是說說二十年來生命，在奔走流浪中過活，可是還沒有住過一間滿意的房間。房間滿意，自然要自己布置，要布置自然與生活安定房間大小等等都有關係，可是這是牽涉到經濟問題了，我不想說。我想說的是算算我過去住的這許多房間，它們的窗戶都不能使我滿意。北平我住的是四合院的西廂，廊檐非常深，窗不能開，只有紗窗可以捲起，死朝著東方，只有這樣一面，那時候我極力讚揚西式的屋子；可是到了上海，窗子雖然是西式的，但也只有一面，下起斜風雨來多麼悶熱也只好關著，有時出門時忘關，回來時書爛紙溼，不堪收拾，這時候我才深深地感到深廊檐與紗窗的好處。現在在巴黎，巴黎的房子也多是一面開窗，我參觀他們以前的皇宮，也大多是單面開窗。一間房間前後開窗的，恐怕只有自己設計新造的小巧玲瓏的洋房子才有，或是整個房子偶然在結構上的零餘。至於普通出租的房間，單面的窗子，或臨馬路，或臨小院。臨馬路噪雜不堪，還不如睡咖啡館去。而每天還要看對街老婆到窗口拍被單，打地毯，刷衣裳。臨小院則等於舞臺上的假窗戶，有等於沒有一樣，房高院小，什麼風雨太陽，都不發生關係，我不知道要它作什麼。所以整天只有開電燈。

電燈這東西，我現在越看越難看。新式的建築如這裡有些咖啡店，上海有幾家大電影院，把電燈藏在看不見的地方叫它發光，這的確是一個大進步。普通的電燈，要是沒有什麼特別燈罩裝飾，更覺得其不自然。清清爽爽的地方，憑空弔一條不像蛇、不像鱔的東西，實在有點難看。我常於工作完畢，一身疲倦時，抽著煙對它凝視一會，覺得它的單調與難看像中國傳說中弔死鬼誘人上弔的弔死繩一樣，我相信電燈不照著現在時行藏在看不見的地方裝置時，一百年以後，大家一定比討厭弔死繩還要討厭它，大家都要恢復用煤油燈而遺棄它！

對於天花板的裝飾，中國以前都掛四盞紗燈，四盞角燈之類，實在另有風趣。但是年代一多，老是死板板的一套，感到累贅，現在大都已不用，用的是一種仿宮燈的紗罩，套在電燈上，大都與房中家具不調和，顯得故意做作，很不自然。在北平時候，有一年過年，我裱糊了一下房間，把家具也搬動一下。我看來看去，這既不像蛇又不像鱔的電燈有點讓人討厭。後來我到廠旬買了許多氣球夾放在房內，以混它耳目。以後壞了一個，我隨即買來補上，不久養成習慣，深夜拋書立起，抽煙散步，把氣球拉下來拍來拍去拍幾下，精神為之一舒。室內一切都是死呆的，書架桌椅，樣樣都是太硬性，不容易壞，也不容易變，天天這副面孔對你，實在不舒服；雖然我們喜歡搬動，但很不容易舉行，而每次舉行是一件大事，也是一件工作，不是一件玩意。有了許多氣球，我偶一拉動，它就立刻變了方向，有時候我把它們拉下來，噴一口煙，叫它們推上去，有時候我把它們聚在天花板角上，有時候我把它們散在各處，所以無形之中在精神上給了我許多調劑。後來買的次數多了，覺得太不經濟，改買大小皮球五六個放在地上，用腦之餘，站起來踢踢，也怪有趣，但第一，它滾在地下一滾到書架下櫃子下就難以找出，第二，在性質上也不夠氣球有味。於是日子一多，這些皮球無形之中都一隻隻的在書架下爛死了。

可是房間裡需要些柔性的東西、活的東西，這是實在的，弄幾隻花瓶裝置一點花葉，這也是我有個時間愛弄的，但是花蕾一點點開開來，這是有趣的事情，看花一瓣瓣謝下去，這就有點傷心了。我裝好花插，大概看其花開只有幾天，而看其殘枝常常有一月，因為我有時候懶得把它拋掉，有一個時期，我索興在瓶裡插些殘枝，桌上檯燈一開，影子在牆上非常有趣，但這已經不是活的東西。代替花瓶的是買幾盆花放在房內，不過這要有點養花藝術，像我這樣笨手笨腳的人，盆花的壽數有時候簡直和瓶花差不多，糟蹋生物，所以以後不敢再養。有人叫我養鳥，可是不喜歡看籠中的鳥，而且花都養不活，還養什麼鳥？我家裡有姑姑愛貓，我想也是這個道理，但是我沒有試過，因為貓要隨地拉屎，我白天要出去，餵牠也極不方便。養狗是西洋人最愛的事情，但這是馬路上的裝飾物，同女子手皮包一樣，與房間裝飾無關也。

用畫幅字幅或其他藝術品如瓷器等掛在壁上，於改變房間的空氣也極其有效，一個人住厭一個房間時，把壁上的字幅畫幅更換更換，就可以得到煥然一新的感覺。我很不喜歡中國將春夏秋冬四季風景掛在一堂，我以為冬景不妨純粹冬景，夏景不妨純粹夏景，將夏景掛在夏季固宜，但掛在冬季也是驅寒之一法；冬景掛在冬季固好，掛在夏季也是驅暑之一法。房間的空氣於工作之關係很大，但是人們好像不知道去利用似的，許多辦公廳工場寫字間教室，牆上都掛著愚蠢的團體照、格言與表格，我覺得實在可憐。為什麼不掛些崇高、偉大、緊張的畫幅，使他們精神上有點真正鼓勵？各國的軍隊都知道用軍樂使軍士有一致的行動，嚴肅的紀律，敏捷的動作與勇敢的精神，但是竟不知在工場，寫字間或辦公廳中，用藝術的力量使他們對於這些地方感到興趣，對於他們工作感到需要忠實。大概想起來，超脫的風格會使人減少貪污的念頭，有力的筆意會使人發憤，嚴謹的布局會使人忠誠，……世上盡有無窮的藝術品可選，但是竟沒有人利用，一任許多公務人員嘆著氣來辦公，許多學生勉強來應付功課，許多官僚來敷衍塞責，捲款中飽，豈不奇怪？以後我希望政府，教育家，工廠管理人會注意到這些才好。

自然個人自己房間之裝飾與設備，與其人的興趣嗜好等極有關係。譬如書架，不讀書的人根本就不要，食物櫥，不吃零食的人也不要。如果是女子，第一要緊還是梳妝檯。雖然理想的人們個個人應該讀書，個個人可以玩鋼琴，但是理想的社會，書籍與鋼琴是不是放在個人的房內，這是有問題的。記得我在一本筆記裡看到過，不知道是不是陸放翁先生的，他說他書房中必須夜壺一隻，聽來頗覺荒唐，想起來也頗有道理，因為當你書讀得津津有味，或文思如湧泉的時候，忽然尿急起來，匆匆跑到外面去，因此而中斷，實在太煞風景，有尿壺一隻，有時候也可以一手持尿壺，一手握詩卷，有時候也可以一面撒尿，一面吟詩，不致中途詩情文思流產，而且書籍還可以借閱，尿壺則必須自備。如果說理想的人生個個人應有讀書、唱歌之興味，那麼尿壺似比書架、鋼琴為重要。西洋茅廁，普通常是大家公用，有時候僧多粥少，一次二次地碰到門關著，使人家哭笑不得，不但詩情文思要中斷，就是數學公式也不能繼續套抄了。莫理士先生不曾讀放翁的筆記，如果他讀了這筆記，也許就要在賬單中加尿壺一隻了。所以我想我們所說的只是隨自己經驗與嗜好談談，談不到公約數的。不知先生以為如何？

我對於書櫥有另外一種經驗。你的主張中國書箱，我極表同情，因為我也是常要搬動，不過中國書箱的門實在不很好，有時候你要同時在天字號裡拿一本《廣韻》，宇字號裡拿一本《兩當軒詩》，荒字號裡拿一本《濟慈詩集》，這時候就要開三次門，實在既費時間，又費力氣。而中國書箱，一舊了大都有毛病，不是太鬆，就是太緊。我在家裡，常常在開第三隻書箱時，第一隻書箱門倒下來敲在我的頭上，一痛是一小時，摸著頭上的疙瘩，再沒有興趣去繼續找我想找的東西了。後來我只好鎖上鎖，鎖是一個最累贅的東西，每隻書箱一把鎖，書箱一多，就沒有法子知道那一把鑰匙是天字一，那一把鑰匙是地字二。開一隻箱子要半天，開了箱子時有時候反而記不起想拿的是什麼書，這也是人生的苦事。大書櫥的笨重是實在的，說是搬動時把書拿出來，其麻煩則並不於書櫥，而在於書。因為書這種東西，一本一本拿麻煩，一堆一堆拿又有倒散的危險，所以我的理想是將中國書箱做成小一點，六隻一起放在一隻大書櫥中，搬的時候只要一隻一隻拿出來就是了。書箱門因為已有書櫥門，灰不至於進去，所以平常可以不必關，如遇遷居等時，則也不必另裝板箱，倘若要仔細，則把六隻書箱放在一隻大板箱中，也比把好好的書一本本放在粗板箱裡省事而珍重。這理想到現在還未試過，如何之處，則不能保險也。

關於置備收音機事，我與先生真是不謀而合。收音機還有一樣壞處，就是有些朋友鄰居走來，常常要聽所不愛聽的曲子，聲音這東西我覺得比味還凶，最難堪的氣味可以在你房中留一天，可是難聽的聲音有時真會繞梁三日。我對於音樂不能算內行，但那些蘇州音調，鴉片嗓子與低級電影上的雌哼雄啼的曲子鬧過以後，使人在這房間內感到一種難堪的壓迫，非要用別種聲音，音樂或者是朋友的談論來驅逐它不可的。至於鋼琴，有一時我也曾覺得不可省的，後來才感到這是我們的愛屋及烏的心理，因為喜歡聽音樂，所以才就喜歡有一隻鋼琴，其實我自己不會奏，又不會作曲，那麼要它做什麼呢？但是世間為什麼有許多同我一樣不玩鋼琴的人都有一隻鋼琴呢？我想了許久，歸納了許多事實，才知道這是因為有女兒的緣故。林語堂先生到美國去時，那隻你也看見過的放在他飯廳裡的鋼琴要便宜賣掉，當時我很想買來，林太太也勸我勿失良機，我當時手頭雖窮，但是如果一定有買書般的貪心，借借挪挪，或者先付一部分錢都可以辦到。可是當時我猶疑彷徨，想來想去，結果還是沒有買，這因為我覺得像我們這樣只會養兒子的人是不配買的。女孩子生性愛美，七歲八歲就想學音樂，肯細心地去揣摸學習。中國男孩子除了例外的對於音樂有特殊天才的人，大都都是粗坯，五歲六歲時把鋼琴當作小木魚敲，七歲八歲在鋼琴上尋出狗叫的聲音就心滿意足，十歲以上，上上之材也僅能在鋼琴上找到童子軍喇叭的調子，十五六歲，情竇初開就亂奏「妹妹我愛你」之類。我在語堂家裡聽鋼琴響處，不是他姪女在揣摸，就是他小姐在練習，聽來甚感有女兒人家的美好，天下事情不怕幼稚與生硬，只怕亂七八糟無誠意的亂侮辱盡美好的樂器。我也曾在某處看到一隻鋼琴，那裡有七八個男孩子都是鋼琴的「愛好者，阿大走來按幾聲喇叭調，阿二抱隻貓來，用貓腳爪在鋼琴上敲「我好比……」，阿三用筷子敲「阿彌陀佛」。深感有此鋼琴實較沒有要好許多。想先生也必同情我的意思。

先生所說的種種大都與我的意見相合，我在上面不過談談我自己的感想，但是一說到地毯，我同先生則完全相反。我以為房間中，什麼都可以省，而壁衣，地毯，窗簾，几布之類，於房間之裝飾實在等於衣服之於人，衣服不一定為綢緞，壁衣、地毯、窗簾、几布等自然也不一定要講究，只要顏色花紋求其富有美觀色彩，隔幾天換一點，有助於房間空氣與趣味，雖不及壁上的字畫，但也不亞於搬動家具。而且換換也不比換字畫麻煩，不到五分鐘工夫，就可以使整個房間煥然一新，於是讀書也有新的心得，寫作也可以有新的題材，朋友來談也有新的情調了。

尤其是地毯，地毯於我有特別的嗜好。我覺得地毯應當是小塊的，形狀也不求其一致，圓的，方的，長方的，稜形的，六角形的，越複雜越好。我們可以隨時移動配置，減少或者加替，沙發前放一塊，寫字檯下放一塊，房子中央也可以放一塊，諸如此類，可以隨自己高興。我平常在文章寫不出，書讀得疲倦的深夜時，常常抽著煙在房中散步，房小步寬，散起步來極不如意，一有這類地毯，正如公園裡有點土丘，操場上有一隻皮球，走來減少許多單調與寂寞，有時候看看不順眼，順手把它拿掉換去，借此以勞力調劑勞心，獲益甚多。但是我也不歡喜大地毯，我不知道莫理士所指的是哪一種，不過如說二分鐘可以收拾出屋外，大概也與我的意見相仿，因為房內一有大塊地毯，櫥腿桌腳，難免要壓在它的身上，收拾出屋，極非易事；其次是搬動家具時，縮來縮去，非常礙事。先生愛搬移家具，想也會有此經驗？

房內備幾隻形式很好看的痰盂，我極其贊成。巴黎所有房間，有冷熱洗臉盆而無痰盂，以致吐痰漱口都在盆中，甚感無理。先生有這許多好看痰盂，還怕半包蝴蝶牌牙粉般的煙灰沒有放處，亦太說不過去。我勸你多購地毯，也想勸你多備點煙盤，煙盤式樣各國都很豐富，先生可以隨意選購。如果這還不夠用，我想到前些天，在街頭看到有人在叫賣的可以儲存煙灰的煙嘴，當可送兩個，但是不是滑頭貨，則不得而知也。

巴黎學生或在象牙塔裡談政治，或在十字街頭論女人，肯在房間中談「房間」者，則未之

時間。聞也。見先生談房間有勁，拉你衣襟而談之，一談就談過了聖誕夜，對不起得很，耽擱你許多

「再見！再見！啊！外面有小雪，五更天氣冷；你披我一件大衣去好不好？」

回頭一看，那裡有您先生在座，全室肅然，只有那非蛇非鱔的電燈死寂地掛在天花板上，用疲倦的眼光看我。我冷笑一聲，就此擱筆。祝你爐安。

論人間苦

有一個故事是這樣的：「話說有一家人家，請了一個老師教他們自己的孩子。有一次，那位老師打算回家幾天，大概是初冬的時候，天正飄著雪花。東家弄一點酒菜替他餞行。酒至半酣，東家忽然想試試自己孩子的程度，於是出了一個對叫孩子對：『大雪紛紛，落地成雨。——天公為何不下雨？』可是這孩子怎麼也對不出，老師在旁邊也乾著急，想借別的事情混過去，於是叫佣人拿飯。飯字一提，倒打動了孩子的靈機，他於是接著對出：『白飯粒粒，到肚變屎，——老師幹麼不吃屎？』」

這個故事是有趣的，有趣的地方是在上至自然界現象下至吃飯拉屎之人事，都有一個通同的麻煩，這麻煩好像極其自然，但同時也極其做作。人類是大自然的一分子，但同時也就是與自然對立著的一種動物，他要改變自然，模仿自然，利用自然，推動自然的。於是人世間也就因此麻煩了，這麻煩正是人間苦。

找麻煩是自然的通律，地球轉來轉去地轉，春去了是冬，冬去了是春，一陣風把雲刮來，一陣雨把雲消去；找麻煩也就是生物的天性，花開了落，落了開，鳥生了死，死了生；人是最高的動物，所以也就是最麻煩的動物，吃就是吃飽好了，但還要有好壞之分；穿就是穿暖好了，但還要有美醜之分；性就是欲罷了，但還要有愛。人一生下來就是愛麻煩的，孩子天性愛找麻煩，可是中國舊式教育是硬叫他們不麻煩，於是活潑的人變成死呆；所以麻煩倒是一個進步的現象。

可是話要說回來，麻煩雖是自然的現象，但在這個社會裡，人類並不是人人越麻煩越好的。記得有一個名人故事是這樣的：「有一次那個名人責問僕人：『為什麼你不把我的鞋子刷乾淨？』僕人回答說：『刷乾淨了不是又要弄髒的嗎？』可是後來那位主人不叫弄飯給僕人吃，當僕人問：『先生，我還沒有吃飯呢！』那位主人就答他：『吃了不是又要餓的嗎？』」這就是告訴了我們找麻煩，但也討厭麻煩的，主人覺得人生太麻煩，找一個僕人來幫忙，僕人覺得主人太麻煩，叫他不必麻煩，可是主人告訴他：「你的事情並非不麻煩呀！」

人間苦之中，每個麻煩似乎都該有個解釋的。以前我覺得吃飯這類事情還麻煩得有理，為了飯中有養料自然不能吃屎，後來我曉得人是還要為美為善為真而麻煩。但對於疊被鋪我就想不出道理來，那時候我在陸軍中學讀書，每天早晨一次兩次的在教官面色下要把被鋪疊成水平，可是疊好了就鎖上寢室門，直到晚上睡號一叫，大家進門立刻把它弄亂來蓋，這豈不是自找麻煩。但現在想起來覺得這或者正是訓練我們養成麻煩的習慣，習慣這東西要養成得不問理由才是成功，通常總以為疊平被鋪是求整齊美觀，但疊好了鎖著門一個人不進去，這可是什麼道理？刷鞋這事情有時候也真說不出道理，在北平小胡同住，鞋子刷過與否真是一樣，因為在這無風三尺土的地方，刷過與未刷過的鞋子在走了第三步時又等於一樣了。

我因為未在陸軍學校讀下去，所以未養成習慣，也因此還在這裡講有道理無道理，可是對於別人的事情我是不敢多問的。

一個人餓著肚，只求一飽而已，談不到好菜好蔬的；一個人凍著身體，只求一暖而已，也談不到清潔整齊與美麗的。像我這樣，自然只要有飽暖就知足了。可是養成了我說過的習慣的人就不同了，只要有一飽，他就想到花樣，同是吃窩窩頭吧，他偏要拿出筷子來擺樣子；只要有一暖，他就要想到整潔美麗的，譬如已經過時破舊的衣裳，他偏要改成時行的式樣。世間不少這種人，我的太太也正是這樣一個，因為她是這樣一個人，所以也就愛過問我的一切，因為她見了我不整齊就會難過的。家庭間譬如被鋪吧，洗白一點自然是好的，但她每天要疊得四平八穩，這豈非多事；衣裳多換我也不反對，但次次要燙得大理石一樣，這豈非囉嗦。因為我們只有一間地方，我總是想安安靜靜抽抽煙，而她偏是要顛來倒去地收拾。這些且不管，更討厭的是她要改我的衣裳，有一次我穿起去年的夾袍子，我奇怪我怎麼會胖了這許多？可是我太太告訴我外面時行小了，這種道袍式的衣裳自然要改成個樣子。其他改短接長，更是常事。這真弄得我毫無辦法。

吃也是一樣，我們這種窮人家，小地方，兩碗粗米飯，一碗蘿蔔羹，一碟醬豆腐，不是隨便站著坐著靠著吃點就得了麼？可是她一定要把我寫字檯上的文稿筆墨書籍一律搬掉，抬到房間當中鋪上燙得大理石般的補丁滿幅的被單，才允許我吃的。你說這種人存的是什麼心？

有人說西方文化簡單為歸，東方文化則以麻煩為歸。這自然可以引到許多例證，譬如喜事與喪事，中國就是愛大吹大擂，西洋人則是簡單沉靜的，許多中國禮節，也都比西洋要麻煩而無理。可是我覺得這些話是不可相信的，因為我們也尋得出許多相反的例證：西洋人的服裝，尤其是女子的帽子，就是最麻煩不過的東西。

文化這東西，有時很難隨便分開來講；愈文明的也愈麻煩是對的，但麻煩到相當程度、自然會便利化一番的；譬如人類對於夜裡的燈光，由油燈而電燈自然是由麻煩而便利了，但是我們到發電廠去看看！就會知道許多麻煩的事情正在這裡處理著。從簡單到麻煩是演繹的過程，從麻煩到簡單則是歸納的過程。到麻煩已經簡單化了，自然新的麻煩又要產生。

我想人的不同對於這種階段也很有關係的，以年齡講，大人因為自己走過初期麻煩的過程，所以會覺得小孩的麻煩為無理了；但例外的自然也有，因為人的長成有早有晚，性情的長成也是有早有晚的。以教育講，不同的教育，就有不同的麻煩。現在許多人對於女子的教育還只求其能記帳與寫信，因為他們覺得學會什麼工程、什麼文學，還不是一樣替人家管家與養孩子？既然是去管家與養孩子，我們學什麼工程與文學？這個問題就等於既然是拉屎為什麼要吃飯了。可是如果問到既然要拉為什麼要吃？既然要死為什麼要生？那麼就只有死去才完事。可見這可不是將麻煩化為簡單，而是不要麻煩的文明回到原始的簡單去了。

「既然拉屎，為何不吃屎？」中國人做什麼事都愛問這類問題的，可是在人事上就大家不問了。

中國是人事最麻煩的國家，中國人愛講面子，愛講人情，愛講虛禮，以及愛把親戚家族關係常常講到連綿數代；一個工程師的職務，對付廠內的工作只要用十分之三之時間與精神，侍候廠主倒要用十分之七。一個教員教學生功課之心只要用一、二分，聯絡校長倒要用八、九分。上至做官，是把侍候上司，聯絡名流鄉紳為他主要職務的；下至一個小店學徒，主要工作也只是替老闆倒尿壺、刷被鋪而已。結婚原是夫婦兩人事，可是中國則將夫婦兩人作為傀儡，而為大家歡樂之事；喪事原是死者的事，可是中國則變為兒子面子的事情了。這種地方，西洋人並沒有這樣厲害，西洋人每天刮鬍鬚，也煞是麻煩。有一次我在一個西洋朋友家住了兩星期，天天在浴間碰見他刮鬍鬚，實感討厭，記得有一個早晨我們約好到一個名勝去旅行去，時候已經不早，他偏偏要刮了鬍鬚再走，結果火車為此趕出；我真奇怪世界上真會有這種把整個的人生獻給鬍鬚的人。但是女子的人生獻給她自己眉毛是並不稀奇的。天下女子的打扮，十個有九個不是為美，倒是像在賽富與賽時髦，賽富表示有錢，賽時髦表示不落後；「拉屎為何不吃屎」這個問句，似乎是注重目的的話，可是實際上大家麻煩的都不是為目的，而是為目的以外的事情。女子在這點似乎特別厲害，有許多人家的太太小姐，請我們吃茶與吃煙，似乎只是表示她懂得禮貌與會交際罷了。

人自然各各不同，有許多人愛把人生零碎地度，有許多人愛把人生整個地度。我有一時候常常喜歡問人家一個奇怪的問題：「你歡喜急病死，還是慢病死？」我記得我問過的人不下一百個，對於這個答案數目兩面都是差不多的。大概愛急病死的人，是愛把人生整個地度的；愛慢病死的是要把人生零碎來度的。有許多人常常拿到錢就花，錢沒有了就不花；不願意天天洗澡，洗澡起來必須用肥皂用大浴缸，還要有個擦澡的人；不願意收拾桌子，收拾起來必是徹頭徹尾；不願意打扮，打扮起來，必是從頭到尾，從裡到外都打扮……。可是有許多人是相反的，天天花錢，天天花得不多；天天洗澡，天天洗得馬虎；天天收拾桌子，但不求十分整潔；隨時打扮，但打扮得很局部……自然這兩種人很少有絕對的極端的代表，而是混合著而略有所偏的。可是這兩種區別確是很明顯。這兩種區別就是有人較愛零碎的麻煩，有人較愛整個的麻煩而已。前者是養成習慣來忍耐這份人間苦，後者則是振足精神來熬一段人間苦。

人生是麻煩的，而這麻煩實際上正是零碎的麻煩；吃飯不能一天一次而要一天數次，已是夠多麼零碎。所謂振作一次熬一段人間苦，實在也是一段一段零碎在熬。一個人從生下到長大已經養成了這零碎的習慣，但是越到後來人生也就越麻煩起來了，有人支得住這麻煩，有人支不住這麻煩。在哲學上，前者是入世，後者是出世；在藝術上，前者是寫實，後者是浪漫；在行動上，前者是當事，後者是隱遁；可是這份人間苦，總是不斷地麻煩人。

世上每件事情都是麻煩，可是每件事情從內看是麻煩，跳出這個圈子看來也是平淡的事情；

戀愛在當事者是最麻煩的事情，但是這在茫茫的人海中只是微小的一波。以這微小的一波可以麻煩人到厭倦一切而寧使死去，這正如當我們理一束無頭的亂絲時，常會把它一刀兩段一樣的。

能跳出這麻煩的是哲人，能克服麻煩的是偉人。其餘則都是跳出小麻煩套進大麻煩，克服小麻煩敗於大麻煩的人，其中固有許多的差別，但到底都是凡人。自殺者是弱者，但仍要一時瘋狂的勇氣，用最大的振作熬最短的人間苦。至芸芸眾生，既不能跳出，又不能克服的，被這人間苦麻煩到死，又何嘗不是弱者呢？

談幽默

一個人為生活上的必需，要吃飯，吃菜。山珍海錯，蘿蔔鹹菜，應時鮮物，各有其味，人人想嘗，亦人各有其所愛。

但是這還不夠，人有時候要抽煙，要吃一點糖果，要喝一杯茶，要喝一杯酒，要吃一杯冰淇淋，也要喝一瓶汽水，一口山泉……

假如人之讀書如前者所說，那麼人之讀小品文，正如後者所說。但是有時候還有一種情景，這不是必需的，也不是用計畫可以去求的東西。這在人可以一生都沒有，但是遇到了就有另外一種滋味，這種滋味常常是屬於心靈，不是科學家所能分析，不是旁觀者所能了解。這像在愛你者所贈的花瓣上舔一滴露水，在為你而流汗的額下吻一顆汗珠，在為你而流淚的眼角上吮一滴淚，以及回憶幼年母親喂奶與餵食物的滋味……這不是尋得到，買得到的食品，是人人都曾有過而人人是不同的滋味，在文章上說起來，就是：「幽默」。

所以，有時候，一篇幽默文章，常常只得少數人的了解，多數人都自以為是認真科學家而來說你傻子。

譬如我上面所說的花瓣上的露水，科學家看見那個人感著濃厚滋味在喝，他一定要去教訓他這是H_2O加上點灰塵與細菌的東西，同所有的水都一樣，如果人都同你一樣的以為這是有怎樣大的滋味，海不是要變成陸地了麼？此外排泄物的汗可以吻，分泌物的淚可以吮，更是擾亂是非，有傷風化無疑。所以幽默家獨怕認真的科學家。

其實天地之大，人事之多，共總言之，都是幽默；無論何事，無論何物，稍一思之，即變幽默。地球圓的，怎麼長成，行星許多，都是圓，真平庸；太陽也會是圓，還有人類的腦袋也會是圓的。如此想來，我知道了所謂幽默之道，觸處都是，所謂「幽默天生成，妙人自得之」是也。

幽默觸處皆是，已如上述，但同一事物，因為所悟不同，所得之道亦異，蓋「自其異者視之，肝膽楚越也；自其同者視之，天下齊一也」耳。然則幽默文章，無好壞之分乎？曰：否。

夫凡臻幽默之境者有三：從情裡感透理裡悟透，而自然流露幽默來的是「上上」，用幽默之方法表現情理的是「中中」，至若勉強拼湊，左右補綴，轉文抹字者，則是「下下」。本來文章好壞之難分正如籤詩，我常願抽「下下」之好者，而不願抽「中中」之壞的，蓋所問各有不同耳。譬如教員提學生分數，一提七十分，一提六十九分，等次上有乙與丙之別，事實上誰能知道不是那位教員的偏見。所以這樣，上面仍是一般的看法，沒有嚴格的界限的。

對人來說，每個人都有幽默的時候，在這幽默到的一剎那，是最聰明的一剎那，是最能排除許多世俗習慣束縛的一剎那，是最能忘去煩惱的一剎那，是最光明的一剎那，是對於某件事物完全了解的一剎那，……他能夠看到這件事中心的原因，看到他整個的推動力與背景的。誰能捉住這一剎那，把所悟的理與情發表出來的就是幽默。這種幽默的成分，如果有一個環境，根本就不讓一個人發表，那個人慢慢地就會消失這種情界，變成枯燥，煩悶，病態，死呆的軀殼的。如果是社會上用種種傳統的習慣不讓人民有幽默，這個社會上的人就會變成懶惰、苟且、麻木的。中國的幽默被禮教與皇道所傷害，所以後來思想界只有一個「真命天子」了。

心理學告訴我們，多次在兒童喜好遊戲的時期，不讓他作活潑的遊戲，他會變成一個永無遊戲興趣的人。多次將種種性欲上之謎在一個人的腦筋中盤轉，不讓他滿足也不讓他發表，這會使他陷於變態情形之中，一方面是道學地說這是罪惡，另外一方面是自己也認為犯罪地在發泄。歐陽修的許多美妙的小詞是多麼自卑地自己將它看輕，以為文章一不載道就是下流了。幽默文章，在中國的過去，要在偏僻無名地方去找，根本就是這種壓抑而成的變態。而因為這種變態緣故，幽默對於中國的社會毫無影響，於是社會就只為塵土所封，連呼吸都感到沉重，世界越來越狹，腦筋與眼光也都陷於極小的洞裡打旋轉，聰慧的境界再也不會降臨。所以在那個時期，有多少年的時期，中國有多少的讀書人的精神都落於一個一貫的照例的模型？他們是非先王之言不敢言，非先王之道不敢道。老師教他讀孟子，他再不會去翻莊子；老師教他吃飯，他就吃飯拉飯，他不知道把飯消化了，來拉屎的。不但以前這樣，現在許多教會學校何嘗不是如此？許多學生不是不用功，不是不努力，但是他們只知道努力於教科書上面。一個課目的參考書，教員在同一派別同一主張中指定，他們就在這指定的五、六本書拚命讀，再也不知道此外還有書籍。他們只知道這是唯一的真理，天下再沒有第二種道理了。一個人之所以這樣容易落於一個典型，第一步就是他的幽默的表現累次被壓抑之故。幽默的表現就是聰慧的萌芽，一個人被摧毀了幽默的表現是再也不會開聰慧之花。近代兒童教育是怎麼樣的在設法使兒童表現自己，使他發生出種種也許成人認為不合理的，然而是幽默的問題，這些問題常常是異想天開。多少年來，尤其是中國，教育者唯一的方法就是罵斷他的問句，禁住他會心的笑容；然而現在是完全知道這是太殘忍了。許多虛心的教育家，是怎麼樣為他一個天真的問題，而查遍了書籍，抽飽了雪茄，絞盡了腦汁呢。一個教育家被兒童難倒的次數越多，他的成就越大，這是鐵一般的事實。

我們需要的人類絕不是永遠在舊的範圍內旋轉，我們需要新的人類在舊的之上創造出新的文化。我們要我們的學生在所敬的所指導的以外的東西中創出些新的來，我們餵兒童以飯，不需要他拉出了也是飯。

幽默來到的時候，不但是最聰敏的一剎那，同時也是最愉快的一剎那，最率真的一剎那。在這一剎那中，不但發生幽默的人會自己表現出赤裸裸的感情，就是接受他幽默表現的人，也立刻會率真地表現出自己的真情的。幾個人正經地或苦悶地坐著，一個人的幽默可以引起大家的愉快與新方向的談話；社會也是一樣，在太假正經與枯燥的空氣之中，是需要幽默的滋潤來使聰慧的人們在新的方向找一點談話資料的。

所以幽默不但在縱的方面看來是聰慧的萌芽，在橫的方面看來也是一種聰慧的動力。幽默是在碰壁的時候轉出一條路，是在沉悶空氣中開一扇窗，是熱極時候一陣風，窘極時候一個笑容。所以幽默的內容是有種種不同，它因人的個性，環境，意識的不同而定。

現在，中國的一切實在太照舊了，看這幽默的空氣，是否能把這假正經所掩埋的聰慧觸動？還有，中國社會也太沉悶與枯燥了，看這幽默的空氣，是否稍能滋潤那些枯燥的心靈，能接受那幽默所觸動的新方向的聰慧？——我期待著。

論文言文的好處

中國文體革命，到現在已經有好些年，但是白話文的應用，範圍只在少數文人們的寫作譯著，以及青年男女的書信。所有布告，報告，公文等等，仍是音韻鏗鏘，四六駢儷的在發揮。這種現象，不滿意的人想都不滿意的了，但對於這個根本原因，似乎都沒有想到它的根本。

中國學校與社會的間隔，是比任何國家都離開得遠，文體的對壘也是它的一個重大原因。我曾經作過一個統計，一個大學裡面，文科學生是大部主張語體的，法科學生主張語體的只有二分之一，理科學生則多數反對語體，主張文言。所以畢業的大學生們，理科學生是容易尋到職業，這並不是說中國現在需要理科人才，而是說中國的公私機關，需要理科學生們的國文。

上面所說的公私機關，有一個一半例外就是學校。學校的教員，關於理科的當然是屬於理科人才，但國語一科，有時候也要借重理科人才的，因為有校長與環境及當地鄉紳意見，對於想以白話文來搬弄是非與宣傳赤化的人是將拒之於千里之外的。

白話文與赤化相連，這是毫不稀罕的事，原因是因為凡赤化之文件與宣傳品都是白話，而文言之印刷郵件決無赤化色彩之故。但這個理由，在學校運用時，就連帶有實際問題的。

譬如說，一個教員極力提倡白話，而對於文言自然說是背時代的東西，於是學生對於學校所出的「四六」「八股」的布告，自然有些輕視，這些輕視就是反叛色彩，在校長看來就是赤化了。

講到文言白話之爭，勝敗的情形，我們看起來是很有趣的。開端當然是五四運動，以後是語體文一天天擴張勢力，等到報上有一版可用白話文賣錢的，用白話文發表意見的地位後，教授先生，所謂領導白話文運動的許多先進的人們的作品與刊物，就有許多青年來買的時候，他們也就樂於偏安了。這一偏安不要緊，天下就分為兩半：與社會直接發生關係的是文言，而間接發生關係的是語體。於是語體文是讀書時代的工具，而文言文是任事時候的工具。這一來，凡是讀書的人們到社會還要重新準備一種工具。直到現在，報紙上專修國文教師招生的廣告就是這樣產生的。這個分治情形能維持，還在當時軍閥官僚作孽太多，青年學生對他們是抱輕視的態度的；所以雖然是幾次提倡文言，摧殘語體，事實上是毫不見效。而見效的是在學生從學校到社會去的時候，感到了白話文之無用，不得不到國文專修地方，由許多名人教育界人士介紹的老先生處專修一年兩年。

這個情形，直到北伐軍起來有些動搖了。那時候我在北平，親眼看見或聽見許多青年對於報上「一切皆用白話」的消息是當為革命徹底處之一個特徵的。但是這個特徵一直沒有傳到北平，只到武漢。當我們的××××駐節南京，與××××小姐訂百年好合之秋，一篇祝文是洋洋四六駢體，而讀祝文者又是我們五四運動領袖的先生。這個消息是給語體文一個很大的打擊，在文言與語體天平之中，文言是升到了試驗者的鼻子。接著是東南大學改名曰中央，凡投考國文必需文言。於是，據我所知道的有三個中學都要求校長聘請一個精通古文的國文先生，來代替主張語體的教員。於是有幾位國文教員都遭了失業的慘遇。

這個語體文天下再平下來，是直到我們的××××失去了初到南京時光榮，中央大學並不能集中全國中學的信仰，左翼文壇的進展的當兒。但無論如何，直到現在，還是一個分治天下的局面。

但在這些過程中，我們可以觀察到一個特徵。無論個人或是團體，在他違反大眾時候，就去遷就或提倡文言，反之則就主張白話了。在這上面，關於文言勢力為什麼長期存在著的緣故，我發現一個簡單的原委，這就是「文言文可以耍弄糊塗」。

離開了大眾，與大眾相對峙的時候，遇什麼事件與問題要答覆或宣布給大眾聽的時候，文言文的用處就來了。誰有細心與工夫可以收集每個政治會議的開幕閉會的宣言，以及許多愛國愛民的通電，或者是對於外交上的報告，民眾方面的答覆，立刻可以看出是怎麼樣避免逐條逐題來講，來就「之乎也哉」的「轉文」。

而且更進一步，有些布告一類東西，叫第三者看來糊塗地同情它，這也是文言一種長處。如果不信，有「偈」為證。

追繳紹興縣民欠舊賦委員布告

紹興縣政府

歷年舊賦積欠愈多奉命續追嚴不容拖遵照須法按戶催科倘敢頑抗執法不阿告爾人民毋再蹉跎趕速清完樂如之何

委員朱龢君　縣長湯日新　財政局長張鍾湘

在上引布告中，我只在末句上各加一字，成為「你趕快清完我樂如之何」，則是更明白了當了麼？然而我們布告者不需這樣清楚！而在那班讀過《論語》的第三者看起來，一切莊嚴的同情，將換為幽默的淺笑了。

此外，有些愚蠢的頭腦，滑稽的行態，不學無術的見解，可以用文言變成學究的莊嚴的；請讀二十二年九月四日的杭州《民國日報》，內有：

寧波公安局嚴禁

女子奇裝異服

為維風化實有厲禁必要倘再公然過市立加逮捕

（寧波快信）寧波公安局昨出示嚴禁女子奇裝異服。特為抄錄於下。為嚴禁事。查得年來女子服裝。每多競尚新奇。風氣已為之一變。近更變本加厲。裙則長不過膝。足則赤然無襪。是種裸脛露趾之怪象。一經躑躅通衢。萬人注目。莫不引為奇觀。乃竟恬不為怪。尤復欣然自得。寡廉鮮恥。道德淪亡。考其作俑之始。又皆出於一股知識女子。興念及此。殊堪痛恨。似此提倡乖謬。有傷風化。一旦相互效尤。蔓延全境。行見文物之邦。將為野蠻異族所同化。不獨貽譏大雅。抑且騰笑友邦。輕侮賤視。豈非自召。其謂區區小節。實屬國體有關。本局長負維持風化之責。斷難默爾姑容。合亟布告。從嚴禁止。以維廉恥而敦風俗。嗣後務各自愛。慎勿再蹈前項惡習。藉重人格。以全聲譽。倘仍不知悔改。公然過市。惟有立加逮捕。按照奇裝異服。依法從重拘罰。不稍寬貸。除飭屬遵照。認真辦理外。仰各凜遵毋違。是為至要。切切此布。

這個布告，初讀之下，頗有威風凜凜，殺氣騰騰之勢。而且莊嚴拘謹之氣，使人疑心公安局長乃羅漢投胎之「得道和尚」矣。即使這布告引不起「心裡善導」，亦將有森然之氣凜凜乎來了。但一經翻譯為白話，且看我們對此感想如何？匆匆意譯如下，括弧內，乃鄙人讀時區區之聯想也。

為嚴厲禁止事情，查到（原來是查到的）年來女子的服裝，每每在競爭推尚新奇的樣子，為它，風氣是已經變掉了（風氣？）！而現在竟更加不像話起來。裙呢，短到膝蓋上面；腳呢，光得襪都沒有；這種腳跟也露，腳趾也露的現象，一在大街上走過，引起一萬個人來注目，無有不當為「奇觀」的；而你們居然很快活地得意著，毫不覺得奇怪！不要臉呀！道德淪亡了！（於是乎）考察到那開頭的人，又都是出於那一般有知識的女子，一想到這裡，我真要痛恨煞哉！（大概他太太不是知識女子吧？）像這樣在提倡「亂七八糟」，是有傷風化的哩！有一天，大家看樣模仿起來，傳染到整個地方，那這個「文物之邦」，將為「野蠻異族」（大概指歐美來的紅毛人吧？）所同化，非但要給「大雅」（誰是「大雅」呢？）貽譏，而且「友邦」（這也是指紅毛人麼？）還要騰笑我們哩！這種被別人看輕笑賤，豈不是自己惹來的麼？這雖說是區區小節目，但實實在在事關國家體面（國家體面在此，則早就「百無禁忌」了！）本局長為擔負維持風化的責任，是斷不能不響，而讓你們去亂來的。所以布告出來，要厲害地禁止了；這是維持你們廉恥，求敦厚我們風俗呀！以後一定要自己愛惜自己，（不要被局長看中）勿要再做出上述的壞習慣，藉重你們人格，保全我們名譽。（此兩句要細心讀之，「一遍二遍，免個人災難；十遍百遍，免全家災難；千遍萬遍，免全國災難！再讀下去，軍縮會議成功，經濟會議完成，日本退出東三省，世界經濟復興！）如果再不懊悔而改掉，而還敢公開地在市街上走過，那只有立刻捉來，按

北平的風度

除非不是智識階級，北平是一個離開了使人想念，居住著使人留戀的地方！但是，那些想念與留戀北平的人，是沒有一個人能說出北平的好處的！

這唯一的理由，就是北平是他們的世界。不信，你可以到那邊的電影院、公園裡、市場上去看，他們的服裝會讓你知道一切。他們個個人憑他們的個性，憑他們環境裡學習來的那些「第三種的才能」，儘可能的奇特，儘可能的特別，來滿足他們的「超人」的欲望。

頭髮長到三尺，衣服上滿是顏色，路人看他為畫家；拿一隻凡啞林，用手指一面撥一面走，大家公認這是音樂家；拿著書一面看一面上電車，這是學者。……他們的衣服漂亮，式樣自己造的，顏色是自由配的！

在街上，把自行車踏得快。配上紅的帽，花的絨衣，飛一般的追電車，或者一隻手拉著電車走，或者掠過了女生的包車，再回頭看她兩眼，或者是一直跟到她的家。這就是漂亮與出奇！他們可以將白皮鞋塗上紅的顏色秋天穿，舊皮鞋後跟敲鐵釘，這在上海是只有印度巡捕用的，但在北平，可以在水門汀上加勁地響著，引起女人的注意，炫耀他們衣服的風流與態度的風流。他們可以十來個人打扮得特特別別的在馬路上攜手橫走，高唱著美國電影上傳來的歌曲，或者大聲地談論些女人的經驗與心得，辯論些政治的見解（除了太明顯的反動）、思想的問題，以引起別人了解你所長的地方。

洋車的式樣與新舊是不一的，警察也不會干涉車夫的比賽，所以坐一輛新亮異常飛快地掠過別人的車子（尤其是女子的），腳下使勁踏著鈴鐺，這也是一個「出眾」的地方！在電影場開演以前，聚著許多人高聲談話，或率著好些同志，在夾道上走，或者是遙遠地隔著許多座位大聲地招呼朋友，再或者留票在門口給別的朋友，後來者就用電影字幕請在座的出來。還有在公園裡，聚合大隊人馬去看女人，圍著茶桌大聲地討論各色各樣的問題，拿一本書讀，或者租一堆一堆畫報來看，或者寫你的情書，這都是可以的。至於披著長長頭髮在斜陽中在花叢中畫畫，與拿些鏡箱在攝取名花與美人，這些都是藝術家！三海的湖中，夏天在荷花叢中，帶著你的情人去划船，你可以引起許多人的羨慕；如沒有女人，那怪聲地唱著叫著，再或者帶著你專長樂器或是留聲機，於是岸上的人會注意，湖中的人會看你，看你是多少年紀，多少美麗，再看你光怪陸離的衣服上表現突出，還是詩篇。

此外北平絕大部分的飯館的菜單，電影場的票面，冰淇淋與麵包的價目，是完完全全合於這一種人的能力的。一、二個少數的為婚嫁大事與官僚洋人用的都在特殊的地域，在特殊的情景中存在，所有熱鬧的，流動的社會全是形形色色的那一種人。如果你有興味將北平的大學、中學、小學以及寄宿舍、公寓、會館等的數目與住家的職業去查一查，那麼你對於我上面的種種的敘述，不但相信決不是幽默的誇張，而且也會知道，這個世界之屬於那一種人決不是偶然的。在那個世界裡的一切，一出北平，立刻就不能存在。如果在上海、廣州、紐約、巴黎、倫敦、香港，馬路上可以看報，等電車的時候可以看書，這已經是很少有的機會；而衣服、態度、行動等等如果是這樣浪漫與自由，那不是要請到巡捕房去，就是要請到瘋人院裡去的。如果是在小鎮小市，譬如杭州、濟南、寧波、蘇州等的地方，那立刻就會把你看作奇異的動物，會圍攏許多許多看變戲法一樣的人群，使你一步都不能走的。

是的，只有北平是他們施展才能的地方，也只有北平是他們的世界。這個世界，闊人們去，會覺得一切不夠繁華，而所有的繁華場都參有衣服不整齊舉止不君子的青年，實在是礙事；窮人那邊去，毫無事情可做，除了已經不是窮人的西崽外，只有拉洋車是他們的出路，而其價格之便宜尤為世界之首！

凡是不屬於那一種的，如果在資本主義社會過慣了，或者你有了正確意識，明顯的立場，那對於北平的悠閒緩慢就會覺得可憎。

你看，大學教授上課要遲十來分鐘，有時候遲二十分鐘，即使在落課時候再拖長時候的。那般小市民，整天整晚可以在飯館裡耗著的，喝著茶，談些天，打一個瞌睡。茶館裡更不必說，一坐大半天是常事，裡面有說書的人，講些《彭公案》、《七劍十三俠》一類的故事，一講就是好幾個鐘頭。這些茶館還是為窮人們設的；要是上等的，那裡面有票友在唱。票友大半是公子、小姐一流人物，對於舊劇是有十二分研究的人。他們每天在茶館裡唱給人聽，並不是為賺錢或是什麼，只是一方面以戲會友，一方面則借此以消悠閒的歲月罷了。茶館方面供給茶與點心，而也因他們而多有了些一定的主顧。在沈從文先生的〈記丁玲女士〉文內，說到一個公寓掌櫃之愛好文學之雅態，這在熟識北平的人，是不以他為故意的誇大的。茶館掌櫃歡迎一定的顧主與滿足他舊戲藝術之愛好，甚至自己就是白唱的票友的也不在少數。這些就是所謂雅態的流露。

其次你還可以看到飯館與之預備胡琴為顧主們拉唱，公園裡預備成千成萬的桌椅與躺椅預備顧主們整年整月的用，這就可看到閒情別致的來處。然而更甚的還是浴堂。我說了實話，那不知道北平的人以為我是在故意裝腔作態，迎合幽默的趣味，來作自己稿費的收入。但是你儘可以那麼想，不過一方面不妨請一個北平人招呼你去洗一次澡。請你不要預先給他暗示，那他會在早晨八點鐘叫你起來預備，洗臉，吃點心，把你該換的衣服包好。於是出錢，到胡同口買一聽香煙，四包好的茶葉：二包龍井，二包香片。到浴堂大概是九點半左右。於是你們叫伙計把茶泡來，把衣服脫光，用大毛巾披上。這樣，你們可以談了。談些風風雅雅的事情，抽抽煙。伙計會一次次給你手巾揩髒，一直到十一點鐘。這才洗盆的叫他們放水，洗池，到樓下，一個半鐘頭以後，方才出浴。於是揩乾了身體，漱漱口，圍上乾的毛巾。這樣，該修腳的修腳，理髮的理髮，刮臉的刮臉。這一來大概三點鐘左右了，於是你們叫伙計去叫，吃大館子可以打電話，小館子在附近，他可以為你跑一趟，你愛吃什麼有什麼。當然，叫四兩白乾或玫瑰助助興，這是雅人的雅事。酒醉飯飽以後你可以睡一覺，一小時或者二小時。醒轉來以後，茶與手巾當然不可省。嘴內無味，於是你的朋友會拿錢叫伙計去買「幾串冰糖葫蘆」來的，或者順便買些花生、柿子、蘿蔔。於是笑笑說說，天已大黑，再打電話給你別的朋友，到東來順涮一次羊肉，今夜梅蘭芳的《洛神》是雅人們不得不去的雅集，而某某茶室的姑娘，朋友，這才有勁兒啦！

話一滑又到洗澡的題外，然而，這些題外正是與洗澡難以分離的事情。你不要以為這些排場是出乎那一種人的算盤的。事實上，這樣在浴堂裡兩個人整整一天的吃、喝、洗、推，「裹兒包最」不過是上海一點鐘的汽車的費用，而梅蘭芳坐價不過二十分鐘汽車的代價。此所以那一種人在那個世界裡可以儘量的悠閒。

市場上買零吃的，隨時隨地你可買一點吃。轉彎雜耍場上逛逛就可以過去一、二個鐘頭。電影場在開幕二點鐘前早有人在，一點零吃的東西，一本小說，或者是同一個異性坐坐談談，等開幕的來到，這是任何時候你都可以看見。此外書攤邊來回地遛，整天一本一本地翻，一天之中每個人可以有幾次，但可以不買一書；這在上海是絕對沒有的事吧！其次隨時隨地都有人在地上放一塊布，布上面放著一兩樣舊貨在賣。你可以看到十分之七、八過路人都要注意一番，拿起來看看，或者「麻菇」了一番的。這顯見得賣者買者的空閒了。但凡此種種都沒有什麼大可怪，當你在太廟後面的城邊看到那些整天提著鳥籠閒散的人們。

在小市民中，鋪子的掌櫃，肉店的刀手，提鳥籠的朋友，你可以看他們臉上的筋肉，十分之九是已失去了收縮與伸張的能力，他們笑容與怒容都已經是完全相同；你再看他們動作吧，腳步與手勢是千篇一律在同速度下緩慢地移動。你有天大的要緊的事情托他，他是誠實得半點也不變舊態的；你有天大的警訊告他，他是會好像看慣聽慣的生疏般的，絲毫不改一絲一毫的平面與面容與同速度的動作。

固然，這些並不是我們所說的那一種人，但凡此種種，是那一種以外的人，看了不會滿意的情境，這是毫無疑義的。其所以合於那一種人的緣故，是因為他們自己的生活在另一面是十二分表現得浪漫的遲緩呢。

馬路上，注意起來，很少會讓你發現一個是在直線的像有目的走法的那一種人。他們不是看異性，就是看好玩的東西；東西被那一種人買的就有許多變化，比如說太闊的東西當然買不起，那麼看看也是好的；次闊的東西看中了可以儲蓄一點來買，或者等家裡錢到薪水發出或稿費領到時候來買，這當然也要看，至於第三種東西，大多數是隨看隨買的。此外，許多新式的東西，新來的精巧的外國貨，他們買不起，可是想談談的；正如小家女子們愛談流行時裝一樣，他們談起來都好像用過似的：他們將自己的智識，與汽車廣告一合並再加上在樣子間窗外的觀察（他們當然是聰明的啦！）於是他們在咖啡間座就談起，下一年的新福特與新別克的特徵式樣是新畫派的作風，不過這種汽車是應當停在新派的建築前才合適，才能夠調和。說這話的人當然對於美學有研究的了；有的會說這種式樣是抄襲法國「媽得媽得」派的畫意，這種畫風太缺乏情感的要素，所以他不喜歡這種汽車（其實誰也沒有送給他。）這似乎是畫家了；有的會說這種汽車內部的構造，因為「欠特姆」的材料不同，所以「立息司等斯」少，所以「柴拉的輪子」就快，所以這可以比舊汽車省一萬四千一百二十分又四分之一的力量，他說得好像這等省力的地方是他發明的一樣，你能不相信他是一個有工程知識的麼？有的呢，因汽車說到了社會，說到美國福特廠的組織，說到勞資的衝突，說到失業工人的增加，說到了牛奶倒到河裡去的資本主義社會的特徵，於是說到革命的尖銳化，也說到那一種人轉變，於是說到前期某雜誌的經濟論文與小說，從內容說到形式，說到代價，說到了囊中銀元的來歷，於是慷而慨之地，再喝一杯咖啡，付出那囊裡的款項。不但對於汽車如是，對於任何東西都是一樣，他們由自己聰慧的觀察，從百萬萬里外的現象界本質界講來講去，還是自己個人的自由與娛樂。言語是思想，這已是在科學上證明的了，所以他們在路上曲線地東看西看的一點講來，他們腦筋永遠是不定的幻想，這些幻想是永遠脫離不了「左」「右」的搖擺的！這搖擺固然不久必須決定，但是在北平的街上，他們的確還可以這樣自由地搖擺些日子的，這就是他們愛北平之故了。

看不慣的人真會生氣！馬路上一對對青年男女在走，不坐車子當然是好的，即使你們沒有事做，馬路邊看看也儘管看看吧，但偏偏還有一種遲緩的事情。比方說男的愛去公園，女的愛看電影，突然在馬路上彆扭起來。於是女的氣著要各人幹各人的；男的說既然你愛我，應當同我一起；女的要說為什麼你不跟我？或者女的一氣走了，於是男的追上去，女的不理，只是站住了不說話。於是男的安慰她，解釋影戲怎樣不好，又說公園裡太陽和空氣於她的身體怎樣有好處；女的還是不理。於是男的自己走了，而女的站在那兒卻不走；於是男的又不得不回頭看看，終於又折回來安慰她……這樣的彆彆扭扭，直到太陽落山或影戲散場時還堅持著是常事，二小時，三小時不等。你想，住慣北平的對於上海馬路上機械的，理智的，死板的東西怎麼會不討厭？北平是滿街滿弄都有詩意與愛情的！此外，三、四個或有五、六個人在走，一見面在馬路上常常會有一、兩小時的會話的。如果是談談別後的景況倒還可原諒，而一談常常纏到永不想做，或永不實現的理想或幻想上，或者是學理上瑣碎的事情；不知北平的絕不相信吧？

但是這還算不了什麼，比這討厭與可憎的正多。你看，兩邊房子很低，人行路有時比正街還寬，上面滿是食物攤、小雜貨攤，來往車子不多。許多人抬著頭在看太陽的角度，雲的顏色，或者數著星粒；許多在看小攤，有的張著嘴，捧著碗在喝豆汁，杏仁茶，牛骨髓，炒米，有的在買水果。小販們拿一根雞毛帚四面的打，多美呀！公園裡，妓女們整天都在，老媽捧著衣服，隔一、二小時就在泥的磚的，絕沒有抽水的茅廁坑裡，換一套出來搖擺。女生們，你看她們交際誰廣？來來往往向男子低頭，招呼，談話。男子站在路旁，眼球像戒指上寶石般死看來往的女子。早晨大家在「推推」「拿拿」打太極拳；夜裡，樹蔭深處，一對一對的，在自己占據的椅子上接吻（北平的椅子都有分座的鐵擋，非常結實，想躺下是不容易的；附告是泥地上也長不起青草）。這在上海並不是沒有，但是上海公園的建築，每處都是四通八達。誰都要走過來的，而且樹林的矮小也太乏詩意。北平是到處有大的樹木，還有琉璃瓦可以生公主騎士的幻想。而且，那兒的公園幾乎是分區般的隨便遊客一樣，兒童有兒童的地方，交際有交際的地方的。所以在某個尖角上，可以靜靜地被一對對戀人，在一排排距離得剛剛好的椅子上，作擁吻的默競，創造出五點鐘的全世界紀錄！

你在北海可以看海鷗的飛，你在太廟可以看烏鴉的飛，這是多麼遲緩？家家人家有大樹來供烏鴉來叫幾聲，叫得緩緩的慢慢的像烏龜的爬。自行車上都喜歡裝長聲的奇特的喇叭，後面輪邊愛加一點硬紙，走起響得非常佳妙，立刻可以使人想到騎的人不是為便利而是為「玩」。黃昏時「賣醬豆腐，醬蘿蔔」的，夜裡賣「蘿蔔賽梨」的，磨刀用的長「喇叭」聲音，剃頭擔的「等……」「等……」的鐵夾聲音，以及熱天裡賣雪花酪的，賣冰的「鏘鏘」有調的銅碟聲音。這些在那一種人聽來都是非常美妙，可以引起非凡詩意的聲音。凡未去北平，而在大光明戲院看影戲，去年的音樂會裡聽到〈北平胡同曲〉的，想都要憧憬北平胡同的美妙了。〈北平胡同曲〉作者是住在北平有十多年的一位外國音樂家。他對於北平真是愛極啦，他在屋裡聽慣我上述的聲音，外加出門時常聽到的騾夫們「劈喲——劈喲」的耍鞭子的聲音，春天風箏「嗡嗡」的聲音，以及弄角弄頭孩子們抽陀螺的聲音，冬天狂風中駝鈴的聲音……於是由他藝術家特有的頭腦幻想那天堂的風光，於是在鋼琴旁邊叫中國的boy一次二次送白蘭地與香檳，構成了美得無可形容的曲子，把北平「無風三尺土，有雨一街泥」的胡同描寫得輕快，活潑，甜蜜……盡我所有的美麗的字眼，也形容不出的風光。於是在東亞最講究的大光明戲院演奏，使去過北平的人想再去北平，未去過的想就去，於是全堂掌聲雷動起來了！你要是真去了，你立刻會知道所謂〈北平胡同曲〉正是最能有敏銳感覺的「第三種耳朵」從外面吸引聲音來，而用「第三種頭腦」幻想出來的東西。他是騰雲駕霧的「超人」，他一切的幻想離開人與社會。他不會從「蘿蔔賽梨」的聲音想到叫的人正是在大雪地裡顫抖著在走，而為的是他家裡三、四口人的生存，他只想到叫的聲倒是存在他鋼琴的每一個音鍵上面；他不會從「醬豆腐，醬蘿蔔」的老頭兒千篇一律的聲音，想到那老頭兒整個的生命是在這個聲音存在有幾十年之久，他只想到何以會有一張嘴能同他鋼琴一樣，喊出一定拍子的聲節。於是從這個音鍵這個聲節上幻想出聖瑪利與耶穌的聲音，於是天國就在他的眼前，於是我們幾十年喊著「醬豆腐醬蘿蔔」的老頭兒一旦就做了天堂裡披粉紅色大袍的聖者，在金地上玫瑰花叢裡獻給上帝第一萬三十五個不上床的姨太太的胭脂了；而那大雪下顫抖著的「蘿蔔賽梨」也許就做了那姨太太的阿弟在桃色的地毯上同那聖者行握手或接吻的雅禮了。

在故宮裡，我是看見過四幅進貢的畫，要是大人先生們舞弊案沒有舞弊進這四幅畫，則大家終還可以看到（當然不出錢，暫時還不行）。這畫是四幅，或者是在幅裡分為四節的，我記不起來，總之它是描寫四季農家樂的藝術的，他把農夫畫成「紅粉雪白」的臉兒，比現在時裝公司掛著還要華麗的衣裳在個個人身上穿著。稻田上是比極司斐而公園還要清潔與美麗，打稻的割稻的工作好像是非常舒服的事情。你看他們個個臉都浮著笑容。旁邊的婦女是比月份牌的時裝女郎還要嬌嫩，說是皇帝養得出這樣女兒，我都不相信。旁邊在撒嬌的孩子是比那法國公園用現在科學養成的大英或大美國的孩子還要活潑與美麗；夏天裡所表現的只是風吹著華麗的綢衣，太陽「樂」得毫無；冬天是大家毫不顫抖，冷縮，我倒沒有數太陽畫了一百個還是一千個（有人看到時，請代數一下，當以第十萬次航空「或別的」救國獎券一張為贈）。憑我的能力也難形容，百聞不如一見，大家去看為是，看畫有五十萬元可得，機會不再，活過資本主義時代，憑你聰敏的腦筋也不會有了。

你看這畫被皇帝保留到如今，足見皇恩對於這畫的宏偉，但〈北平胡同曲〉之被有錢人在大光明鼓掌，除了時代上統治者的變換，是毫無半點分別的！同時，假如一個農夫看到這幅春夏秋冬的樂事，他將認為是《論語》（亦古亦今）提倡「幽默」（亦古亦今）的效果，在和他大尋開心了！〈北平胡同曲〉使我肉麻之處也在這裡，代表〈北平胡同曲〉稍左稍右情調之北平的第三種人無論是態度、行為、思想，是多麼安定、舒服、遲緩，也許是一種美麗，你可以在這〈北平胡同曲〉裡知道大半了。

那一種人是要「自由」與「個性」的，是要「超人」與「出眾」的，是要「出類」與「拔萃」的，所以他們的「見解」時常就帶上了以最精通的書本知識，以顯他的本事；這種事情，只有那一種人看得慣的。在以前，秀才們三句不離本行，文明戲裡可以常看，動不動就背四書五經與八股者流，在我們看起來是「酸」，在他們同行看起來就不同了。那一種人的興趣也是一樣，他們自己以為是高超出俗，實際不過「酸秀才」之流罷了。

種種，像戒指上寶石，說得醜些像死魚眼珠似的男女互看的眼睛，同都市比起來不夠敏捷，同鄉村比起來則不夠健全與真樸！那從景山或北海塔上望下去的像印度遊僧香盤裡的煙暈，同工廠區裡與海港上的黑煙比起來是不夠迅速與急切，同鄉村的炊煙比起來則不夠素實，自然與純潔；那些叫賣的同大都市比起來則缺乏力量，同小鎮市比起來則缺乏實用；那些隨路嬉戲買閒食的學童，同上海電車裡比起來則不夠認真，同鄉村比起則缺乏健實；同那或明或暗的不平均的路燈，弔膀子用的特別的自行車上喇叭，洋車上出奇的鈴鐺。以及奇醜奇髒的土路接著柏油大道……處處代表著這個都市的畸形發展，而象徵出那一種人的酸氣！

論睡眠

農業社會的人民多早睡早起，工業社會的人民多晚睡晚起；鄉村的人民多早睡早起，都市的人民多晚睡晚起。

許多衛生家只是揚言早睡早起的好處，但他不知道為什麼有人愛晚睡晚起。許多教育家極力教兒童以早睡早起，使他們養成習慣，但是他們所教出來的兒童，很容易就會放棄這個習慣的。

他們都不懂睡眠時間中之社會意義。科學家不能在這社會意義中求解決，只能在自然條件中求適應，這只是科學幼稚的表徵；教育家不能在這社會意義中使兒童健康與社會相適應，而使兒童健康與社會分開來，這是可笑的事情。

不要相信成千成萬的辦公處的辦公時間，都市的夜是決不允許市民早睡的。所以結果不是犧牲工作來保住身體健康，就是犧牲身體健康去保住工作；許多公務的懈怠，與許多人怕的憔悴，就是這個道理。

學校可以統制學生早睡早起，但都市的學校，多因交通的便利與房租的昂貴，通學學生總是比寄宿生要多，這班通學生的生活，同職業人員一樣，他們不是犧牲健康來顧全功課，就是犧牲功課來顧全健康的。

這個不能早睡的原因，毫不需要冗長的描寫，隔壁富人家的牌聲，汽車喇叭聲，無線電播音聲，自家進出家人的鈴聲，自來水，抽水馬桶，小販們與街堂裡的噪聲，……一年工夫就可以養成你晚睡的習慣，比十二年四十個教育家教給你早睡的習慣要有力得多。然而學校與辦事處需要他們早起！他們為功課與飯碗，他們早起著，鴉片是他們的後備軍了，偏偏鴉片是禁品！

文化是屬於夜的，這還用我說，許多人把全世界科學家，哲學家，文學家晚睡的習慣統計給我們看的，自己或他人報告給我們聽的，說起來幾乎是全數。

其實，文化的起源根本就是夜。宗教、哲學的起源是對夜的奇異，電燈與霓虹光的發明是對夜的對抗，自來水是從山裡接竹管之法而來，接管法根本就是為夜裡不容易挑水之故；政治誰能知道不是起源於為夜的防禦而起的組織？

一切的發明同思想的運用，夜是唯一的時間，無論誰都可有這個經驗。睡在床上而未睡著的辰光，是最有詩意，同時是最聰慧最堅強的時刻。一個最笨的人也會在這時候對太太說一句俏皮話，一個最弱的人也會在那時候發一個誓。

一個不愛惜夜的人根本就不愛惜生命。

了解生命意義的人必須了解夜。

假如歷史是爭鬥的發展，那麼夜是爭鬥最尖銳的一刻。任何爭鬥的夜戰比白天都厲害，白天戰場上，市場上，陣線上的勝敗，完全在夜的活動之中。

不能運用夜的人是過去的人，是太平年頭安逸慣了的老頭兒，是遲緩的，靠命運的，是天的驕子。——但，這種有福的人們現在越來越少了。

而且，任何國家與城市的繁榮，都可以夜的光明之強弱與久暫來測量，當不景氣駕驅之時，街道在夜裡就會盡先提早冷清的，上海也碰著過，北平正盛逢其會。

現代的文明是夜的文明，所以現代人必須是晚睡的人。無論與愛人通信，與故友談話，與同志計畫，以及一個人的思索……夜總是最好的時間。我贊成晚睡，但我不因此而反對早起。

聰明人會知道晚睡的妙味，勤力的人會知道早起的痛快與好處。

一個人不看見早晨太陽的光芒，他常會整天提不起精神的，把寶貴的早晨消耗於睡眠，等於將寶貴的夜消耗於睡眠一樣的可惜。如果早晨醒在被窩裡而用腦，讀書或者想心事，這同早晨不漱口而吃東西一樣的煞風景。

夜是想的時間，晨是做的時間；夜是享樂的時間，晨是工作的時間；夜是做興趣工作的時間，晨是做責任工作的時間；夜是屬於愛人與太太的，晨是屬於師友的。

缺少了晨，人只做了一半；缺少了夜，人也是只做了一半。所以，凡是完全的人一定相信晚睡，同時也相信早起。

當然，在這樣晚睡與早起的習慣下，睡眠是不夠的；為補充這個不夠的睡眠，我們必須另外找時間。這據我個人的經驗，午飯後的辰光才真是一個最適宜於睡覺的情境。

科學家已經證明過，睡覺於消化比散步還要好；而都市生活，凡中產以下的市民，睡覺的機會是比散步的機會要多，這是鐵一般的事實。

十分之九的人，在夏天裡需要午睡，這不需要我來多說。春秋二季，午後是最少季候味的時間。在冬天，如果午飯後每天在太陽下睡一小時，一冬工夫我可以保證他加增十五磅的體重。

午睡之好處，許多專門醫師都談過了，這裡所要說的，還在於把睡眠分兩次來舉行的好處。一個人的精神同肚子的飢飽一樣，為什麼一天的吃飯要分三次或四次呢？

無論誰，用一次的食糧，即使你可以用訓練的方法，使它儘量的多，多到你一天的食量時，也決支持不了一天的需要。而且這是多麼不平均與不經濟的事呢。睡眠也是一樣，如果把睡眠分為兩次舉行，五、六小時一次，可以使你的精神好過平常八小時的睡眠，這是毫不稀奇的事情。

吃，西洋人之所以能少吃，而收較大效果之故，就在於他們把次數加多。一個人的感覺，心理學已告訴我們常常是由比較而來。早晨八點鐘一次吃十碗飯的胃，到夜裡十二點鐘，當然要比晚上八點鐘吃三碗飯的胃，到夜裡十二點鐘的胃比較為餓。睡眠也是完全一樣。

據說各國政府領袖們大都是把睡覺來分開舉行的，這是一件很聰敏的事情。但何以不把這樣的生活藝術推及於庶黎呢？據我想，官廳，機關，國營事業與國立學校，尤其是藝術學院與文科，就第一可以實行，以後再普及於全國。

如果你知道提倡以後一切服務上的效率，學生們的分數，以及會考與文官考試的成績，同國家的收入，增加了多少，那才可以知道我這些話的真價。

夏娃望望肥大而美麗的禁果。

魔鬼變成蛇說：「親愛的夏娃，你為什麼不吃呢？你看，這樣的肥，這樣的美，這樣的香味！」

「不，我不吃。」夏娃說：「這是上帝制定不許吃的。」

「你傻了，夏娃！」魔鬼又說：「上帝的光明與權威全是這果子的力量，他怕你有他同樣的光明與權威，所以叫你不吃呀！」

那麼難道所謂「二元睡眠法」之不普及於黎庶，也同魔鬼所云的上帝之禁果麼？——不，我希望不是這樣。

談萬金油

萬金油，不知是不是因為創造萬金油的人是胡文虎先生，是以虎標出名的。對於老虎的印象，在我實在不很好。因為我們江南常常以老虎來嚇小孩子的，而我是脾氣不好的孩子，所以被嚇的機會也特別多，並且還有一個非常通行的故事，這故事是我幼年時候常常聽到的，大概是說有一家有三個孩子同一個母親，那天母親出門去，老虎精在田裡問她什麼時候可以回來，她告訴牠要等晚上，於是老虎精就把她吃了。到了傍晚時候，老虎精又化作她來敲家門，進去了不坐椅子坐酒缸，說是因為她屁股有臀癤，實在是因為牠高興得要把尾巴在缸裡擺擺之故。於是夜裡就同幾個小孩睡在一床，甲是與牠同睡一頭，乙與丙則睡在牠腳後。夜深時候乙聽見牠窣窣地的在嚼東西，於是問：「娘，你在吃什麼？」牠說：「我在吃你外婆送我的小蘿蔔。」乙與丙就問牠要，可是牠給他們的則是甲的小手指。於是兩個小孩就立刻起來逃，老虎精追出去，他們於是爬上了後園的樹，老虎精也爬樹上去。眼看要追著了，小孩子急得了不得，於是就撒下尿來，老虎精著了尿就死掉了。這故事並不十分合理，但小孩聽得是津津有味的，實在因為這故事的結構很好，結尾尤合小孩的夢境。因為尿炕的小孩，總是於急極時遺尿的。而孩子於聽到老虎精追上樹來時，自然急得非凡，不意來了一句老虎精死掉，自然在情感上收到一抑一揚之效了。可是老虎精的印象在我們孩子的心中就種下不好之根。

可是我也有過些畫著老虎的紙頭。我們家鄉的端午是時興畫老虎的，但那些老虎畫得比貓還馴服，頭上來個王字，活像小孩子鞋頭上的花樣。我對於這些畫並不喜歡的。

以後在國文教科書上讀到「卞莊子刺虎」，在小說上讀到「武松打虎」，那才引起我對老虎的概念有不同的理解，覺得老虎倒不是奸惡陰毒的動物，而是勇敢有力的東西。

可是我始終沒有碰著真老虎，而在人世間接觸都是些虎頭蛇尾的紙老虎。於是我對於人間所說的老虎就更感不到興趣了。

後來在一張畫家的畫裡，看到荒山中走著一隻尋食的老虎，心中才感到真老虎的美，可是老虎似乎也應當在荒山中才真，人世間似乎不會有真的。

可是我終於看見了真老虎。那是在萬牲園裡。去時很好奇，可是看見了又大失所望。原來牠在一排鐵欄內徘徊，外面圍著一群紅男綠女對牠嬉笑。牠一點也沒有虎視眈眈，也沒有大聲吼嘯，也沒有張牙舞爪，也沒有暴跳如雷；走了一回就睡了，同貓一樣懦弱，而還沒有貓的活潑。

這時我更感到真老虎到了人世間也就不真了。

再後看見老虎的真形是在電影裡，但同人事混在一起，總覺得不自然而乏味。

我碰到人們用老虎做牌子的東西，我總不十分喜歡用，實在我下意識不相信人世間的老虎也是一個原因。可是我始終奇怪，人世上事情為什麼要用老虎這種動物來張揚門楣呢？

古時以虎皮為軍營的飾物，倒是表示他的威武，因為人家總會聯想到他打死過老虎；而當時打虎總是件難事，不像現在可以用槍炮，殺虎不至於見血。在盾牌上畫一個虎形，像我們戲台上所見的，恐怕以前也曾經有過，這因為那時候打仗，同野獸肉搏一樣，以虎形表示點凶猛，倒也是道理。

可是近代戰爭所用的利器，都是人類創造的了，再不用靠老虎來張威風，因為老虎也並沒有什麼威風。威風，不過是一種雄武之美。可是老虎到了人間就無美可言，如果要保持虎的美，那就是人的死。人都死了，還談到什麼美感？

力量最大的是電，速度最快的是光，老虎再沒有什麼可以表示，於是人間除了要說明某個地方未開化，某個時代為原始，要用幾隻老虎外，再也無需乎老虎這東西。可是世間還有許多人要用牠做幌子，我看見月份牌中把一個濃妝艷抹而半裸的美人同老虎畫在一起，把老虎變成小丑一般，實在不美已極。人間既不能馴虎為家畜，偏要在畫中捏在一起，於是就不是抹殺人的天性而成獸類，如泰山情侶這類電影般的可笑，就是把虎性改成家畜如月份牌中所畫一樣的可笑了。所以無論用一隻貓，一隻狗，一隻牛，一隻鳥，一群雞，一隊豬……來做現代人物的伴侶，總會比用老虎來容易引起我們的好感。

萬金油是以虎標出名的。其實以老虎為商標，不只萬金油，可是頂有名的則是萬金油。因為商標是無所謂，一個記號而已。但用這個做起廣告來，就變成老虎擾亂了人世。

有許多詩人，有許多文人頌揚過西湖的美，所以西湖的美用不著我來作不好的描寫。我把讀到的東西一拼，就可以出口成章了：「夕陽西下，山峰掛紅日，湖水泛金波，岸柳如煙，微風如詩，當此時也，一葉小舟，緩緩靠岸。」這自然是美景了。但是船篷上畫一隻大老虎，你說這可是一幅入畫的美景？而萬金油的虎標，就是畫在船篷上面而在西子湖上駛來駛去的。

還有許多文人描寫過都市的美，也用不著不會描寫的我來多嘴，也將讀到的佳作一拼，則此景即在目前了：「那時候天已經放下第二層夜幕了，矗立世界第四都市天空的最偉大最摩登的建築門前，有一個穿高跟鞋真絲襪皮大衣的女郎，流星一般地出來，碰巧來了一部一九三六年流線型式的汽車……」這自然是都市的風光，但假如下面接著是一句：「全車虎皮，車頭虎目發光，虎牙如刀，作噬人狀。」我們會起什麼感覺呢？而萬金油的虎型汽車就是在這世界第四都市中走過，引起了許多人圍著在看。

杭州曾經將張競生逐出境，理由大概是污辱好景勝地，並沒有經過法律手續的；也曾經取締奇裝異服，可是對於破壞美感的建築與廣告，從來不注意；這或者又是中國國民性，專愛干涉人而不愛干涉事。

廣告術不僅是引人注意，而要引人美感才好；光是引人注意，怕反而會引起人的反感的。萬金油廣告對於許多人是收了效，但對於另外許多人則反是獲到了反感。

可是萬金油到底是成了一種最普遍的藥。小城小鎮，窮村僻野，都奉它為神品。北平上海，江南江北，人人都知道，都在用。上至頭痛，下至腿酸，膚外小癤，骨內氣挫，無不可以搽服。我並無在實驗室將它分析過，所以也並無資格隨便批評，不過效用這麼廣，銷路這麼遠，到底借此治好的人多，還是治壞的人多，是值得大家來思索的。我們如果再以它所治好的病症來說，到底多少病即使不用藥自己也是會好的，到底多少病真是它的功勞，我想這也是許多人想知道的事情吧？在治好治壞以外，據我個人所知道的，因奉此為聖藥而延誤耽擱以致死亡的怕不比以前城隍廟的香灰所誤的會少，許多巫女把這藥隨意叫人奉用因而致害的怕也不見得少。

但是萬金油的銷路之廣，是使胡文虎先生更富了。於是他捐中央醫院全數房屋的建築費，大概是四十七萬元吧，這是值得我們感謝，並且該敬佩他慷慨之精神。

可是當我在中央醫院內看到胡文虎先生照相時，我就想到是不是可以在這些房屋內照相旁邊畫一點萬金油的廣告？或者畫一隻老虎在這歐化的牆上？這裡有許多醫師在工作，對於貧窮的人們常有不和氣的顏色，對於無知的鄉下人常有惡聲的叱責。鄉下人有時問：「先生，這個藥方是不是比萬金油靈？」有時還會問：「先生，吃了這個藥是否還要吃萬金油？」於是醫生看護們嗤之以鼻，冷笑一聲，熱罵一聲，鄉下人糊裡糊塗走了。

醫生有時告訴鄉下人，這個肚痛是盲腸炎要開刀，鄉下人說：「肚痛要開刀？隔壁張大嫂上月不也是肚痛，可是吃了萬金油就好了的。肚痛要開刀？養孩子，我們都不用開刀呢？」

於是醫生說：「開刀不開刀隨便你，不過我們看起來是要開刀的。」於是鄉下人不響，回家去吃萬金油。

哪一個醫師藥劑師肯將萬金油的祕密對我們無知的鄉下人講一講呢？這是一個與香灰一樣神祕的東西。

中央醫院本不是營業性質，也無需拉鄉下人窮人的買賣。三等病房每天有人滿之患，你去吃萬金油或千金水與它有什麼關係？它自有許多富貴的人們如被刺的汪精衛先生一類的貴客去的。貴客們去，自然什麼都兩樣；可是章程上並沒有特別兩樣的。雖然房間有頭二三等，診治分門診特診二種，但這不過舒服與快慢問題，遇急病也還有急病的辦法。此外治療方面都是同樣的待遇，並無彼此之分的。自然醫院因汪院長為黨國要人而特別重視，這倒也是應該的。可是汪院長出院時，各報所載，酬外科主任千金，大銀匾一方，贈二女看護金手鐲各一，又捐護士學校洋四百元。這個消息如果確實的，汪院長實在太同鄉下人開玩笑了。贈銀匾一方，是說得過去的；贈千金實在有點付小賬之意；捐護士學校四百元倒是太少；贈女看護金手鐲，則實在有點不必。汪院長有錢，多付點小賬原沒有什麼，但以一個院長開了小賬之門，以後上作下效，競爭富有，則護士醫師，到底不是聖人，會不會因此而待貧富貴賤有兩種面容與顏色呢？醫院對於醫藥費等費都有定章，醫生護士都有自己職責，對病人盡責就是本分。覺得汪院長是黨國要人而特別小心，那倒是人情之常，而汪院長自己以為與眾不同，大付小賬，實在是在同全國人民賽富了。全國人民誰有院長們富？誰敢期望醫生看護對他有對院長萬分之一小心？但是黨國要人如汪院長者，是應當想到把這些科學之恩普及庶黎的。付小賬慷慨，那似乎反將良醫與護士據為己有。汪院長如果感到護士好醫生好，那麼捐一百萬擴充護士學校與三等病房倒是同胡文虎先生一樣是慷慨之舉。像現在這樣，慢慢的醫院怕將更將視鄉下人為仇敵了。汪院長不過是一個例子，像這樣的闊人是遍地都是在這樣幹著。

鄉下人不是怕科學，實在是怕管理科學的人，把鄉下人窮人從醫院逐出來是一點不足為奇的，成千成萬鄉下人與窮人因別人同他們賽富而敗退，敗退到鄉下僻巷；他們還是可以買萬金油去治他們百病的。

雖然胡文虎先生以四十七萬元捐建中央醫院，而萬金油在南京的銷路也還是不會減退的。

中國現在有不少物質建設，有巴黎最流行之衣服，有美國最進步的抽水馬桶，有一切最摩登的裝置，最精美的食物，有大光明，有中央醫院，還有一切的一切。但這些總是大多數人所不知道，連摸都摸不著，看都看不見的。

於是這些人將永遠用萬金油抹頭、抹腳、抹肚皮，永遠會將萬金油往喉嚨裡吞下去了。

所以萬金油終還是大眾的聖藥！

新年論

新陳代謝，新的代替了舊的，舊的變為更舊，更舊變為衰老，新年也是一樣。

人們常常以為自己在送舊迎新，自己在厭舊喜新了，但是事實正是相反，一個個的新年送老了一個個的人，新年又將「舊」的禮物從去年受禮的手裡取回來，贈給較新的手裡去。

在除夕夜睡不著覺的情緒，從新衣新鞋，新年裡果物感到無窮興趣的幼年，如今早已是屬於新人，我們早已被新年送成陳舊了；再過些年，那般新人又將陳舊起來，我們是快被完全淘汰的了。

但是有趣的就在這裡，新年要的是「新」；陳舊了的人看到新人接踵而來，於是也經驗到了新的人生。

當我在十來歲的時候，新年裡買一輛開發條會走的小車。五十歲的老人就說：「以前我們的新年裡，哪有這些東西玩呢！」這個感慨中，至少還有一部分是替新人在慶賀的。

說到慶賀，真的通常年幼的來賀年長的實在勉強，應當年長的來賀年幼的才是道理，因為世界是這樣的傳遞著。年長的預備新衣給年幼的穿，預備新的食物給年幼的吃，……所以一年年的過去，是一年年地「新」了。

但是，也許是「我生不幸」，自從我被新年一年年送老以來，我只覺得年頭是一年年的陳舊起來了。——一切一樣，吃一樣，穿一樣，玩一樣，……「以前我們的新年裡，哪有這些東西玩！」的感慨，是久久就用不著了。

不瞞大家說，我是每年在期望，而且在努力新的花樣出來的。新年自然需要新，哪怕是鞋子當手套也好，火當做水喝也好，活人都變成鬼也好，只要有新花樣來，總比「照舊」為熱鬧！然而世界偏是依舊，依舊；新年變舊年，舊年化為煙，狗在屋脊上跑，風在襠裡響！

一年要有三千六百五十日也許好些，但是偏偏只有三百六十五日——一切真是變得太慢；八歲小孩吃去年的同樣的糖，十歲小孩玩五年前同樣的玩具，中學生看著前年同樣的小說；我們看著真是疲倦了，我們向他們慶賀什麼呢。

鄉村裡慶賀新年是：「家家戶戶掛紅燈」的。這當我們年幼時還見過簇新的紅燈，但是現在連我都變成舊人，而那些當年的紅燈，燒破了的，縫過的，補過的，燻黑了的還在當做「新」年的紅燈，而大家都呼著新年。孫子輩要玩具，祖母們把兒子的玩具，壞了的，失了光彩的，殘廢了的從破籮裡找出了給他們，然而孫子們果然滿足了；孩子們要新衣，年長的只將自己的舊衣洗了洗，改一改披在他們身上，於是他們得意了。——新年真是被破舊的農村玩得太陳舊了！

再看城裡的：城裡的新年是掛國旗，然而一面國旗已被一年三百六十四日的國恥掛舊，破了，爛了，青天變成黑天，白日變成花日。外加掛的人與做的人的疲倦，掛倒了的；改小了的，白日缺了光芒，青天改成一角。於是新年的天空弄得陳舊不堪！都市的小孩們不愛穿新衣，只愛穿新裝，但是現在的孩子的新裝，只學些陳舊的花樣了。照理那些廿多歲的人當然已變成舊人了，然而如今十二三歲的人在學他們的裝束：是長袍掃地，鞋跟觸天，髮燙成烏雲，指甲染成紅鱗，錢包握在手裡，走起路來扭屁股……。於是，三十多歲的人還是叫「新」，而世界被燻染得太陳舊了。

到底是這些將新年弄老，還是故老的新年將他們弄得陳舊？——然而據說新年又到了，中國四萬萬人在叫新年，為什麼新「新」一點也不來，而新過的東西倒被弄新了呢？你看壯年的作家模仿老邁的文人，革命同志在出四六的布告，摩登的少女在創作八股的考卷……凡此種種，是一代加甚一代的將舊貨算做新禮，於是新年是弄成一年不如一年的陳舊了。

至於成千成萬的新年文章，賀也好，悼也好，弔也好……初看是五光十色，燦爛奪目，然而一年年同樣的來看，我們自己看作新舊的八股一樣。每年報章雜誌的新篇幅，讀來反令人回到三百六十五日前的「舊新年」去了。——於是老了的都像吃了生殖靈般的「還童」起來；而年幼的回不到娘胎去的，只好把黃眉毛畫成了黛綠，紅嘴唇搽成了紫黑，把屁股扭得像養了三個孩子一樣的來同老去了的人為伍。於是地球倒走起來了，新年變得陳舊不堪！

新年到了！我們要新！小孩子們要新的糖果，大孩子們要新的玩具；女孩子們要新的衣服，要新的樣子，要「新」的裝束；我們要看簇新的人，要經驗新的人生，要讀新的文章，要用新的工具，……我要簇新的新年，不要去年的舊新年！有人要以和去年相同的賀年片與祝語來賀我者，我咒他有一個和去年相同的年頭！

談陰陽

你看這個年頭花樣有多少？過了陽曆年，再過陰曆年！

記得當初，陽曆尚未奉行之日，一年度兩次新年的都是教會學校的學生；他們陽曆年是賀教員與同學，陰曆則賀父母與親戚。在他們固然以為是漂亮，在我總覺得麻煩，所以到陽曆奉行之日，以為此後這般漂亮朋友可以省些事了。誰知剛剛相反，大家反要學教會學校學生的派頭。陽曆年到牧師與修士處去喝葡萄酒，陰曆年在家庭或親戚處喝紹興老酒。這種二元過年法，到現在，形式是越來越複雜了。

新派的人，儘管說得乾乾淨淨，說他們過的光是陽曆年；舊派的人，說得乾乾脆脆，說咱們過的是陰曆年。但是這些只是嘴上光亮，其實哪一個不是拖泥帶水，陰陰陽陽地過年以外再過年呢。這因為整個中國是這樣的。都市少數過陰曆，鄉村多數過陰曆；舊式店多數過陰曆，新式店少數過陰曆；機關上表面過陽曆；大家明明暗暗或多或少過陰曆。

陰曆元旦，大家辦公；於是你也告假，他也告假，弄得衙門面子失盡。於是嚴厲布告，取締陰曆元旦告假。這樣一來，陰曆元旦更成為特殊的一個元旦了。到現在，這個日子是這樣：衙門必須到，但大家不妨心不在焉，坐著坐著等鐘點過去了，馬上回家享新年之樂。所以這一晚新年之樂，要比陽曆新年之樂為甚了。這個形式成了「陽曆新年在於日，陰曆新年在於夜」；顧名思義，倒很合陰陽二字的原義的。

在這種情境裡，陰陽二年是有三種過法的：第一，你過陽曆年，我過陰曆年，咱們合攏過一個陰陽年；我過陽曆年時請你來玩，你過陰曆年我來玩，陰陽兩年，大家都有過。第二，對外過陽曆年，對內過陰曆年：陽曆年各店登報賀年，陰曆年店東與經理置糖菓，伙計們穿馬褂與叩頭；或者呢，陽曆年伴朋友們玩，陰陽年伴家裡吃。第三種是對公眾說過陽曆年，咱們私下還是過陰曆年，機關的頭腦，學校的教員，廚房的司務都一樣。這三種形式，「你」與「我」，「內」與「外」，「公眾」與「私下」，說起來同「日」與「夜」一樣，都合於陰陽原義的。

秉這個陰陽原義，你如果以為可以到處通用，對於男人賀陽曆年，對於女子賀陰曆年起來，那麼闖了禍，我可不能負責。陰陽之道，合則生巧；善於運用者，可以升官發財，不善用，倒楣活該。

譬如說，陰曆新年，你當其新年而不去辦公，則太「陰」；太陰則陽傷，陽傷者明傷也，於是大則革職，小則記過；但如果你太不當其新年而真的照常辦公起來，這也是有意搗蛋，則太「陽」，太陽則陰傷，陰傷者暗傷也，於是觸犯上怒，雖不明言而暗記在心，前途可怕之至。故善於運用陰陽者，舊曆新年則照常去辦公，一進門對上司先要說：「恭喜！恭喜！」接著則毫不照常辦公，只要別人到你家去，知道你在辦公就是了。

這不過舉一個例來說說，其實擺明陰陽地過兩年的道地人物，最明顯的就是在陽曆年發英文的帶賀耶穌聖誕的賀年片，在陰曆年發中國賀年片，那般自以為聰敏，漂亮人是也。這種人，可憎是實，但追根究原，大家都是彼此彼此，實反映現在整個中國的經濟，政治與文化的。用一句江南的俗語來說，中國現在的空氣正是「陰陽怪氣」，於是人不陰陽怪氣就不能生存，不過上述這種人乃是怪氣所鍾之人，同靈秀之氣所鍾之人一樣，稍是得天獨厚而已。

不必老在這些新年上想，整個的中國不但是陽曆新年掛國旗，陰曆新年掛紅燈；而且，如果你將「內外」「中西」「左右」等意義來當作「陰陽」原義，則斗大的國事，純潔的文化都是一樣。

當北伐時候，北平捕殺讀三民主義藏青天白日旗的青年學生的警察們，不久就叫市民掛青天白日旗，而自己在應考三民主義時候，我知道中國已交入了陰陽怪氣的時代了。

和平與爭鬥

諾貝爾和平獎金之設立，總使我們有一點懷疑：他自己所發明的無焰火藥，到底是不是能算對於和平的貢獻呢？

其實費解的倒不是這件事實，而是對於和平二字的涵義。照普通的理解，把無焰火藥用之於開礦、炸山等才能說是和平，用之於戰爭難道還能說是和平麼？

但是政治上的理論說起來就有花樣。歐戰的口號就是公理戰強權，滿以為強權一倒，公理從此永存的。日本欺侮中國，也是以維護東亞和平為號召；而多少次中國的內戰，通電中的官話，也都說是為求百姓的和平而戰爭。

沒有人不以為自己的戰爭是為和平，而以對方的戰爭為反和平，然而誰的戰爭是合於真的和平呢？這是沒有規定的，因而就常常是屬於戰勝的人了。假如戰勝的比較是在於力的強弱，那似乎和平是屬強權的了。

但是為和平而爭鬥這句話，似乎可以成立，因為每一次爭鬥的完結，終有個和平時期，這和平或者只是精疲力竭地休息，但究竟是相安無事了一些；至於說一次戰爭奠定永遠的和平，這句話總有點難靠。

假如從歷史來理解，每次爭鬥勝利的決定還在於歷史的輪轉。而所謂爭鬥利器之發明只是促進其旋轉之速度；而歷史推進是向著和平、平等、大同方面的。那麼，科學的發明是為和平，似乎是無疑義的了。

但這只限於人類社會，人類以外我們是還不能想到，假如要想到人類以外的事物，那麼所謂開礦築路一類的和平用途，動物犧牲的很多，也已經離開和平遠甚。

現在，所謂人類社會還尋不到和平，要在更大的範圍內去談和平，這是笑話了。

將所有一切動植礦物，可吃的吃，可用的用，可穿的穿，可玩的玩，世界似乎是人的世界。於是這份從與禽獸相持的力量現在是無從發揮，於是大家用之於同樣的人類了。

但是，人類到底有沒有征服別種的動物？獅子虎豹之類固然皆為人類所奴役了，但是，平常人所最輕視的，非肉眼所能見的病菌之類，現在正繁興著以人為奴役。

所以，在這方面說來，人同人的爭鬥也許倒不是人類的恥辱，人類的恥辱還在對於自然界抵禦力的薄弱，因為當人類以為地球是他們的世界時，細菌們不正是以人身為他們的世界呢？

但是在歷史上可以看到，人類愈進步，戰爭借重自然的地方也愈多，以前二人相爭，嘴咬腳踢而已，慢慢是運用石器，銅器，鐵器，於是武器是一代凶一代。到現在，許多空想都已經實現，水底可以逗留，天空可以飛翔，這已經是早有的事。即所謂白光一道，殺人於百步之外，使血液化水，這些中國人所夢想的劍俠之類，現在將也在所謂死光上實現了。至於用毒氣疫菌這種事情，不用說是已經成了事實。

疫菌之發現，原來於人類是有益的，但是現在是用於殺人了，這是誰想得到的事呢？

人類本是合群以抵抗野獸以抵抗自然的，但是現在是利用自然與小野獸來自相殘殺了。所以，假如人同人爭鬥，不是人類的恥辱，而藉助於別種動物，究竟是一種恥辱吧？

要從人類利用自然的一件事實看，人類所能為人類謀福利並不多，醫學的幼稚是只有萬分之一的病症可以作有效的醫治，而一點點疫菌的研究，還要用之於殺人，你想這是多麼可恥。

事實上，究竟人類能夠利用一點自然去征服自然麼？這次是旱災，上次是水災，東邊有過地震，西方有過風災，人們有克服過它們麼？

工業的發達，機械的發明，是人類常常自己驕傲的收穫，但是人類能在這方面享受其益的，比享受其苦的是要少十萬倍。那麼這許多年文化到底在弄什麼？低眼看看，五光十色都是文明，實際真是微而又微的。

許多人都說強凌弱，眾暴寡，是沒有公理；其實，以寡去從眾，倒在一個原始時代是比較公道的辦法，服從多數是現在還通融的原則；但是現在是利用自然，用少數剝奪多數的時代了。將一切公平的建設用於剝奪，有益的發明用於自殺，這是進化的文化！

要問人類利用自然的程度，到了一個什麼階段，那只有說才到了能「害」的階段好了。但，什麼時候能超過這個階段呢？

現在，人不是為要做人而爭鬥，而是為爭鬥而做人，世界不景氣，只有兵工廠興旺，於是大家都餓著肚子在準備爭鬥，同誰爭鬥呢？同和自己一樣的人。

在這個階段，一切所謂和平的建設，都是屬於反和平的，那麼某一被目為非和平的爭鬥，或者反是屬於和平的吧？

越過這個階段，才有和平屬於和平，爭鬥屬於爭鬥的合理場合。現在是二者常常倒置，許多人都是被迷亂了。於是存心努力於和平的人，倒反是助長了爭鬥；而真是為和平而爭鬥的人，則被人目為暴徒了。

所以，諾貝爾的和平獎金，要名副其實，在現在絕對不行的。將來，將來自然可能，不過其實現之遲早，是要看人類的努力如何。

照相的美與真

照相要「美術」還是要「像真」？這個問題是費解的。不過我想，如果從歷史方面講，自然是先要求像而後再要求美的，這同繪畫一樣，古典主義不是要求精確像真嗎？所以「像真」是在「美術」以前的，但是既然美了，是不是還要求「像真」，這就成了問題。有人拿美術照相來問我：「這是不是像我？」他的要求自然是「像」，但既然要求「像」，那還照什麼「美術」？

事實上「像真」與「美術」，二者是不妨共存，但前者是客觀的，以對象為主，後者是主觀的，以攝者為主。這不但人像如此，風景照也是一樣，如果你要在照相下標出「三潭印月」，那麼你理該拍出三潭。在上海北站，有京滬滬杭沿線的照片，都注出地名景名，這只是客觀的記載而已，假如有點美，那也只是屬於風景，而不屬於照相的。所以這就引起許多攝影家的批評，以為這是毫無價值的東西，據說黃山的風景最合畫意，但攝影名作都只見畫意而不見黃山，那麼你就題些「一片詩意」之類的名字好了，可是一定要寫明「黃山」什麼，這就有點不知所云。用一二枝亂山也可以配成詩意之山水氣韻，而必須在黃山取景，足見攝影師還只能斷章取義的抄襲，而沒有什麼整個的創造。其實照相要說到藝術，到極端就不必用什麼鏡箱，只要棉絮紙張在曬紙上布置一下，曬曬就可以成為名作的。而必須實地取景，也還是在寫實。那麼為什麼寫實之外，又要弄得虛玄起來呢？

這個問題，在美學原則有一個根據，就是所謂美的距離。所謂美的距離，就是說任何美的東西，必須保住一個距離，否則太接近了就破壞了美；海浪極美，但太近了就會使你發生怕感，於是就無所為美。畫幅用鏡框，雕像用座台都是為與實世界保持一個距離的緣故。那麼把照相照得虛玄，自然也是為保持美的距離，可是如果所照是人像，而這個人是大家認識的，那麼這個距離自然算已是破壞了。所以站在美的立場上，所照的相就是要人家不認識的，要人家不認識，這個辦法很多，而且也很容易辦到。可是被照的人就有問題，去照相的人，雖然願意自已美，但終不願意看不出自己，例外的變態的心理也有，雖然不是自己，但也可相信他是自己，這事情就同色盲的人一樣，完全無法辨明的。可是即使在照相中看不出是誰，而還有破壞距離的問題，那就是照成太肉感，或者太可憐，容易使人動感情，許多摩登裸體及襤褸乞丐照相都是有這個毛病的。所以站在這個美學立場上，照人像是最不美的事情，照得多麼模糊與虛玄，也難保住這美的距離的。照風景也是一樣，被人家認得是什麼地方，或者被人家猜疑是什麼地方都是破壞美的距離的。在繪畫上有什麼立體派象徵派的產生，其在美學上的根據也就是為保持美的距離，照相要維持藝術的尊嚴，說句笑話，或是還是漏光的底片是最尊嚴的。

其實盡點寫真主義的職責，照相是最好的工具，那麼問題就在於取材與構圖；可是直至現在，新聞攝影記者不像文壇上有左右翼之分，這個事實我到現在還奇怪著。

照人像要捉摸一個人的個性，那就是說，不但要照出其人之形，還要照出其人之精神；這是寫實主義者該努力的地方。現在一派寫意派的攝影師，以美為表率，照相以不像為貴，弄到大學的招生不收美術照了；可是美術照與非美術照的界限是非難分，即沒有一定的分法，廣義與狹義，就可以「失之毫釐，差之千里」的。假如嚴格一點說，像上海一般的攝影店，用活動的燈光來配人的面部之光影，實在都可說是美術照了，這些照相如果都不收，那麼學生進大學，只好到小城小鎮去照，而那面是有傳統的眉清目秀面白手直的古訓的，這樣一個推動，是不是要使中國照相術開倒車回到簡陋方面去。我想中國照相的寫實運動應當起來了。

事實上，照相的應用並不限於人像與風景以及靜物，在科學一方面，小至病理學細菌學，大至天空的星球，以及犯罪學與軍事間諜等等，無不以照相為精確的工具；照相的應用，在這裡是只要精確而不要美術的。而且現在精確的程度，已經因科學的發達，而到了高度的進展。

所以照相領域中，「像真」與「美術」已經，而且愈將趨於大家不能碰頭的極端，像真只要精確，不要美術，美術也就不要像真，可是因此為難了人像，又要像真而還要美術！這是使人這個可憐的動物又陷於這矛盾的境界中了。

其實以藝術來論，悲劇是藝術，老頭子可以入塑像，襤褸的乞丐也可以入畫，那麼照相的美醜，於被照者之美醜不是沒有什麼關係麼?可是人像常不是以「像」為鑒賞對象，而是以像中之「人」為鑒賞對象的，而鑒賞者也不止是像外之人，更重要的還是像中之人呢！麻煩點也許就在此。

憶舊與懷新

天下有兩種人，一種人善於懷新，一種人善於憶舊。這兩種人是到處都有，隨時都有的，而且同是一個人，也有時候可以懷新，有時候可以憶舊。大概以時代而論，在太平時容易使人懷新，在亂世就容易使人憶舊；以地域論，在富有地域自然也容易使人懷新，在貧瘠之區就也容易使人憶舊了。一個人的變遷，是常常因年齡，因心境，因體格，因性質，因處境而不同的；大概年輕的容易懷新，年老的就容易憶舊；體強的容易懷新，體弱的也就容易憶舊；處境好的容易懷新，處境不好就容易憶舊。不過雖是這樣說，而一個人所處之時代，所處之地域，所處之環境，以及身體之好壞，原不是絕對，而是比較的，所以懷新與憶舊也就是一件比較的事情了。今年的一切如果比去年好，那麼我們就會懷新起來，今年的一切如果比去年壞，那麼我們自然而然就要憶舊了。

一個人生命是有段落的。早晨與夜是人生的小段落，節氣與氣候是人生的大段落，生日與新年是更大的段落。早晨醒來，紅日當窗，打破了連日的陰雨之沉悶，一個人不由得會振作一下，打算一天的生命之活躍；黃昏的時候，工作倦了，太陽也已下去，於是對於一天的工作不由得要追憶起來。

冬天裡人蜷伏得久了，春天就想作新的探求；一年的生活把人弄昏了，新年自然該有點新的打算。

可是，春天雖然比冬天新，但一個失意的人常常會追憶到去年、前年，甚至十年前的新年。他要同過去的新年去比。所以快樂的人自然在新年更快樂，富家老婆婆常會對滿膝兒童笑；可是貧家的老人就要追憶過去的新年；或者她過去有兒子一同過新年的，現在因水災死了；或者她過去在一個安逸的家裡過新年的，而現在是被兵災毀了，於是反而增加了悲哀。

自然多數人不見得會完全懷新或完全憶舊，差不多總是懷新和憶舊綜錯著。今年有不如去年的，去年也有不如今年的；去年在異地漂泊，今年在家裡；去年身體很好，今年一病就弱了，去年年年成不好，今年則稅捐加重……總之，凡此種種，平均起來成為一個人的心理，集多數人也成了一個地方的心理。同時，那多數人的心理也就造成一種社會心理，可是這社會心理又會影響到個人的心理。所以，要知道社會怎麼樣，年頭怎麼樣，聽聽一般人懷新多，還是憶舊多，似乎也可以知道一些了。

新年既然是人生一段落，所以最容易引起人懷新與憶舊。以近年而論，時勢一年不如一年，國家一年貧弱一年，物價一年年漲，收入一年年微。老頭兒們年年追憶前清，年輕的也想到前幾年去，甚至連小孩們也追憶過去新年的好玩與好吃。除了暴發戶與投機家外，誰還有情緒可以懷新。

但按說時代是進步的，科學的發明，衣料玩具用具的改良，交通的便利，那麼人民應當一年比一年有新的享受，除了老年人感到自己年老力衰要憶舊以外，其餘總應當懷新才好。可是事實上大家並不喜歡科學的進步，他們嫌貴，嫌跟不上。小鎮上年輕女人老說：「以前做一件好一點衣裳可以穿好幾個新年，現在每年要改做舊衣。」其實這並不是不想做新的，而是做不起，所以只好穿舊的，可是舊的已經不時髦，於是又只好修改舊的，於是就無法不憶舊了。

那麼說來說去，還是為時代進步太快，我們跟不著，所以才憶舊的，近年來讀經復古之提倡，恐怕也只是為這個緣故。

但是憶舊總不是辦法，因為舊的不會回來是十分之十的真理，老年人總是追憶已死的孩子，所以兒子會說：「死的總無辦法了，生新的吧。」話那麼一說，我們的憶舊雖是年頭不好，什麼不如從前，但是似乎也因為我們的確老了。老年人愛談過去的盛氣與過去的光榮，但是不爭目前的光榮的；中國民族似乎也正是這樣。

但是許多許多青年都哪裡去了呢？他們難道不想「生新的」麼？

不錯，他們環境不好，年頭不好，他們失業，他們失學，他們貧病，他們流浪，這些都是使他們走到憶舊的路上去。但是人的精神也就在這裡：在這窮途末路的年頭不戀念舊日的安適，而敢面對著新的未來去求出路，這才是人；在生物進化過程中，浩大的生物都因「不適」而淘汰了，而人之所以能將「不適」的環境打破，這就在到了新的「不適」環境裡不戀念過去的「適」的環境，而能將「不適」的環境打破，改變為可「適」之故。前些時在報上見到土耳其流浪兒童每人身邊有一把鋒利的匕首，我想土耳其能夠復興當也就因為有這一點精神的緣故。這群流浪的兒童，他們以前也有母親，他們在母懷裡也安適過，但他們現在要以一把利刃，與環境爭鬥了。他們現在什麼都沒有，但必須有一把利刃，這可見他們在極不適的環境還要尋一條新路的。

中國可是沒有這種懷新的精神，大家一遇到不適，就沒有能力而且沒有意思去改變環境的。在這全國七零八落，內亂外侮頻襲之秋，固然也有懷新的人，但都是些改變自己，以求苟存，賣國賣身無所不為的。他們一遇不適的環境，恨不得換自己的皮骨以求安全，於是碰見貓洞歡喜變貓，碰見狗洞歡喜變狗。現在那班漢奸與在北平壓制學生運動的當局們，正是這種人中最顯著的，北伐前捕殺國民黨的是他們，北伐後做國民黨官的也是他們。國旗下他們生存著，國旗外他們也依舊生存著，這種人只是到處謀一個寄生而已，並不謀自己生存的。他們不但沒有懷新，連憶舊都談不到。但是中國除了這種改變自己求寄生以外，就只有退縮自己到舊昔夢裡而求自己靈魂生存的了。

我雖然也是屬於憶舊一類的人，但在全國青年懷新的當兒，也深感到中國確還有這一線「新」值得我們來「懷」的。

中國可是沒有這種懷新的精神。大家一遇到不適，就沒有能力改變環境，壞的則改變自己以求苟存，賣國賣身，無所不為，好的則能把自己拘束在舊昔的夢裡，以謀自己靈魂的生存，於是依舊憶舊，依舊憶舊。

可是時光是不停的，一年容易，新年又來了。新年中，該記得比我們落後的阿比西尼亞，已是在玩弄新式的槍炮了，而我們還是依舊玩耍那多年來的爆竹嗎？

談女人

據說前清有那麼一回事：有一個漢人考中了狀元，也不知道是哪一點被皇帝同他的妹子看中了，招為駙馬。該駙馬雖知義識禮，而行動不規；在洞房花燭夜裡，他擺著騎馬的姿勢說：「哥哥做皇帝，妹妹讓我當馬騎。」

也不知道是偶然的撒嬌，還是故意的做作，公主小姐哀哀地到令兄皇帝地方哭訴去了。皇帝一聽之下，怒髮衝冠，旨諭將該駙馬推出午門斬首。

幸當時有一個漢人老御史在旁，奏請皇帝查明，這句悖理之言，是在床上講的，還是在床外講？夫上床為夫妻，床外為君臣；狀元為三年中全國靈氣所鍾之一人，冤殺了豈不可惜？於是該狀元哭哭啼啼血奏一本，謂此語的確是在金綃帳，檀香被裡樂極忘形時說的；於是乃重新推進午門，推進金綃帳。

這一個教訓，幾乎嚇死了狀元。狀元也不敢再太形跋扈；終因索然無味，以老母在鄉待侍為名，辭官還鄉。時帝某，正以孝治天下，故對此毫無辦法；白晦氣了公主守活孀三十年，以節聞。

在這個短短故事裡，第一老御史為國家人才打算，忠也；駙馬悖理，要斬了，亦是忠的反筆。第二，御史與駙馬同為漢人，皇怒之下，捨身進諫，義也；第三，駙馬為老母待侍，棄名利嬌妻而回田野，孝也；第四，以公主之貴，為漢人守節三十年，節也。

在這忠孝節義時代的國家裡，女子盡其所能的努力，也只能做到一個節字，而這個節字，還是因為男子要占據她才給的。忠可換官做，義可以換恩報，孝可以得遺產，唯有節，一直要等死時，才能有一塊石頭堆出的牌坊！女子要努力於忠義孝的，也未始沒有與不可，但此非當時所期望；而歷來女子，木蘭大戰沙場，不能做官，對於忠最多也不過一個虛名。義在女子行裡幾乎是沒有的；孝在女子是同節在一起，因為換遺產的辦法沒有，所以只能「出嫁從夫」，幫助夫去孝公婆！

所以，論來論去，女子一生，如果是至上至上的地步，只能換個石頭堆成的牌坊。一個「節」字，還是「節孝」二字，這對於石頭的重量恐怕沒有什麼關係的。所以升到「一品夫人」之類，那完全是靠「男人家」的忠；至於「琅璫入獄」與「身首異處」，除了她自己謀殺親夫或親子等外，那男人家，一字之罪就可以「滿門抄斬」，把她斬在裡頭。

這些是過去的社會中女子的地位。至於民國革命後一切情形就不同了：秋瑾女士的一死，似乎此後女子，必同男子無異。有的男子生怕她們翻身報仇，於是見風轉篷，大拍馬屁；有的男子也怕她們翻身報仇，但還以為可以壓抑，於是大嘆世風日下，以至理該男女爭鬥尖銳之日，反而形成了兩種同目的的男子們的手段之爭了。真為女子搖旗吶喊之人，也未始沒有，不過看起來似乎是只在幫助男子一樣。所以這表面上雖是女子解放運動有些實現，而實際上這種反賓為主的黃色解放，無非使女子從隸屬於愛「三寸金蓮」的男子，變為隸屬於愛「六寸玉筍」的男子；無非是從愛「烏絲三丈」的男子手裡，遞到愛「髮皺如雲」的男子手裡罷了。看當時剪髮時候，那般女子們十二分膽小地估計環境之允否，可見是完全在觀察愛「短髮」的男子多，還是愛「長髮」

的男子多。把自己看成一種貨物，迎合買主心理的一種反應罷了。心細的朋友可以去調查女子剪髮運動之勃興，到底是女子自動的，還是在迎合男子的興味？見到當時為有思想男子所愛的女子之先剪，就可以知道一個女子為「悅己者容」的事實，是鐵一般的一直到那時還存在著，甚至於現在。我並不否認有一兩個先覺的女子，在每個時代都存在著，那時以及現在；但從來先覺的女子都沒有完整地領導起純粹女子解放運動，這是事實。

幾年來，我們從放腳、剪髮這種進步的事實抱著希望的人，是無日不期望有點新的變化發生。至少也想到，她們因此而節省下來的光陰，將使在中國文化多一步推進，或者會使生產上產生些新的效率，固然十年來沒有人將這個事實去統計，男子也該負一部分責任，但是，女子從剪髮到燙髮，從放腳到真絲襪高跟鞋這點觀察起來，無論在時間與經濟方面說，或者在為她們任事或用功方便起見講，都沒有什麼進步。當初我以為連接起來可以達到火星的全中國女子纏腳布的經費，一定可以節省下來了，但事實上完全不是如此，這是我做夢都沒有料到！

也許曲線美的女子愛曲線緣故，她們從理髮省下來的時候，不久就用到了燙髮，以後忽長忽短，忽改為二辮的變化上；把纏腳布之費用不久就用於外國貨的絲襪上。這些完全是曲線的變化。那對於裸足省襪我又不能樂觀了。蔻丹從指甲用到了趾甲，雪花膏香粉從面孔用到了小腿，這些已經萌芽的事實，是顯然一切女子的解放，完全不是為時間經濟效率實用，而是為悅己者容罷了。

把裙弄短，把腳放大，誰都以為走路該同男子相差無幾了，偏偏要穿高跟鞋，於是男子仍要負扶她的責任。Ladies first，與電車讓座，是在侮辱女子還是看重女子，這到底還是問題。

有許多地方，單單用直覺去觀察就夠。中國十分之九中學女生穿平底鞋，十分之九大學女生穿高跟鞋，這一點與她們有否情郎數之比例是剛剛相合的。還有歐洲大部分中學女生之不談戀愛，所以她們的鞋襪與衣履也都樸素，以最繁華的巴黎而論，中學女生穿高跟鞋幾乎是十分稀少，則高跟鞋之與男子的關係毫不能分開，乃彰明昭著的事實。其實用意並不是要追蹤男子的高度，而是她們要男子挽著她們走路罷了。

統計世界女生用功的數目，與她們美麗的數目是剛剛成反比例的，這在無論哪一個學校都可以看出來，也用不著我來囉嗦。所以，現在那些學校裡、汽車裡、公共汽車裡的女子，如果有男子可靠而還想自己努力，那是我們誰都不會相信的。

我想我們一輩人總都是贊成男女同校的人，然而在我現在的世故看來，為女子的教育前途，我不能不反對這個有害的提議。我碰見過許多女校裡的女生與男校裡的女生，我感到女校裡的都比較有個性與力量，而男校裡是剛剛相反；學生會女職員在男校是花瓶，在女校裡才真是職員。以北平最著名的二校來說。××女校的學生就比××大學的女生要強。你個人可以在任何地方看出，在戀愛方面的主動性的強弱，在爭鬥時的力量大小。……當××女校學生與××大學學生們作軍事訓練的野戰練習時，我感到，這雖不是怎麼樣的事情，但同××大學的女生從不上軍事訓練的一點看來，這些女子一接觸男子，一切依賴與信任心的立時發生，這是世界最偉大的雄辯家也沒法辯正的。

我並不反對人要美，我也並不反對女子的裝飾，不過如果用美來求依賴與一切的靠山，那這種美為男子所玩弄是必然的結果。

男子們也多以修飾來追求女性，但除了少數以外，大多數都是以主動的態度，堅強的個性來支配自己；而女子們則剛剛相反。男子要使女子省力來得女子的愛寵，而女子要使男子費心來得男子的愛寵的。所以男子常常以個性，叫女子的眼光去屈就他的儀采；而女子則以依男子的眼光而修飾，所以，只剩一切外面的打扮了。

許多事情是這樣的：譬如說我不愛看美麗的女性，原是很自然的；但如果在路上車上對任何美麗的女性說：「小姐，我是不愛看美麗的女性的。」這樣，到底是愛看不愛看，那就成了問題。所以女子們的裝飾也是一樣，露點肉原沒有什麼，如果用各種方法，將肉襯托出來，則到底是把它看成普通的事情，還是把它當作可以注意的事情？這是比上例還要明顯地是以此為別種目的的手段了。

由上可知女子的一見男子就立刻起了變化的種種事實；而這變化正是反映以性生活解決一切生活的形式。這種形式，在封建社會中盡可能是一堆石頭砌的牌坊，在現在，是連這石頭砌成的牌坊都沒有了。

然則這許多年來，放腳，剪髮，短裙的事實都不是一種進步麼？是，是。但是這種進步是在另一方面。那方面是放腳而不著高跟鞋與真絲襪的；剪髮而不燙與不束絲帶與別針的；露點肉不以為可恥，但也不以為十足漂亮的。這到底有沒有呢？有。但她們不在電影院裡，不在汽車裡，不在公園裡，甚至也不在頭等電車裡。她們是在工廠裡，農村中，你可以看到，她們的實際生活也就不同了，她們同男子一樣，工作時候一樣，刻苦時候一樣，什麼都是一樣的。

談美麗病

那麼，為什麼不叫病態美，偏要叫美麗病呢？這個，我願意先告訴你，我是從醫學上看，不是從藝術上看，所以我願意談病，談美可真就外行了。

近來有許多提倡健美的藝術家，把小姐們半身的，穿著游泳衣的與穿運動衣的照相，介紹給我們，指示我們這是健美的標準，叫人擺脫東方病態美的典型，來模仿她們。說是東方美的典型就是病態美，這句話假如是從演繹法來的，則根本不能成立；假如是從歸納法來的，那麼說他們是從舊才子的書畫上美人歸納而來，這是一點也不會冤枉他們。因為，假如他們常常用社會裡的女子來歸納，是決不會得這句話結論的。而另一方面，在那些文字與照片上可知道，他們的健美人物，也只是在高材生，運動員，與藝員選來的。所以這個標準，還只是他們新才子派的標準，並不適宜於我們這般俗人的。

自然，藝術家總是有幾分才子氣，我們應當諒解他。因為假如「健美」的名稱很早就有，我們相信賈寶玉也很會把肺病到第二期的林黛玉捧作健美的標準吧。

其實，不用說未成名的美人，是有許多在民間生長與消滅，這我們在民歌裡還可以找到，她們都是康健而美麗；就是已成名的美人，如西施，她是浣過紗的；文君，她是開過老虎竈的，這些事情都不是太嬌弱的人可以做得。此外，妲己，玉環，我總覺得也是健康的女子。

所以把這些美人都說是病態，我總覺得是才子之罪。我看過西施浣紗圖，溪流清澈見底，游魚可數，柳綠桃紅，蝴蝶在周圍飛，黃鶯在樹上唱，西施穿著黃淡色的衣裳在河邊像尋詩一樣的浣紗，紗像新式手帕樣嬌小玲瓏，使我疑心這是哪一個小姐旅行團在風景絕倫的地方用手帕在水裡晃蕩時留下的一幅照相了。我也看到過文君當爐圖，茶館在山明水秀之鄉，生意很好，四周是人，人人都是高等華人，或揮鷹毛扇，或讀太上感應篇；相如書生打扮在捧茶，秀美無匹；文君則粉白黛綠，面泛桃花，笑容可掬，衣服鮮艷，手握小團扇，如梅蘭芳飾著虞姬，手拿網球拍一樣。也許我是亂世的驚弓之鳥，見此圖後，替她擔心者久之，誰敢擔保張宗昌部不會來喝一杯呢？

才子們曲解事理，逃避現實，這是古已如此的了。但是在小說裡的女子倒有兩派，一派是私訂終身後花園的多愁多病的大家閨秀，一派是武藝超群，飛來飛去的將門千金；前者正如同許多近代小說裡的會詩會文的大學生與畫報上擅長藝術的小姐，後者是正像一部分小說裡所寫的浪漫熱情的黑梭色的女性，與畫報裡的游泳池畔運動場上跳舞衣裡的玉人照相。自然這並不是完全相同的一對，可是才子們的歪曲，把部分的現象當作整個的事實是一樣的。

美的標準原是由社會而變的，當初是皇帝的世界，覺得宮殿裡需要裊裊的女子，於是女子們都纏腳了；皇帝要胖太太，於是胖子都是美人，才子們都歌頌豐腴；皇帝要瘦老婆，於是瘦削都為美人了，才子們都歌頌苗條。現在社會變了，闊人們不打算造宮殿來藏嬌，有時候要走西伯利亞鐵路去法國，有時候又坐皇后號去英國；長途跋涉，舟車顛簸自然要康健一點為是，於是才子們來了健美運動。

本來人生無病就是福，誰願意生病？但健康的要求，原是在做得動，吃得下，固然也有幾分為享受，但大部分倒是為工作的。可是現在的口號有些不同，康健的要求倒是為美了。

其實如果你是要康健的人，我們一同到鄉下去找，田野間或者是手工作場一定可以有許多。蘇州有抬轎的姑娘，江北多種田的女子，固然許多許多現在都餓瘦了，但你給她吃就會復原的。可是才子們一定要穿著高跟鞋或者是游泳衣的人捧為健美，這個道理實使我費解的。

其實青年人之願意為美而犧牲的，正像生物在性的追逐時，常常會不顧生命，植物在結果前要開花一樣，這倒是極自然的事。

用這個眼光去看現在青年們健康，實在也只是為另外一種犧牲罷了。以前是的，西洋女子有束腰，中國女子有纏腳，不久以前，把好好的牙齒去鑲一顆金牙齒，把好好的耳朵鑽個窟窿去掛一副耳環，不都曾有過嗎？人人都笑非洲土人的以泥土裝飾為野蠻，可是你有沒有想到自己生活中也常有這種相仿的事情？金屬與土不都是礦物麼？現在人有冒著冬寒裸著手臂為帶鐲頭之用，忍受那手術之痛苦，冒著危險去受科學美容術的洗禮，這不也是事實？

由此看來，犧牲著身體去求美，這是一直沒有什麼變更過；變更的是方法，而這方法則是進步的。

比方說纏腳是為娉婷，但是人當老得不配娉婷時候你不是不能還原麼？而以此犧牲的苦之大小與所獲得美的代價去比較，高跟鞋之娉婷，自然要自由要好得多。以耳朵鑽洞去掛金器，自然沒有夾扣法為少痛苦，而其所要修飾之目的不是相同的麼？這是進步，可是為美觀而要犧牲身體是事實。

我相信人生有兩重目的，一重是自存，一重是種族，前者是求健康以利工作，後者是犧牲健康以延續種族，哪一個不為自己生存爭鬥，哪一個母親不是為子女而衰老，哪一個人不為異性而犧牲？

我贊成健康運動，我也贊成修飾要求；但是我反對才子們的健美運動，因為這是把健康當作只為美而把美當作買賣，受這群新才子們的影響，那就反映在女明星的不餵奶主義。

話到這裡必須說回來，既然每個人在某個時代終願意犧牲點身體來求美，可是照常識看來，也許是蠻性的遺留吧。青年人的犧牲常常是盲目到置死於度外的，穿高跟鞋露臂一類事本不算什麼，世間還有為了怕胖一點不吃白脫與牛奶的小姐，有故意作微咳或者小病的太太，世間還有無數的為空想的美（戀愛）而痛苦而呻吟以至於死的青年男女！

美麗病也不是我所贊成的，但我同情它。因為我相信，以夾扣環代替鑽耳朵，以高跟鞋代替束腰與纏腳的程序中，人類文明的進步是能得美麗病減輕的。

我反對不餵奶主義的健美買賣，因此我願意在才子美人面前反對提倡美麗病。

談女子的衣領

中國女子，歷來以「南朝金粉」「北地胭脂」著名，但無論其為金粉或胭脂，在現在，總常常是集中在面孔上面，在耳根以後與頸部，則常是灰黑的；這毫不怪她們不潔或不美，只怪那條無理的領子。

女子衣服上生一條硬領，真是同在坐椅上面長釘子一樣的無理由。

女性之所以美於男子，完全是男子只有折線而女子有曲線之故。曲線之道在圓匀，故其最為男子所不及之處，第一在性器官與臀部，第二在乳，第三就是頸。男子在圓匀的頸門多一喉結，像兩根短蠟燭相膠，相傳為禁果咽了一半被上帝喝住之故，乃最難看之贅瘤。凡男人在左顧右盼之時，側面一看，頗類蛇類在動實使人作嘔三日。女子無此，實大可顧盼自若，引為美事。為何偏要用竹筒一樣的領子套上？既失顧盼之自由，又掩去美麗之特徵；所有活潑，靈巧，圓匀之處俱失，豈非暴殄天物，有傷風化？

記得明月歌舞團在北平獻藝之時，每個歌女引喉之前，必先解領扣，大鼓聖女小黑姑娘在上海登台時也次次如此。中國硬結式的鈕扣本是最笨之產物，用在頦下的領上尤其是萬分不美與笨拙。特別是在她們解扣之處，常露出未洗淨的污點，會使我全身發癢。然而此非她們懶惰與不潔，實乃衣領之罪。——穿著這種硬而高之領頭，要不洗壞不弄皺領子而洗淨頸頭部，非易事！

非易事！

領在幾年來，元寶領，朝板領，小翻領……以及現在從後面斜下來的領……雖經過許多次的改革，然其為竹筒式之領也則一。以致醜態百出，常有衣服尚新而領已破；也常有衣服尚潔而領已污，更常有衣服尚整而領已萎縮如臘腸……這些豈非太煞風景？

至於現在時行之領，每次扣上，粉頸立起紅痕，實可有上弔未遂之誤會。而談必低聲，後顧必賴「向後轉」，仰視必賴突肚，俯視必賴彎腰，左右顧盼必賴瞟眼斜視，以致頸節骨之轉動無形痲痺，聲帶亦遂而變態，所謂現在尚未時行過的那像母雞被公雞強姦時的歌聲，我十二分相信，其發源一半就在這種領子的上面！

所以無論在實用、舒適、便利、美觀、清潔上講，竹筒式之領子實為最可憎的東西，而且影響人類文化是很大的。至於以防寒為理由，則一條圍巾夠多方便？而要用這種硬板般的領子，以致到了大暑天，產生了許多把高硬的領子敞開著露著齷齪的，或帶一條治發痧的紫塊的頸部之女子來。

我們以前的服裝，衣領本同現在的和裝一樣，它具有一條美麗自由的衣領，和裝原是中國移植到日本的，但日本始終保留著那種美麗的衣領，使他們女子有一條活潑自然的脖子。中國其實也廢去不久，在晚近孩子身上還通行著。記得我在幼年時也曾經穿過，但現在只留存於所謂晨衣及道士和尚的袈裟上，而我們時髦小姐當然不屑去注意它，這是很可惜的事。你也許要說，現在許多女子在穿西裝了，西裝之領，固比中國現行竹筒式要好，但夏裝之前袒後露，與冬裝繩鈕等之痲煩，較之斜襟，實在不自然與不實用得多。斜襟衣有含蓄蘊藉，柔和瀟灑之美，在中國畫幅裡都可見到，與中國女子固有的美點實能相得益彰。假如說西洋女子適宜於西裝之領，能夠襯托其舉動上豪放活潑之美，則也許西裝之不合宜於中國女子，就可以在假定梅蘭芳穿了他在美國所得的博士學位的衣裝，去扮演天女散花、洛神以及摩登伽女時去想像。這並非要提倡舊戲裡這種典型女性在現代社會中存在，而只是說明，裝束當以自己固有的姿勢、態度、舉動等美點去配合與調和的。

但是話要說回來，在這裡，我是一點沒有說到領子以外別的部分，所推薦的斜襟衣，也只在它的領式罷了。

談女子婚姻與生育——改在某女中講演稿

諸位小姐：我之所以敢這樣大膽答應校長先生到這裡來演講，因為我覺得在紀念周後的演講，原是一個丑角的責任，同許多學術演講是不同的。

剛才王先生介紹的話，幾乎使我臨陣脫逃了，所以我要特別聲明，希望諸位千萬不要相信他的話，把我看作對這個問題有什麼特別研究。

我所以要選這個題目，倒是因為這個問題是每個小姐都常常想到的。我知道諸位中間對於這幾個字早已看到非常熟，聽得非常熟了，或者都已有了長久的注意與思考，所以我這個丑角到班門來弄斧，要說能解決你們久懸在思考中的問題，這是我沒有想到過的。

我有八個叔祖，都是我曾祖母一手生的，所以我知道生育；我幾個叔祖平均每人有我兩個姑姑，所以我知道生育；我的十六個姑姑平均每人有我兩個半的表姊妹，所以我更知道女子的生育了。我聽見過我的叔祖母嘆養孩子的苦，可是比我聽得更詳細的姑姑們又都生了；我聽見過我姑母們說過終身不嫁人不生育的話，可是我有了四十個表妹了。如今我是天天聽到表妹們不嫁人不生育的話，可是誰能相信這是事實，因為有幾個已經在開始戀愛。

我的四十個表妹還在讀書的有三十六個，在中學的有二十六個，在大學的有九個，有一個已經大學畢業了。我現在當然無法知道你們的思想，但我在我的表妹以及她們的同學中間，我發現一百分之一百是對於生育是害怕與厭憎，而且認為這是女子們自作的繭，一進這個繭，於是所有青春、甜夢、繁華都會失去的。不生育自然要不結婚（因為生育控制在現在還是不十分辨得到，而且一結婚，無論是男女都耐不住這些無理的控制的）。可是她們都在戀愛。

當然高中以上學生會怪社會制度與經濟制度了，覺得女子在中國現在生育是最苦的事情，這當然是真的；可是因此而不結婚，這種削足就履的事情，當然是辦不到的。你們都目擊你們的上輩，有些也目擊你們的爸爸的荒唐與無理。你們受了更新的教育，你們厭憎與怕恨男子，可是像我那群表妹們，她們同你們一樣，她們居然愛起了她們所認為最能使她們不幸福的男子。

你們每天在報上看見許多男子不道德的新聞，每天在小說裡看到男子薄倖的故事，還在社會中看到生育後的束縛與衰老，因此你們怕；可是你們一方面在馬路上在公園中總看女子同男子一同在走路與談笑，電影男女主角的接吻，你們以為她們都是大傻子嗎？——其實不然，這都是自己的鏡子。

自然，你們中間有許多都有偉大的抱負與理想的事業，以為這些件件與結婚生育都是相衝突的。話要這樣說，那麼你就不必想到這些有害於前途的問題了，你把這問題當作是與你毫不相干的事情好了，可是你還常常喜歡想它，或者愛聽別人談它。

你們已看到婚後女子的煩勞與不自由，但是你們也一定會看到在你們的認識人中，有年事已長的人，她看著自己的同伴一個個平庸地出嫁了，而感到一個人的寂寞與危險以及世途的崎嶇的吧。

你們發現了自己的矛盾，你們就可以平心靜氣地來想一想，一個人，在這樣的社會中，要是沒有一個家做後盾，對於你自己的抱負與事業是否也會感到寒心呢？正如你想到婚事與生育會妨礙你事業與理想一樣，它是會妨礙你對於自己的抱負與努力的決心的。

結婚原是一種建設與努力。在這樣的社會中，一個人的事業與理想的基礎都建築在這個家上面的。它會給你許多慰藉與可靠，尤其在心理方面，你知道有多少想自殺的寡婦，她在為一個自己的孩子而勇敢地活下去呢？

世間有不少男子是薄倖的，世間的女子何嘗都是多情呢？

你們相信地理上的話，地球太陽都是要變的，你們也相信生理學上的話，一個人七年要換一次全身的細胞，你們有時候也憎恨過去的自己，可是一百分之九十的你們，都相信愛情是永久不變的東西，這不是可笑麼？

假如你們相信愛情原來要變的，那麼你們怪什麼男子的薄倖，男子怪什麼你們的寡情？一個結婚的不幸，那是組織不好，或者是建設不好；正如一所房子的倒塌一樣，用得不好，以及不常修理也是應當負責的。

現在的建築，造一所同你年齡一樣久的房子無論如何是可以的，可是也可以造一所立刻就倒的紙房；有許多不知道種樹與通溝，房子因此提早被風雨弄倒的也有。有許多很好的房子有點漏水的毛病，或者是四面都弄得污穢，這是欠缺勤掃與修補之故。

世間有多少人結合像紙房一樣的脆弱，有多少窮夫妻因為經濟關係而像房子被風雨侵蝕般的倒塌；世間還有多少終身夫妻，而終身過著不快活的生活，像屋子欠收拾而破爛而污穢。

女子不任事與任事都不是問題，男子賺錢多錢少也不是問題。

問題是戀愛時的熱情與美貌已經不能維持婚後的幸福。不用說青春期一過，人早已衰老，就是一個永美的天仙，整天對著也能感到美麼？而婚後的慰藉就在男女不斷的創造之中，事業的開展，學問的收穫，以及家庭的布置，用品的添增，此外還有個重要的事情，就是生男育女。

我並不是說女子只要生男育女，我是說女子的生育也是一件可貴的創造，而教養兒童尤其是一種偉大的事業。當然，有政治興味或文學興味的女子，盡可以將兒童交給奶媽、育兒所。但假如她對於兒童有興趣的話，將兒童教養得非常康健與進步，是不是會比你做一個官，開幾個會，寫幾篇小說沒有價值呢？我說這是不的。

我碰著過許多家庭間的佣婦，她們個個都是自食其力，而且還要養家的好女子，她倒並不是完全為錢，可是不願回家，她們討厭見自己沒有出息的丈夫。

為什麼社會對於這種女子都沒有說她們寡情，反說男子「沒有出息」，而說與這同樣的男子是薄倖呢？所謂沒出息，就是這個男子不會創造新的美點使她愛戀了，正如許多中產以上女子一樣。

中國的事情常常這樣奇怪，無產的女子常常會擔任一切，她們自己出賣勞力，把兒子送進中學讀書的很多。而中產的女子，一嫁了丈夫，就一點不知道振作與努力，每天拖著拖鞋在隔壁打牌，或者是搽好脂粉到外面看戲。我同情前者對於那般無出息不知勞作的男子寡情，我也同情後者的丈夫的薄倖。

要是沒有工作，而只知打扮得很好，置兒女於不顧的女子，那是姨太太的典型。一個只知用打扮去吸引男子的女人，衰老時候的失寵是不成問題的；反過來在男子也是一樣。所以以為有了孩子要衰老，因為不能獲得婚姻的幸福是不通，倒是老是沒有孩子的婚事是單調而空虛的。

譬如我的一個表妹，她告訴我，許多男友向她求婚，可是她一個也不應允；她又問我為什麼男子個個都需要家，可是有了家又都厭憎了家？為什麼許多職業的男子都不喜回家來同他太太一同吃飯呢？我立刻就告訴她，她是受了她母親影響的偏見。她永遠不同情她父親，因為她父親在有了她們孩子時候，總是同朋友在外面嫖賭，好像回家是最苦的事情一樣。

於是我告訴她她年幼時候的情形，告訴她她同她的妹妹與弟弟，曾被嬌養得不成樣子。她母親什麼事情都隨她們，地板上也會撒溺，痰盂會拿到椅子上去——一會兒相罵，一會兒吵架，一會兒要落花生吃，買來了花生又搶多搶少，於是一地一桌是花生皮……這樣，我問她，假如你是一個有職業的男子，做了一天煩惱的公務，回到這樣的家裡來是一件幸福的事情嗎？我說不用說你父親，每天要碰到你們，就是我偶爾碰到你們都不耐煩似的。

諸位設想，假如我是這裡的教員，教了兩班數學或者英文回家去，人已經非常疲倦，可是一進門就踏到阿六的屎，（假如我有六個孩子的話）我非常不高興，我叫dear（假如我叫慣dear的），dear，dear……連叫六聲，都沒有人應。我走進去，王媽（假如我們有一個女僕叫王媽）正在打瞌盹，我問她太太？她說太太同張太太一同出去的。我問她上哪兒去了。她說沒有留話，我有什麼辦法？我說：「為什麼不把門口的屎掃掃去？」可是這句話說得太重，把睡在後房的阿六弄醒了，哭得比我話還響。阿二於是去抱阿六，我只好自己換去帶屎的鞋，可是拖鞋怎麼也找不著，床下椅下，哪兒都沒有。我找得發火也沒辦法，太太的鞋都是高底皮鞋，於是只得暫時拿一雙王媽的鞋來拖。

這樣，我拖了拖鞋上樓去，預備改一點你們的練習，可是練習本忽然少了，這不是該著急了麼？明天發不還你們，你們怎不罵先生混蛋。好容易在地上在玩具堆裡、在尿布堆裡找齊了，剛要坐下，隔壁鄰居大聲地吵起來，於是我下樓。他說是阿三打破了他們後門玻璃，我只得賠了他錢。想找阿三罵一頓，而他老在外面玩。我只好忍著氣再上樓。剛要翻開你們中間一本簿子，阿四哭著上來了，他說阿三欺侮他。一個已倦累了的人總怕麻煩的，就隨便給他三個銅板，叫他快出去；可是阿五又來了，他說阿四有銅板他沒有，我當然不能不給他。碰巧銅板已經沒有，我只得叫王媽去兌銅板。銅板兌來打發他走後，諸位想想，我這時候還能有精神替你們改簿子麼？我乃坐下沙發，預備抽一支煙，可是坐下去正坐在我太太的高跟鞋上……。於是太太回來了，同著她的三個女伴，我又不得不敷衍……。諸位，請不必笑，這是事實，在這樣事實下，你們能原諒我於第二天不回家，同王先生去玩玩麼？可是不久的將來，我以嫖賭來消遣工作後的心境時，你們會罵我是侮辱女性者，是下流男子了！

在現在的社會中，你們想，一個靠勞作過活的人，社會上有多少壓迫與刺激給他，他在奮鬥，在掙扎；回到家裡自然有時他要嘆氣或者發氣。假如像戰爭時候男子在打仗，女子在看護的分工，女子是否也應當給他一些忍耐與安慰？可是在家裡的女子，對於男子一點點不周到，立刻加以侮辱女性的罪名。我請你們想想，假如你們有工作，你們想，在社會上與工作上所受的氣會完全沒有嗎？農工們對待太太更加不好，是的，有時候一時大怒，甚且會動手動腳，打太太。有教養像你們這樣的小姐看見了或聽見了這種事實，你們一定會打抱不平，說什麼侮辱女性與野蠻了，但是你們有沒有想到地租與稅捐等之野蠻與殘忍嗎？假如那個農夫的妻自己去耕地還租，其所受之苦難道可以輕些嗎？我恐怕她是比那農夫的打罵還凶吧？一個農夫對妻子過分的凶狠，事後總會有懺悔與撫慰，而社會上的殘酷，那就是你死了都不會給你半點同情的呢！

即以教書來說，校長與學生以及全社會都是教書匠的主人。一句不好可以在報上罵他，在公安局告他，扣他薪，削他職，或者你們在講堂上責難他，訕笑他，甚至用你們的墨水瓶打他，也可以叫全社會來抨擊他。做教書匠的太太有這些難事麼？

根本問題當然是在社會，這早有許多明哲們說過，但在社會問題未解決前，你們或者是自己在社會上去負半個耶穌肩上的十字架，或者就在家庭間負起一個教士胸前的金十字架，二者必取其一的。

自然，教士胸前的金十字架要比耶穌肩上的十字架輕得多。但你們間有許多是只在畫中看到真十字架的，你們可都有一種好奇心要試試看呢？

可是不久諸位大概都會看到，或者已經看到過了，你們的許多朋友親戚，都曾感到做別人事，吃別人飯之無趣，而要回到家裡來做自己的事情。世間有一百個小姐是一百個怕有小孩。她們都覺得小孩妨礙她們做自己愛做的事，但一到有了小孩，她們就感到管理與養育小孩是自己最愛做而最有興趣的事了，無論她是學哲學，政治，或者是工程。

其實這也不但是女子，青年男子也是討厭小孩的。而實際上這個自然的因果，我們也不容易分。到底是因為自然需要小孩而叫我們有戀愛結婚的事呢，還是因為我們戀愛結婚了而才有小孩呢？問題原是相對的，在未有小孩前我們會感到小孩是因結婚而來，但一到已有小孩，我們反會覺得我們是為小孩而結婚的了。於是家庭的重心就在小孩身上，而所有美的、夢的、自由的、浪漫的情調也就在小孩上面了。

青年們都醉心於浪漫、幻夢與自由，但這些在婚後的年齡都自然而然幻滅了。中年的夫婦沒有孩子的悲哀，我們都看到過；這常常會使家庭不融和的。青年的夫婦置小孩於不顧，雜亂與骯髒，致夫婦不睦，我們也看到過；這雖是一個矛盾，但問題就在兒童的管理與教養。美好的兒童會使父親按時回家，甚至回家時還一定帶一包食物來。美好的兒童也會保持父母的愛、美與青春。一個人到一定的時候需要兒童來繼續她。太太會在兒子的身上發現丈夫的青春，丈夫也會在女兒身上發現他太太的嬌美。所以一個人最怕的是沒有生育，沒有生育原是變態的事情，生育不會使人老，反會使人永生，不但不會破壞夫婦感情，反會使感情增加翻新，問題就在管理與教養。

本來熱情的愛原不是永久的，所以愛到了焦點就要結婚來確定，於是就需要生育來昇華。

我不是道學家，不是不贊成離婚與再嫁，不過我認為一個不知道結婚的道理的人，再婚嫁了一百次也不會洽意的，直到最後一次，還得用耐心勉強維持下去。

另外，我看到成千成萬孩子的失了教養，我覺得責任還在你們身上。我並不是說一定要你們去養小孩與管家，而是假使你們也在社會上做事或用功，也不必怕小孩會妨礙你，只要你給他一點好的安排，他們是反而會促進與鼓勵你的，這不是在兩方面都是好事麼？

費了你們好些時光，但這雖是小丑的結論，可是，真理有時也會出在小丑的嘴裡的。最後，祝諸位都有完滿的婚姻與家庭。

談種族上的優劣

幾年前，黑人拳王喬路易敗於德拳手希滿林，德國盛稱他們民族的優越，同情德國的白種人，也盛誇白種人之勝黑人。希滿林回國時，大受「元首」的愛戴，稱他為德國民族之代表。但是那時外面正傳著一個說頭，說是德人曾用快鏡頭將喬路易的拳擊多量而仔細地照下，映出來讓希滿林揣摹過，所以對於「德國民族優於黑人」的論斷，並沒有得輿論的（不必說是科學上的）贊同。

去年英國拳王法耳東尼去美國與世界拳王黑人喬路易作爭奪世界拳王錦標賽時，英國報紙盡宣傳之能事。在這些宣傳之中，裡面有許多可笑的種族的偏見與輕視。法耳東尼的談話，尤極端自信自己種族之高超，拳技之可靠；各報也都以此自信信人。有一兩個比較知道喬路易拳藝的記者，則用種種側面來輕視他，說他怎樣愚笨粗魯，怎樣沒有常識，怎樣傻頭傻腦地只知道揮拳，不知道用腦，其中有一篇是用天才的描寫筆調來敘述這黑人拳手與其經理打電話的情形，一口極端的黑人美國音，（美國話在英人看來已經是可憎，而況外加黑人音！）談些不健全的話語，用一點不懂事的頭腦，回答經理說：「我只會打拳，別的我都不懂，你去辦著就是。」總之，歸納這些新聞上的宣傳，與其說是宣傳法耳東尼的拳勢，還不如說是宣傳英國人種的優越，以為英國拳王勝黑人是無疑的；萬一輸了，則打勝的人也不過是低能無腦的打手，如此則勝敗似乎都占優勢。法耳到法國後又發表必勝的壯語，到美國後又宣傳聲勢的喧赫；英國報上又說及法耳的練習營中參觀者的擁擠，而參觀喬路易的練習營的則只有寥寥幾個黑人。

正式比賽時，到第四、五圈法耳已敗，可是應當是敗了。偏偏喬路易一直留到第十來圈才把他打倒。於是英報一致聲言法耳雖敗猶榮，因為精神上是勝利的。精神勝利我起初總以為是中國人愛用的老話，現在則深感這是事實上失敗者愛用的老話了。喬路易在美國聲明應該打倒法耳時沒有把他打倒之故，是因為他手指受傷，可是英國的漫畫家，則在畫中說醫院X光下照起來他手指並未受傷，儘量地說他雖勝而卑劣。光榮的英國精神上終是光榮的。

那麼到底人種上是不是有這許多優劣的差別呢？生理上或者是心理上？

英國一般的讀報者以為英國人當然強於黑人，等到拳擊上的確是比下了，於是相信精神上還是優於別人。那麼到底有這些優劣存在在人種間麼？

其實以法耳之敗於喬路易單獨一事，並不能證明白人一定劣於黑人，也不必紅起面孔一定要說精神勝利的。不過以為無色人種優於有色人種的話，的確是白種人，甚至是許多有色人種的傳統的成見。這成見在純粹科學上被否認可說是多年了，可是一般人還受著這成見的束縛，許多固執的科學家與專橫的政論家仍利用這成見以支持他們無理的學說。人種間生理上的不同，是大家所不能絕對否認的，膚色的不一致，髮色與硬度的差異，頭顱的樣子，面部的角度，嘴唇的狀態，骨骼的構造，都有明顯的不同。其中尤以頭顱的樣子為顯著的人種上的特徵，所謂黑種的頭是長的，白種則是橢圓的，黃種則是圓的。大家認為最低劣的黑人，在人種學上可是毫無根據的，而且有幾點他們都比別的人種為優越，所謂優越在人種學上是與人猿時差異距離成正比例，即與人猿差異越多，越顯進化。如頭顱之較長，嘴唇之豐滿，以及腿與軀幹相較之長度比例，都似比白種黃種離人猿的階段為遠的。

事實上，人種的不同並不是絕對的優劣的表現。日本足立博士對於人類學有數十年的研究，他在一篇講演裡述及許多處日本人與西洋人不同的地方，說明這些不同在進化階段上與發生學的優劣，在人種上並不是絕對的。譬如長掌筋（即腕之前側於用力時伸出的一條細長的筋）在西洋人，常常缺損，而日本人則是有的；可是長跖筋（在肋骨內側的一條細長的筋）日本人則常常缺損，西洋人則是有的。實際上，按進化的看法，這兩種筋肉則同樣是應當在人身上退化的東西。那麼，以長掌筋論，西洋人似乎優於日本人，可是以及長跖筋論，日本人又優於西洋人了。這樣看來，某民族某方面生理優於另一民族，同時另一民族的他方面生理可優於某民族的。

其實，生理上的不同，並不限於黃種、白種、黑種，黃種間如蒙、回、漢也有許多不同的地方，黑種間更有多樣的差別；在歐洲的白種，一般的也分為Mediterranean，Alpine，Nordic三支，這三支生理上自然也有明顯的異點，而且誰能夠否認個人與個人間沒有絕對的生理上的不同呢？尤其在神經的接連與腺的分泌上面。

所謂民族的優劣與不同，其表現則在其文化上面，可是許多人類學家與社會學家，他們用地理環境，說明文化的不同。Herbert Spencer與Grant Allen就是用這個觀點的人。

這意見可用William James的意見來批評，他以為地理環境固然影響文化，但文化有時候並不全靠地理環境，因為文化是人所創造，而同一地理環境就可有不同的人；而且一個地理環境沒有改變的國家，他的文化還是有起落的。譬如現在的希臘文化，顯然是比以前的希臘衰落，可是他的兩千年來的地理環境未變更，改變的則是種族的關係。無論文化的衰落是否因於種族世系的變遷，但伴著希臘文化衰落的的確有希臘或別處民族變遷的事實。

這事實就引起Count Gobineau於十九世紀初葉創立了文化與種族的關係的定律。他以為種族的確有優劣的分別，從歷史上看來他以為Aryan種總是文化的創立者，各地的文化都是遷流的Aryan種在建設，他們統制了各地的土種而建設文化；一直到後來因為逐漸與別的種族配合，所以這個種族的優越性就衰敗下來。與他相同的是尼采的主張，尼采以為上層階級的優越性就在其種族上面。現在法西斯主義者該是循這個理論而主張的。

但是這個理論不正確是顯然的。因為他的根據是十分空泛，比它有確實根據的優生學，就以為人種的雜配是可以優生的。

另外有許多理論，如Madison Grant、Lothrop Stoddard與William McDougall，他們則以為種族的不同則是產生不同的文化，在歷史上盡不同的責任。這種說法初看好像很有理，其實則是非常空泛的。如Stoddard以為Midditerranean種是情感的興奮的，於審美的建設有能力，於統治地域建立政府，能力則是薄弱的；可是事實上羅馬天主教廷是一了不得的組織。

那麼，文化的不同，高低參差，以及優劣，到底是根據什麼來定的呢？這恐怕不是簡單的以種族可以說明的，這裡有地理的關係，歷史的傳統，經濟組織的特殊與變遷，以及國際環境的交錯。封建的文化，在資本主義社會中不能繼續發揚，可是資本主義文化，就需要一個資本主義的社會與其生產的條件。

所以從文化的優劣來講，種族的優劣是不能有什麼結果的。可是我們在生理上也已經尋到沒有絕對的優劣區別，那麼這個區別或者在心理上。誠然心理是根據生理而來，可是生理上只能證明某點甲人種較乙人種進化，某點乙人種較甲人種進化，並不能證明整個的智慧能力。譬如說喬路易拳勝法耳東尼，我們固然可以確言喬路易的拳是優於法耳，因為同是人，相仿的重量與相仿的年齡是批評的根據，不是虎或象與人的比較。可是不能因此類推到智慧上的。因此心理學家要把種族的優劣問題拿到心理學來考慮了。

心理學的測驗是有趣的，他們起初在感覺反應上尋到黑種棕種的人是比白種人靈敏，可是一九二三年Dorothy Hallowell夫人根據她的實驗，說這是不可靠的：她以為即以棕色眼睛的人更能辨別遠處的事物來說，她發現，藍眼的白種水手辨遠力與馬來的棕眼水手也是一樣的，這說明了練習與教育成分是主要成分。

在智慧測驗方面，曾經將中國人、紅印人與白種人試過，在某個例子上中國人只有白種人百分之八十智慧。可是農村的白人與城市的白人相比，其比例率比中國人還要差。Strong與Morse氏所報告的，以一百二十五個年齡在六歲以上十二歲以下的黑孩，與一百二十五個同樣年齡的白孩智慧的比較，在某種試驗下得這樣的結果：百分之二十五．六黑孩與百分之十．二白孩遲一年的程度；百分之七十四．四黑孩與百分之八十四．四白孩是及格的；百分之八黑孩與百分之五．三白孩是超越一年的程度。這在平均數似乎黑孩在智慧上比白孩要差，但最優者的黑孩則多於白孩。在軍隊裡，平均白人比黑人智慧要高，可是北美的黑人則高於南美的黑人。這或者是因於環境的因素不同。Ferguson以為整個的黑人與白人智慧比較是三與四之比。可是Hallowell小姐以為社會的機遇才是這差別的總原因，而這自然還可以有別種原因存在的。

可是同一種族間智慧的測驗也是有趣的。在德國Balstan測驗專業人士的孩子們得八十五分平均數，商人的孩子們則得六十八分平均數，職員的孩子則得四十一分平均數，那些勞工則得三十九分平均數，於是就有人以為上層階級的確有優越存在了。其實這證明的倒不是上層階級的人優越，而正是證明了智慧因物質生活環境與教育而定的。同時參看農村兒童的落後，南美黑人的落後，以及種族間一點點差別，很可以相信，造成這些智慧差別的，則正是社會的、政治的、經濟的不平等，並不是因為先有智慧的差別而劃成種種不平等的。所以Hallowell小姐的話是對的。

關於心理測驗的記錄可有無窮的引證，現在還是有許多心理學家在做這樣的工作。但是都不是絕對可靠的。Hallowell小姐說得好：「我們對於智慧應當不牽及屬於我們文化典型的答案。」這就是說：一個種族用別一個種族人所布置的實驗來測驗，凡涉及語言，涉及推理，涉及歷史的傳統的種種，總不如其同種族的人來得容易適應。所以Goldenweiser要站於人類學立場說「種族間並沒有本質的心理上的差異是可以辨別的」了。

但這種本質的心理上的差異無論可不可以辨別，這種差異似乎是有的，正如生理上的差異。但這些生理上，心理上差異在同種族的個人與個人之間有沒有呢？個人與個人之差異與種族間的差異有什麼不同呢？這問題是很複雜的。因為每個民族都有他的特殊的地理環境與傳統以及習慣等等，所以兩個民族的差異程度是遠超於同民族的兩個人的差異的。但這些差異並不是本質上的優劣。既然沒有優劣，所以沒有保住純粹種族的必要。兩個種族的文化的融合在歷史乃是見過的，依靠交通，依靠經濟的組織，依靠配偶的交流，所為地理上環境以及習慣與其他傳統等的差異都可以消滅的，譬如中國，以前各省之間交通不便，來往少，習慣不同，農業經濟的流通遲緩，似乎隔膜很多，現在則逐漸因工商業與交通發達，把這些隔膜消除了。固然以地球之大，要大同起來，需要一點努力與忍耐。在同種族的個人與個人間，生理上的不同有的也非常顯著，以眼睛的辨遠力說，雖然同是棕色，其相差有時遠比棕色與藍色大。以女子骨盤說，在表面上西洋女子一般的比東方女子大，可是東方女子骨的伸縮性大，所以以生孩子而論，以西洋女子間個別的差異，常常是與東方女子相比為甚的。所以與其將種族分開來研究其生理心理的不同，不如研究其歷史的傳統，地理的環境之不同為好，而把生理、心理的研究移到個別的差異上去。

但是個別的差異也必須在教育、訓練、社會的機遇之不同上看到其原因的，固然這些教育、訓練、社會的機會不見得是絕對的原因，但為主要的原因是不成問題的。

所以拳賽上不同人種的比賽不當作與同人種的比賽一樣地作為個別的差異，而以種族的差異來作種種拳賽以外無理的輕視，什麼精神勝利呀，沒有腦子呀，甚至英語講得蹩腳呀！這反而顯得自己的沒有腦子，與精神的失敗。

最近中國網球名手許承基打勝英國冠軍奧斯汀了，許君旅歐數年，球藝大進，這很容易見到除個人生理上的天才與其興趣外，訓練與環境氣氛於技藝的重要，用不著用什麼種族的優劣，來解釋與辯護的。

今年，經過世界體育界的熱鬧與德國報紙的大言，喬路易與希滿林的拳賽又舉行過了，而希滿林是於四分鐘內敗於黑人的。我們不知是否還有精神勝利屬於德國？總之，關於這些事我希望不以種族的優劣來宣傳，才是科學的精神。

因為科學證明種族既然沒有本質上絕對優劣的分別，那麼在種族鴻溝間用不著再用無理的傳統的偏見來把它掘深了。

利用種族優劣的偏見的種族，實際上常常在其種族內也有優劣存在，而這些優劣則正是社會的，政治的，經濟的地位上的優劣。因為怕被認為「劣」者，要否定這些優劣，所以用本族外的種族間優劣問題，以抬高這些所謂「劣」種的本民族的地位，來使其安靜與移轉其目光罷了。體育上的例子只是許多宣傳上最小的一個。

論〈空話與實幹〉

何容先生文章的可愛處就在直爽顯明，硬朗有骨，不扭揑做作，不古怪超凡，而言中有物。最近一篇〈空話與實幹〉也是這樣的作風，我自然是愛讀的。

但是文章的內容，我還覺得不夠詳盡與深切（雖然它早已博得了許多人的掌聲），因此我有點話想說。假如一愚之得，可以供大家一點參考，那麼我這篇東西的目的算是達到了。我不反對「空話」可以培養「實幹」的人，但如果「話」可以培養「實幹」的人，那些話我以為不應當再說它是空話，而是「實話」了。

那麼到底什麼話是「空話」，什麼話是「實話」呢？如果用一句簡單的話來說明，那麼「空話」應當是「無關抗戰」的，而「實話」則是「有關抗戰」。

關於有關抗戰與無關抗戰的話，有高明的朋友們已經爭論過了。一個說，一切的事情，無論譯莎翁全集，讀陶淵明詩文以及戀愛、放屁都與抗戰有關；一個說並不是一切的一切都有關抗戰，譬如說戀愛、放屁及譯莎翁全集，讀陶淵明詩文，都不能說有關抗戰。

二說似乎各有一理，其實只有一理。這「有關」與「無關」本有廣義與狹義之分。以廣義說，宇宙的一切都不是孤立的，自然前前後後左左右右都有關係；以狹義說，公子小姐的卿卿我我與抗戰有關係就不易承認。譬如說人與狗，在人類觀念下自然無關係，在生物觀念下就有關係。這在辯證法裡叫做對立物的統一，在哲學上是屬於全與部分的問題。幾千年以前希臘的采諾與中國莊子已經有這種聰敏的辯證觀，莊子有話：「自其異者視之，肝膽楚越也；自其同者視之，萬物皆一也。」所以這種爭論是白費紙墨的。普通的兵士白費這種紙墨可以原諒，但在時常對學生作唯物論辯證法講話的人來費這種紙墨，在我是覺得古怪而可笑的。

其實有關抗戰的概念下，還有二種。一種是「有利」的「有關」，一種是「有害」的「有關」。所以我們現在討論的中心不在「有關」與「無關」，而在「有利」與「有害」。

所以我上面說的「實話」應當是指「有利」於抗戰的話，而不是「有害」於抗戰的話。

但是什麼樣的話算是「有利」呢？現在有一位戰士，慷慨陳詞，作聲淚俱下的演講，散會出門，對一位朋友說：「老某，上哪兒去？要是有空，我們去打他媽四圈牌好不好？」這位戰士，照有些說法，工作後娛樂似乎也是「有利」抗戰，但這句話本身實在「無利」抗戰，而且這句話讓老百姓聽了，覺得這位戰士滿口抗戰，原來也同我們一樣，這就變成「有害」抗戰。所以自以為「有利」於抗戰的，有時也會「有害」於抗戰。

據何容先生的意思，「實幹的人需要你們的話」，那麼，似乎實話到實幹的人的耳朵才能算是「實」話。於是又有人說了，有一種叫人說實話到實幹的人的耳朵去，難道不是有利於抗戰麼？

這話很有理，但還有更高超的人可以說叫人去「叫人說實話到實幹的人的耳朵裡去」。而還有人會說，我是鼓勵人去叫人去「叫人說實話到實幹的耳朵裡」，這樣架上去似乎可以無窮，那麼我們把「有利」於抗戰的話是很難肯定了。

「話要多說」，這個我也贊成，假如話大概不外於鼓勵、安慰，加強實幹的人們的意志與精神（直接或者是三、四層的間接），自然越多越好。但是有許多話是批評人家鼓勵、安慰、加強的方法不妙，或是責罵別人，說別人的話無實效的；那麼是不是也是越多越好呢？在好的方面講，互助切磋，大有用處。在壞的方面講，這種互相攻擊，讓實幹的人聽了會有不好的徬徨。這是要大家想到的。

「話要常說」，我也贊成。常說的話自然不怕相同，所以我很贊成抗戰的標語與口號。但是對於八股我可有點異議，因為「八股」是將平直的簡單的話故意繞著不同的彎兒說。「八股曾經影響了不少的思想啊。」這句話是對的。但過去八股給人的是「壞」的影響，不是「好」的影響，因為影響的是「八股」的形式，不是真正的內答。清朝以八股取士，內容完全關於四書，但對於孔孟之道的研究，遠不如八股以外幾個學者。因為八股這東西，是把一個幾句話可以說完的東西，故意古怪又特別的編成一篇外行人不懂的文章，以顯自己的高超的。

我終覺得中國人還有酸氣十足的傳統意識，就是說話都要成為了不得的文章。譬如寫一本化學或物理的書，也有人在用起承轉合約文勢；寫一部歷史，也在文章上用工夫。現在寫到「抗戰」，似乎大家不肯心直氣快為「抗戰」著想，而故意扭扭捏捏、指東說西的力求文章的古怪超人。這原因不外作者要擺學者、哲人、文藝家的架子。可是架子擺一分，離八股越近一分，離抗戰越遠一分，也是實情。

老舍先生有句話，大意說假如大鼓詞較與抗戰有利，他願寫大鼓詞，而不願寫《戰爭與和平》。老舍先生是小說家，現在為抗戰緣故，犧牲一己的志趣，這是可敬的。但是作家中還是不肯為抗戰的緣故而犧牲一點迂迴曲折古怪的腔調的為多。

梁實秋先生要求大家來寫「無關抗戰」的文章，我是反對的。但假如梁先生邀幾個不會寫抗戰文章的人去譯莎士比亞等書，即使離抗戰較遠，但也有關於建國。當魯迅先生站在戰士的地位在應戰的時候，曾致書給林語堂先生勸他譯點西洋名著。他的意思，就在依各人的性質、才能來分配崗位的一個道理。以中國之大，人口之多，各方面人才站在不同的崗位是很合理的事情。所以雖然對於老舍先生覺得可敬，但對以一己「古怪」腔調為歸的作者，雖然不愛，也並不痛恨。

我雖然反對八股統一天下，但也贊成周作人先生主張在大學國文系有這樣一個科目來研究八股文的作法與影響，因為這是不會影響別人的。

但是把八股的形式來常說抗戰實話，結果大家不懂，不免變成空話，反不如常寫，並且多寫簡單、直爽、顯明的標語，與大眾聽得懂的話為好。

有人以為這樣一來不能成為文藝，有點可惜。但是文藝的形式並不是以古怪為高超，而是在動人的深，與感人的切。譬如說，小說的形式不外是一個動人的故事，如果關於抗戰的話，最要緊就是對於抗戰生活的體驗與理解。最近有人在寫一個戰士，說他身中四十餘槍，猶能以單槍殺敵百餘。藝術固然不免誇大，但是這樣的誇大，有類羅通盤腸大戰，是不值得傷兵們一笑的。戲劇的形式不外可以演出，如果關於抗戰，即是要它在舞台上有動人的效果；詩歌的形式則因為它能安慰與激發人的情感。

至於文藝的形式以迂迴曲折和古怪為俏的，在歷史上是有兩種。一種是無話可說，但又要舞弄筆墨。於是模擬古人一種文章形式，四六對句，指東說西，好像文有古風，實際上只是一架紙糊老虎。一種是無話可說，但為升官發財，不得不學時髦，十年寒窗，學「八股」作法。這兩種都是虛張聲勢。「貌似學者」，人家用盡工夫讀懂了，原來不過是空空洞洞。

一句簡單的話，本來可以寫成標語，寫成格言，使它廣播人間，現在一裝於八股形式，自然

「文藝」是「文藝」起來了，而且還「有關抗戰」，可是大眾不懂；等好容易學會了來拜讀，讀懂了以後還只獲得一個簡單的觀念，有關「實幹」，那麼將這些八股分開一看，除去一句「實幹」以外，其餘實是可省的「空」話了。

還有一層，中國現在抗戰的口號是「有錢出錢，有力出力。」所以無錢的文人出筆說話，也正是出力的一種。但假如一個大財主逃避縣政府的捐征，攜帶了大批現金到上海租界晏居享福，順便閒來說幾句「抗戰必勝」的話；雖然這也「有利」抗戰，但同他出錢比起來，則實在是句「空話」。因為當實幹的人知道他「有錢不出」「無話亂說」的時候，至少對於「實話」會有「空話」之感。所以雖是有利於抗戰的「實話」，結果也許還是會有害的。

所以在目前情形下，我覺得不是「空話」與「實幹」之分，也不是「實話」與「實幹」之分。只有「肯幹」與「不肯幹」之分。有錢出錢，有力出力，有技能出技能；有筆出筆是「肯幹」，反之就是「不肯幹」。但如果有錢者在租界裡造洋房、收印子、租利，有力者在老百姓地方敲詐，有筆者只在迂迴曲折，指東說西，舞文弄墨；那麼不論說的話是多麼漂亮，「古怪」與「高超」，多麼「有類天書」，我總覺得有點欺人欺己的。還不如老老實實盡自己所能，在實驗室裡分析一點藥品，在鐵店裡打打小釘，於抗戰為有利點。

中國與世界和平

一、一本書——《和平解剖學》

舊金山會議開幕，繼之歐洲戰事的結束，日本崩潰，全世界的人民都有一個共同的期望與共同的懷疑，期望的是永久和平，懷疑的是和平的永久，在這樣的時候，關於和平的可能與趨向、和平的步驟的批評與研究，自然為大家所需要的。關於這類的文章與書，在市場上可以見到的已經不少。愛默累立佛斯（Emery Reves）的《和平解剖學》就是關於這問題傑出的一部書。

立佛斯首先承認宗教理想的失敗與國家主義的抬頭，而人類之戰爭始終在維持國家的利益與尊嚴。他相信和平只有建築在法律上才能成功。這就是說只有建立一個國際的政府來代表國際的法律，將軍力作為警察的監護，使所有國家在這個法律下一律平等，才是和平的途徑；他鑒於美國各州的聯邦的成功，乃在大家接受對自己的限制而求和平的存在，共同建立較高的政府而維護這政府的尊嚴，因此，他相信如果一切國家不放鬆他小單位的尊嚴與利益，而不肯建立較高的政府對自己有所限制與束縛，衝突與戰爭總是無法避免的。

立佛斯在這樣的出發點觀察舊金山會議，他覺得這同「神聖同盟」的結合沒有好多少，因為這還是為求國家均勢的一種國聯組織，國家均勢只是五強均勢，五強均勢只是三強均勢。如果他們的力量可以阻止一切小國間的戰爭，但他們自己將無法阻止自己，要阻止自己就需要自己隸屬於一個國際政府，不是國際聯盟，而真正國際政府必須要在自由與民主的原則下才能建立。如果美國懼怕中國、印度的票數勝過於美國，則何以那佛芒特州不怕紐約州的票數勝過於它？自由貿易與自由移民以及國際幣制的統一，固然要摧毀美國的生活水準而使人人成為苦力，但這只是一時的變動，長期的進展將一定會使大家的生活更好。自然，現在的人民也許並不要放棄自己國家的尊嚴，但這正是覺悟者的責任，去推行這一個最好最大的運動。只有這樣，方可以使我們避免於第三次戰爭的危機。

二、一個統計——戰爭的紀錄

暫時擱置對立佛斯意見的探討。讓我先引證一點歷史家的統計，在人類過去兩千五百年的歷史中，平均每十二年中，人類只享受一年的和平，其餘十一年都在戰爭之下受苦。最近拉鐵教授（Q. Wright）與其同人完成了一部《戰爭的研究》，探討從一四八〇到一九四一年間人類之戰爭，下面是各國在這個時期戰爭的次數：

英國——七十八次
法國——七十一次
西班牙——六十四次

俄國——六十一次
奧國——五十二次
瑞典——二十六次
意大利——二十五次
荷蘭——二十三次
德國——二十三次
丹麥——二十次
中國——十一次
日本——九次

美國在一百五十年中有戰爭十三次，但未包括與印第安人作戰，而這個紀錄是一百零十次。中國的紀錄則未記及民國來無數次軍閥的內戰。

人類在這許多戰爭中所受到的教訓，似乎始終未覺悟戰爭之可怕。這是一個很奇怪的事情。如果人類所需要是生命與幸福，那麼戰爭則是摧毀生命與幸福的東西，而戰爭所耗的人力與物力，如果移置於人類的幸福的保護與創設，世界的文明似乎早可超越了現在的階段。在這一次戰爭之中，美國一國所耗的財力為三千五百億元，這個數字。如果用於醫院學校工廠之設立，多少的人類可以有較好的生存。而其他國家的損耗總數，還遠超美國的數字。以這個總數，足足可以便地球上的人類一致提高生活水準，促進生命與幸福的保障，但現在完全耗於戰爭之中。那麼人類所要的似乎不是生命與幸福而是一個理想，一種意念與一種自由。——這我們且暫時稱它為一種要求。

但是人類的要求是衝突的；個人與個人，社會與社會衝突的原因，也就是國家與國家衝突的原因。秩序與法律使我們個人與個人，社會與社會的衝突有戰爭以外合理的仲裁方法而避免，而國家與國家間因為沒有法律，沒有政府的權威，所以永遠不能免於戰爭。

可是人類從個人的衝突到部落的衝突，而仍舊還是有共同生活的要求，因此有一個更大的更高組織的形成，這是經過了多少的流血與教訓而進化的。但還只限於有數的幾個國家。中國在他們的標準下，似乎還不到這個階段。這因為政府的尊嚴與法律的權威遠未能超於任何事物之上。在現代國家之中，儘管有營私違法之人，但只謀偷避法律，而不敢違抗法律。這二者在表面上似乎是同樣的一種罪惡，但事實有一個很大的分野，偷避法律是自知自己屬於法律之管轄，所以偽作沒有犯法；違抗法律則自以為高於法律，而可以不受法律管轄。前者是承認法律的尊嚴，後者是否認法律的尊嚴。

近代國家的人民的特質，就是人人都承認法律的尊嚴，這也就是各國公民教育的原則。這形成是多少年的教育逐漸地使每個人承認法律的尊嚴，承認法律的尊嚴，才能尊敬自己與尊敬別人。

但是，國家的法律，並不是國際的法律，國家的教育，始終囿於一個國家單位的成見。過去在上海租界上，靠著領事裁判權，英、美、法國人之不守法者，他們就認為自己高於我們的法律。現在，在會議之中，當強國說只有我們可以阻止戰爭的話時，就是一種自以為高於協定的假定。

三、法律與協定

經過多少年人與人，小團體與小團體之衝突與鬥爭，才逐漸地養成了在國家的概念下承認法律的尊嚴。現在我們國家間的衝突爭鬥雖不算少，但人類還沒有開始作承認國際法律尊嚴的準備。這因為教育與宣傳都屬於國家，國際或者世界的概念，人類還無法看到。

法律與協定之不同，乃在法律的後面有一個武力的支持，而協定乃是兩個武力的對抗。如果國家間的協定，可以如我們人與人之間普通的協定一樣，未始不可以一切事情和平解決。自然人類中人與人的協定，多數並無法律的手續，而仍能大家遵守之故，乃在道德的支持。這道德的養成，第一是靠我們傳統的教育，第二是靠我們的輿論。

所以國際的組織如果找不到一個獨立的武力以維護它的尊嚴，則何妨在教育與宣傳上造成一種力量，假如國際組織可以在各國設立以最民主同時最平等為原則的學校千萬，報紙百萬，那麼很可以是一種制裁的力量，假如各國政府承認這些報紙與學校永久的獨立與存在，那麼它將成為世界輿論與真正國際道德之權威，至少可以造成一個真正的標準，在道德上有一個依歸，而在心理上事實上也可以阻止每一個國家的黷武自私的醞釀。

我這一個設想，假如有人以為是一個聰敏的見地的話，那麼難道在舊金山會議中各國的智囊團反會沒有想到？當然不是。所以沒有這樣的提議，原因是當各國的代表為各國自己的權利而列席時，所謂國際組織中的代表要工作的不是為國家的和平，而是為所代表國本身自己的和平——這和平就是富強，富可以自足自食，強可以不致被別人侵犯。因為要的是自己富強，就必須爭取權利。所以即使有國際教育與國際報紙的成立，也沒有國際教育家與國際新聞記者的維持。

其實要找真正抱著國際理想的人也不少，譬如《和平解剖學》的作者就是一個有世界見地的人，如果集世界這類的人來管國際的教育與國際的報紙，自然是比較理想的辦法。其所以不產生的原因，乃在這一種產生是要得各國的同意，而各國政府在產生的時候，馬上要爭取投票權與人數，又變成一種大家都想操縱的機關，所以又失去了我們的理想。

四、和平的力

當全世界遭這次戰爭的巨劫以後，似乎沒有一個人不喜歡和平，沒有一個國家不喜歡和平了。也許因為太希望和平之故，就越想到自己的安全，想到自己的安全，當然企圖自己要有一個非他人所能超越的軍力，自稱為「和平的力」。

假如這力只是一個，當可維持一種無人敢攖其鋒的和平。但這個力現在有好幾個，於是大家競爭這個和平之力。這力的發揮，第一個是軍備的擴充。第二個是「安全區」，實際上是「衛星」的建立。第三個則是「軍利區」的把住——如軍港、油區、軍用原料之出產地。第四個則是市場的操縱。在這四種發揮中，第一種是一類，可以說是力的本身；後三種是一類，可以說是力的影響，都不免有一種心理的摩擦。這摩擦就反映在報紙、輿論、演講與日常談話中。

美國戰後徵兵政策的提議，引起了很大的討論，在這些討論中，可以見到反對的多是教育界、宗教界與一般的家庭，而政府與軍界則都站在擁護方面，在民主國，這樣事體的決定，總未能如此乾脆，到此為止，決案還未見分曉。有些人以為美國已有了原子彈的保障，志願軍應當已經夠用。這一個根據，也許可以影響該案的表決，但在一切軍用工廠恢復各民用品工廠之時，原子彈的製造與改進還在繼續，這除了為準備將來保護和平的力以外，我們實在找不到其他的解釋。

五、「愛好和平的人民」

赫爾在頓巴惇橡樹會議中致開會辭，不過二十五分鐘的時間，他用了七個「愛好和平的人民」，羅斯福總統在一九四四年十月二十一日的演講中用了四個「愛好和平的人民」。一切聯合國的人民，對於這個名詞都是承認的。愛好和平的人民在戰時雖是一個陣線，但在和平時期卻未必是一家，於是某國愛好和平的人民為保持擴充自己和平的力，就不免有不和平的猜忌與擔憂，時時懷疑別人不是「愛好和平的人民」。

假如這一次戰爭，愛好和平的人民覺悟到他們完全是平等的一致的像一個家庭一樣，那麼就應當減削軍備，取消關稅壁壘，撤去移民限制。即使不能成立立佛斯所想像的國際政府，也應當有一個道德的公正的國際與論機關。其所以不能做不想做的原因，就因為這愛好和平的人民分屬許多國家。而每個國家要謀的只是自己人民的公平。

以這個國家單位求一個世界的和平，一開始就見於誇言自己在這次戰爭中貢獻的成績與犧牲之程度要求補償。

蘇聯說他們流血最多，城市被毀最烈；美國說，他們的財力與軍火，為致勝之最大因素；英國說，要沒有他們政治的堅定與抗戰的決心，德國早已致勝。這些話都是事實。但是論功行賞的政策，世界所能貢獻的，似乎應該是光榮與尊敬，如果一及到「影響區」之擴充，以作自己和平的保障，馬上就可能變成和平的矛盾。

英國始終要擁殖民地以自豐，於是蘇聯對於中東歐特別關切，美國雖安於廣大的土地與豐富的財源，但覺得不能不伸安全區於西太平洋的各島。敘利亞與黎巴嫩在戰前為法國「範圍」，在戰時讓予獨立，停戰後英、美、法會議共同處置兩地的問題，而不邀蘇聯參加。英美距該兩地有數千里之遙，而蘇聯與敘利亞僅隔兩百五十里，所以他不斷地要求參加會議。伊朗地接蘇聯，為近東之一個大油區。近東油區，富甲全球，但都屬於英、美油公司，這當然使蘇聯不滿，而掀起伊朗政府的更迭。丹吉爾幾世紀來都為歐洲政治風浪之臺腳，一九六年之Algiers會議，即為協商Morocco諸問題之國際大會議，俄國就是其中之一，而這次英、美、法為規定丹吉爾國際地位之會議，未包括蘇聯。於是在另一方面，保加利亞的選舉又引起強國之異見。

在耶爾達會議中所謂協助每一個自由的國家有自由的選舉，這句話的實行與文字本身相距已到相反的境界。在各強國這樣發揮他們和平的力的時候，其他小國愛好和平的人民，覺得只能依附一個和平之力以求和平了。

六、一種劃時代的炸彈

當和平之力只能依附國家而存在，關於力的心理摩擦就由這力的存在而開始。據傳蘇聯東部有一個報紙，在論敘帝俄時代之腐敗，以廉價將阿拉斯加售與美國之後，提到蘇聯有把它拿回的一天。這只是一個記者私人的言論，但是在有些美國人的耳朵裡聽起來，就是蘇聯的一種企圖。

在一九四三年十二月二十一日之華盛頓蘇聯大使公報上，A. Solokhin的文章中，提及蘇聯已取消男女同學，原因為女生妨害男生進紅軍的標準。此外蘇聯之新蘇伏洛夫軍官學校，「軍官」的訓練始於八歲，十二歲已能實地作戰。這在英、美兩國看來，都是頗為重要的消息。

有一種新的武器突然出現了。不過輕輕一彈之力，屈服了日本，也震驚了世界，這就是原子力運用的成功。

關於原子彈成功的歷史及於常識上的認識，各報當已有很多的介紹，我在這裡不想再提。我要引用的還在原子彈破壞的力量。但現在這方面的材料還不在公開範圍以內，美國有一個科學家宣布了一些，政府已認為在時間上太早，在性質上太可怕。但在日本的影響上，我們知道，這原子彈已將三方英里之城市夷為平地，十方英里之區域炸為廢墟。在二十五萬人口中，三萬人死於此彈，十六萬人傷於此彈。兩星期中，死亡者已達六萬，以後還未能阻止。在受炸一星期之後，軍士去作清除工作者都受紫外光線的灼傷。檢驗結果，傷者白血球僅有三千一百五十，紅血球僅有二百零六萬五千，較常人白血球有七千到八千及紅血球有四百五十萬到五百萬者顯為極嚴重之危境。有人從理論上宣稱，原子彈所炸之區，影響生命將達七十五年之久。假如這影響之大真是如此，或者近於如此，我們對於將來的戰爭，如果不能避免的話，大有世界末日之感了。

在這次戰爭之中，光是海軍與空軍，究竟有否置一大陸國於死境之可能，還是沒有定論；但自原子彈發明以後，人們已無法懷疑空軍的威力。照已有的常識推論，兩三顆原子彈，可以將任何最大的城市，化為廢墟。如果三萬顆原子彈在地球上爆炸，六千年人類的文化與文明將完全化為烏有，少數未死的人類將在山洞裡摸索著，重新尋野果維持生命；而且原子彈誕生未久，前途進步無限，其可怕將更甚於這樣的推想。

這原子彈的祕密不預備公開，現在為美國的和平之力，但我們很難知道他能專有多久；不過無論美國專有或世界共有，總之此物將來不用於戰爭則已，用於戰爭，就將成為世界的浩劫，這已經毋庸置疑。

七、和平的國

我們一方面看到世界要真正走向和平還有一段遙遠的路，另一方面又看到未來戰爭之可怕。但我們相信和平的實現總在於人類的努力。

可是，既然人類現在都屬於國家，因此沒有一個人可以是屬於國際，而能使超於國家的話兌現。立佛斯的《和平解剖學》所說的話是超於國家的利益，這樣想法的人也不在少數，但「這樣想的人無法去做，而在做的人不能這樣想」，在這個以國家為單位的世界中，一切國際的組織就聯帶著國家的單位，而使人不能忘卻國家的背景。

同時，戰爭的起因既起於國家間的誤會，而國家間的諒解才是和平的途徑。因此，如果要謀世界的和平，我們可以希望的是有一個或幾個沒有野心，愛好和平在地理上，軍事上無法或不想同人競爭的國家，以至誠坦白的態度，使世界各強從誤會之中得到冰釋，從摩擦之中求取諒解，逐漸地走到真正和平的世界。這世界是否像立佛斯所理想聯邦的國際政府，或者是中國的「大同」世界的理想，或者是柏拉圖式的理想國，我們不能知道，但我們相信在沒有猜疑與諒解之下，和平的形式會很自然地形成而逐漸地進步的。

當我想到世界需要和平的國家站立超於一切摩擦競爭之外，使無人妒忌猜疑，以至誠坦白的態度為友邦謀取了解信任尊敬與友情，我不得不想到：在現在大國都在爭取和平的力與其影響圈，小國多依附一個和平之力而求和平的時候，能夠擔任這一個任務的，似乎是我們中國了。

在勝利開始到現在，中國已逐漸得到國際的信任與了解：我們要獨立自由，但沒有殖民地的要求；我們要有國防，但沒有要與人競爭軍備。自從中蘇簽訂友好協定以後，世界已經沒有一個國家像中國一樣得到諸方的了解。

中國與美、英、蘇各國的友情，可以使他們有更多的了解。而中國的和平也可成為世界的和平。萬一他們有什麼不睦，第一受影響的也將是中國。所以中國必須以老成持重，誠懇坦白，不亢不卑的態度善交這幾個朋友，使他們互趨於了解以進於真正的和平。

在中國，人民的糾紛常不願到法庭謀取解決，他們的辦法，是請一個年長德劭的人來調解。現在國際上既無法律的力量與標準可以仲裁國家間的糾紛，所以需要這樣一個沒有偏見與自私自利的國家作這種誤會的解釋與和平的調解。在國家的年齡上，在中國傳統的智慧上，我們相信中國在邁進中一定博得人們的這方面的敬愛。

要博得人們這方面的敬愛，這不需要我們有超於他們的「和平之力」，也不需我們有多於他們力的「影響區」，但這需要我們有盡善的道德與同他們有互信的友誼。

所謂盡善的道德，在一個人講，是人格，在國家講就是國格。這國格就見於一個國家之內政，如果政治清明，法律公正，社會有次序，人民都安居樂業，道無餓莩，官無貪污，人家自然對你尊敬。在社會上，我們尊敬的常常不一定是有「力」，有「勢」或有「財富」的人，而是行為端正、秉性純厚、有學問、有智慧的長者。我們相信國家間也是一樣。

在抗戰勝利的今日，政府對於建國原則早已有多次的申告，而一定更有詳細的計畫與步驟。

我在這裡所以牽涉者，只是因感到似乎沒有第二個國家更比中國便於成為和平之國的路，而這是世界和平所切需的，因此更想到我們在立國的精神與國格上需要有所表現。

在艾格史諾論敘《蘇聯國力的典型》一書中說：「在他（斯大林）的統治下，我們可以說出許多個人自由與團體自由的殘缺而對他反對，但在蘇聯境內，種族與國別的平等原則之實現，為民主之最好傳統。」艾格史諾並不是一個十分有修養有見地的記者，但是這句話則有比較上的價值。在美國，人民有更多的個人自由，言論自由與出版自由，但國內有深固種族的歧視。世界沒有完全無缺點與無矛盾的政治，我們在頌揚與批評之中，都應有同情的了解，正如我們無法要求完善無疵的人一樣。當美國人批評俄國不民主之時，俄國說，你們不能要求世界上都與你們有同樣形式的民主。每個國家背景歷史都有不同，政治形式無法強同。正如個人在社會上大家不同無法強同一樣，但只要大家互相尊敬，仍能大家和平相處。英國於勞工黨執政以後，以民主的社會主義為它的目的，拉斯基教授以此廣為呼號，但始終未能給其帝國之殖民地以獨立自主與民主。這是英國立國的矛盾，理想與政策是很難一致的。

現在抗戰勝利，軍政與訓政時期已屆結束。我們的憲政即將開始，我們絕無殖民地之要求。中國尊敬他國的政治形式，但中國應走自己的路。在無限的空間與時間中，許多路可有同一個目的，因為有不同的出發點，所以不必也不能走同一條路。在和平與大同的理想上，世界各國沒有什麼不同。而人們也都在向著它走。

中國自然要趨於廣大的建設，而廣大的建設，不僅在物質方面，而也在精神方面。技術的教育不配合公民的教育還是不夠。唯有人民有健全的政治常識，才不會意氣用事，聽到哪一國一點好，就以為中國馬上可以跟他，聽到哪一國什麼不好，就馬上以為我們要不同他往來。

如果世界的和平將由和平國的逐增而建立，那中國的成熟，將促進許多未來的和平國的生長，這是毫無疑問的事。

民警匪

報上載著：膠澳區鹽潮擴大，搶鹽民眾約四、五百人，婦孺均有。昨（五月二十日）夜，鹽警武力制止，捕大批婦孺，壯丁逃散。馬（二十一日）夜鹽警復用武力；搶鹽民眾還擊，傷鹽警一，斃民眾三，捕一解局。據供：辛安集一帶農民，特由大珠邀劉桂堂殘匪三十餘人，協同農民搶鹽。遇警由匪抵抗；搶鹽一筐，酬匪一角云。青市稅警區長馬小籙急帶警二十名，梗（二十三日）赴膠縣調集各分隊鹽警二百餘名，並邀請膠縣派民團百餘名，周縣長梗（二十三日）抵紅石崖，向辛安集搜剿。

我初讀之下，百思不得其解。我們只知道：警是保護民而匪是害民的。現在，則公然在報上可以讀到民與警戰，而求於匪的記載了。

據父老所傳，報紙所刊，歷史所載，匪也者，殺人放火，殘忍橫暴之流也。而今則與農民合作。如此奇事，雖摩登仕女聞之，亦恐將擊案三嘆矣。

要了解這奇異事件，必須解釋一番：第一是搶鹽的原因。那是非常簡單的，上海某晚報說得很明白：「鹽稅太重，不堪淡食」。至於鹽稅究竟重到如何？遠地的我們，似乎不能知道詳細，但是根據「搶鹽一筐，酬匪一角」的記載，則鹽稅超過此數若干倍，不難想見。蓋如果相差無幾，則老實的農民，幼弱的婦孺，誰肯走險？

「搶」，本來是以力突擊而強取之謂。七八強盜搶一富家，事先尚有組織，而況現在是四五百徒手人民去搶有槍械的官所。農民雖愚，也何至帶「大批婦孺」以求死也？所以我恐怕，二十日夜四五百人去官所，是以嚎嚎哭哭而激起「鹽警武力制止」的（？），結果是跑不動的婦孺，都被捕去了。這樣，第二天的「鹽警復用武力，搶鹽民眾還擊。」其中情理，在歷次學生請願事件中，都可以想像得到。鹽警的武力是什麼？民眾的還擊又是什麼？所以民眾多人是斃了，而鹽警似乎也不得不說傷了一個的。於是，在張效帥的「斃」字之下，農民乃往求有槍的匪之助了。

此事發生在山東，山東主席韓復榘素有青天大老爺之稱。手下專打不平之俠客如雲，對此事未聞有「聞哭聲而到，……」之事，殊令人百思不得解。

財政會議之廢除苛捐雜稅之議案，是一致通過了。如果這權力不及於「周縣長梗抵紅石崖」，那麼打一個電報呼籲一下也好吧！

一九三四，五，二九。

救濟失學兒童

假如世界是傳遞的，世界不久就會屬於現在的兒童；假如人類是進步的，進步就在兒童身上；假如民族是進化的，兒童就是進化的元素。所以有一句名言：「一國的文明可以看其對待婦孺的態度來看。」

我們對於婦孺，向來是忽略的，甚至於殘忍的，但是近幾年來各方面都有大大的進步，女子在教育上，法律上已完全與男子平等；兒童的教育在量方面已經推廣很大，在質方面已經改進到很合理，但廣大的農村學校還是太少，都市的學徒與童工，很少有機會求學。

自從抗戰展開以來，人民流離失所的豈至億兆。有的淪為難民；有的在安全區域裡勉強度日；有的投靠親友，免於餓死；有的產破；有的業失；再無力供給兒童上學。於是千千萬萬的兒童都在街頭閒蕩，或則學罵人與賭錢，或則孤苦伶丁，見人行乞，背人學偷。這不是兒童的罪惡，但是他們的父母每天連肚子都不得一飽，所以也不能怪他們的家庭。政府的當局在抗戰進行之中，自然也不能再將大部分的精神放到這些兒童身上。有錢的官僚與富商，原是為個人利益的奴隸，投機藏金，唯淫樂是圖，這種人連目前民族的生存都忘去了，自然更不會想到繼續我們民族的兒童。

但是中國的希望本不在這群人身上，中國的希望是在我們的青年身上。我們以無恥的漢奸來看，大概五、六十歲的最多，四、五十歲的次之，三、四十歲又次之，二、三十歲以及十幾歲幾乎一個沒有；我們因此相信中國在流血革命的推進之中，民族進化的痕跡是顯然的。

現在在校青年們，終再不會一點也不關念抗戰了吧，雖然大學生天天跳舞的也有，中學生時時看電影的也有，不過他們的心裡決不是不想參加這神聖的抗戰來盡一點力量的。但是，槍桿他們背不起，錢拿不出來，叫他們作點什麼呢？這不是我的推論，而是許多大中學生們談起時的口供。

那麼，現在不要你們扛槍，不要你們出錢，也不要你們輟學，只請你們來救濟失學兒童，那麼總可以來盡一分力量了。以前北京大學、師範大學的學生有平民夜校的組織，我不知道上海學校曾有過這種組織沒有？在這個比以前更加迫切需要的今日，我以為我們很可以照這個辦法來大規模組織一下，全國在校的青年都來盡這個義務，分你們飯後講故事談天的時間，打新奇百出的毛線衣的時間；分你們燙頭髮的時間，寫情書的時間；夜裡，在你們白天所讀的校裡，為我們自己的民族教養一點兒童。我敬在這裡向你們請命。

這是一件你們都能做而可做的事，我相信你們人人都蓄有這份力量的，也相信你們人人都願意做的。以上海一地而論，如果動員了全數的大中學生，那麼，不但所有失學的難童得以救濟，就是許多無產階級的子女與商店的學徒都可以有讀書的機會了。如果說你們校舍不夠分配的話，那麼借些小學校的校址在夜裡用用，想也不難辦到；假如不嫌自己的同胞太襤褸，那麼每夜帶幾個失學兒童到尊府客廳裡去教讀，也是一個可行的辦法。

現在的兒童就是將來民族的父母。抗戰是長期的。假如有八年十年的戰事，現在失學的兒童將成為未來的文盲，那麼不但這一代兒童是顯得退化，下一代兒童也會受到影響的。所以感謝你們的不僅是現在的失學兒童及其父母，而是整個的民族與我們的後裔；得到安慰的不祗是你們自己的良心，而且是整個民族的魂靈。

最近上海約翰劇社舉行一次救濟難童的戲劇公演，這是值得我們注意的事情，因為這正提供著一群在校的熱誠的青年在注意失學兒童了。不過，如果將道公演的收入捐去了算是了事，則還是不夠的；應當以這個收入作為廣大的義務夜校之用，來供給兒童應用之書籍與文具。

自然我們希望推動的不僅僅是上海，但是在上海，我希望由這次約翰劇社救濟失學兒童的呼聲，因而全市的學生聯合起來，來作個龐大的義務夜校運動，徹底地救濟集中在上海的億萬失學的兒童。因此，我先在這裡敬向全國全市在校的大中學生請命。

一九三八，三，二七。晨三時半。

孤島零簡

其一

××兄足下：

你的上信收到，兩詩我都不甚喜歡，因為太具體；有許多詩可以具體，抒情詩則不宜具體。西洋詩中，我現在很看不慣浪漫派之大聲呼號，此類詩好在音韻鏗鏘，所以譯成中文，變成一無所有。最近我寫了許多詩，不時拿出來看看，正如我隨時翻閱一、二首中西詩詞一樣，看是否有些過份，或太顯之表露，是否有可省之字可易之字。我對於我的詩比對什麼都「自大」（恕我厚臉），因為我覺得中國新詩非學英詩即學法詩，或則學「俳句」，或則擬中國詩詞，而我則自己在尋途徑也。

《作風》不出，亦無所謂可惜，因我所以有時想辦雜誌，只是想尋一合式之地方，發表點文章。現在刊物，不是趣味低級，就是目的太大（什麼改造社會呀，宣傳主義呀）。我是一個文藝工人，只想忠於自己工作罷了。《作風》要出，隨時可出，賠本大概還有限，賠力氣則太多耳。

四月十日、十四日有我喜劇《孤島的狂笑》與《生與死》上演，這班劇團纏住我，要演我戲，實在麻煩，原因是總不能照我理想。我很想將來自己有錢來辦個理想的劇團。

中篇小說並不是不回你信，實在是要等寫出之後給你，為時甚久，不是立刻可以寄你；不在本埠，也很難隨寫隨發表，所以在考慮中。

聞香港出版之《××××》半月刊會有署名××者抄襲我詩，我記得我的原題是〈少女畫像〉，總算改了一個〈塑像〉。「畫像」之意，乃取王摩詰「詩中有畫」之意。西洋論詩有兩派，一以為詩應如畫，一以為詩應如音樂，未聞詩應如彫塑也。此詩發表後，很有人叫我來畫像，但我只寫出一、二首。「畫像」之意，或可掛諸室內，以代照相，但終不如畫；更何能如彫塑。蓋詩之藝術還在朗誦也。

徐訏上

其二

××足下：

惠示收悉，生活改變，引以為慰。蓋生活改變也即人生態度有所改變；捨舊迎新，當有新的見解與思想產生也。我天天想改變生活，而生活迄不能改變，經濟條件，社會條件，限制殊兇；深夜倦坐，寂寞重重。上海天時不正，身體受累頗大，精神尤見疲乏，影響文思不少。《三思樓月書》以後是否能按期出版，頗難說。最近擬將《母親的肖像》（四幕劇）付印，如精神假我幫助，寫計畫中中篇小說三部；明年擬出《三思樓小叢書》，將現成之短篇小說、詩歌集印，趁此時間，著手大規模小說一種。日來徵求女速寫員一人，但應徵者多未學「中文速寫」，甚至連世上有此種技術，都不知道，因未成交。蓋我手患Writer's Iposun日劇，無速寫員，恐難著手寫長篇小說也。凡此種種，不過計畫而已，殊難預料前景。我非常羨慕你沒有家室之累，我則已如囚犯，工作、想像，都難如理想著手，甚想到香港一行，但經濟情形似不允許。最近有人向我接洽將我著作紙版運往內地出書，條件不能算壞，但許多事實上困難，如管理匯款、印數，都無法解決，因未答應他們。很想自已到內地去一趟，把此事好好進行一番，但一限於資本，二限於心境，三限於環境，四限於精神，看來一時似不可能。你的情形，我常關念。領館有事，固為好事；否則如有興到內地走走，把我的書順便經理一下如何？那面還有一點刊物上關係，想輾轉介紹，印刷紙張，總有辦法；如專做此行事情，則西風社書籍，亦可經理，彼方亦正在物色相當書店，進行此事也。資本如合股進行，亦是道理。此事為營利計，固可樂觀，為出版事業計，更是作為一種基礎。詳細磋商好好進行，實一可為之事。

亢德近狀如何？憾廬想已到港，《宇宙風》近狀如何？也常常想到。近來遊興更差，偌大洋場，竟無事可刺激此痺痲神經，良苦。魏友斐君遊興依然，唯患肺病，友儕中禁其夜舞，實則大家亦都無此興矣。

你生活既有變動，則生利以外，最好專讀一類書籍，多寫有興文章，寫好納諸筒中，隔幾月拿出看看，亦為一樂。將來總有適宜地方，可供發表。我現在對各處文約，一律婉卻。經濟稍窘，尚可節省，精力虛耗，難求補償也。

怱怱難盡所言，望多珍重。

徐訏

從上海歸來

獻辭

我從地獄裡出來，
本想溜到天堂，
但我在人間流落，
——聽東面歌唱，
——聽西面歌唱。

我開始想學，
但我不是鸚鵡，
沒有牠聰敏，伶俐，
會把人類的話語反覆嘀嘟。

於是我提高嗓子瞎唱，
唱晨曦爬進了夜窗，
唱月圓月缺，
唱螢火蟲冒充星光。

但如今我變成啞子，
想再唱已不成事，
我只是一隻沉默的蜘蛛，
——趕到東頭吐絲，
——趕到西頭吐絲。

一九四一年十二月八日前夜，我從炮聲中驚醒，好像並沒有經過思想上理論上的探討，直覺地感到太平洋戰爭的爆發。但是我總猜度不出這炮聲的來由，一直到第二天早晨，才知道那是停泊在黃浦江中的英艦，因不接受日本的招降而與之對抗，終因寡不敵眾而全艦犧牲，自艦長以至水手，竟全數與艦共亡。另外一隻美國軍艦，則因估計無法抵抗，早豎降旗，艦中人員，自然都成俘虜。這兩隻軍艦，所表示的精神，固然不同，但在事變的應付上，也各有其態度。我們對前者固然覺得壯烈可敬，對後者也覺得可憐同情。那天我出門的時候，日軍早已進駐租界，市面非常恐慌，外商銀行與國家銀行都已被佔據，這是他們計畫中第一步的工作。但出乎大家意外的，是中央銀行竟照舊支付存款，後來才知道日軍因為不願漢奸們染指，所以自己在白克路上尋找，但竟會沒有找到。他們把附近四明銀行誤作了中央銀行，佔據了一整天，到九日早晨才到中央銀行去。在八日一天中，中央銀行不斷支付現款，但是大量法幣都存在匯豐銀行與麥加利銀行，所以並不夠應付，下午對於來提款的人已經有了限制了。

八日的中午我有一個約會，需在靜安寺路西摩路口等一個朋友。靜安寺路上有不斷的日軍的軍用卡車駛過，上面有軍人浪人與走狗，他們發許多傳單與宣傳品，大概不外驅逐英美與同中國親善的話，還有一種是印著許多禁條，犯這些禁條的就要軍法從事。路上有日軍在裝軍用電話，行人當然都規避他們。我等在那裡實在有點不耐煩起來，約會的時間已經過了，我深怕這個朋友在路上出事，否則是她因為英法租界交通阻礙而沒有出來。我正想走開的時候，她匆匆冒雨從東面走來了，原來她一早就到外灘取錢，因電車公共汽車都已停駛，不得不步行赴約。我們就在附近一個飯館裡躲雨休息，我們第一個問題就是內行的計畫。

九日以後的變化是倉庫的貨物都要登記封存，英美的產業沒收，銀行取款限每星期三百元，但國家銀行好像只付過一次，以後又變更辦法，不許提取了。以囤積取利，富上加富的上海商人，現在也開始受到影響。

在物資與金融的統治以後，文化的摧殘當然是他們的第二步工作，中美日報已完全被占去了，而申報與新聞報則仍聽任原班人馬出版，日本陸軍報導部長秋田招請兩報以第三國的立場編輯，用「日軍」「華軍」的字眼，傳播新聞，而這新聞則是經過工部局檢查，不用說現在的工部局當然已是他們的御用機關。這種處置好像為買攏人心，但是人心並不因此被買攏，因為接著糧食沒有，每人限購三升的在排隊，隊列越來越長，人越來越擠，而限購的數量慢慢由三升變為一升。其他是三天兩頭的封鎖，被封鎖的行人如果想偷出繩欄，不是罰跪，就是被打；在檳榔路封鎖一役，因為那裡住戶都是貧民，沒有存糧，有的每天靠男人帶工錢回來養活，而男人出去的竟也無法回來，所以在封鎖區內用全部家具換取一兩升米的有之，搶奪兇殺者有之，一星期之中餓死的竟有二三百人之眾，其他因餓而病的還不計其數，這比德國以二十個人質取換一件恐怖事件的，似乎更加要兇殘許多了。

《申報》、《新聞報》本來是漢奸們矚目的肥田，今仍未許他們染指，更不用說租界亦不能由漢奸收為市有，這使走狗們心癢不已。為安慰這些心癢，乃是偽法幣與日軍票的聯繫，將法幣貶值為七折計算，於是人民的生活無形中提高三成，許多鋪子的貨物則以兩種價格出售，多數的房主要求以偽幣付租，市面因此更加混亂起來。聽說現在已經將法幣壓抑到對折計算，是則一切一定更不堪設想了。

在八日以後不久，公共租界的書店洗掃一空，幾乎十分之八的書籍，都被卡車載去，商務印書館職員衣囊中五十元以上的款子，都被拿去，更不用說是文具之類，來人隨意取拿，毫無理由，但是事後仍叫你照常營業，聽說商務曾以此與其交涉，雖云查明發還，但迄未見「查明」，更無論「發還」。法租界書店於半月後才來搜括，卡車裡除軍警人等以外，是同文書院的學生與造紙廠的代表。同文書院的學生負檢查之責，拿書隨便翻翻，批以「禁」、「可」，但同是一書，甲生寫「禁」，乙生寫「可」，亦作禁論。在開明書店，許多周作人先生的著作都寫「禁」字，書店同人，即向其尋開心提出異議，彼等方知周為其御封官僚；不知周在華北教育總署得意之餘，亦曾想到其著作仍未能得老闆通過乎？我的《三思樓月書》，當然也被運走，我們起初以為造紙廠代表總是日商，後來才知道這些書籍運去，還是強派給中國人的造紙廠，以八折換取還魂紙，如交你書籍一百噸，則需還紙八十噸。有一個虹口小紙廠，不幸派到四百噸，則需交紙三百二十噸，因而賠本十餘萬元之巨。報紙當然是軍用品之一，貨倉被封以後，曾有兩次徵發，一次是英租界存貨百分之四十，一次是法租界百分之三五。照這樣情形，出版業當然停頓，但是北平竟有讀者詢問我的書籍，因為華北的報上，還是宣傳「皇」軍並未摧殘中國文化而出版業照常出版也。但是為掩護這些謊語，有許多沒有人要看的新雜誌出來，在牛糞上種花，當然不過順口接屁的東西罷了。在這裡我要附帶報告，在我離申時，上海的雜誌，除「偽」辦以外，只有一、二種禮拜六的雜誌，還在出版，其他都已完全停刊，桂林文化供應社所出的文化通訊等所說有某某等雜誌「照常發行」之記載，這完全是失實的報告。

再說被抄去的書籍，後來聽說可以申述不服的理由，書業同人有一次開會，對於主題上不是抗日的書，要求其發還，但是並無結果，發還的只是幾種教科書，還是缺殘不齊。數目上相差，尤其可笑，譬如數千本書，只還幾十本，對於不發還的也毫無理由答覆。日本此次似乎想以進步的現代國家的姿態來處理事態，但是所表現的還是可憐的野蠻。

開會歡迎慶祝，許多電影明星被請到南京，列席茶點之中，我們在新聞片上可以看到，勉強與奸官們握手言歡。唇亡齒寒，戲劇界文化界同人似乎也很難再行躊躇了。

我在十二月八日以後，已經不曾在報上雜誌上發表一個字。幾個戲劇團體來接頭要演我劇本，我也已經拒絕。但是文化界同人，似乎還都在壓迫下蠕動，這種情形，我們知道是非常可憐的事。原因是八日以後的上海，實在太沉悶了，大家想在可能之中，找點事情幹幹，所以當我離滬之時，還有許多朋友在作戲劇的上演與音樂會的演奏。而特別灰心的朋友，為發洩這些苦悶，只好多找朋友談談，或者多找點刺激來忘掉這些現實。

與盟國及國家有關係的機關，總以為被佔據以後，一定要結束與遣散了，但事實上並不，一月一月的拖延，把所有的名單住址都抄了去，不許你們躲走。但是後來因為商業停頓，事務蕭條，才放一部分要走的人離職。從那時開始，我就積極籌劃離滬。我的路有兩條，一條是改行為農，我本是農家的子弟，我有一個叔叔現在還是道地的農夫，我可以跟他去耕耘，我家在鄉僻原野，雖稱淪陷，但離點線甚遠，游擊隊常常出沒其間，那面或者也還有生活可尋；一條就是到自由的中國來。為我無母的孩子與家庭計，我應當帶著他們回鄉；為我個人計，或者到自由的中國來較好。另外一面看，為我個人計，是到鄉下去做農民較好；為我的生活計，或者到自由區來較好。我曾經同許多朋友商量，都沒有結果，因為有的估計我身體太不好，吃不住到自由區路上之苦，還不如到鄉下耕讀，有的估計我才學太強，以為自由的中國頗需要我這樣的人才。這兩樣我都不承認，所以他們的意見並不能給我考慮上什麼幫助。我的父母以衰老的年齡，鼓勵我到自由區來，他們當然是站在不自私的立場，但是我決定內行的理由，倒是非常自私的動機，我願意坦白地在這裡申明，我要我有呼吸的自由。在我決定內行以後，我要安頓的處理的事情實在太多，一時竟無法安排，譬如家，到底保留不保留，孩子如何擺佈，書籍寄存何處，一樣一樣都是問題，而浩大的旅費與家用，又是如何辦法？為這些問題，我錯過了許多旅伴，最後我總於將這些問題完全不理，同一群青年進來了，是我母親在負擔這煩冗的家務。本來預備一到金華永康，就設法匯款進去，但一到裡面，連我的旅費都沒有著落，要不是朋友們慷慨相助，我現在還不知流落在什麼地方。

十二月八日以後，從上海到自由的中國來的人，非常之多，護送到金華的旅行社，蜂起林立，據先行的人來信，有的旅行社半途遺棄，有的則沿途敲詐。先行的許多青年學生，在杭州旅店中被敵憲檢查出而押回，有許多則勒令到偽大學去讀書，還有許多被押到上海，通知家庭以鉅款贖取；凡此種種消息，實令行人卻步。我們所接洽的旅行社，為世界旅行社，它在戰前本為英人所辦，後來英人撤退，由原來中國職員辦理，我們還覺得它可靠，就在那面講妥付款。但後來方才知道他們將旅客轉包給一位姓華的人，他們則從中取點佣錢。所以許多事情，譬如我問他是否可以帶書，他們就毫不負責的說沒有問題，還有行李之多寡，也毫無限制，以四元一斤取錢，至於路上的困難，他們就毫不負責了。這一批一共五十餘人，本定五月四日動身，後來不知怎麼忽然提早了一天。

我們一共六個人，三個是大學生，一個是中學生，一個是大學畢業不久的青年，算來我是年齡最大的一個。我們把行李於頭一天送去以後，第二天五月三日早晨，我們到旅行社去，會到那位陪我們同行的華君。他們告訴我們需要的知識，發給我們車票，於是我們就一直到了車站。

這是我抗戰以來，第一次到上海車站，大有物是人非之感。同行人中，M與S因為家庭來送行，所以在月臺上談話，我同還有三個人坐在車上，這時忽然上來一個穿西裝的人，四面張望，突然對我們同行的H，那位中學生叱喝著說：

「喂，你是幹嗎的？」H有點愣了。坐在旁邊的是他的哥哥C他代回答說：

「回鄉下去。」

「你做什麼事的？」他又厲聲地問。

「做生意呀。」

「做生意？前面打仗打得厲害，有什麼生意可做？」

「他還是學徒呢！」C說後，他不響了，但一面走開，一面似乎譏誚似地說：

「你別是擔任什麼工作去的罷。」

H是一個道地的中學生，對於生意既然是外行，舉止也不像商人，外加事先沒有準備，所以語言支吾，舉動失措。我們大家都心跳，當時我們對於這小狗非常憎恨，但大家敢怒不敢言，可是過後想想，覺得他或許是一個良心未泯的可憐蟲，不得不表面裝得兇狠來作盡責的報賬，而事實上不願做虧良心的事，因為實在說，像H這種語言支吾舉動失措的態度，只要再問幾句，就可以查出是一個學生，但是他竟寬宏地放過了。

現在我開始後悔同那些年輕的孩子們同行，因為他們竟毫不顧忌，像學生旅行一樣的恣意談笑，甚至談到行前的準備與到達內地以後的計畫，在我們後座的人，一直看著我們，這使我非常擔憂。而我也不能直接去禁止他們，原因還是我同他們是偶然結合的旅伴，大都還是前一兩天才碰面，其中一位S君，這是那天去旅行社才碰到的。所以我心中不免焦慮，我極力保持緘默，緘默得像一條魚。

車窗外的綠野，對於久居上海市區的我有一個新鮮的感覺，但不時看到不通的標語，非常使我不舒服。我只好閉起眼睛，求一個暫時的假眠。

車子開到半途，有便衣敵憲來查，態度非常冷靜沉默，對於我隔座的S有幾句盤問，S坐在那裡答話，他認為沒有禮貌，用手把他拉了起來。我因為曾經聽說過凡是有可疑的人，常被帶到憲兵車上去審問的，所以我確實為S捏了一把冷汗。

檢查的人去了，S他們仍是恣意談笑，這很使我不安。午餐的時候，我們到餐車上去，剛才來檢查我們的人也在同一餐車內吃飯，我甚怕他們的談話會引他第二次的盤問。

但是一切終算平安，我們到達了杭州，車站有一次翻箱倒籠的檢查。旅行社這次所包的客人一共五十幾位，這數目在坐黃包車的時候，就非常觸目，馬路上的人都用疑問的目光看我們，到鳳山門又有一次檢查，到南星橋又有一次檢查，偽警們對我們所帶的東西就開始勒索：

「這可以送人了罷？」

問到我的是一根手錶帶子，這是一個朋友隨便送給我的。我當時就慷慨說：「拿去罷。」他看了看似乎還不知足，但是我仗著他已經受了我的賄賂，催促他快一點檢查，於是我就過去了。

問到C的是一支自來水筆，C說：

「我只有這一支。」

「那麼我同你換一支罷。」

C不肯，他罵了一句「狗屁倒糟」，就放了過去。從此我們知道小狗子這種行為也並非他們主人所彰明許可的。

在南星橋渡江，有幾個日本憲兵上來，我坐在船尾，看見我同行的人，不知怎麼同其中一個敵憲搭訕起來，我很擔憂，但是無法禁止他們。我非常關念他們交談的內容，事後才知道是那個敵憲問他到哪裡去。他們說回鄉。並且接著對他說：

「你也可以回鄉了。」

「是的。我們不久也要回鄉了。」這倒是句懂得風趣的話語。

過江是西興，那裡終算沒有麻煩的檢查，時天色已經黃昏，從西興到蕭山的長途車子已經沒有。我們就站在靜候陪我們的華君去交涉車子。

我相信交涉車子是一件困難的工作，假如辦不到的話，我們勢必在那裡路宿一夜。大概等了兩個多鐘點，一輛空車子開來了；在開始上車的時候，許多男子都往上搶，我在車門口極力叫小孩與女子先上，但是沒有人理我，後來華君及其夥伴也響應我嚷，方才有許多人不再與小孩與女子推擠。

在維持秩序之中，有一個十八、九的孩子，用一百廿分兇狠的態度對待旅客。要不是後來我從華君處問得，我們始終弄不清楚他是中國人還是日本人，在他凶厲的中國話中，已學會了日本人說中國話的腔調，正如上海有許多中國人說中國話帶著三分西洋人的生硬以表示他是高等華人一樣，這種優先的亡國奴。我是最看不慣的。西興淪陷不久，竟有這樣不爭氣的青年，這是我非常悲痛的事。

雖然大行李預備存在站內，到明天再來取，但我們五十多人與隨身行李已經把車廂車頂塞得結結實實，我站在車子的右面，一隻手持窗檻，連腳都不能移動一寸，公路又狹又壞，車子顛簸不堪，每一顛簸人身都側在一面，尤其經過狹窄橋樑的時候，次次都有翻車的危險，我們除對於駕駛員信託以外，真是一點沒有辦法。

車子到蕭山，我們提著行李，走進街道，投宿浙東第一旅館，我們六個人占到了一間房間。

這裡已完全是板窗茅店的風味，我第一夜離開電燈，望著跳躍的菜油燈光，有許多幼年的回憶，但是此時此地已無平靜的想像，我們擺定了疲倦的身體，計畫以後的路程。

我們中三個人出去吃飯，由他們叫點東西給留守的人吃，飯後當我們正打算就寢的時候，查房間的來了。華君在外面報告我們這個消息，叫我們不要害怕，接著就有一個日本人與兩個華人由茶房領進來，但一面進來，一面在問茶房，在我們進來前是否有別的客人來過，茶房說在隔壁的房間有一位什麼地方來的客人時，他們就出去了，出去時候關照我不要關門。

在他們出去以後，我聽見隔壁的盤問，接著是打耳光出聲音，許久許久他們還沒有重來。而我們的門則是不能虛掩的板門，軋軋作響，甚為討厭，最後我們還是將他關上，但是我坐在旁邊，預備他們一敲門就開。同行的幾位已經等得不耐煩都就寢了，我說：

「那麼讓我等著罷。」

又隔了許多工夫，他們果然又兇狠地來敲門了。我替他們開門，一個穿軍服的日人到窗口C與H的床上；二個華人，一個戴黑色呢帽，一個翻著白襯衫領子，則到我們這面來。S已睡在床上，我則站在旁邊。

詢問我的是一個體格強健露著白襯衫領子的人，他問我要還鄉證，我交給他後，他問：

「到哪裡去？」

「紹興。」

「紹興那裡？」

紹興的地方我從未去過，我幾乎說不出一個街名，於是我只得瞎編著說：

「新塘灣。」

「新塘灣？」他自然從未聽到過，所以不覺懷疑了。我開始有點擔心，我說：

「是鄉下的地名。」

就在這時候，那個戴黑帽的華人，忽然對S發脾氣了。

「你這人有人格沒有？」

「……」我們都愣住了。

「把我們當什麼人？」戴黑帽的厲聲地說。

我知道這是S沒有起來回答他的問話的緣故。我叫S起來，在S正在起床的時候。戴黑帽的厲聲地罵著：

「混蛋，你把我們當什麼人？」

這件事倒把詢問我的那位問話打斷，他從別方面又開始問我：

「你紹興家裡有什麼人？」

「祖父，祖母。」

「你回去有什麼事？」

「家裡面，田地上有點事情。」

「上海在什麼地方做事？」

「銀行。」

「你呢？」他回頭問我旁邊的S。

「銀行。」S回答。

「你們是一個銀行麼？」

「不。」我說。

「你是什麼銀行？」

「廣東銀行。」S回答。

「你呢？」

「福源錢莊。」

「很好。」他把回鄉證還我，說：「你們應當有禮貌的待我們。」接著他對我同S像演說似的說：「你們想想，我們是為民眾服務，半夜裡還要出來，你們則已經可以安安逸逸的睡覺了，所以你們應當很有禮貌的來對我們，我們問你們麼，你們要好好的來回答我們……」我連聲唯唯的時候，那位戴黑帽的忽然拿出手槍來扳了幾下，同問我的人說了幾句日語，就在那時候，窗口床上的C與那位日本憲兵正在搭話。C是在東京高等學校裡讀過書的，所以與日兵在打日語，照預先的計畫，他告訴日兵，他家是在東京開料理店的。不久前從日本回來，預備回紹興故鄉去。

因為C的日語，這裡兩位華人，尤其是那位戴黑帽的，開始把態度放得和藹起來。但是這位日兵因為C是從東京歸來，問了問東京的情形，竟約C於明天早晨九鐘點到他的地方去談談。還說如果你怕趕不上回紹興的船的話，那麼八點鐘也可以。這事情實在有點麻煩，但在他們走的時候，那位問我的人則安慰C說：

「放心好啦，不會給你為難，也不會叫你耽誤船期。」

我們於他們走後，開始討論這件事的對策。

第一、到底這個日兵叫C去是什麼用意，是否就是問問東京的情形。我想這是對的。因為如果對C有懷疑什麼的話，那麼當時就可以捉去，但可怕的是，明天談話中會引起他們的懷疑。

第二、那麼C是不是可以索性不去呢？M主張還是不去，我則以為不去反而使他懷疑，如果他在明天稽查口上碰見C，那就更有麻煩。

第三、那麼C去，是不是我們在旅館等他。這有好處也有壞處，因為如果我們帶了行李先走，最多是C一個人被押回上海，否則第一、也許弄到大家被押回上海；第二、行李或者可以藉檢查而全部被吞去，但是C如果被押回上海，而我們並不能立刻知道消息，這也是太使我們懸心的事，而且C與H的出來，並未得家庭許可，只在臨行時留一封信。M和T是他的親戚，在情理上，當然要同進退。我是主張我們同行的團體應當完全採取同一路線，但如何在可能之中，等C同行，而不冒上述的危險，則沒有辦法，最後我們請華君過來一商。

華君是一個非常熱心負責的人。他第一就說C不該同他說日語。但事已至此，明晨決定由他陪去，好在這位翻譯，就是剛才詢問我的人，與他相熟，總可幫忙。他計畫我們明晨先同大家出城，在三里外的自由區等C。他於我們出城後，陪C去會那個日兵，以後再同大批存在西興的行李同來。

事情就是這樣決定。我們開始就寢，但是破霉的被鋪肮髒，臭蟲蚊子數以萬計。我穿著雨衣躺在床上，想想我離開的家，想想明天的C與他在對話時所取的態度，竟一夜未曾入睡。

第二天早晨，我們到一個麵館裡吃點東西，就到卡口去。但是敵憲要等八時才來，他們來後鐵絲網方才啟開，於是我們大家都等在那面，有一家鋪子裡坐滿了男女偽警，我們幾個人也就在那面休息，聽他們胡聊。

C在那裡陪著我們，我再三關照他，在今天去談話的時候，不要露出是知識青年，即談到普通的現象，也不要透露在他主觀的見解。我所擔憂的是他的日語，我相信他的日語也一定同普通留學生一樣，得於書本的多於得於馬路，很容易看出是從優越教育而來，當避免這點啟疑之處。我叫他不妨說曾在什麼商業夜校讀過書。

因為華君曾經說及這裡的關口比較嚴厲，我們心裡非常不安。最後那批日憲來了，等他們打開鐵絲網，布置就緒，才叫我們回紹興的人先過去。那裡有一根橋，過了木橋是鐵絲網口，穿過鐵絲網口是稽查亭。

一個偽警在網口上。先問我要回鄉證，我給他看後就走過去，我們的隨身行李還在後面挑著，我必須等行李過來，方能打開給他們檢查，所以就等在稽查亭旁。那時華君就在門口內招呼旅客，好像一個偽警問華君一句話，被敵憲注意了，他就厲聲地叫他，叫他解開衣服，脫下鞋子，在衣縫鞋底裡都搜查到了。華君身上本有兩千多塊錢，因日憲對他不時注意，將一半交我們行李的T君帶過，現在身邊還有一千多塊錢，他們就問：

「這錢是幹嘛的？」

「做生意。」

「回鄉證呢？」

「沒有。」華君的回鄉證因與市民證姓名不符，所以在被注目時，已經扯去。

「沒有回鄉證，做生意？你別是通敵的罷？」

「這怎麼會，你可以調查。」

「做什麼生意？」

「洋布生意。」

「洋布呢？」

「洋布有時走別的口子出去。」

「無論那裡，都有口子，怎麼可以隨便出去？」

於是一個憲兵開始同一個憲佐說：

「他同許多人都招呼，別是將洋布叫他們分批帶出去的。」

於是華君就說明洋布剪開了就不能賣，並且再三訴說這只是點小生意罷了。

「沒有回鄉證，偷運洋布出去，這是絕對不可以的。」歇了一會，日憲又說：

「老實說，你是不是通敵的？照實供述，不然要帶去司令部去。」

「實在不是。」華君說：「我只是做小買賣的。」

我的行李有一件來了，我開始打開受偽警檢查，一個口中鑲兩顆金牙的日憲站在旁邊，聽M與T說，這就是昨天過江時交談的憲兵，但是還有一件又隔了許多時候才來。旁邊有一個旅客，箱中一本信箋，偽警想要，但那這位鑲金牙的日憲則連說：「不可以」。不過那位旅客還是送給了他，一面趕快蓋起箱子，那個偽警就對日憲陪諂媚的醜笑把那本信箋收起。

當我把行李打發過來時，那位金齒的日憲一把拉住了我，把我嚇了一跳，他說：

「回鄉證。」

我因為於出第一個口時已受偽警衛查，所以納入皮夾中，沒有拿在手內，大概因為這樣才盤問了我。我把回鄉證交他，他開始問我姓名去處，托我祖宗福，我沒有背錯，於是他就放我過來。

有一個鄉下人，大概不知道先查回紹興旅客的禁命，挑了一擔蔬菜從行李縫中過來，一個日憲上去就打了他幾個耳光，把他打了回去，一擔蔬菜則先後被它們拋出亭外。

華君的結果我沒有知道；C的究竟，很也無法打聽；因為一出此亭就不能再回進去了。檢查亭兩面是河，有小孩子好像拿著什麼偷過來，但是日本憲兵不時出來偵看，幸未被碰到，我們幾個人等大家的行李都過來了。裝好挑擔，華君的夥伴就叫我們跟行李先走。

但到土房子轉彎的地方，有十幾個所謂和平救國軍的攔住行李，而華君的夥伴在講「買路錢」，我們有小小的一擔行李是自己雇的，M付了三十多塊錢，總算挑過，到百樹廟去上小船。其餘大批旅客行李，後來知道是七百塊講好的，這些偽軍明知我們是到自由區來，據其中一位趙班長講是大家中國人，我們有什麼不曉得，只是要一點錢給兄弟們用用，一路上可保你平安，所以這群人倒與走狗們有別，他們不勾通敵人，即使講價決裂，他們最多是搶劫財物，絕不會去報告敵主。當然這群人是需要正確的組織與訓練，但不是不可訓練與教導的人。與M談話中，趙還說起他曾經在日人手中保過被捕的人，他的意思為對付敵人大家客氣，馬馬虎虎，否則大家可以不客氣的。

我們為華君與C著急，挑夫也非常同情被扣的華君，華君在這條路上，我們看到有非常的人緣，他的慷慨的氣量與豪放的人品似乎的是被大家所愛戴的。

百樹廟就有一脈活潑清澈的河流，這正象徵著通自由中國的路，那裡有十隻小船等著。我們開始下小船，在華君的夥伴與船夫們講價之時，船夫們都說：

「要是華先生的話，一定不會這樣同我們計較。」

不知是不是這句話的力量，後來華君的夥伴也自動的加他們一點錢。

想來是護送的規矩，免得半途上出事，舟行的目的地一直到半途裡才告知船夫，我不知這講價的時候是根據什麼標準？

舟行不久，忽然後面叫停下來，但我們的船夫則把船搖到河中，極力前進。原來是攔路的強盜，已經攔住了後面的船隻，要求講好了買路錢才允放行，但是我們還是前進，倒不見有開槍的恐嚇，被攔住的船隻，稍稍吃點虛驚，那位華君的夥伴出去接洽，大概是用了幾十塊錢與一隻手錶，才把強盜打發走了。

我們連連問船夫，我們是否已出了黑暗的世界？我們的船夫是一個非常可愛的鄉人，他的質樸與健康，表示著中國民族最實在的精神。他沉著氣搖船前進，最後他告訴我們已到自由的中國。於是M立刻放開喉嚨唱她的愛國歌曲，我們大家響應著興奮起來，但是在愉快高興之中，我們無時不在關念著C。

河水非常清澈，兩岸野景如畫，我們精神煥發地前進，但這時頭上忽然來了敵機，船夫於是把船隻疏散開來。這是一路來第一次在自由的土地上看到敵機，第一次要避免它的襲擊，我心中有許多感觸。我覺得即使在這一剎那被敵機機關槍掃射而死亡，我也因死在這自由的土地上而覺得榮耀。

船終於到了白鹿塘，這是進自由中國的第一站，我們看到握槍站哨的壯丁，有許多親切的感覺，這是一個貫徹整個民族的愛滲透了我的心靈。我們另外給船夫伍圓錢，他姓金，家裡就住百樹廟，他說到百樹廟問他誰都知道，說我們以後有來往也可以住在他家裡。

當時我們就在白鹿塘喝茶就點，我們計畫著假如C被扣而下午不能如期以到，將取怎麼樣的步驟。M主張回到百樹廟找偽軍趙班長設法，我贊成她的意見。我計畫別人先走，由我與她同到那位姓金船夫家裡，托他們找趙班長來談這件事。這個決定把定我們不安的心，所以下午我們能夠在河上閒散。有兩個到自由區來入學的少女，帶著很少的行李，我看她們非常孤伶，我同M說，希望我們能夠給她們一點幫助。這時候方才同她們中一個姓葉的有比較詳細交談的機會，我知道她們出來時家庭不十分贊成，而前途也沒有確定的計畫，但是她們精神很好，一點也沒有擔憂，這使我非常感動。後來她同兩位交大畢業的預備到公路做事的人在一起，也就比較安心起來。

三點鐘的時候，行李船居然到了，華君與C都平安地出來。原來華君被日憲們披頰侮辱以後，答應具保出來。他出來以後，辰光已經不早，C問他要否赴昨夜的約，他說算了，於是協同行李，就一同來此。

我們非常同情華君，問他以後怎麼樣？他說：

「這不過是錢問題！」

在他看來，一切檢查麻煩，種種為難，無非是錢的問題，而事實上恐怕也不過如此。

白鹿塘到臨浦，是八里旱路。我們開始一段輕快的步行，天氣還很熱。田野非常美麗，我們的心神都非常煥發。在快到臨浦的時候，經過哨兵站，那裡有我們軍隊要檢查行李，態度誠摯和藹，非常有禮貌，我們很受感動。他們短褲裹腿草鞋，神采奕奕，惟營養不良，則見於面容，兵士待遇之改進，雖有基於一國的富庶與否，但在可能之中，長期抗戰的途徑裡，我們不能忽略這問題才是。

臨浦到諸暨走水路，華君們先到，已經雇妥了船，我們就需先檢點行李上去。就在這船埠，

「徐！」這時候忽然我聽到有人叫我，初看是一個非常生疏穿中裝的人，但隨即認出二位比我先動身隨新中旅行社來的朋友。我本來預備同他們同行，因時間不及，所以不果，現在會在這裡招呼我，這實在太出我意外，而且改穿了中裝，幾乎弄得不認識了。原來他們的船就在旁邊，正在預備開行，於是我匆匆送他們上船與他們握別。再回到碼頭時，我們行李都已搬到船上，同伴們已去飯館，唯C君還在船上打發行李裝艙。但行李都要經過檢查才准裝艙，檢查員是個很切實的人，每件行李都道地地檢查，但行李實在太多，自然非常費事，腳夫們為貪方便，將未檢查到的混了進去。

在這樣的場合中，我們很能夠想像到腳夫們被打被罵之事了，但是這個檢查員則毫無粗魯無禮，依勢凌人的態度，只是一再說：「這是我的責任，我是省政府委派，我有責任……要是出了事怎麼樣？」最後他站起來說：「那麼我不查了。」

我因為一身疲乏，外加饑渴交迫，本想馬馬虎虎混過去算了，但這時我忽然對這個檢查員有一種說不出尊敬的情感。在官吏之中，像這樣有禮盡責沒有官腔的人，我看到的確不多，即使在英國碼頭上，檢查員的面孔都有令人難親的官腔。所以我過去為他們調解，勸這位檢查員息怒，同時叫腳夫將未查過的行李搬出受查。我等我們的行李查過了，才上岸去吃飯。

我在動身前，因為臨行匆忙，雜務煩多，心裡情緒紊擾，好幾夜沒有睡好。蕭山一夜，根本未曾合眼，連日又勞頓過甚，滿以為今夜在船上總可以睡一好覺，但是出人意外的，華君們竟只雇一隻船。這是一種腳划帆船，船艙裡不過二十人的地位，現在要裝五十幾個人，當然無法睡倒。起初我們還用撲克牌談天等消遣，後來實在無法，與T到露天的篷外；那面較為舒暢，但不久竹篷拉上，華君等夥伴四人來睡，於是大家又擠成沙丁魚一樣，不能睡眠，於是就同華君們閒談。原來今天華君所帶的第二批行李船，從百樹廟駛到白鹿塘路上，又遇見了強徒。

這強徒身穿黑衣，口蒙手帕，駕一葉小舟，駛近行李船上說要檢查。行李船共兩隻，在那隻船上的是華君的弟弟華二，看他袖中有兇器，只得讓他上來，但問他是那裡的？

他不響，他向同船還有一個夥伴索手錶，華二過去了把自己換給他，說：

「手錶算不了什麼？下次也可以帶一兩隻送你，但請你告訴我你在哪裡？咱們就算交一個朋友。」

他還是不響。

最後又問華要去了一隻戒指，因為看見附近還有別隻船，所以不敢多戀，匆匆去了。

華君對於這件事非常不甘心，第一因為這個強徒不夠江湖趣味，第二因為他袖中的兇器始終沒有露面，但是他因為行李責任太大，所以一直忍辱。

在我與他們交談中，知道了這條路上許多我們想不到的困難處，譬如過錢塘江的時候，就是七八歲的孩子都要對他們敲詐，他們為怕這些孩子向敵人挑撥什麼，所以也只好隨機應付。其他「和平救國軍」的買路錢，勒索得一次比一次為凶，譬如以前，不過二百三百，後來則要四、五百，而這次竟以千數為單位來論價了，所以一切營利上面的預算已完全打破，而蕭山的事件還需鉅款去擺佈，對於華君，我總覺得他很有可敬愛的地方，像他這樣的負責任與有氣魄，在現在社會上似乎並不是很容易碰到。對於他為招呼我們而受敵人的侮辱，尤其使我同情，所以自從我聽到他們商量著想在旅客方面捐一點錢以補損失，我表示願意支持他們。現在他們又談到這件事，他們夥伴中的一個，主張在行李上每斤加一元錢。這個夥計，在態度上我就不很喜歡，他這個主張我尤其反對，我對華君說，這件事在旅客方面絕不是應當付的，這只是基於同情的立場的幫助，說到損失，每種生意都有賠本的可能，旅客的加入，既完全遵守你們的定價，意外的硬加負擔，就等於一種勒索。所以我以為只能在情理上請大家幫忙，不能有這種好像應該負擔的規定，其次有許多年輕的學生，行李簡單，盤費不多，就不該再向他們啟齒。我這份意思華君很贊同，但華君的夥伴竟想在上船時將行李重新磅稱，根據一元一斤收費，結果大概是根據這個原則，向行李較多的幾個人徵收一點錢，但沒有嚴正地從磅稱上計算，這仍舊是華君明理的表現。

夜深了，大家都人疊人的睡起來。華君他們四個人起初還在船上半躺半坐，現在則都躺下呼呼大睡，把我們擠到連坐的地方都沒有了。船少人多，空氣悶熱非凡，我只得跳出船艙，帶著雨衣到甲板上去坐一會。河水平靜，星光朦朧，山丘村岸，極見靜美。兩個拉縴夫婦靜悄悄的在岸上拉著，但是岸路不通的時候，則收線上船，過了一會，又跳上岸去，舉止敏捷，工作沉著。這樣一隻船從臨浦到諸暨，大概不過兩百元左右的船價，而船夫拉縴夫共有三個，要整夜不眠的工作，這當然是一件很辛苦的事情了。

我在甲板上坐在一籮廢鐵上，因為疲倦的緣故，就矇矓睡去了一會。醒來露水已把我衣膚打濕，夜嵐森森，尤覺料峭；再回到艙裡，則早已沒有插足餘地。等到五更時分，有許多人起來到艙外來坐，C與H有比較好的地位。我乃在他們那面睡了一個多鐘點，一直到他們叫我，方才醒來。

本來一早可到曹家涇，但因我們的船載重過大，所以說說到了，而一直未到，要不是他們以為到了來叫醒我，我一定還可以多睡一會。我起來洗臉嗽口，神志比較清醒，看看兩岸野景，與同行人們談談，也還不見疲倦。九點鐘的時候，曹家涇終於到了，我們就在那面吃飯，一路進來，已顯見生活程度，一段高於一段了。

飯後休息許久，登船再前進，但此去水路漸淺，而船重又大，所以我們男子被要求步行。我相信是華君們對船夫預有的諾言，否則這樣載重的船，船家實無法承攔也。

從曹家涇到諸暨，說說只有三四里路，但因為公路拆毀，成為工字形的小路，這等於把行程增加了三倍，而且在迷宮似的無窮的工字形裡盤旋，很易使我們感到疲乏。太陽很熱，口渴尤甚，幸路亭過處，終有賣茶、賣甘蔗的小販，得稍息神魂。在這條路上，不時有敵機飛翔，依公路而行，目的似在偵察所毀公路，但我們雖怕機槍掃射，仍不得不避。

我們走過一條破爛不堪，高懸沙河上的木橋。表面看來，這橋真是隨時有倒坍的危險。我們許多人警告分組而行，免得過重。走過橋是一個茶棚，我們就在茶棚裡暫息。一個哨兵過來同我們搭話，對我們有友誼的盤問，態度極為誠懇，後來還告訴我們許多附近漢奸的故事，說大都以偽幣或敵幣為標識。這時同行中人，有未將來時的敵幣花去者，都很想早點把它處置了。

到諸暨本來可以換船就走，但船埠上竟有掮客從中扳價錢，於是講好了裝好了又不能開行。這事麻煩了好幾個鐘頭。而華君他們又要省錢，不肯多雇船隻，但比昨天的船要小許多的划船，當然裝不下這許多行李與人，於是另外雇了一隻小船，大家面對面橫坐，略一晃蕩，就有倒翻之危。看這個情形，這一夜將更苦於昨夜無疑。我主張我們六個人自己出錢，另外雇一隻小船，同行中也有小組覺得這個主意可採用，但他們碰巧倒雇了一隻，我們則怎麼也雇不到；想根本是埠小船少，生意太好之故。華君安慰我們駛出去可以雇得，於是只得將就坐下。可是船駛到前面，因為要領通行證，而負責處辦公時間已過，華君們極力懇商，無法通融，所以必須上岸到旅店投宿了。在他們交涉時，我們在船上。但隨後華君們忽然不知去向，這使我們很擔憂，因為上海有許多旅行社，說好伴送到金華，往往在半途將旅客拋棄。我們怕華君們也出此下策，於是就上岸去問埠頭上的人，時天色漆黑，路途不明，但我們似非知道華君們下落不可，如真已溜走，則大隊旅客亦需共同籌劃善後才對。他們在暗中摸索，東西訪尋許久，最後總算看到華君回來，原來有旅客數人在市集吃飯，竟未上船，所以他們去尋去了。

當晚我們投宿中央旅館，為一路最好住宿之所。我與茶房交談，知船價不如我們所聽到為貴，所以我托他明晨為我們雇一隻小船。

第二天卻巧是青年節，我們一上街道，看見許多標語，難道這標語就足以代表青年節的點綴了麼？我很奇怪這貼標語的團體昨天會沒有派代表到船埠來訪問我們同行的許多青年。這些青年都是抱著滿腔熱情到後方來，他們需要指導，組織，援助與友誼的地方甚多。要沒有看到標語，我倒還以為這裡是冷落的村鎮，現在使我想到這裡有青年的組織，也提醒我今天是紀念青年節了。但我們同行的許多青年則沒有握得異地青年的手，這在我想來是非常冷酷而難過的事。

C君到大船去理行李，約好在那面等我們船過時上船，我們由茶房領到船家。在我付錢的當兒，這位茶房拿出大票，問我們換取十元的小票，我換了二百元給他。船家為哥兒兩人，為我們駕駛船的是一個十幾歲的孩子。他帶我們到船上，現在我開始知道我們又上了當，因為這只船竟小得出了我們意外，五個人坐下，就沒有地方，等C君上來，更見不舒。事已至此，只得將就，但終算我們已經有一個比較和諧清靜愉快的空氣了。

我們滿以為小船較快，大船即可趕上，但船夫年幼力乏，技術亦見稍遜，所以進行不快，我們到王家涇吃飯之時，大船已經駛走。下午河水更淺，沙石歷歷可睹，船夫理應擇深處駛行，但這位小朋友竟時常把船擱到沙上，最後他只好下水來推。天色漸漸黑攏來，路又走錯一次，我們閒適鬆懈的情緒這時候又緊張起來了。

到安華天已太黑，大船中人正在起小行李上岸，長長的沙灘又有水坑，上去很不容易。

安華的鎮市比諸暨小，旅館都是家庭的副業，今夜到此地者，除我們外尚有新中旅行社一批旅客，所以毫無隙地，我想到旅館裡去找隨新中來的那兩個朋友，但問了幾家都問不到，只得作罷。夜裡我們二十幾個人睡在一間，倒很有趣。一位廣東太太帶著他女兒到她兒子地方去，我們與她交談，甚感親切。但她引起我無限鄉思，我的母親與家人現在越離越遠，而她則越離她的孩子越近了，我想這也是她精神煥發談話有勁的原因罷？

從安華本來有鐵路通金華，今則安華到蘇溪段的鐵路已經拆去，第二天我們必須走到蘇溪，才能搭車。這是一段相當長的旱路，依照旅行社的規定，這條路應有轎子可搭，但事實上人人坐轎也不敷應用，一方面華君們為省錢之故，商量撥給轎子若干，大概以女子小孩為標準，而我們的小團體，則答應撥與一杠，我則要求兩杠，另一杠由我們自己付錢。但第二天我們仍舊只坐到一杠，先由M坐用，後來因為C的腳破，由C坐用。我平常走路甚健，但為連日勞頓，今天竟相當累。我們於五時出發，中午走到蘇溪，饑渴交迫，甚需休息。但從鎮上到車站尚有三里多路，同行諸友，都已先去，唯T君同我在一起，他也極有先行休息與就食之望，因即在附近就食。飯後到車站，知道車子時刻沒有一定，於是只好呆等。這時我又會見了跟新中旅行社來的兩個朋友。

晚飯後，我實在疲乏不堪，在車站小行李上打一瞌盹。就在這黑暗的站上，我忽然看見同行的兩個少女之一，竟在那面流淚。我以為她遇到什麼困難，後來才知道她們小組中有一個也是謀進學校的男孩，對她語言上有點失檢。我勸慰了幾句，並且在理論上與態度上，給她一點參考的意見，她開始把氣平靜下來。

十點鐘的時候，我們在擁擠中打好行李票，終於看到車子來了。本來漆黑的車站，現在有許多火把出現。車子沒有停下，不用說到站的客人還未下車，已有許多人搶著上去，我相信螞蟻的社會不會這樣沒有秩序，但我們終算也擠上了車子。不久車子也就開動，這車子雖說是特別快車，但第一因為燒的是木柴，第二因為枕木不好，所以不能開快，好在已經上車，也就沒有剛才的焦慮不安了。我們大家非常疲乏，雖是坐在硬狹的木椅上，但都瞌睡起來，自然並不能甜睡，我不時醒來，看看四周橫豎的人群，深覺得人類竟永遠是在苦難中生長。

車上有許多私鹽的販子，據說私鹽的販賣，可以用包或用小籃裝提，但不能用擔挑，所以這些販客都用布袋包紮全身，另外又提了一籃一袋的。因為這些例外的旅客，所以車子更見擁擠。早晨，當車子在一個小站上停時，有兩個軍官上來，但沒有座位，後來看到我們鄰近一個鄉人有行李放在座位上，他們就過來交涉，態度非常有禮，一點沒有過去軍人的傲氣凌人態度。一路來印象所得，覺得軍民之間現在的確沒有一點隔閡，而軍人之有禮與一般知識的提高，尤為特別進步之處。我開始與他們交談，他們問到我上海的民氣與情形，我覺得在我們之間有一種說不出共同的情緒貫穿著我們不同的胸脯。車窗外有一個軍官與車內的兩位打招呼了，不久他也與我們談起來，知道我們是從上海來，他就用上海話同我們交談。我開始知道他的家眷也在上海，沒有多久以前方才搬來。他坐在後面一節車廂上，所以車快開的時候，他就去了。後來在金華下車時候，我又會到他，他說他馬上下鄉，我同他道聲珍重。天涯地角，茫茫的世界中，也許將來還會偶然會到，也許就此永遠不見，這就不得而知了。

伴送我們的華君們，在蘇溪等我們上車後大概就回去了。現在我們好像已經到我們的世界似的。我們五十幾個人各人都要奔各人的前途。就是我們六個人中，各人也有各人的事情要辦，各人也有各人的熟人要找。我們起初滿以為到金華總可以有一個比較安適的休息，但是金華的旅館竟都擠滿了人。我們費了一上午的工夫，在湘贛旅館找到兩間房間。M她們需在金華等錢，我則需到永康去看幾位父執與朋友，前面的路費就需到那面去籌劃。我本來預備同一個回江山的朋友同走，這位朋友家居江山，約我在那面住一些時候，我們已經什麼都決定了，但因為他遲遲不行，我也不知什麼一個衝動，竟於一二天內決定先走，現在也很想在永康等他到後，再一同到江山去，但另一方面，我也不願離開我們同行五個伴侶。而我的行李尤覺累贅，帶到永康再帶到金華，實在太不方便，所以我決定先去一趟永康，看那面情形如何？如果可以讓我暫時安定下來，則我決定再搬東西到那面去，等那個朋友。

一路沒有看到報紙，現在讀起來，有許多事情已經好像不接頭。世事變化，實在太快。報載有游擊隊，衝進蕭山，擊斃憲兵多名，我立刻想到那位鑲金牙齒，查我回鄉證的敵憲，不知他是否也死在裡面？假如是的，那麼他的「不久也要回老家」的話，竟是另一種解釋的讖語了，我且祝他靈魂平安罷。

我於第二天九日早晨去永康，但我到公路車站，車子已經開了，要等下午方才有車。幸虧S送我去車站，有兩個人所以還不寂寞。我們在茶館就點後，到附近去閒步，在一個小山上看見許多兵士在築防禦工程。日來耳聞這裡的情形甚為緊張，那麼也許不久的將來就有許多敵屍躺在這小山的下面了。我從小山上望到遠處，衷心浮起悲壯的想像。從小山下來的時候，遇到警報，我們隨著一群學生過一條浮橋，這是東南聯大的學生，由軍事教官率領著到桃林裡去避警報，我們也就一同到桃林裡去。他們中有的帶看書，有的帶著女紅，使我想像到他們豐富的學生生活。我開始同其中一位學生交談，知道他們尚未正式上課，但每日受點軍事訓練。我們在泥地上躺了一會，後來有一個教官在講他過去前線的經驗，幾個學生聽著，我也過去旁聽，甚覺有趣。我在學校時也受過軍事訓練，但教官與學生之間的關係，的確遠不如他們間有親切的友情——這是一個非常大的進步。從這群學生的面容上，我看到他們的靈魂還沒有安定。他們也許從上海來的，也許從別處來的。他們都有一個理想，而這個理想，在尚未能正式讀書一點上，已夠使他們不滿足了，更無論設備與圖書的欠缺以及生活的不安定。在警報解除了，他們回去的時候，我遙望他們默默地為他們祝福。

我們回到車站對面的茶館裡中飯，叫茶房為我去買票，但上車的時候已經沒有一點空隙。車子低得只有我肩胛一樣高，我既不能站直，又不能坐下，只得用手斜支在別人的椅背上。有一個軍人捧了一大疊磁碗，坐在我的側面。他深怕我會失手捽在他的碗上，所以他非常小心的保護著，最後他用手杖支在前面，叫我一隻手一同握在杖上。公路不平，顛簸甚劇，我也不能一直保持這個姿勢，所以不時使這位軍人不安。一直到中途停車之時，有許多人下車，我方才有一個座位。在車子的後座，有一個非常面熟的女子，同一個男人在一起，談話非常之多，後來我想出一個人來，而且越看越像，她的半南不北的國語，尤其使我相信是她，但是我始終不敢招呼。她的父親是我的忘年交，多年不見，知他現在桂林，我正要打聽他的住址，交臂失之，當時甚為懊悔。但在我寫這篇東西的時候，我已經同這位白鬚的老友會面了，方知我當時碰到的並非他的小姐，那麼世上竟有兩個相像的人活在同一個天下。其實說一句實話，人事睽隔十幾年，不同的人很容易誤認，同一的人則反而不容易認出；假如我當時真的會見那位小姐本人，恐怕我反而一點也不認識了。

到永康已經不早，同幾個朋友會面以後，開始知道這裡人心惶惶，大有隨時撤退的意思。我決定早回金華，假如時局真是這樣緊急，那麼趁此機會能在軍隊裡找一點工作，倒是有意義的事，否則與同行諸位逕去桂林、重慶，也總比在永康為好。

第二天早晨，我雇洋車到下塔寺去拜訪一位父執，會見他的公子V君，並且知道他太太是我的堂妹。我從小一個人漂流在外面，所以雖是堂妹，則從未見面，現在見面之下，令我想到我伯父以及我幼年時常同玩的她的姐姐們的面容，因此也有一種說不出親切之感。她們留我中飯，但我因為下午要趕回金華的車子，所以就匆匆告辭出來。

在永康我籌借了現款兩千元，還有一個朋友也肯借我五百元，但須稍待一二日，我叫他直接匯到桂林留轉，下午就搭車回到了金華。

金華兩年來為浙東交通要道，市面繁盛，人口擁擠，飯館林立，但是現在已成強弩之末，人口物資都求疏散，消息一天緊一天，憲兵查夜甚緊，催我們早點離開。

我在金華沒有熟人，唯行前知道傅××早已遷居於此，頗想看他一趟，但行時匆匆，竟未打聽他的地址。恰巧S曾與他的女公子同學，謂路上曾與其相遇，匆匆未及招呼。這事情他我愧悔許久，因為時機一失，說不定何時才能會面了。我很希望能於逃警報時可以再行會見，但天天警報，始終未能會到，亦屬不巧之至。（現在聽說傅××君已被日軍綁去，不知現在何處。其女公子則已回上海教書云。）

金華附近並沒有山岩，亦無妨空洞的設備，一聞警報，就到鄉野茶棚中閒坐，茶棚有茶有點，許多小販又都乘機來此兜買，所以非常閒適。但正經事則無法可做，除翻翻閒書與寫幾封信外，就是在竹椅上打瞌盹。

這樣的生活實在太奢侈了，我的人生觀是痛快的工作或痛快的遊歷，這樣既非工作也非遊歷的日子，我實在再不能忍耐了。

為這個緣故，我想到北山去走一趟，假如那面可以安居，我想在那面稍稍等些時候，以後再到永康，看那位江山的朋友有否進來。但時局越來越緊急，我們等M錢到，似乎就要動身。M的電報已發，預算在二三天之中，終可匯到。於是在她們等錢的時候，我與H及S二位，還同了上海銀行的一位許君一同去遊北山。

北山並非了不得的名山，但有雙龍、冰壺、朝真等奇特的山洞，很值得一看。好久沒有走山，在上朝真洞的時候，我實在感到吃力非凡，我想都市難道已把我嬌養成廢物了麼？朝真洞曲折深大，盡頭處本來有軟梯下去，尚可前進，後因有人失足過，所以現在只許到此為止。我見磊石曲折，尚可下去，因奮勇先下，但身已降落，腳仍未能觸及石頭，不得不以手與胸腹用力，跳下後始覺其高，而石峰淩亂，尤為可怕。同行人中，都比我矮小，因不敢叫他們學我冒險。我大概看看，即從石岩中爬上。那時才覺得肋骨在跳下時格石受傷，因而隱隱作痛，而這回一直到許多日子後，方才痊癒。

我們在山上宿了一宵，第二天上午下來。大自然總是我的舊侶，這次遊山，好像故友重逢一般，很使我戀戀不捨。

走到羅店的時候，我們在茶店裡休息。茶店中一位有趣的女子同我談到山上的風景，她說我們上山時為什麼不來，不然她可以陪我們同去。鄉下的女子尚未脫封建束縛，說話這樣坦白直率的，我很少碰到，所以很使我驚奇。我不相信這茶店可以支持她們一家的生活。後來才知道她丈夫在外面做事。有一位非常美麗的姑娘向她要錢去買東西，我問她可是她丈夫的妹妹，她說是的。後來她買東西回來，就在我們所坐的地方往來，我開始悟到我一路來的確還未見過像這位姑娘這樣美麗的女子；不但美麗，而且舉止嫻雅，態度大方，粗布衣履，反增加了她說不出的自然風致。

第三天我們在郊外野地上逃警報。敵機兩批，每批六架，不停地在我們頭上旋轉，最後在不遠的地方投彈了，大家都說那是羅店。我心裡立刻浮起那個茶店與店內的姑嫂二人，到現在我遠後悔沒有再去看她們一次，我希望她們與她們簡單的小店都平靜無恙。

幾個中學生，包括兩位違背家庭意志而出來的少女，住在車站附近的旅館。本來說要找保人進什麼招待所的，我也已經答應她們找鋪保了，現在則都已住到教育部戰地學生撤退招待所（？）去了，據說以後只要靜待學校的分派。招待所的空氣凌亂繁雜，很使她們感到失望，但除了忍耐，自然也無他法。我們鼓勵她們，並且表示隨時願意幫助她們（浙東戰事起後，從楊剛君的通訊中，知道學生流落各地者，潦倒顛沛，不下十幾萬人，這幾位孩子，到底在什麼地方，我常常關念）。

M們會見了世交嚴君，嚴君知道M發去的電報一時不會收到，原因是收電報的人現在正去成都。但他願撥款兩千元叫M她們先走，到鷹潭後可到某處再去支款，所以我們就立刻預備動身了。但五月十三日的火車被炸，車票停售，十四日，又因為火車在江山出軌，不能通車。十五日不知是否可走？那天早晨我們在逃警報，無意中遇見一位以前寧波輪船的茶房，這是十年以前的事情，我常常坐他的房間到寧波去看L，今則L已成永別，而他竟還認得我向我招呼。經他的招呼，我愣了一會方才認出，原來他的頭髮已經斑白，被生活所迫，這次到金華來做生意，但成績不好，神情非常頹傷。看來他的話不是撒謊，人世間兩個人的分離與相合，竟這樣的偶然與神祕，因為如果十四日有車子，我一定已走，而十五日無警報，我也不相信會同他相遇，恰巧在這個地方這個時候同他會見。他說他就打算回上海去，問我有什麼信帶？在過去，我似曾托他帶過信札與什麼。所以他的問句引起我許多感慨與回憶，多少日子的飛跑，在他斑白頭髮上留著痕跡，自然在我的面容與心情上也同樣留著痕跡，只有在別人的變化上，方才感觸自己生命的消逝。在這些消逝的生命中，我的工作留下多少？我的收穫是些什麼？為人類為社會，為我們苦難的民族，我奉獻過多少的愛與禮物？我默然無言。一種無限的憂鬱與惘悵使我不願意看他。我怕看這面鏡子，我低下頭悄悄地離開他。我相信他不會瞭解我的心境，或許以為我是因得意而驕傲，或許以為我因他的頹敗而冷酷。我自己也很難分析，為什麼會見這樣一個於生命中無關緊要的人物，而有這許多感想。但是我知道在我坐他的船往來於滬甬之時，正是我燦爛的生命閃光最強的時候，有夢有愛，有收羅不盡的甜美與消耗不盡的勇氣；今則已經入了中年，夢已經消散，愛已經黯淡，甜美已經飛逝，勇氣已經耗盡，有許多無謂的理智與淡淡的哀愁，使我看到我前途的極境。這一個變化明顯得令我所有的回憶都化作了寒噤。那麼他也許正是我十年以後的影子，現在悄悄地爬到我的身邊。我很奇怪他會認識我，也很奇怪他會親切地同我談話，我相信在他下意識之中，也許感到現在的我是他那時的化身，頭髮未白，精神粗健，走路只看前面，事業像還順利，假如是那樣的話，那麼更無怪他怪我驕傲而冷酷了。

從逃警報回來，夜裡我們就上車赴鷹潭。有一位比我們早進來幾個月的女孩R，她從嵊縣輾轉帶著弟弟來此，也偶然碰見。她是M的同學，又是與我有點認識的人，現在同時上車。但在後面一節車上，從金華到鷹潭，一天一次的車子本來已經夠擠，現在在疏散的時候，又兼前兩天都沒有車子，所以擠得水泄不通，但僥天之幸，我們終算都還有座位。我與C在後面一節車上，其餘四個人則在前面，R姊弟則遠在車梢，有許多人都坐在地上，還有許多人都坐在車頂，廁所裡當然也都填滿了人。我們坐在那裡，一點也沒法蠕動，而在每一站停車的時候，還有人要從車口跳進來。有的看看實在沒有地方，又兼裡面的旅客的拒絕，只得另外去想辦法。但後來在一個較大的站上，有幾個衛兵保護著兩個女眷強要跳進，身上帶著盒子炮，態度兇狠非凡，罵東罵西，無人敢攖其鋒。他們跳進以後，前後竟提進來七八件大行李，把所有的旅客都擠得沒有呼吸的餘地。我記得鐵路上本有打行李票規則，怎麼竟允許這樣大的行李拿到客車上來？難道我們中國人連這點事情都不能管理麼？這兩個衛兵把行李搬進來，又安置人的座位，同好幾人起了衝突，這是我一路上印象中最惡劣事情了。

車到江山的時候，我遠望灰暗的城鎮想到那個約我去住的朋友。假如我同他在永康或金華聚首，現在自然在此下車，如今我只有幾分鐘的凝視，車子立刻挾我前進了。

在出發的時候，我買了一點甘蔗，終算支持一夜的口渴，但是第二天我簡直在沙漠裡一樣。

人擠天熱，竟無處可獲一滴水。斜對面有一個旅客抱著一隻熱水瓶，向他討一口，但他真的只施我一口，杯水車薪，當然無濟於事。

有許多販買私鹽的人，被憲兵趕下車子去，叫他就地賣掉回去，免得充公，所以車子比較空一點了。

車到賀村時有警報。車子散成三四節，照例我們應當下去，但行李帶不帶身邊呢？有許多人，帶著行李下車到附近的山岩去了，我與C也只得將行李搬下。與前面一節的四位商量，結果我們把行李搬到前面，與其他的行李放在一起，我們的人在月臺上守著，預備等飛機來時，我們再跑。

警報解除後車子立即悄悄地開行，許多到附近山岩去逃警報的人都倉皇趕來。有幾個女子與小孩，好幾次都滑入水田，有些人幾乎來不及上車。我們上車時，原來的位子也已經被人搶去，於是我們只得坐到更不好的地方。我奇怪鐵路當局對這些情形，為什麼竟不知想一個較好的辦法來補救呢？

凡此種種我們所經驗到的，如火車於警報解除之開得倉促，行李之無法處置，離開車子後座位被占種種，都是後我們四天即十九日離開金華的車子，所遇到的慘劇的原因。十九日為金華最後一列車，人當然更擠。一遇警報，有的跑了，來不及上車，有的為行李所累，有的回來沒有位子，大家看看頭兩次警報沒有出事，所以第三次就索性不跑。誰知敵機竟在那次轟炸，結果死傷達七、八百人之多。如果鐵路上於事前對這些情形有布置組織，對旅客的避警報有指導管理，這樣的慘劇，我相信是很容易避免的罷。

在新塘又遇到警報，但也未見飛機。我們在那面暫時解決了饑渴問題。後來在玉山又遇到警報，因為玉山有機場。而每天在被轟炸之故，所以我們只得不顧行李到附近的山上去。山坡上有一小小的防空洞，我進去看一看，後來就站在洞口。敵機這一次果然來了。但只有一架，未見轟炸。

從玉山開車天已黃昏，六點到上饒。上饒為當時第三戰區司令長官所在地，所以下車的人甚多，車子稍空，我與C君搬到前面一節車去。在我的對面，上來好幾個人。M想把她們比較好的位同他們交換，可以讓我們六個人坐在一起吃一點乾餅與開水，但是橫遭了他們的拒絕。我很奇怪他們拒絕的用意，以看到別人的困難，作為自己的快樂，不願意作無損於己而有利於人的事。這是我在別個民族上很少看到，而在自己的民族則常常看到的事情。如今我又在這件小事上碰到，我極力想為自己尋一個較有理的解釋，但竟無能為力！

車於八點半開，起初說是十一點鐘可到鷹潭，後來說是十二點，但真正到鷹潭則已經是一點半了。有人告訴我們到鷹潭可住陶陶招待所，但我們到那面早已沒有地方。那面一共就只有十幾個房間，自然容納不下從上面撤退下來近千的人。這些雖是過路客，但此地並無車子可帶這許多人內行，所以大家只得等在那裡。我們一連問了好幾個旅館，都沒有空房。街燈毫無，路泥濘滑，跟著一擔行李，暗中摸索。這時候忽然有人過來，問我們要否搭車去衡陽，知是×××會的車子，說湊滿了人，立刻可開。商諸同行諸位，大家覺得不妥，因為這些車子帶客人，根本手續常常不清，很容易在半途把你遺棄。常常說是前面要稽查了，請你下來，等稽查過了再上去。一兩次以後，等你不防時他們就把你行李卸下，把你遺在半途，自己逕自去了。所以如果要搭他們車子，就需商量個防止他遺棄的方法。

這個同我接頭的人，帶我到一所潮黑的民房，叫我同朋友商量了再去接頭。但夜深人倦，天黑路擠，大家急於先找旅館，所以不能立刻商量出對策，只好決定等明天再說了。
到處的旅館裡竟沒有一點空地，我們要求客堂在空隙處隨便睡睡都不可得。有幾個旅館竟怕你們溜進去後不肯出來，緊閉大門，在裡面嚴詞拒絕。最後我們到一家小旅館，叫做信江飯店的，靠挑夫隔著牆壁告訴他人數與情形，裡面方才把門打開。
我們一共八個人，就是我們出發時的六個加上R姊弟兩位。但是旅館只有一間非常小的房間，所幸我們剛剛只有兩個女孩子。她們安頓在裡面，我們則就在外面竹椅板桌上打鋪。這時候外面還有旅客敲門，老闆又嚴詞拒絕沒有地方。但那位客人定要他開門看看，於是起了一陣爭執，後來好像外面的人悻悻然走了。就在那個時候，我問老闆廁所的所在。
「大便麼？」他詫異地問我。
「是的。」
「不用了。」他說。
「怎麼不用，我的肚子正在瀉呢。」我哀苦地說。這是實話，我一路來肚子總是忽好忽壞，那天也不知道為什麼這樣巧，我在那時候又鬧起來肚子來了。
「但是沒法開門呀，外面有人要進來哩。」他說。
有一個小夥計，後來我們大家都叫他小鬼的，是一個非常伶俐的孩子，他大概看我面色慘白，渾身發抖的樣子，開始安慰我說：
「等一會，等一會。」
我自然還想同他論理，但一論理的話，我的大便就有熬不住的危險，所以只得忍耐下來。後來大概我的表情，打動了老闆惻隱之心。他指導我拉開竹榻，從竹榻後的板門裡出去。可是我出去了還是不知道所在什麼地方。小鬼告訴我一直走，轉彎就是。但我一直下去，轉彎竟是人家的房子。幸虧緊閉著門，不然我闖了進去，很容易被人當作賊論；如果我闖進是人家閨女的房子，這又是怎麼樣一個罪名？

我帶著滿腳泥漿回來；但我剛一敲門，裡面就嚴聲地說：

「沒有空房間。」

我靈機一動，沒有同他爭辯，我叫M，叫C，請他們將手電筒借給我。但等他們從提箱裡找出手電筒，從窗格中遞給我時，我已經彎著腰直不起來，最後總算靠那縷燈光，我到了廁所。人在那個時候，已經不會批評這廁所是清潔還是骯髒了。難道這是我在金華時，對於廁所的惡感所得的報應嗎？

我在金華看到京蘇川粵各式的菜館，但竟沒有一間清潔的廁所。我很奇怪一個這樣講究吃的民族，竟可以這樣不講究大便。像二、三年前金華畸形的繁華與富庶，夜夜菜館裡滿座的宴會。假如在每個宴席上抽百分之十的廁所捐，很容易把金華的廁所都改良好，但竟沒有人這樣提議。我並不是說，叫家家人家裝抽水馬桶，我相信只要稍稍改良，就可以不使糞便拋頭露面，就可以不使蒼蠅在便坑與饅頭鋪間飛來飛去。從鷹潭以後，一路來似乎都以金華為標準，有大大小小的飯館，有各式各樣酒菜，而竟無一間清潔的廁所。只有在南嶽中國旅行社的招待所中，開始為我證明不是抽水馬桶也可以弄得相當清潔，正如不是西菜也可以弄得乾淨一樣。

那夜我與R的弟弟睡在桌上，總算有六個鐘頭的睡眠。第二天一早，我們分頭接洽點事情。M到嚴君所說的地方去支錢；我拿著永康所訪到的父執的介紹信，與S到鷹潭車站去訪郁君。郁不在，在電話中他介紹我與一位徐先生接頭。徐誠懇地供給我們很好的意見，叫我們從鄧家埠由水路前進。我們帶著這個意思回來，得到大家的贊成，但M則極力反對。她最後生氣地說：你們都坐船去，我一個人坐汽車去。弄得大家都沒有辦法起來。我很奇怪上海女子對於汽車會有這樣的迷信。自然我不是說她們有意識的如此，但一般的說，汽車已經成了上海女子理想的高峰，舉凡藝術、科學、速度、時髦、漂亮、交際、富有時極致，好像都包括在汽車這個概念裡面了。

M於生氣之際，就到中國旅行社，接洽了中茶公司的汽車，車費每人一千元，行李費是四元一斤，說是明天就可以動身。十八日那天，我們將行李拿到中國旅行社過磅，付清了錢，由一個中茶公司陳姓的職員帶我到中華旅館為我介紹姓朱的司機。在過磅以後，中國旅行社的某主任叮囑我，不要將旅費的確數與行李費用告訴別人，因為路上會引起困難。現在這位陳君又為我作這樣的叮嚀。

關於司機的傳說，我在上海已經聽得很多。在丁西林君所作的〈妙峰山〉中，也看到對於司機的描寫。但是我對於這個新興階級，倒的確是第一次碰到，大家久仰大名，一旦會面之時，自然不敢過分忽略。

「這是朱司機。」陳君介紹的時候，故意將司機兩個字的聲音提高，好像特別叫我習慣於這個名詞。

自然這個名詞在我，比汽車夫這個名詞要生疏。但是我總想能留心著不讓自己叫錯。但無論我叫什麼，我對於開車的人不會有半輕視的意思，尤其在狹險的公路上。當我的生命在他的手掌中顛簸的時候，我是常常把他看作命運的神一樣崇高的。

我很不明白，一個開汽車的人，喜歡人稱呼司機，不喜歡人稱呼車夫。假如我有開車的本領，得馳騁於高山峻嶺間，月入數千元，我決不會愛司機這個稱呼，有甚汽車夫的稱呼。因為實在在汽車夫三個字當中，找尋不著有不妥的意義，「汽車」是指這個人所管的職務，「夫」不過是「男子」的意思，正如學生的「生」，科員的「員」一樣；而司機這一個字則包括許多不好的聯想。譬如說，有人問：

「車夫，請問前面是什麼地方？」

「他媽的，什麼車夫，誰是你的車夫？」

……

這是一個故事。

「呀，×司機，陽澄湖的大蟹，新從飛機帶來的。沒有人吃得起……您……」

「來八隻。」

「但是×司機。一共只飛進來四隻。」

……

附帶聲明的價目是六百元一隻。

這是一個傳說。

總之，司機這個名稱，在我的印象中是暴發戶似的一個概念，是蠻橫驕傲，倚錢凌人，敲詐揩油之代表。而現在站在我前面的朱司機則是一個整潔樸實誠懇的汽車夫，能不叫我驚異不置？

總之，關於稱呼，我是十足的保守主義者。譬如「夥計」「茶房」都是很好的叫法，我看不出裡面有什麼不好的成分。「夥計」等於西洋的boy，是合夥商量做事的夥伴，「茶房」則是「在茶房裡的先生」之簡略，實在沒有什麼輕視的意義。現在我一到裡面，有許多地方都改為；「侍應生」呀，「服務員」呀，還有什麼「員」「生」之類，除了叫不順口以外，我研究不出我叫這些新名詞有什麼比較尊敬的意義。比方說「服務員」三個字，從許多用這個稱呼的地方，貼有「人生以服務為目的」的標語來講，我想恐怕這就是它的出處了。但是「人生既以服務為目的」，則上至主席，下至不佞都是在為社會服務，那麼為什麼我們不叫主席為服務員呢？假如叫林主席為服務員不恭，則叫任何人為服務員都是不恭的。「侍應生」，不用說根本是「聽差」二字的文言文，在稱呼上用文言文，我自然比反對文字上用文言文還甚。比方說我們寫信父親，寫「父親大人」我並不反對。但是稱呼上一定要不叫爸爸，而叫「父親大人」，這就有點不能使我心服。據我看來，以客氣而論：「茶房」兩字很好，因為它指的是「房」而不是人，比較婉轉；以親切而論「夥計」兩字實在不壞，「自己人，大家幫幫忙」的意思。但不管怎樣，各處的稱呼總應當一律，我們從一個旅館到另一個旅館，就要三次兩番改變稱呼，實在太苦。如果要叫得新鮮一點，我想到「先生」兩字，很可以用，這是一般的客氣稱呼，否則如果要親切一點，摩登一點，那麼索性叫「親愛的」也就算了。

但是不管怎麼，個人意見總是個人意見，我們在旅途中當然要入國問禁，入境問俗。而且人家既愛司機這個名稱，我難道還斷斷然同他爭辯「汽車夫」三個字比「司機」為漂亮麼？不，我當然開始叫他司機。

我同朱司機接頭很順利，例應將行李裝上車子了，但是他說軍事委員會統制局的稽查有點麻煩，還是由我們挑到卡子以外的旅館，等車子開出卡口再裝。而且因為前面橋樑被水沖去，要等明日早晨再開。

等在樓下的朋友，本來已從中國旅行社把行李搬來，現在又需搬走，我們在統制局卡口外面的鷹洲旅館開了一間房間，把行李存在那面。

第二天，我去拜訪朱君，問車子何時可開，他說，沒有一定。這次中茶公司的車子一共四輛，我與T、C、H搭朱司機一輛，M、S與R姊弟則搭另一輛。現在我聽到他們在講其中一位司機，把「黃魚」捉得太多，算起來絕對是裝不下了，恐怕在事實上不能不拋掉幾個。

我同朱司機談了一會，知道他收到的款子是每個搭客七百元錢，還要付出養路費五分之一的票子。他開始問我們付的數目，我只告訴他一個旅費一千元，他已經很不滿意，為恐怕他們鬧僵，我再不敢告訴他我們還付了四元錢一斤的行李費。他本來預備同陳姓的職員去交涉，但後來說不過幾百元錢，他也是可憐的小職員，就馬馬虎虎算了。由這一次的交談，我倒覺得朱君倒還是一個明理達情的人。

現在我開始知道朱君之所以不直接捉黃魚者，因為每個搭客需要一張中茶公司方面的介紹信，而這有賴於陳君的力量。但是奇怪的是中國旅行社的×主任，他從中竟做了現成拿錢的掮客。而我相信在這次的買賣中，他是勞力最小而收穫最大的人了。不知為什麼，我對於這種壟斷市場從中取利的人，總有一種特別的厭惡，而這個厭惡在遇到這次事情後則更加增多了。

不知怎麼，陳君現在又叫我們把行李拿到中華旅館先行裝上。我問朱君，他說裝上也好。於是我們又往鷹州旅館將行李搬到中華旅館，裝上車子。這行李的數量其實並不太多，但他們已經很不高興。我總覺得我們巨額的行李費也應當略略分一點給司機們，至少讓他們知道我們的行李是按斤出錢的。而現在則還怪我們的行李多。等我們的行李裝好，我看到M的行李正在拿下，因為他們聽司機說夜裡有被竊的危險，所以叫他們明天再裝。這件事情在常識上推理實在有點不通，為什麼我們的車子不會被偷呢？根據他們剛才裝不下的話來推測，是他們所裝的「黃魚」太多，有意要拋下幾個人的。但是我不願同M說，因為聰敏能幹的M有時候有剛愎自用的缺點，這是很容易誤事的。我告訴了T，我想T比較有科學頭腦，以他同M姊弟的關係終可以被他接受，但是當T過去同她說時，她又剛愎地搶白了T。我當然更不願多說，聽她把行李搬到隔壁中國旅行社去。

中國旅行社到了一位從金華撤退的同事某君，我們在金華與他曾有幾次交談，方知金華已經到了非常緊張的時期，中國旅行社已經停止工作，他先押四十件行李撤退來此。我們問那位同遊北山的上海銀行許君，他說已撤退屯溪，最後說到今天恐怕是最後一輛車開來了。——這就是後來中途被炸，死傷七、八百人的那列車。

那天十九日夜，是S同我宿在鷹州旅社，連日有憲兵查夜，總是催我們快走。那天夜裡也是一樣，說三天之內不走，也需搬到鄉下去。

鷹潭現在真是擠滿了人。公路車登記者有兩千多人，而車子則好幾天才有一輛。據說憲兵司令部疏散人口，已經徵發六輛貨車，暫充公路車，先遣送已登記之旅客。但能遣送的恐怕還不能達到登記數十分之一，而未登記的則比已登記還多。所以這是一個非常大的問題。但是我很奇怪當局竟沒有想到將所有商車統制起來。在這樣緊急的時候，當局很可以將商車裡可能的地位，強迫地安排給登記的旅客，規定一定票價，不許奸商掮客從中壟斷，抬價操縱，同時發給疏散證明書，使一路上沒有別種的麻煩。這麻煩我並不是指稽查或什麼，而是在悠悠的旅途中，真是隨時可以有機關與勢力的叫你下車的麻煩。

二十日早晨，陳君匆匆趕來叫我們上車。我出去上車時候，M的車子已經在卡口之側，而M的行李則尚在中國旅行社，所以S與M現在必須趕快去搬行李。

我們的車子先開，陳君極力催我們趕快上車。原來說搭客只有四個，現在則已有了八個；陳君很怕我們擠不上去，所以催我們快上。統制局的檢查是司機最怕的事情。據朱君說，有一次不知怎麼得罪了他們，檢查員竟叫他們把車胎拆下。

我們所受的檢查倒並不十分嚴厲，但在查畢的時候檢查員竟送兩個客人叫司機帶去；一個是女的，一個是男的。朱君向他交涉一會，將地位給他看，最後接受了一個女的，就坐在前面。

我們車子開了不久，忽然又停了下來。M所坐的車子這時候追過了我們，M在後面大聲告訴我們，S竟被拋下了。這在我並非意外，也只好到前面再問M詳情了。我們的車子這時候受中茶公司所謂大隊長也者的檢查，但事實上則又多裝上了幾個人。這時前面那位統制局送來的女客，則被編到我們後面來，我們把較好的位子讓給了她。還有一位有痲子的胖子，帶著老旅行家的風度，搶去我先有的位子。後面二、三尺的空隙，現在裝了七個人，實在裝得像沙丁魚一樣。這位女客從前面被編到後面自然很不高興，但在人家的權力下，也只能說幾句怨語而已。

那位胖子竟尋出許多婉轉的話來寬慰她，這些話的確證明瞭他是一個老於世故的聰明人。可是她並不感激他的寬慰，感激的倒是我們讓位子給她。

在一流小河前面，汽車停了下來。這裡橋樑已坍，必須用木筏渡過去。但對岸正有一團兵在過河，他們過來了，空船過去，再渡第二批。這面汽車上的人很想在空船過去時搭過去，但未獲通融，結果等了許多工夫。

車子到金溪，我們開始會見M與R姊弟。黃獅渡的橋樑被水沖斷，我們需要在這裡靜等。金溪是個小縣，所有的旅館都已住滿。我們終算交涉到一個客棧的飯廳上的地鋪。對於遺留在後面的S，我非常關念，但所幸他還有朋友在後面，終可以搭伴同走。其實要是知道我們一等會足足等了三天多，則大可以打長途電話去叫他趕來，即使回去一趟叫他，也不會來不及的。

金溪為宋儒陸九淵先生故里，地方很清潔，樹木尤多。黃昏時我與T、C在樟木林中散步，並參觀當地小學校，再到野地閒坐，煩亂緊張的心境較得舒展。想到小客棧的污穢骯髒，我真不願回去。假如我們稍有組織或準備，很可以在這野地上露宿，這當然要比旅館為安適與愉快。

第二天我們知道車子還不能開，我很想打聽有什麼名勝去走走，但都說沒有什麼可玩。旅店本已人多地方少，又兼營飯館生意，而我們又無房間可待，所以下午偕M、C與H到附近溪谷中閒走，到黃昏方才回來。

物價好像追隨著我們，我們到那裡它就貴到那裡，金溪的物價也被這群大批的旅客抬高。大家沒有事做，東晃西看，又都覺得東西到裡面還要貴，所以牙膏、肥皂、毛巾多少收買點。這樣的一個小縣，所有的商店規模都不很大，當然經不起這群高等旅客的收羅，所以七元一管的牙膏，據說到第三天已經漲到九元半。

M與R姊弟等的車子於二十二日上午開走。原因是多輛車在一起，於警報來時很麻煩，所以他們先到黃獅渡去，而我們更覺無聊。斯時外面有軍樂聲近，出去看看，知是新娘出嫁。異地禮俗頗感興趣，附近居民，多喋喋絮語，知為某小軍官娶第三個太太。重婚熱鬧如此，我想這未免太大膽妄為了。

二十三日我們聽說水門廟中有千年的青蛙，我們乃去看去。青蛙被供在玻璃銀座上，由和尚將青蛙從箱中請出，見其顏色碧綠，狀甚奇特。據說牠忽去忽來，忽存忽亡，沒有一定，而其身上色澤，則變幻莫測。且從不飲食，唯饗之以酒，則能飲若干。有時闖到民家，民家亦以酒饗之，請其回來。並謂有一次景德鎮忽發現了這隻青蛙，不知是托夢遠是怎麼，知道是金谿水門廟裡出來，打聽之下，大為驚奇，乃派人護送來此。傳說種種，多荒謬無稽，想為和尚欺騙愚民之策。後來聽說牠們一共有老大、老二、老三三隻，宋朝築城時各掌一個城門，今則一隻供此，一隻外出，還有一隻在司徒廟。我們於是又到司徒廟去看，覺得比水門廟一隻更為平常無奇，和尚謂牠出去的方式有兩種，一種是忽然失蹤，一種則裝死，由和尚將它放入水中，不久則再把牠請來。此說則較近情理，因第二次請來時，很可以不是頭一次的一隻也。

我們定於二十四日早晨動身。二十四前夜，大雨傾盆，我深怕又有橋樑被沖壞之虞，但早晨放晴，終算得如期出發。中午過黃獅渡，那橋樑並不大，壞處聽說也不多，而修理竟費事若斯，我很不懂。後來聽說這還是因為有軍隊要過來，限期令完成才沒有延誤下去。

我們在南城中飯，夜裡就到寧都。寧都地方較大，我們滿以為可以有比較舒服的睡眠，但較好的旅館都已客滿，我們住到一家臨江飯店，那裡蚊蟲、臭蟲、耗子、白虱令人無法睡著。我用洋蠟將其板壁上、床板上臭蟲燒死數百隻之多，將蚊香燒紅了三頭。但剛一合眼，臭蟲又是盡千盡萬圍了攏來，我只得搬到外面竹榻上假睡。一路來我從未將衣服脫去，舒舒服服地睡過，現在我更穿上雨衣，翻起領子，戴上帽子，以待天亮。我真以為這些旅館都是以養臭蟲、蚊蟲、白虱、耗子為目的，而把旅客當作牠們的糧食的。但他們竟有面孔把這種房間租到七、八元一天。這所旅館大概有二十幾個房間，做老闆的一點不動，可以舒舒服服過日子。我很奇怪，當地的衛生局與公安局竟允許這樣的商人存在。他們賺了許多錢而不將房間的空氣改良，被鋪的骯髒洗滌，以及將蚊蟲、臭蟲、耗子驅除。我有萬種的怨恨與寂寞。當我軍從寧都撤退之時，我很希望有真正焦土的戰略，我願意燒盡這些封建的黑暗的污穢的一切，待光明來到時重新建設。如今戲又在寧都咒詛，我願敵機將這所旅館毀滅，即使我一同毀滅在裡面！

二十五日我們的車子需修理，因此未與其他中茶車子同走。R姊弟則已經先行，唯M又被遺下，只得搭我們的車子。本來我們的車子可稍得寬舒，今則又加上M與多件行李，其中還有R的兩件，所以一切預料的事情多有意外的變化。車子今天已決定不開，我們當然不願再住臨江飯店；恰巧公園飯店有空房，雖也不見得好，但同車的其他旅客，有寓此店者，告我臭蟲尚少，因即搬去。

下午我與T、H到翠微峰去。天熱口渴，T與H似甚乏力，問農夫，說是前面王家塘可以有水。但我們過去時，有哨兵出來問我來此何事，要不是我們身分證明書帶在身邊，恐怕早被扣留。最後他總算放我們走了，但仍未解決口渴。過去不遠，又有村落，我們望到農婦小孩都在門口，想總有水可討。我與T小心前進，但果然又有哨兵出來，不許我們行近。我們只得折回，順公路前進，後來我們知道那裡都是火藥庫的所在。

入山不久，終算喝到了茶。那裡有水池一方，似為天成，池邊架有久蕪的游泳跳板木架。草地甚寬，我們稍事休息。此時M、C與M幾個女友趕來。我們乃相偕前行。由此上去，山峰突兀，風景甚奇。從山縫穿出，忽然開朗空曠，有亭子立在山腰。時已黃昏，大家似乎很疲乏了，就此中止。但我與H則再繞山路進去，從削壁中小徑，拾級而上，直達翠微峰下。那裡有道士二人，守一小觀，以茶水與瓜子相食。我初以為翠微峰乃指此全山而言，今則知所指為此突出之山峰。此峰乃削壁兩塊組成，遠望似總不能上去，但問諸道士，謂上面還有小庵。因見削壁縫中架有木梯，我順木梯上去，木梯盡後為石板數板，渡過石板，則為山石級痕。我因大色已黑，朋友又都在下面相候，因未竟所欲，半途折回。

相傳曾經有一個美麗的少女，被皇帝看中了，要想娶她，但這位少女不肯，一直逃上峰頂；說除非皇帝爬得上山頂，她就嫁他。皇帝雖然爬不上山頂，但也不敢派人上去，怕她因被逼自盡。大概是圍在下面罷，以為她餓了終會下來，誰知她竟在上面餓死。皇帝知她死了，還是封她為妃子。

我很喜歡這個故事。尤其是皇帝於少女死後封她為妃子一點，十足表示皇帝的無恥與厚顏。不知他是對死者說「你到底還是做我妃子了」，聊以解嘲呢？還是他自己表示寬大仁慈，把「妃子」頭銜當作一種光榮賞給人家呢？

這個少女的血，好像有什麼象徵似的。在江西紅軍進據寧都之時，有民團被圍在峰上，也都餓死；後來中央軍又圍過這個山峰，又是一幕血案。這個山峰竟收藏了幾種壯烈不祥的故事，可是我竟沒有上去。

公園飯店臭蟲確少許多，所以比較有一平靜的夜。但天色未明，有女子哭甚淒哀，被其吵醒。細聽之下，覺得纏綿哀怨，如有無限話語，都想在一瞬中吐盡者，深為感動。因迄未再睡。

那是五月二十六日，我們的車子往寧都啟程到銀坑中飯，夜裡在興國投宿，第二天中午我們到了泰和。有憲兵來查，說是中茶公司有車子搭有漢奸，所以不能開行，下午我到車站上去受查問，看見憲兵帶著武裝警察六人進來，後來方知所查的為其以前的部下，而有通敵嫌疑者，結果當然沒有這個人。但是兩位憲兵則要求搭車同行，這當然成為毫無問題之事。我們本定當天開出，後來因時間不多，決定休息一夜，明天早點出發。因將行李重新裝過，預備明天較有坐隙。夜裡投宿江南飯店，我在一間奇臭的房內過夜。夜半大雨如注，眼看車頂行李盡濕，但亦無法可想。

第二天二十八日，我於五時動身。昨天的那位中校憲兵，就同我坐在一起，我們有了一點交談，大概關於憲兵教育與戰時職責等事，許多都是我所不知道的。

十點鐘的時候，我們到了界化隴。橫貫江西的路程已經走完，以後即是湖南境界。我們在界化隴就飯，上車再走，十二時半即到茶陵。此處有中茶公司職員駐紮，又有查問。後來據朱君說，無非也為分紅之故。此去外面，聞有盜劫，且前幾天因有傷兵要求搭車，與司機起衝突，司機受傷甚重，因決定在此耽擱，待明天再走。

我們住到一間很有家鄉味的旅館。柵欄外野景，使我聯想江南故鄉，因而鄉愁甚濃。到街上閒走，看到許多人力車拉著帶傷的男女過來，有的傷勢較輕，有的較重，有幾個女的竟抱傷痛哭，都是全身灰土，面容憔悴，情形殊慘。朱君說一定是前面翻車所致。我們過去訪問，知是××××會來車在前面翻車，搭客大都都受傷了，現在則拉到醫院裡去。茶陵是一個小城鎮，醫院不見得完全能滿足這個需要，這實在是一種可怕慘事。回憶一路來，也有兩三次有這個可能，一次是因前面有車陷入泥濘，許多往來車子都等了許久；通行時為讓來車，我們的車子後輪壓崩公路外角。碰巧我在裡面，所有的行李都倒下來，幸虧外面有人大叫，朱君把車停下，否則我恐怕也已受傷。一次從寧都出發，有橋板插入輪縫，車底為其打穿，也甚危險。江西的公路不好，橋樑尤壞，除了為毀壞便當外，似乎沒有別的理由。湖南的公路較為完好寬闊，但竟有車在前面出事，人碰到這種情形，常常只好以命運來自慰了。

二十九日早晨，我們離開茶陵，中午到了耒陽。這是詩人杜甫的死地，我很想去遊覽憑弔，但因時間匆促，未遂所願。朱司機謂汽油不夠，勸我們坐火車去衡陽，否則就需要等中茶回車來時，方能前進。我們因行李繁多，不想搭火車，幸虧飯後汽油借到，二時多鐘的時候就到了衡陽。

M他們在望城坳有熟人，我們本預備同去那面，但行李運費腳夫討價竟在八十元以上，所以決定先在附近找個小旅館，暫寄行李，由M姊弟先去找人，再托熟人來招呼行李。我們等得甚久，小旅館房下即是豬欄茅廁，奇臭難聞，悶中在外面閒步。H忽然會到了比我們先到的R；她這幾天，天天到公路車站來等我們，幸虧我們在附近旅館暫待，否則恐怕又要錯過。R的弟弟現在已經考進軍校，跟軍校先去××。她因行李在我們車上，所以必須在衡陽等我們，現在居然很容易碰到了，總算非常順利。

下午接行李的人來，C伴行李同去望城坳，我與H則到國民公寓暫住。本來我們五人，預備同在衡陽等S，等待期中，或去南嶽一遊。今因他們有便車可搭，所以改變計畫，第二天就預備搭車去金城江，逕赴重慶。我因在衡陽想訪問幾位朋友同一個十年不會的親戚，桂林還有事情，旅費亦須籌劃，自然不能與他們同走。第二天下午他們到車站去了。一路來六個人，起初S留在後面，現在他們又都先去，只剩我一個人，又兼幾日來瀉病很厲害，身體大乏，所以更感到寂寞無聊，與R兩人，極希望S早日趕到。

我從上海出發時，知道那位十年不會的親戚，現在柳州，並且知道她最近需回衡陽一次，所以到金華後，寫信給她，叫她如果回衡陽的話，在衡陽中國旅行社留個地址給我，以便走訪。但是中國旅行社竟不見她的留字，這事情有三種可能。第一我的信沒有收到，她已經來衡陽了。第二我在信封上寫錯了地址。因為地址等一切文字怕為路上敵人檢查，都托人寄到桂林。這裡所用的，則是憑記憶來寫。我的記憶力很不可靠，所以很容易寫錯的。第三她或尚未到衡陽。假如碰到第一種可能，則柳州的信或會寄來，那麼他接信後就會到旅行社來留字條的，如碰到第三種可能，則隔幾天也許就來。只有我的地址寫錯，則絕無希望，但這只占三分之一的可能。其次我訪了幾位朋友，所籌旅費則尚有所待，所以我決定暫住幾天。

衡陽真是令人膩煩的地方。同金華一樣有畸形的熱鬧與繁榮，而馬路崎嶇骯髒，又遠超金華。我們耽擱的幾天，又常常下雨，滿地泥漿，步行為難。又因市區較大，一聞警報，走避極為討厭。因此警報來時，我總不想走避，唯待在旅館靜聽頭上機聲罷了。所以與其等在衡陽，還不如稍作旅行，所以於六月一日我抱著帶病疲乏的身體，與R動身去遊南嶽。

六月一日我到柴埠門搭小汽輪。這船說是六點鐘開，但經過兩次關卡檢查等，種種耽擱，到八點鐘始開。船上碰見一位遊擊學校畢業的，在淪陷區做過特工，三數次被敵人捕去而終於脫險的青年，伴著他的岳母到衡山去，同我交談甚多，使我知道許多浪漫色彩很濃的危險工作。他還告訴我湖南政治的黑暗方在。譬如衡陽商店捐稅，大得驚人，而市政竟是如此；又譬小輪上貨物出口，必須先付兩千元擔保才准放行，稅關上稅則是另外的事情。言下不勝感慨。他是一個中產以上的孩子。身體雖並非十分強健，但精神飽滿，應當是殺人不見血的人了，但態度和藹，侍岳母甚勤。他現在是在假期之中，太太正要生產，甚望太太產後，偕太太再去為國效勞。我腹瀉甚苦，精神尤差，未能與他多談，到現在還引以為憾。我們到衡山，已經下午兩時多了，肚餓非凡。他帶我們到麵館吃麵，還吃到剛剛做好的蛋糕。他與麵館老闆很熟，叫我們回來時，還可以在這裡問他。R對於他的工作極興趣，很想跟他去冒險，所以還向他要來通訊處。但我到現在還未寫信給他，不知他是否還在這個地址。

從衡山坐人力車到南嶽，依著公路前進。起初我們預算是六時開船，十時到衡山，最晚下午一時可到南嶽，現在天色巳黑，但問問南嶽，則尚有數里之遙。今天一天天陰風大，船上已經很冷，現在尤感厲害。我很愁衣服帶得太少，上山怕不夠禦寒。到南嶽天已大黑，我們投宿中國旅行社招待所，這是一路來住過的館所最清潔最好的所在，我很想在這裡能夠靜靜待一個月。

南嶽的山並不高，歷史所說的蔥籠喬木，現在早已沒有，但仍不失為一種渾厚博大的山景。我在上山的時候，一點不覺得它的好處，所有中國旅行社出版的南嶽指南裡所說的風景，大多數都給我失望；但等我出了南天門，抵達上封寺之時，我開始感到它的特殊氣氛。在這個山上，似乎並沒有奇突的意外的異峰突起的組織，也沒有曲折精緻的趣味，但有一種整個的渾厚博大的氣氛，像是Bach的名曲，像是Chaucer的詩，引起我一種嚴肅與樸實的情感。

半山上有陣亡將士墓，正在建築，聞已有半年之久了，但還沒有完工。我想如果在抗戰勝利的時候來建築，一定可以造得更合適，更莊麗，更迅速些。因為我想像中，那時候全中國美麗山水之間，都應當有廟宇紀念碑墳墓來紀念我們這些壯烈的戰士，讓我們代代的子孫不忘祖先的鮮血。而這些建築物都應出於整個全盤的設計，以崇高偉大渾厚質樸象徵我們民族的特質，並且與各地山水特殊氣氛相調和才好。

有許多岩洞，守著和尚與尼姑。有一位二十幾歲時曾充營長的和尚，請我吃美味的糖薯。他現在已經六十九歲，看起來還只有五十幾歲，出家不過十多年，但幾年來他已經不用睡眠，打打坐就可以過夜。可是談到過去的行伍，還是非常興奮。在上封寺，我們會到一位來衡陽辦理軍校招生的軍官邱君，我們在那裡一同吃飯，飯後與他同登祝融峰。祝融峰為南嶽最高的山峰，頂上有祝融峰殿，因四面無山可依，為禦山風侵襲，建築完全以石塊為牆，以鐵板為瓦。那天風勢也已不小，但自然未能與冬季相較。多少雲山雲海，都在我們下面滾動，雲絲雲塊，忽升忽降，忽聚忽散，時時在我們衣袖耳鼻中穿掠。殿後石欄甚高，以防人由此下墜，牆上有何健所刻之「守身岩」石碑，以格言體囑人以孝為本，為父母而守此身，有謂下面即為捨身岩，為免被此美麗的名字誘惑，所以改為「守身岩」，以示警惕。但是我與邱君，依著南嶽指南所指，在會仙橋畔，尋到逾丈大石。我們相信這是真正的捨身岩。我們兩個人都未捨身。其實即使我個人來此，雖也許會有捨身的情緒，但到立在岩頂，一定會感到這不是捨身的良地，因為下面既無深淵也非削壁，很有不死的可能。那麼這時候捨身不成，反累人從悠長曲折的山路抬到醫院裡去，這就有點要出世反而入世了。

我們在上封寺過夜。知客僧是一位曾充中學教員與新聞記者的人，很會應酬。早晨到觀日台看日出，雲山雲海的天氣，當然看不到日出的美景。其實我對於日出日落，過去都曾看過，也不相信這裡觀日台會比別處有什麼奇特。而這雲層的推移變化，倒給我許多說不出感覺與想像。邱君似乎很失望似的，於是我們再到祝融峰殿去。那面有一群江南人虔誠地在燒香。我想買幾張戒牒，留作紀念；他們聽不懂，寫給他們看，也不懂；只有幾種竹布的護身符，甚為有趣，我隨手買了幾張。後來才想到這祝融峰殿是屬於道教的，我在問釋教的戒牒，這不是同問他們買聖經聖像一樣的可笑麼？

下山走另外一條路，我們在普光殿有許多辰光的盤桓。普光殿一名藏經殿，我要求拿幾本經看看，偶一翻閱，看到一首〈弄珠吟〉，因其別致奇妙，特記誦之：「銷六賊兮鑠四魔，摧我山兮竭愛河，龍女靈山親獻佛，貧兒衣裡莫蹉跎。」

南嶽樹木，歷史所記載的，現在都已沒有，大概是歷年沒有人管理保護所致，但在普光殿一帶，尚存許多奇花異木，甚堪留戀。我與R在芬芳的山徑上盤旋，尋陳後主妃的古跡。相傳陳後主妃避難，隱於此。亂平後朝廷派人接她回去，她初則不肯，後來因催促非常熱烈，她說如頭髮能立刻長出，山間可以釣得活魚，她就回去。據說以後頭髮果然長出來了，魚也釣到了，於是就跟著來接她的人一同回朝。所以這裡有釣魚臺與梳粧檯兩個小山。對於這個故事，我不十分喜愛，但我還是尋到了小山上的木牌。

我們從聖經學校下來。聖經學校現在已改為湖南省立商業專門學校，我們到裡面參觀一周，又到白龍潭去。潭上有一塊很大的白石，我想到白石上去望泉流，但立即被一個可愛的轎夫勸阻了。謂此處年年有人失足下墜，去年有一位省立商專的學生，也在此喪身，恐怕是死者需要討替身之故，所以要特別當心。一路下山，我們看到許多精緻華麗的房子。有人告訴我這是某達官、某貴人的別墅，某軍長、某廳長的公館。侯門如海，遠處望望，覺得究非普通校舍，即如省立商專所能望其項背的了。

下山尚早，我們還想遊水簾洞一帶，後因走錯了路，沒有去成。人已經非常疲倦，因此一早就睡覺了。

第二天我們搭公路車回衡陽。車子破爛不堪，我們坐在郵包上。天雨，濺了一身泥漿，真是狼狽已極。下午一點鐘的時候，車子在望城坳停車。我們想到寄存的行李，就匆忙下車。拿了行李再進城到中南公寓暫寄。到中國旅行社仍問不到有我舊友留言，我也不能再等，本想當天就搭車到桂林，預備早有個著落。但因所籌之旅費需領，臥車票又已買完，所以我們只得到第二天五日夜裡才動身。

滿以為到了桂林後，終可以有個比較確定的生活，讓我在自己能力所及之下，為社會盡點力量了。但是一切都出我意料以外，我看見許多比我早到的朋友都像遊魂一般在晃搖，我也立刻變成遊魂。除了為蚊子與臭蟲添增一點糧食以外，是每天叫你學蒼蠅，在小小事物上，叫你盤旋飛繞。但是奇怪的是有人把我當作果子樹，願意給我一點賤價的肥料，等待採我新鮮的果子。可是我在垃圾堆上竟連花都開不出來，這是使它們很失望的。還有人把我當作火種，以為我是帶著火預備到各處燒燒，想看看自己的光亮的人，所以要趁尚未燎原之前，將這星星之火撲滅。其實這兩批人都是把我看得太高太好。我雖然寫過一、二十本書。當初也自大地覺得是鮮豔的野花，用處雖然難說，但是在廣大的原野上，總是一種減去寂寞的點綴。但現在開始感到我的作品有時候實在只是一種肥料。在我初到的時候，我就知道我有一本書被人偷去重版了。朋友告訴我他們的書也被偷印了幾本。這幾本書，的確使一位出版商發了財，多娶了一個姨太太。利用這些已發的財與姨太太，現在儼然為許多作家出書，廣告不斷地在做，使我隱約感到這些作家與作品，也無非做了他的肥料，在他生活中多了幾個姨太太，多增加一些狂酗豪賭的日子而已。在文化建設的努力中，我們所培養的竟是過著糜爛的生活的糜爛的生命。那麼何怪我有淡淡的哀愁使我擱筆呢。

我想寫一篇小說，大意是這樣的：有一位過客問在山上修道的人說：

「你在山上有什麼善事可做呢？」

「沒有善事，但決不作惡。我茹素，我不殺生。我聽憑蚊蚋臭蟲，吸我的血。我晏然過著心地平靜的生活。」

於是過客驚奇了，他說：

「原來是你把自己的血將蚊蚋臭蟲養得結結實實的來咬我們呀！」

這使那位修道的人慚愧起來。他開始悟到，自己的存在就是罪惡的淵藪，沒有多久，他就在捨身岩上捨身了。

所以除了與惡鬥爭以外，很少有善的存在，除非在捨身岩上捨身。匹夫無罪，懷璧其罪，我開始厭憎自己的寫作，也厭憎所有作家的作品了！

但是我的旅程並沒有完。前途固然是渺茫，我還是要向前摸索。渺小像我這樣的人，雖然也不見得有什麼善事可為，但是總不希望以自己的血將蚊蚋與臭蟲養得結結實實的，去作更有力的咬人行為。我所尋求的是一個忠實的生活，唯有在忠實生活下，我才能痛快地工作，也唯有痛快地工作，我才能有心地平靜的生活。

那麼你對於漫漫的旅程，竟沒有一個目的地麼？許多人在人生路上都有固定的計畫，你難道永遠是盲目的摸索麼？自然我也是常有我的計畫與目的，我對於前途也無時不有光明的憧憬，但在多次的沉重的失望之後，對於前面光明的憧憬也懷疑起來。那麼且讓我向前摸索罷。好在地球是圓的，人類有時像蒼蠅一樣兜了一個圈子，再回到原來的地方是常有的事。前面也許是豐沃的園地，也許是遼闊的沙漠，也許是迷茫的海，也許是陰森森的荒塚；但是我是一個農夫，背著鋤頭，總想揀一個地方播種我懷裡的種子。

光明的憧憬已經模糊了，但是在我心靈深處，始終燃燒著一點發亮的燈火。憑著這點燈火，我想我還能向前摸索，走過困難的荊棘，翻越險峻的山嶺，飛渡渺茫的海，貫穿荒涼的沙漠，也許我會摸索到什麼了。

「是墳墓。」有人說。於是我要聽一個似曾相識的骷髏說話，也許沒有生氣，但比昂首自得的蚊蚋之嗡嗡聲總要入耳，比愚蠢驢子們用尾巴拍拂的沾沾自喜的聲音總要好聽罷？——於是我就在墳場上面播種。

那麼，讓我背起行囊與鋤頭，懷著心地的種子，憑胸中的火光走我未盡的道路罷。

一九四二，八，二七，桂林。

〈從上海歸來〉後記

這篇〈從上海歸來〉，是去年夏天逗留在桂林時候寫的；恰巧《文學創作》發刊，熊佛西先生蕭鐵先生親自來約稿，我就把它抄給他們。不久我來重慶，見到《文學創作》中未刊此文，想是稿子遺失了或是其他原因，恰巧周新先生為《時代生活》索稿，我手頭一字不名，因同他談及此文，他就要了去。而《文學創作》忽然又將此文發表，於是我犯了一稿二投之罪。現在，此書列入《作風文藝小叢書》出版。謹在這裡向兩方編輯鄭重道歉。

此書既是在桂林寫的，所以從桂林到重慶，就沒有記載。我從上海，到桂林，貧病交迫無法繼續旅程，但我的小說《荒謬的海法海峽》，正被文獻出版社夏長貴老闆盜印，銷得不壞，但印數既不知，交涉也無效，後請友人說項，總算得點捨施，但車錢飯錢，所剩無幾，最後這是向西風社借錢充盤費，總算來到重慶。到重慶後，即將上海出版的《三思樓月書》讓與成都東方社出版，預先支點版稅，用來還債，此種前挪後借，割肉補瘡，在國難時期，原是普通情形，我當然毫無怨言。

但是我的前三本《三思樓月書》——《鬼戀》，《海外的情調》，《海外的鱗爪》——出版後，報上忽然有人寫文章發消息，說我是「風派」。

指「派」呼「別」，文人相輕的過去，似乎常常聽劉，但是抗戰以來，文化界團結一致，此種強調分裂，顯有別種用意；作者用假名，消息無署名，大概不願文責自負之流，亦無需去計較。但是深夜自思，我從上海歸來，完全應祖國呼喚，萬流同源，異葉同根，過去既無成派，現在亦無有別，何以忽然有人稱我「風派」。既名為「風」，當然與「風」有關，我過去曾編雜誌，但刊名很少稱「風」，若說在有「風」的刊物寫文章，那可太多，什麼《宇宙風》，《魯迅風》，《世紀風》，《西風》，《大風》，我想我都曾寫過，但更多的是不叫「風」字的雜誌，《申報月刊》，《東方雜誌》，《新中華》，《文學》，《論語》，《集納》，《自由談》……，一時也說不出許多。後來有人告訴我，這「風」字是指《西風》說的。《西風》不是我辦，也非我編，投了幾篇稿子，就說我是「風」派，大概還不可能，那麼想來是因為我借了《西風》一筆錢的緣故了。從上海歸來的人，沿途問人借錢，大概不只我一個人，在桂林，我認識的人，都是窮作家，小公務人員，大家褲帶束在腰下，當然無法可以借我，書店都少交往，盜印我小說的文獻出版社，連應給我的錢都不給，借錢的事當然免開尊口。西風社羅允希先生，我過去並不認識，但是因為年紀輕，比較有熱情，所以我就冒昧開口，真想不到這一下就註定了「風」派。

現在我先要報告的，是在上海的寫作者，都很苦；有職業者也還勉強可以過去，沒有職業者就連勉強都不容易。我個人既無職業，又要養四口之家，所以只好多在雜誌上寫點文章，出幾本書；但孤島的上海，雜誌可分三類：一種是以英美外商為招牌的，可以發表抗戰的文章；一種是華人自辦，不敢也不能發表抗戰的文章；第三種是有不清白的背景者。我的文章，屬於抗戰的，當然都發表在外商的報章雜誌上；不屬於抗戰的，大半發表於華人自辦的，但這類雜誌，都是私人資本，那時情形，是除非歷史較久，銷路可觀外，很難支持，《西風》就是這一種的較好者；

第三種，稿費雖大，我沒有寫過隻字。至於出書，是我個人手藝生意，從跑印刷所到出版，完全是一個人的手腳，當然請不起外國招牌，所以都是收用較非直接有關抗戰的文章或以前的舊作。若論直接有關抗戰的文章，在量方面講，至少也有三、四本月書可出。這些報章雜誌，以前還保存在家，但三次兩次的日軍檢查，早已焚燒一空，不用說從上海進來，要經過日軍十來次的翻箱倒篋，就是可以帶進來，一時恐怕也搜集不到。我在進來時，聽說知識階級多有被押解回去的，所以照相名片，一紙半字都不敢帶，現在在這裡出的《三思樓月書》，都是在這裡搜求徵集而來的。

各種雜誌有一種雜誌的個性，《西風》既是介紹西洋知識社會人生的刊物，我在那面發表的文章可以分為兩類：一類是論中國文化與人的散文，這收集在《海外的鱗爪》與《西流集》裡；還有一類是以故事的體裁，介紹一點情調與空氣的，這收集在《海外的情調》裡，可笑的是批評者只提後者。在戀愛觀上，我觀察西洋的女子大都愛主動，我想這是男女較平等的社會中的現象，所以從實寫來的就是。

至於我用第一人稱來寫東西，讀者以為是我自己，那就是很可笑了。*Flush* 一書，是以狗的眼光來寫白朗寧詩人夫婦的故事，我們可愛的讀者，難道就會把作者當作狗嗎？有人論小說裡的人物，總有作者自己在裡面，這句話我很相信，但所謂有作者在裡面，是作者隨時無意中有部分的自己，摻入任何人物裡面；它不限定是誰，不限於什麼性別，也不限於那一種人稱，它同時可以用部分的自己分別摻入兩個敵對的人物，自然更可以將觀察所得的人物，摻和自己的個性。所以在我這些文章裡，「我」中也許有點我，也許是別人，我想這於故事是沒有關係的。我所以特別在這裡提到，因為在〈從上海歸來〉中的我，我想到，也許真是我自己了。

第一人稱的小說，我還有幾部要寫，現在我正在寫的一個長篇也是第一人稱。但一切第一人稱的小說，「我」並非是我，這是與這本散文〈從上海歸來〉是不同的，似還應在此提及。

為現在在寫的小說，許多雜誌的編者來約稿，我都未曾應命，我應當懇求朋友們對我原諒。因為事實上從上海歸來以後，我除小詩外，沒有寫過一篇短篇創作。外面有的以為是我用筆名寫的文章，其實都不是我的。

奇怪的是許多約我稿子的刊物，都沒有「風」，而我，編了一部文藝叢書，偏偏叫做《作風》。這並不是別人叫我「風」派，我就以「風」作派。倒是近年來漸入中年，心境蕭瑟，對於虛空的誇讚，幼稚的謾罵，聽過即不想到。《作風》的名，意思是各種作風的文藝作品，不妨放在一起，算作叢書。只從style的意義著想，我竟忘了字面。現在在這裡提起，才恍然使我悟到，是需要說明一下，才可以免得聰明人再有所誤會與猜度。

一九四三，七，二，重慶。

《蛇衣集》後記

這些散文，我集在這裡的，都像舊細胞一樣離我現在的生命已是很遠。但是我似乎還認得出這是我的。記得小時候在竹林裡走，時常碰到蛇衣，它像蛇一樣躺在地上，仔細一看只是一個空殼子。據說有些蛇有一定的期換蛻外面的衣殼，自然牠已經長上了新的。而就在這新陳代謝蛻殼的當兒，牠是很痛苦的。人不是蛇，自然無法知道牠的痛苦，但看牠長的身軀從貼身舊皮囊中脫出來，這一定是不容易的事情。

我的生命現在也許正交這個蛻殼的時期，好像這些舊皮囊一段一段的同我脫離起來，我感到痛苦也無法避免，那麼還是索興快點掙扎出來，可以長上新的。

搜集以前寫的東西，一大半是要不得的。所謂「要不得」，實際上是像剪去的指甲，掉了的乳牙一樣，我已經認不出它們是我身上脫落的細胞。這就連蛇衣都不如了，所以我完全割棄，不願意在這裡留它。

還有許多散在各處雜誌與報章的舊作，雖覺得還是我心血的細胞，但因為無法搜尋到，本想放在這裡，現在也就不得不暫時捨棄了。

從新校讀過去的文章，是一件苦事；這種複雜的感覺與滋味，我無法表達，表達出來我想也不是別人所愛知道的。

可以說一說的還是〈從上海歸來〉。那篇東西曾經出過一本小書，編入「作風文藝小叢書」裡，在重慶出版過。裡面所說的同行幾位朋友中，有兩位已經去世。這是很使我感念的事。

一位是T。他的名字叫榮紀仁。到重慶以後，我會見他次數不多；後來我在美國，聽說他加入海軍，到美國米亞米受訓，但也無緣會面。我回上海後，也不知道他消息。不久以前突然在報上看到他自殺的消息。我當時很吃驚，寫封信給他姊姊，沒有回音。後來知道她也去美國尚未回來。我同他家裡別人都不熟，所以也無法知道他詳情，只知道他回國後在家裡的紗廠做經理一類的事，倒也很有成績。

一位是H。他叫繆弘，他父親就是繆斌。他兄弟二人，都不直其父親之行為，偷偷地去內地。到貴陽，曾為中國政府所疑，拘問一過。以後他進南開中學，畢業後入昆明西南聯大讀書，嗣又轉入譯訓班，先後在各地服務，最後受跳傘訓練，加入跳傘部隊，於國軍反攻桂林時，飛降丹竹機場附近陣亡。他在聯大時也愛寫一點小詩，後來他的師友為他出一本小小的詩集，有李廣田寫的一篇序。幾個月前，我在上海會見他哥哥，他告訴我這些經過，還送我一本所說的詩集。紀仁是個頭腦很科學，很有見解的青年；繆弘則是一個個性倔強，富於熱情的典型。雖然兩個人都出於富豪之家，但都不是養尊優處，只知享受的洋場公子。

回上海後，我會到許多曾去內地而迄未碰到過，與一直未去內地的人；大家偶然都會談到當時我突然離開上海與路上的情形。許多特別是年輕的朋友，都以以未能在抗戰期內到大後方去看看為憾。我的外甥女曼蘿，在病榻中，尤愛問我，這些我離開上海後種種情形。當時我很想把這本小書重版，給曼蘿以及其他想知道這類事情的人看看。後來因為想編這樣一本散文集，〈從上海歸來〉擬收集為其中的一篇，所以遲遲不果。現在到出版的時候，但曼蘿已經於數月前去世了。她是一個很聰明的孩子，病的是肺病。在小小的環境中長大，在小小的環境中死亡，但是她的心靈也同樣有廣闊的要求。

在我想到紀仁與繆弘的時候，我不期而然也想到曼蘿。這三個人，有不同的死法，給我也有不同的感懷，因此，在這本書出版的時候，我特別紀念這三個純潔與美麗的靈魂。

思與感

談藝術與娛樂

談到藝術的起源，就有兩種學說，一種說藝術起於功利，一種說藝術起於娛樂。這兩種說法各有各的理由，因互執成見，竟成對立，我覺得二者是並不衝突的。設想原始人類的生活，勞動與娛樂實在並不容易分清，第一聲歌唱如是一個人自娛，第二聲歌唱也可以是作為勞動時的杭育，第三聲的杭育的歌聲也可以是幾個人散步時喊著玩。我們看兒童的生活就可以知道。原始人發明了弓箭，當他製造弓箭的時候，在弓背上刻一點花當然是一種娛樂，但也可用為「我有」的符號。如果把樹葉做衣裳，編上幾朵花，可以說是娛樂也可以說是為誘惑異性。但即使第一次為「好玩」，第二次也可成為「有用」，第二次為「有用」，第三次也可因好玩，互為因果，藝術因而發展為藝術。

功利論者又分為兩派，一派說藝術起源為生產，一派說藝術起源為性欲。前者的代表是馬克思，後者的代表是佛羅伊德，當然在這兩位以前也曾有人同樣說過，不過由這兩位才有肯定的徹底的主張。生物的自我生存與種族延續原是兩個最大的本能，到人類這本能就複雜起來。但我覺得設想原始人類的生活，生產與性的追求也常是相聯繫的，比方說勞動時的唱歌，一方面固然為求工作韻律的一致，但一方面也可能就在吸引一同工作的異性的注意。編一個籃子的好壞與實際應用雖有關係，但編得美麗也許就有吸引異性注意的目的。

而在任何功利的應用中，仍都有娛樂的成分，比方杭育的聲音是功利的，而後來進步為較複雜的調子，那就有娛樂的成分了。編一個美麗的籃子雖是有功利的目的，但在自己編制新花樣時感到愉快，則就有純粹自娛的成分在裡面了。

說得徹底一點，娛樂的本身就有一種調劑身心的功用。吃當然為生存，但吃要講美味，就有娛樂的成分；住原是為生存，但住要講究舒適，就有娛樂的成分；穿也為生存，但穿要講究美觀，也就有娛樂的成分。而在純粹為生存的食住衣與帶上了娛樂的成分的食住衣，其間的界限是非常難分的。有人說，談戀愛是有閒階級的娛樂，這句話表面上是對的，但如果毫無「娛樂」，只是性欲，那麼同禽獸何異？蘇聯革命時，盛行「一杯水」主義，後來列寧力斥其非，其實「一杯水」主義，也是一種娛樂，是一種肉欲的娛樂，低級的娛樂。高級的娛樂，就臻於藝術的境界，藝術正是一種精神的娛樂。

世上有為藝術而藝術與為人生而藝術的爭執，其實這是多餘的，以我個人想法，藝術當然脫離不了人生，藝術家本人就是人生，如何可使藝術脫離人生？但藝術在創作時候，只專力於藝術，則自可有為藝術而藝術的心境。娛樂也是一樣，娛樂既是人生的自然的需要，當其娛樂時是可以專心於娛樂。唯其有專心於娛樂的人，方才有藝術產生，方才有藝術家產生，方才有獨立的藝術，方才有文化。

曾經有許多人，以為文學本來自民間，文學應當大眾化，文學被士大夫專有以後，文學脫離了大眾，現在提倡大眾文學，就是要提倡為大眾所可欣賞的文學。這個呼聲有一時非常高，許多熱心人作這方面努力，但是效果很微。這原因很簡單，因為唱這些高調的人，都是文人學士，自以為文學是了不得的東西。其實文學也不過是一種娛樂。

莎士比亞到處演戲，自編自導自演，其出發點完全是娛人娛已，是我們後世才推他為了不得的文學家。白居易的一生，事業完全在做官做事，做詩完全是一種自娛，是一種娛樂，是我們後來認為他是大詩人的。到現在，有版稅稿費的辦法，職業文人出來，儼然以文化領導自居，這才是自我陶醉的心理，實際上是肉麻不過的。這在其他藝術的領域也是一樣。

所謂文學大眾化，藝術大眾化，這原是一個成功的作品自然的要求，莎士比亞所以在現在還可以被人欣賞，在蘇聯也在被大眾歡迎，這原因還在他的作品還有力量喚起現代人與蘇聯人的情感，越是偉大的作品，如果不加以暴力的限制，其流傳自然也越廣越久。一個國家，一個民族的詩人與藝術家的產生是很自然的，要說他不為大眾所欣賞，往往還是因為大眾仍為文盲與貧窮，其問題則在政治教育與經濟，解決這兩個問題以後，大眾自然就藝術化文學化了，用不著藝術文學去大眾化了。

中國的文學向來就有載道與言志兩派，但細讀這兩派的作品，其分別並不在內容，而在寫作的態度。載道派往往要以文章作醒世救國之用，雖則其所載之道常常是井蛙之見；而言志派則以文章為抒寫一己之見解，而所抒之見解也不見得不是道。按之實際，前者正是統治階級的態度，後者則是人民大眾的態度。前者的態度是要說服別人，後者則是我抒我個人的私見，信不信由你。

但所謂抒個人的私見，其中當然包括思想情感見解與感覺，這些私見，可能是非常淺薄狹窄，這類文學是很少可以流傳久廣的。中國五四以來的作品，現在可以讀的不多了，就因為它們是不夠深入，不夠廣被，也就是說不是成功的作品。成功的作品如白居易、如普希金、如莎士比亞、如曹雪芹、如托爾斯泰的作品，到現在還是為成千成萬的人欣賞的。倘若大眾化的意義是指這些偉大的文學家的成就，那麼我們對於大眾化的名詞就不必解作為大眾所欣賞的藝術品了。

有人說作品的大眾化首先要作家深入大眾的生活，亦即是要深入工農的生活，或者說要求大眾裡面產生出來的文學家所為，這句話不是完全沒有真理。但問題是在深入大眾生活的作家同大眾生活是兩件事，作家到了工農群中，可以體驗到大眾的生活感情，也可能體驗不到大眾的生活感情，而上面所說的大家公認的成功的作家，竟都未在大眾中生活，而他們對於大眾的意見與情感倒有體驗，直到現在所以還可以為我們大眾所欣賞。而五四以來的作家，許多都曾經是從現代大眾中出來的，則反不為我們大眾所欣賞。說是一個農民、一個工人讀了書做了文人學士，其作品就會離開大眾，那麼，期望大眾裡面產生文學家，正如期望大眾裡面產生英雄與皇帝一樣。做了皇帝就是皇帝，劉邦如此，朱元璋如此，李闖如此，他決不會常常想到自己的出身而為大眾說話的。反之，像釋迦牟尼像托爾斯泰雖是出身皇室貴族，而不斷地為大眾呼籲，所以，作為藝術的創作，還要求自己心靈的廣博與偉大，觀察體驗的深刻與崇高，否則光是求大眾生活是沒有用的。

其次，一個作家的生活所以高於大眾的生活，這是政治、經濟、教育上的畸形，如果在理想的社會，工人農民的生活自然逐漸提高，同一般作家、藝術家一樣，那麼其中的分別只是社會的分工而已，沒有什麼誰高誰低，作家、藝術家原是大眾的一份子，他的生活根本就是大眾的生活。而事實上，在西方的國家，在中國，除了少數成名的作家、藝術家以外，大多數的作家、藝術家的生活，都比一般的農民、工人為低。即使成名的作家與藝術家，在成名之前，也多數過過潦倒不安貧窮飢餓的生活。在巴黎街頭賣畫的畫家，生活比法國工人們當然要苦；在上海亭子間的作家，他們的生活比江南的農民也要苦，這是有眼睛的人都看到的。所以生活大眾化如果已經濟的高低來講，是非常不通的。

所以一般以為作家、藝術家高於農、工，那完全是頭巾氣在作祟，至於社會對於成功的作家與藝術家名譽上的重視，這等於對於運動家、拳擊家的看法一樣，並沒有什麼特殊的地位在那裡。

當越劇還是草臺戲的時代，她們坐著木船，幾十個人擠在船艙中，一個農村一個農村地去演出，她們並不是以藝術家明星自居。後來一到上海，幾個女角，由達官富商一捧，經濟上寬裕了，演員們開始有藝術家明星的派頭。你說她們不是從大眾生活中出來的麼？她們的家庭都是破產了的農戶，子女過剩的貧民，她們沒有讀什麼書，十歲以前完全幫家庭生產，勞動，以後就是流浪各地唱戲。大眾喜歡看她們的戲，只是娛樂而已，並沒有當她們是什麼。等她們到上海，所謂成名以後，她們也儼然以文化領導自居，可是在觀眾的眼光中，她們只是給觀眾以娛樂而已。

所謂自命不凡的藝術家與文學家，其實也同越劇一樣，在讀者不過是娛樂，而他們自己覺得了不得高人一等。你說娛樂裡摻雜一點教育，摻雜一點宣傳，這當然是你的事情，糖裡可以摻雜維他命，也可以摻雜毒物，但不甜，沒有孩子會喜歡吃，他們要的還是糖。

但是把藝術說是純粹的娛樂，並沒有把藝術看得低，人生中娛樂正是一種與衣食住行同樣重要的事情。上面我已經說過，在人類生活中，衣食住行裡就有娛樂的成分在裡面。近代社會是一個分工合作的社會，所謂「生產勞動」是一個非常含糊的字眼，你說一個工人在工廠中每天裝一個同樣的螺絲釘是生產勞動麼？他之不知道整個機器的出產同越劇的戲子一樣。所謂與生產直接有關的話，那是手工業與農村社會的觀念。你說搖木船的不是與生產有關麼？但是在我們江南農村中，沒有船，農作物都將腐爛，農民們願意有人以搖船為專業同他們配合。同樣的，他們在農事忙過以後，希望有越劇的班子供給他們娛樂。他們花錢看越劇同他們買點東西吃，買點衣裳穿是一樣的，是一樣的一種需要。不管裡面是什麼成分，教育或者是宣傳，但他們目的是要好玩。

在原始民族，最主要的娛樂是歌唱與跳舞，在中國鄉間，歌唱還很普遍，但是舞蹈，除了少數民族以外，似乎已經失傳。

最近有劉前度先生發表一篇文章，引用林語堂先生的話，說孔子是反對娛樂的，這話我覺得是不對的。

孔子定禮樂，刪編《詩經》，完全是提倡正當的高尚娛樂。我對於《詩經》始終覺得是一種合唱舞蹈的經本，現在也沒有改變。

詩經裡的歌曲，在內容上，有許多是情歌，我猜想是在節令時日求愛求偶時合唱的，有許多是婚禮進行曲，是結婚時唱的，有許多是慶祝戰爭勝利的，有許多是慶祝狩獵凱旋的，那些歌大都是圍在一起合唱，有簡單的音樂有舞蹈。

這些舞蹈，有四分之四拍、有四分之三拍、有四分之二拍，可以說同現在流行狐步舞華爾茲與倫巴相仿。譬如：

「關關雎鳩，在河之洲，窈窕淑女，君子好逑。」實際上就是狐步舞，而這一些是在節日野地上男女求愛時唱的。

又如：「螽斯兮，……宜爾子孫振振兮。」實際上就是華爾茲，而且是在慶祝壽辰，在曠野上唱的。

這些場合的舉行，可能在明月繁星之下，廣場中攏著火，火上烤著豬羊，且歌且舞，並舉行某種儀式。

我相信孔子以前，一定有許多歌詞太誨淫，太輕薄，孔子把它刪去，而把認為樂而不淫的編成集子，這等於現在市上流行的「現代舞曲選」一樣，不過孔子時代沒有照相沒有印刷，沒有在《詩經》封面上刊出男女擁舞的照相罷了。

一個愛編這種舞曲集的作者，說他反對娛樂，這是不合事實的。

中國看不起娛樂，當是宋代理學家以後的事。科舉取士，尤其是一個看輕娛樂風氣的來源。但是人類娛樂並不因此而停止，士大夫們以文學詩歌自娛，民間有各種地方戲出現，社會不認為娛樂與文化有關，可是真正的文化還是在這些娛樂作品中。只有真正有娛樂價值的作品是藝術，而其中反映著中國人民在艱苦的生活中之情感與意念的，就是偉大的藝術作品。因為對於娛樂的輕視，藝術的製作往往就是士大夫的副業，這就是少有偉大作品產生的原因。許多小說都是有這類天才的人在窮途末路時的自娛，曹雪芹的《紅樓夢》，就是一個最好的例子。

中國的五四運動雖然因白話文的提倡，捧出了《水滸傳》與《紅樓夢》，但是為提倡藝術的高貴，他們就說這些書是高貴的文學作品，不是娛樂的玩意。而這無意中就使娛樂與藝術離婚。當時的《水滸傳》與《紅樓夢》雖做了大學裡中國文學系的課本，同杜詩、李詩一樣認為是文學的寶藏，而美術學校也已經成立，戲劇也成立學校，可是他們都不承認藝術與娛樂的血統關係。他們輕視京戲，輕視梅蘭芳，認為這是娛樂的玩意，而自己則是藝術。

把藝術與娛樂分家，以後就始終保住了一個輕視娛樂的習慣。

當我幼年時，遊戲始終未被大人們認為是正當的事情，以後長大了，娛樂也一直被人們視作不用功的行為，後來到大學，一群愛好寫作的朋友始終不為學自然科學社會科學的同學所重視，他們認為這些是「娛樂」的玩意，並不是正當的工作。我有一個時候在美國，懶得出門，住處的附近有一個市立圖書館的分館，每次可以借七本書，我大概二、三天去換一次，借的都是小說，後來一個學經濟的朋友背後說我，「他幹什麼，每天只是看小說。」意思說我是只知道娛樂。

實則我讀小說的確不完全是娛樂，而我偶爾讀一本經濟學倒真是娛樂。這話說給那個朋友聽，他是無法了解的，其實這理由很簡單。我們看戲是娛樂，但是演戲的人是工作；我們看馬戲班是娛樂，但是馬戲班裡馴獅的、騎馬的以及玩鋼絲與逗笑的小丑們，個個都是在嚴肅地工作；普通人看電影是娛樂，但是一個電影導演去看電影也許就是工作。研究原子分裂的科學家是工作，而我們讀一篇他的報告，則是一種娛樂。但另外一方面說，真正的藝術家科學家在他們嚴肅的工作中，他們有一種自娛的興趣，只有這種自娛的興趣可以使他們孜孜不倦終身不變，在這一點講他們是娛樂，也在這一方面講，他們的確在為科學而科學為藝術而藝術。

偉大的藝術之所以大眾化，就因為它有娛人的力量，就是說有濃厚的娛樂價值；但光是悅人不見得偉大，一定裡面有人生的意義。說大眾化的文藝是大眾生活的反映，這句話並沒有錯，但這並不是說這個作家必須與大眾一起生活才能夠得到。而事實上作家本是大眾生活的一員。只有作家自認為是士大夫，是高人一等，才會想到「降級」去與大眾一起生活，如果作家本來是大眾的一員，又何必另外去求與大眾生活。

有許多作家自認為是「高高在上」的士大夫，同時又受了一種「文藝大眾化」說法的感動，他就說，文藝本來是大眾的，現在為知識階級所專有，成為士大夫的玩意，所以我們要歸還大眾。這句話說起來很冠冕堂皇，實際上還是「萬般皆下品，唯有讀書高」的臭氣的泄露。

文藝本來是大眾的，這是對的。在原始人類之中，什麼都不分，木匠也就是泥水匠，泥水匠也就是農夫，唱歌的也就是伐木的，捕魚的也就是跳舞的。但是以後社會進步了，人類的工作玩意都要分工合作。到現在，要幹得好必須專業，文藝之中小說家、詩人都不多兼差，藝術之中，雕刻與繪畫也要分家，繪畫之中，圖案又成了專業。那麼為什麼，一個機械廠的工人天天鑽千篇一律的螺絲洞不說「鑽洞本來是大眾的，現在被機械工人所專有，所以我們要歸還大眾」呢？為什麼一個編藤的工人不說，「編藤本是大眾都會的，現在被我們所專有，所以我們要歸還大眾」呢？而獨獨文藝家要有這種感慨呢？這不是別的，這因為文藝家在自認為「高人一等」，自認在大眾以上，他們不知道他們應給大眾以健康的娛樂，而自以為在領導大眾。當越劇在農村中遊行演出，那些演員們並沒有以為自己把握了大眾的藝術，他們的確給予大眾以娛樂的愉快。可是一到上海，被「自以為」領導大眾的文化人一捧，要作為教育大眾的武器。從此這群演員再沒有給大眾以愉快的娛樂，而只充有錢的太太們的過房女兒，只充新士大夫們會場裡的發言人。從此嘴裡就帶上「藝術歸還大眾」的口號，而自身離大眾也遠了。

在第二次世界大戰之時，各國都有藝術家到前線去慰勞士兵，但西方各國給兵士是娛樂，而中國的藝術家則給兵士以教訓。西方的演員、歌唱家、音樂家、魔術家給兵士的是調劑士兵精神的輕鬆愉快的娛樂，而中國的戲劇界一大隊一大隊出發，所演的戲都是千篇一律的教訓，因為臨時湊編，裡面的空虛貧乏無聊，幾近笑話的很多，有許多甚至把日本兵寫成萎縮無能的飯桶，有一個曾到前線打仗的下級軍官告訴我，在前線看到過日本兵的兵士看到這種戲，只覺得是編劇家的外行，而他則覺得在欺騙觀眾。這很簡單，原因是西洋不看輕娛樂，知道辛苦的兵士要有點開心，藝術是作為侍奉浴血的士兵，去供給兵士娛樂的。中國則始終是士大夫心理，藝術家高高在上，以為自己是領導教育兵士的。請問這究竟誰的心理是無恥？但不管怎麼樣，這些演劇隊，在中國毫無其他娛樂的兵士，總還覺得有一點娛樂的成分。演劇以外就是演講，在重慶，傷兵慰勞大會中，我聽到那些官僚們對傷兵的演講，又臭又長，一片大道理，毫無新意義的教訓，那更是肉麻與無恥了。

這是一個風氣，在抗戰時期，好像人人動筆必須抗戰，開口必是建國，否則當然是小資產階級頹廢派。而這些動筆開口的人正是最講究娛樂的人，他們花天酒地，挾妓徵娼，與電影明星調情，但是他們對於兵士，要假作正經，滿口抗戰，你說還有比這個可恥麼？

我們知道，當我們禁止一個兒童作正當的娛樂的時候，他會偷偷摸摸地幹出邪行。民族也是一樣，表面上大眾把娛樂作為不正經的時候，一提到娛樂就被叱為不對的時候，社會的罪惡也越多。娛樂也就更為統治階級所把持。

說到藝術，藝術不注意娛樂的成分，這藝術不是變成說教，就成為小圈子的統治階級所娛樂的藝術。要藝術大眾化，就是要有一般性的娛樂成分。而藝術的意義，則是第二步的要求。說下去，就不是本文的範圍了。

但是娛樂有高級有低級，大眾化是不是就是低級呢？所謂「曲高和寡」，貝多芬交響曲比爵士歌曲當然能欣賞的人少，那麼是不是貝多芬的交響曲不大眾化呢？

我們當然也可以說爵士音樂是比較大眾化。但是大眾如果以人多來講，則貝多芬的交響曲還是比一支爵士歌曲為大眾，這因為一支流行的歌曲，幾年幾十年就完了，而貝多芬的交響曲幾百年都不會過時，此其一；一曲流行的爵士歌曲聽一遍有趣，聽第二遍已經平淡，聽第三遍就索然無味，而貝多芬的交響曲則百聽可以不厭，此其二。

而最重要的還是所謂藝術大眾化，並不是為大眾所易懂，而是大眾接近了它會愛它。有人把大眾化解作為資產階級的對立名詞，這是很可笑的，以為除了大眾化以外的藝術就是資產階級的藝術了，這是講不通的理論。

貝多芬的音樂雖不是大眾所欣賞的藝術，但決不是資產階級或小資產階級所專有，莎士比亞的戲劇也是一樣，任何偉大的藝術成品都是一樣。

這因為藝術欣賞是需要接近。據我所知，許多有錢的資本家商人是沒有工夫去接近藝術的，買畫不過是慈善的捨施，他並不懂欣賞。倒是貧苦人家的子弟會買文藝書籍去娛樂。有錢的人娛樂是玩舞場，花天酒地，捧交際花，沒有工夫在文藝書畫中求娛樂的。

在西洋也是一樣，愛聽貝多芬的音樂的常常是工人農人，而知識階級，甚至許多科學家、歷史家不愛音樂的很多，更不必說資本家了。

這原因，是藝術沒有拒絕任何人的接近，但只有多接近才可以從低級到高級。以我個人經歷來說，我自幼沒有音樂的環境，對音樂既無大才，也無修養。讀書的時候，中國也不重視音樂教育。但以後聽到小調，聽到留聲機無線電的播送，聽到唱歌，聽到爵士音樂，聽到小夜曲，後來我聽到古典的交響曲、歌劇，開始時候不覺得什麼動人，但慢慢我越聽越被吸引，以後再聽爵士音樂就感到索然無味，有時候還覺得討厭。有許多朋友以為我對於音樂有欣賞能力，實際上我聽了只覺得是娛樂。比我學問好的人很多，我曾經請他們去聽音樂會，但他們說不懂，我說我也不懂什麼，不過我聽了覺得是一種娛樂，心靈常常會跟著樂曲的旋律飛揚升降，有舒服愉快的感覺，他們則只感沉悶與無味。

所以說藝術的欣賞與貧富、學問都沒有關係的。藝術，在不斷接近之中就會產生欣賞。說是太窮的人因工作辛苦無暇接近，那是社會的經濟的問題，不是藝術的問題，說是太富的人因娛樂花樣太多，無暇接近藝術，那也是社會的經濟的問題，不是藝術的問題。

藝術的問題是在人們不斷接近之中是否有娛樂的效果。世上有一種藝術的確不令大眾欣賞而為少數人欣賞的，但這決不是偉大的作品。這種藝術，有的用小圈子裡的典故，有的記小圈子的日常生活，有的用小圈子裡的言語文字，外面人自然就無從欣賞了。中國文壇有一個時候分派分別，互相為文攻擊，用的是文壇圈子中的典，圈子中的言語，生活不外文壇中的合縱連橫，這種藝術在圈中人看看好玩，但與圈子無關的人看了，就一點無法欣賞了。

所以，與大眾化的對立是小圈子化，小圈子的藝術可以說是無法接近大眾的藝術，而這決不是偉大的藝術。偉大的藝術一定是可以為大眾所接近。

我說大眾是多數人，不分國族、不分階級、不分貧富。自然，有一個條件，欣賞音樂必須不是聾子，欣賞圖畫必須不是瞎子，欣賞文藝必須不是文盲。

當為政者不求政治上，經濟上，教育上使人民有力接近藝術，枉叫藝術大眾化，文藝大眾化，那是非常可笑的事情。而文藝家在說要把文藝還給大眾，這就是說，他始終是自以為是的文藝家，而認為文藝家是在大眾之上的。這還是士大夫頭巾氣在作祟。

藝術的起源是功利還是娛樂且不管，但藝術的欣賞必是由娛樂出發，當藝術無可娛之處，這藝術是不會存在的。

一九五二，七，十四。九龍。

談友情

我離開家庭，被送到學校去住讀時，中國年齡是八歲，實足年齡只有六歲。在陌生的環境中，我稚弱而膽怯的心靈是孤獨的，那時候的教員都有架子與面孔，沒有教育學、教育心理等知識上的修養，對於兒童一點不求了解，體罰是他們唯一的辦法。於是，在偶然的場合中，我發現朋友是我唯一的慰藉，而友情是我唯一的溫暖。

我的家庭是過渡時代的畸形的家庭，我的父母是舊式的父母，因此當我發現友情以後，友情就成為我一切情感逃避的所在。此後一個人在異地的學校中，我永遠依賴著朋友的安慰。朋友的批評似乎比父母的督教多一份了解，朋友的援助似乎比父母的供給多一份溫暖，這就注定了我有一個交友的個性。

一個人的幼年的教育有時候也許就會決定一生的命運。有許多幼年的朋友，在一起的時候相處很好，但是一放假彼此就疏遠了。這原因很簡單，大部分的兒童，他們的家是溫暖的，和諧的，放假就回到家裡，回到家裡就有另外一個空氣，他們並不像我一樣的需要友情的慰藉。在這樣的情形下，我常常必須尋找與我一樣孤獨的朋友。

大概是為這個緣故，造成了我愛我的朋友，我對朋友有很奇怪的熱情，我常常為朋友間友誼的中斷與睽隔而傷心，也常常為朋友的無義而難過。現在想起來，這些年輕時的友情是浪漫的，這些浪漫的友誼原不能夠久長；中學時代的朋友，後來因所學的不同，生活的異殊就分離了；大學時代的朋友，後來因所入的社會不同，思想修養感覺的差別，彼此就疏遠了。以後命運注定我，在每一個環境中前浪推後浪，我總很自然的有一群朋友往還，而這些朋友始終是我人生旅途中的慰藉與溫暖。

有一種父母會使孩子不想在外面交朋友，也有一種太太會使丈夫不想在外面交朋友，我的命運都未曾使我有這樣的父母與妻子。多年來的孤獨生活，完全是依賴許多環境中機緣中的友情來維持的。

人人都知道愛情的微妙，但是很少人知道友情的微妙猶甚於愛情。愛情的對象只是一個，友情的對象則是繁多的；愛情都是由淺而深，由淡而濃的，友情雖也由歷史與時日而增進，但往往由濃趨於淡。愛情一決絕就永不會繼續，友情則中斷十年，相見可以如故。所謂愛情沒有條件是粉紅色的夢，而友情則在某種意義，的確是沒有條件的。愛情要突破兩個人的距離，友情則要求有恰好的距離。

友情可以沒有愛情，但是愛情必須有友情；友情似乎是一切人類往還最基本的情感。父子母女的情感本不是友情，但在孩子長大了以後，如果沒有友情，那就只剩了一種責任的包袱；夫妻間的愛情，如果沒有友情，愛情一定不能維持長久。這因為「愛」的要求是無限的，而友情則要求互相尊敬，自然而平淡。

有過戀愛的人，都驚奇於愛情的神祕，但友情的神祕正是一樣。只要想想在千千萬萬的人群之中，兩個人會相遇，會相熟，會常常想到，常常愛在一起，這就夠神祕了。有許多我們天天在一個地方辦公的同事，我們並沒有成為朋友；有許多十幾年來住在隔壁的鄰居，我們沒有做朋友；可是在偶爾的場合中所遇到的，幾句談話就吸引我們，彼此希望重新相會，倒反而成了終身的朋友。還有奇怪的是每天客客氣氣相交往的人，倒不見得可以做朋友，而在意見上常有衝突或者為利害為愛情有過衝突的人，一旦了解對方的本性的優良，倒忽然可以盡棄前嫌，變成朋友的，這所謂「不打不相識」。也有許多人彼此相識許久，而在某一件事情上使彼此突然發現對方可愛之處，而以後成為很知己的朋友的，關於這些可解不可解的神祕，我們只好說是「緣」。

我雖是在幼年時就感到有友情的需要，但是對於友情的了解則是因年齡因時代而不同。朋友的往還是比任何學問都有廣深的哲理。古希臘對於友誼同中國江湖的說法是一樣，所謂「不分彼此」。我幼年時對於友誼的教育完全是受《三國演義》桃園結義及《七俠五義》一類江湖標準的影響，以這種標準去對人而同時要求別人依這個標準對我，這當然是會失望的。有失望就必有痛苦。其實儒教對於朋友的看法同這些是不同的，孔子對於友誼並不這樣「不分彼此」，他是講究距離的。

我第一次發現友誼不是不變的東西，是當我重會一個幼年時代的同學。我們別離後，他在上海經商，我則到北方讀書，不見面以前我們還常常通信，見了面竟完全無法談得投機，那次以後，也就不想再彼此通信了。因此所謂談得投機還是友情的主流。朋友的來往，好處就在談得投機多來往，談不投機少來往，父子母女夫婦就不能夠這樣。

但朋友因為談得投機，也往往扯到別種關係，這外加的關係，如合資經商之類，往往就會損害友情。朋友的談得投機，所需要的其實只是一方面，這一方面的契合，就可以成為我們的往還，如果你再要求別方面，這就比較難了。同甲可以一同看戲，同乙可以一同聽音樂，同丙可以一同談學問，那麼這關係就可以使你在需要什麼時候同誰在一起，這就是友情所給你的最大的自由。

但這種自由是要有友誼的距離來維持的。所謂「不分彼此」的友誼，往往使你失去這一種自由。一說到不分彼此，最容易牽涉的就是金錢。在我的生平之中，曾經有一個時候與朋友共過產，彼此的收入都放在抽屜裡，誰要用錢誰就拿。但這樣不分彼此的生活還是要在上上落落彼此收入相仿，而彼此開支也是相仿的。倘若失去某種均衡，這關係也就無法維持。因為這種「不分彼此」的經濟生活在現代社會有無法可能的背景，所以很少有人作這種嘗試。有人因此以為現代社會的友情不如過去，這只是用過去的尺度來量現代的標準。就是當我發現「不分彼此」常常會發生誤會、依賴、欺騙這類奇怪的現象，我開始覺得朋友的往還應當是建立在「善分彼此」上。金錢的往還不過是朋友的一種，有一種朋友可以作金錢的往還，有一種朋友則不宜於金錢的往還；正如有一種朋友可以一同去聽音樂，有一種朋友不宜一同去聽音樂一樣。可以一同去聽音樂的一定是彼此對於音樂的興趣修養態度是相同的，可以彼此作金錢來往的也必須彼此對於金錢的概念態度是相同的。因此，在複雜的社會中，所謂「善分彼此」，就是一個很大的學問了。

人的方面既然是很多，所謂某人與某人的友誼，實際上常常只是一方面的契合，這契合可以是政治的立場，宗教的信仰，也可以是有對賭博的趣味，飲酒的嗜好。我常常因為我的一個朋友對我稱讚他的朋友的優點，使我傾慕著去多交一個朋友，但是幾次接觸，使我發現他的朋友竟是一個同我無法投機的人，起初很不解，後來則逐漸知道他們的往還原是基於他們的某一種細微的相同之處，而這竟是與我不同的。這所以甲、乙雖是很好的朋友，乙、丙也是很好的朋友，可是丙同甲常常無法做朋友的原因。

有人說男女之間是沒有友情的，這句話並不十分對。大概少女少男間，友情往往牽涉著

「性」的感覺，可是一個人到了中年，飽經了風霜世故以後，談得投機的男女也會有可貴的純正的友情的。年齡這東西是最神祕的，普通以為天真是可愛的素質，但是天真也包括殘忍與冷酷。孩子們往往對於花草對於昆蟲沒有一點憫憐與同情的感覺，因此他們也無從認識一個友誼對於生命的重要。當少男少女有明顯的性愛的要求時，友誼在他們是決不珍惜的。而中年的男女，即使還在求偶的當兒，他們會知道在某一方面，朋友是比情人多有某種了解的。實際上這是一個矛盾，一方面似乎只是了解友情的可貴才可以洞悉愛情的真諦，而另一方面，了解了友情的距離也會失去了戀愛的熱情。

友情在職業方面似乎也有種種說法，有人說律師是沒有友誼的，也有人說政客是沒有友誼的，這大概都是從利益權位方面著眼。如果利害上沒有衝突，某方面的友情還是可以建立的。中國有所謂「同行是冤家」，實際上同行固然易成冤家，但也易做朋友，而不是同行則往往距離越遠越容易做朋友。最近在一個朋友地方聽到一句話，他說：「商人的朋友可以共安樂，不能共患難；政治的朋友可以共患難，不能共安樂；至於文人，……」他沒有說下去，我想他大概以為我也算文人，所以就不說了，我知道他要說的是：「至於文人，是既不可共患難，也不能共安樂。」後來我把這話仔細思索，我覺得較近於真理的似當作：「文人的朋友，不是既不能共患難，也不能共安樂；就是既可共患難也可以共安樂。」文人為什麼不是此就是彼，這原因是文人這一類朋友，大概都是神經質的，多數是胸襟淺狹，神經過敏，表面狂傲，心地自卑，容易生氣，但不難滿足，弄得好，他可以同你共患難，弄得不好，安樂也就無法相共了。

各地各民族，對於友情的概念與對於朋友的要求大都是不同的，譬如西洋人對於花錢對於請客，同中國人完全不同。中國人對朋友似乎還處處要表示「不分彼此」。但西洋人則要表示

「善分彼此」。至於實際上，中國人不見得不會「善分彼此」，西洋人也不見得不懂得「不分彼此」，只是看什麼樣場合與情境。中國有「朋友有通財之誼」的說法，所以對於錢的往還，似乎要看得輕；但這也是表面的，附從這習慣的朋友間，往往因此造成了許多糾紛。金錢的往還不過是朋友間往還的一種，此外同遊、共飯、作客一類的往還，也都因風俗習慣傳統的不同而不同。所以要成為很好的朋友，必須彼此對這些先要有了解與隨從。而異國的朋友又因為易為時間與空間所暌隔，友情也往往易於中斷；世界有時很大，很熟的朋友，一別可以永不相見；世界有時也很小，很生的朋友，往往會在地球的另一角碰到。這是屬於機緣的。

我是一個交友的範圍很廣的人，年齡越大，朋友種類也越豐富龐雜。有許多人，他們有很多的朋友，但沒有一個是好朋友；也有一種人，朋友不多，但都很好。這正如讀書一樣，有人愛博覽有人愛精讀，但最好的當然是一方面有廣泛的交友，一方面也有幾個終身的知己。我相信我是二者兼有的，但是交友是一種藝術，有人的確是有這方面的天才。我則是天資極低，不過在體驗中學習中得來。我覺得交友頂要緊是誠懇，尊敬對方，其次要保持彼此的距離，在短暫的時間中要常有「不分彼此」的空氣，但在整個的生活中，又要有「善分彼此」的原則。所謂彼此的距離，則因人因時而不同的；同甲友保持某種距離是完美的，同乙友也許不足，同丙友也許太多；旅行時要一種距離，家居時要一種距離，生活在各自家庭中同生活在同一戰壕裡，朋友間的距離都是不同。只有尊敬別人方才是尊敬自己，與人方便也就是與己方便。

我所遇到朋友負我，與朋友對我誤會的事情很多，當時也曾經傷心難過，但事後想想，覺得這些都是難免的事情。對於朋友，要求「自由」「自然」與「自在」，有勉強就不能是朋友。朋友同金錢一樣，有時候並沒有求朋友，朋友多得推不開；有時候想要有朋友，倒反而一個也找不到。

如果把友情當作財產，那麼這倒是正財，而愛情則是橫財。友情是堆積而來的，愛情則是憑空飛來的。喜歡交朋友的人，在任何場合中都不難交到朋友，只要你知道以誠以信去對人，而愛情就無法強求。

朋友可能有幫忙救助一類的事，但這不是交友的目的。交友只是在人生的寂寞的旅途偶然的同路客，走完某一段路，他要轉彎，這是他的自由；在那段同行的路上，你跌倒了他來扶你，遇到野獸一同抵抗，這是在情理之中的。路一不同，彼此雖是關念，但也就無法互相援助。但是這時候彼此也許也就遇到新的同路客了。

友情的溫暖是總和的，在日常生活中，朋友來來往往，我們不能發現它的價值，但如果你一個人到一個一無朋友的陌生的城市裡，你馬上會發現，這時候，如果有一個熟朋友來敲你旅館的房門是多麼溫暖呢？

友情是酒，越陳越好，老朋友相見，譬如是中學的朋友，彼此一見正如重新回到中學生活一樣的，許多聯想許多回憶有時都會在我的感覺中浮起。自己談話的聲音與行動的姿態都會恢復過去的天真，好像大家都年輕起來。

愛情則是龍井茶，越新鮮越好。持久的愛情，它必是在愛情生長與衰淡的過程中，建立了彼此尊敬互有距離的友誼。

如果做父母的，沒有在子女長大的過程中，同子女建立彼此尊敬互有距離的友誼，那麼這點本能上的愛情也就會變成溶化了的冰淇淋一樣滋味了。

友情是一種可淡可濃的情感，是一切要維持永久的情感的基礎。只有了解友情，你方才可以有不變的愛情；只有了解友情，你可以生男育女，有一個愉快幸福的家庭；也只有你了解友情，你可以養馬養狗養貓。

有人說交友有兩種，一種是藝術的，一種是政治的。藝術的交友，友情就是一種目的；政治的交友，友情只是一種手段，目的也許在兒子的前途，也許在生意的周轉，也許在升官或發財。其實不但交友如此，結婚生子也有人抱著手段的想法，有人結婚不為情而為財富，有人愛子女為防老；不但對結婚生子如此，對任何工作與娛樂都可抱功利的念頭，當作他種目的的手段的。但我這裡所談既是友情，如作為手段，那麼這就不是真正的友情，也就不是我題目範圍內的文章了。

談約會

我是個約會很多的人。我喜歡有點約會，但也怕約會。在渺茫的人生中，我覺得約會的確可使我看到一點未來，約會好像是旅途中可以預見的風景。但如果把約會本身仔細想想，守約原也是一件渺茫的事。一個人既然無法知道未來，那麼怎麼可以把未來的時間預支出去呢？這未來的時間一定是屬於我的麼？

但人生原是一個渺茫的假定，因此人生無非是不斷的約會。有許多約會是對人的，有許多約會是對自己的，還有許多約會則是對事的。而大多數約會是對人對己，或者是對己對事，或者對人對事，再或是對人對己也對事。

約一個朋友明天在什麼地方見面，你必須假定你明天不會病，不會死，你還需假定那個所約的地點沒有變化，你還需假定那個朋友沒有特別事故，假如你們談的是一件事，那麼你還需相信這件事在種種關係上不會自動的變化，這就是說它本身也需在那裡等待你們會面。平常我們約一個朋友，往往是隨隨便便一句話，決不會把這些條件一一去考慮，倘若考慮起來，我們對於守約這件事，根本就會覺得不可靠，那麼一切約會似乎都是多餘的。

在我們生命中，對於自己的事業，家庭的預期，孩子的教育，廣義的說，也都是約會，但這些應該說是計畫或者打算。我們通常的約會總是指兩個人或幾個人相約在未來的時期中的一個接觸。

而這個接觸可大可小，人可少可多，事情可繁可簡，意義可輕可重；有許多是代表全世界人類的會議，事關整個人類的前途；有許多則是商業上的密談，一進出會有天文數字的正負。我在這裡也不想談這些，因為這些都太複雜，倘若我們簡單的約會都會難靠，那麼越大的約會當然越可懷疑了。

頂簡單的約會，莫過兩個人的約會。比方說，兩個人相約於隔一個鐘點在輪渡上見面，這是我們人人都有的事。但如果你仔細的下一個統計，像這樣的約會，可以完全守時刻的怕也沒有十分之三。一點鐘以後的約會如此，如果是兩點鐘，它的可靠程度就少了，雖然不見得是少一半。如果是一天、一星期、一個月、一年……以後的約會，其可靠程度自然更少，但竟也有有情人把約會訂到幾年以後，而訂者或被訂者竟彼此可以相信這是可靠的。

我有一個朋友，到美國去讀書前，在兩星期中愛上一位小姐，相約學成回國結為夫妻。他去美國讀書，計畫是兩年，但是兩年不到，世界大戰爆發了，他一直在美國，後來到聯合國做事，勝利後回國，離出國時已經九年，有情人終於成了眷屬。像這樣完美的約會，我所知道的只有這一個。普通總有陰錯陽錯的參差，使我們或甲或乙不能守約的。

守約的問題實際是很複雜，但訂的時候常常看得很簡單，以為彼此都不難辦到，如細細一分析，你很容易會感到渺茫。不過大多的約會是無所謂，等不到也沒有什麼，所以不會去分析它。有兩種約會是嚴重的，一種是關於金錢的上落，一種是情約；說來說去，還是食色性也。前者為個體，後者為種族，幾千年沒有變過。碰到這兩種約會，我們就不得不擔心對方失約，你也許從約定以後就難安心，你可能有一萬種的設想，繼之以有一萬種的錯怪與一萬種的原諒。而訂約與赴約等約的心理是因人因事而不同，哪一國文學中都有千變萬化的描寫與敘述，這似乎也是詩歌與小說的一個容易想到的主題。

在約會之中，有的約會可守可不守，有的約會非守不可，有的約會可以不守，這當然因人因事而不同的。而人事變化常常不如所願，有時候會覺得背後像有命運在支配。普希金有一篇小說，說到一男一女私奔，相約在教堂會面結婚，結果那男的因風雪迷途，而由一位偶然的過路客同新娘結了婚。這相仿的事情實際生活上也常有。我們對於無可無不可的約會覺得容易成功，而對於渴望的約會則反會覺得容易失敗。

其實所謂約會是需要克服空間與時間的安排的，所以空間越闊，時間越遠，約會越不可靠。在一切的變化之中，人的心理還有重大的變化，本來以為重要甚至神聖的，後來可能變成討厭。本來以為是不重要的，後來也可能變成重要。

有許多約會，訂約是靠電報、電話、信札的，而這三樣東西竟都不是自己可把握的。

我也曾用電報請我的親友到我所陌生的碼頭來接我，但幾乎沒有一次是美滿的，不是那個接電報的人不在收電報的地方，就是電報誤譯了名字，使接電報的人不知道是誰。寫信容易耽誤日期，而被約的人往往那天有約在先。如果時間來得及，他會寫封信告訴你他有事情，他會另外約你一個時間，而那個時間偏偏你沒有空，但是你回信時間已經來不及，你也許就只好使他失望。那麼如果有電話，應當是最容易訂約了。但往往也不是如此便當，你打去的時候他可能不在；他也許剛剛躲避一個討債的電話，對每個電話都說不在；還有電話常常會壞，或者甚至常常打不進去，你隔一個鐘頭再打，線還是沒有空，如果隔三個鐘頭，第二個電話又在打了。相信電話是一天中可以交換一個約會的時間，這絕對是不可靠的。我頂怕有這一類使命，有許多朋友會在星期一很輕易說：

「星期三中午我們在鴨打酒店吃飯，請你打個電話約老王一同來。」於是星期二一整天我就做了電話的奴隸，但往往還是沒有接通，到星期三的約會，老王沒有到，自然是我的責任，好像我沒有好好打電話一樣。

但這類約會往往是單方面的訂約，但請客一類的事情，有的就先要知道你是否到，以前所謂打個「知單」，現在請客單上常常附著「R. S. V. P.」。但這樣的請客一定是規模較大的，他有你的答覆可以準備你的位席，所以他的請柬一定先期發出，有時候你接到時離約會的日期還有十幾天，而他竟在十幾天前要你決定十幾天以後的命運，這是一個多麼不可靠的安排呢？

守約是交友的一個條件。因為朋友來往，全靠信用，而守約是一切信用最基本的信用。美國女孩子，周末必須有date，香港現在也很時興；現在女孩子對於date，大概都不失信的，這因為如果對於date失信，以後就再無人去date她了。但如果你以為一個女孩子對於date不失信，對於其他也不會失信，那麼你一定會失望的。但是所謂date，是一定已經是得她首肯的，否則不過是單方的約會。

Date一個女孩子，在周末花點錢大家玩玩，好像是新鮮，實際上是非常庸俗，因為這一段生活往往是千篇一律單調萬分，而對方的一定不失信，也使約的人一無驚奇與渴望。所以單方的約會有時候也很新鮮，我曾經在一個舞會中認識十個女孩子，我問到她們每個人的地址，我每天寫信約一個不同的女孩子一同去玩玩，我總是約在一個一定的地方等她，這只是測驗我在那個舞會留給別人的印象。我在十天之中天天有一種期待的心情，一種期待就是一種希望。對方不來我也不怪不怨，但十個對方都沒有看輕我的約邀，有的回我信說沒有空，有的準備時到了，有的晚了半小時，有的準備時到來會我，但同我另訂日子，因為那天她另有date。但這只是普通的社交，我對一切的遭遇都沒有感到失望與妒忌或傷心。要是約的是情人，那就有許多不是我所能忍受了。比方她所說另有date，那我就想知道那個男友是誰，來往的密度如何？或者我會整夜睡不著來想這些問題。所以約會的重輕，實際上是心理的作祟。有一點幽默的修養，對於一切朋友的失約，我想就比較可以原諒對方，也會不苦自己的。

但是愛情的偉大，就是使人無法保持幽默的態度。傳說中的尾生，他同一個女孩子訂約私奔，等在橋下，那個女孩子失信不到，而潮水漲上來，他就淹死在水裡。這個故事常常使我想到尾生的痴情有點近乎傻，但他的可愛處也就在這點痴傻。如果那個女孩子事先知道尾生這樣痴傻，她也許就不會失信了。

本來太嚴重的約會就是人生的一個負擔，讀了一些大戰中間諜的故事，覺得其中每一個約晤都關係著世界的命運，我就想到那是需要有非常結實的神經組織才能擔負，平常的人真是隨時可以崩潰的。所以，有許多約會，就需要估計估計自己的體力與精神，諸凡體力與精神所不能支持的，最好不要應允。

所以失約的，大半是因為訂約時一時情感衝動，沒有細細考慮，就答應下來，因此結果不能實踐。許多人以為女人沒有信用，實際上她們還是容易感情衝動，在她們應允時並沒有想到做不到，等後來做不到也就不管信用不信用。

所以責備她們撒謊與負約的是可笑的，應當責備的還在同他們訂約的男人之不了解女人。尾生的愚笨當不是他的痴等，而在他太相信那個女孩子。

如果說，訂約的時候，應當事先考慮能守不能守，那麼這一考慮，可以說沒有約會我們有把握守信用的。不要說是事關終身大事，或者是一年或一個月以後的事，就是一個鐘頭，半個鐘頭以後的約會，其中的變化很多，交通可因警察封鎖而斷絕，汽車可以出事，巴士可以拋錨，人還有不測，諸如此類，誰能夠預料？

我對居住過的地方，常常有很深的感情，每次離開的時候，我總覺得會重新回來，但事實上我沒有一次辦到。北京，我住了十年，離開北京時我滿以為一年半載我總會去一趟的，似乎去一趟也不難，我還把我所有的書籍都存放在那面，但以後竟一直沒有再去。重慶，也是我預備再去的地方，但一離開以後竟就此無緣再去。巴黎紐約也是一樣，我常常覺得我隨時可去，但我竟又覺得，物是人非的感覺使我怕去。住在一個地方，那地方的什麼風景名勝，我們時時想去，但一年兩年十年八年的會一直不去，這雖然不是明確的約會，但我們的心理上則是不時在約。許多人離開香港聽人家講到淺水灣：

「淺水灣，淺水灣，我一直想去，我以為隨時可去，但竟一直沒有去。」

「那麼，太太，你在香港住多久？」

「八年。」她會告訴你：「足足八年，小美在香港養的，已經七歲了，可不是？」

「住香港八年，沒有去過淺水灣？」你問：「那麼你的先生呢？」

「全是他，他天天說帶我去，但是天天沒有空。」

「淺水灣多近，其實你自己隨時可以去的。」你說：「那麼你住在香港怎麼打發日子過去呢？」

「還不是天天打牌。」

你看，一個女人對自己的約都這樣不可靠，還能對男子守約嗎？但你也不要以為男子是守約的動物。他們的守約完全是希望別人對他守約。無論在生意上，在友誼上，在愛情上，如果他們不希望以後別人對他守約，他是一定不會守約的。

對於動物心理，我很有興趣，但是少有研究，我不知道除了人以外，其他動物是否也有訂約踐約的事。但從常識上，螞蟻與蜂應當有這樣的本能，雖然在時間上不能有人類的精確。因為沒有時間的觀念，他們的訂約就不會有人類一樣的意義，也許就不能說是訂約了。

沒有約，也就是沒有束縛。有許多人，甚至團體政府，常常用約來束縛人。所謂條約合同，廣義的說，也只一個約會，在一定條件下，一定時候履行一種規定，都是在現在預約將來。

人類社會所以有點秩序，還是彼此的約，而狹義的約會正是人類社會運動的軌道，雖然不見得可靠，但還希望它是可靠的。至少要照它是可靠的那麼做。否則我們就無法做人了。

但沒有人間的約會是在地球以外，一切的約會、約束、條約、合同，都是假定地球是照常的。如果第三次大戰爆發，你說那些香港大小商家所有合同上所約的一切還彼此可以遵守嗎？

如果你了解這一點，那麼你雖然應當盡力的守約踐約，但對於不守約不踐約的人，也就會覺得不是稀奇的事。而對你負約的人——他或她——的意義也只是不希望你對他或她再守約踐約就是。但是你不妨另建他約，因為約會永遠是會使你有明天的希望的。

一九五二，五，二六。香港。

談情書

不知道在一本什麼書裡讀到的，他說到現代人因為電話、電報的便利，飛機、輪船的迅速，情書就用不著寫了，像十八世紀那些綺麗纏綿的情書現在及將來是不會再有了。

這句話不能說完全沒有道理，但也不完全有道理。所謂十八世紀那些綺麗纏綿的情書，還因為當時拋頭露面交際不通行。而實際上也是當時歐洲社會的一種風尚，許多貴婦們有了有錢的丈夫以後，閒來無事，在情書裡發揮一點才能，這使一般文人學士時髦的人們不得不講究寫情書，這與電報、電話、飛機、輪船其實是很少關係的。如果說十八世紀的講究情書藝術是因為當時交通困難的話，那麼最好的情書應當特別在一般鄉僻之區開花，而不該集中在都市的社交場合中，而偏偏流傳下來可誦的情書都出於社交中的名人。其次，所謂電話、電報的便利，原是只可在訂約、問病一類事情上用，如為傳達複雜的情感，有時候面對面談話都說不出，不用說在電話中了，這自然還是要靠情書；反之，就因為交通發達，地球因之縮小，人們越跑越遠，既有定期的輪船飛機，就應當更鼓勵情人們多寫情書，怎麼情書藝術會反而衰微呢？

其實，所謂情書之成為藝術，它就同其他藝術一樣，大概都是在熱烈的感情過後而抒寫的。這正如大時代之中往往產生不出偉大的文學，偉大的文學常產生在大時代的火焰已經冷下來的時期。這因為藝術雖然須賴情感，而情感與藝術很有距離。只有在反省自己過去的情感時，才有深刻細膩的體會。一對情人在情熱方熾的時候，他們的情書往往是肉麻浮躁，在旁人看起來是非常乏味的。上好的情書大概是婚後新別，或者情婦遠離的通信，而不是在追求苦戀的階段寫的，這因為婚後新別，情婦遠離的心境，每個人有每個人的許許多多小事的綜錯與情感的反應，很少是相同的，而正反省彼此在一起時的情感，可以有綺麗纏綿的傾訴；至於追求苦戀的階段，這一種渴念與希望，大部分人常常是差不多的。如果要把追求苦戀的情書列成類別，則不外下面幾種：

第一類，可說是呼號類：公式是「我愛你，我愛你……」「玫瑰玫瑰我愛你！」這裡面當然有變化。

有一個時期曾有人注意文字的感覺，譬如寫革命的詩歌，有：

行進呀，是時候了，
摔去你們的鎖枷，
革命伙伴呀！
衝！
衝！
衝！

於是在情書裡有：

愛人呀，是時候了，
摔去封建的束縛，
讓我們愛吧！
吻！
吻！
吻！

第二類，可說是呻吟類，公式是：「僕也不幸，僕也不幸……」「卿何薄命，卿何薄命……」大概彼此憐憫彼此的身世；身世不苦，也必作苦狀，家庭很開通，也裝作有種種困難。

第三類，可說是歌頌類，公式是：「女神呀！我的神聖美麗的女神呀！」「你的笑容是太陽，你的頭髮是彩雲……」

第四類，可說是自卑類，公式是：「我只想跪在你腳下聽你的吩咐……」「我羨慕你園中的小白兔，我羨慕你門口的狗，我羨慕你沙發上的貓，因為牠們可以天天見到你！」

第五類，可說是鼓勵類，公式是：「同志，同志，讓我們互相偎依著一同奮鬥前進。」

第六類，可說是表現類，公式很難定，因為或表現自己是天才，自己有大志，或表現自己有錢，有汽車洋房。勉強定一象徵的公式，當借用雄雞的啼聲，「喔……喔……」。

把這六類，彼此混合，上下綜錯，分量上或多或少，次序上忽前忽後，文字上婉轉曲折，結構上顛倒反覆，字跡上濃淡粗細大小，這就可化為千千萬萬的情書，而千千萬萬的情書分析開來也不過這點成分。

市上有許多尺牘規範一類書籍出售，其中商業尺牘可照書學習，至於情書，就很難抄用。五四後的新文藝，十分之九的內容是戀愛自由，當時的詩歌、小說大部分也不過這六類情書在變化，所以這些書籍只是代替情書規範被抄用。傾向第一類的作者是郭沫若，他的《女神》《落葉》，頗為呼號類青年所歡迎；傾向第二類的作者是郁達夫與徐枕亞，前者是時代青年的呻吟，後者是曠夫怨女的呻吟，前者風靡於大都市，後者流行於小城鎮。達夫的《沉淪》一類的作品，大概為胸懷大志而又顧影自憐的青年們所愛好；徐枕亞的《玉梨魂》《雪鴻淚史》則多為一知半解讀過《今古奇觀》一類的市井孤魂所歡迎。傾向第三、第四類的則可以徐志摩為代表，他的綺膩的詩與散文大都是混合「歌頌」與「自卑」的抒寫的產物。

當時，中國戀愛剛剛解放，寫情書就變成一個時髦的行為，正是同西洋的十八世紀一樣，抛頭露面的交際不像現在風行；而封建家庭的束縛也的確還未解除，女學校對於往還的書札還要檢查，所以情書的往還就有冒險神祕的刺激了。但是當時千千萬萬的情書都不曾有出色的，這或許因為一切比較出色的也都反映在上述幾派的作家之作品中了。

我們自然不否認這些作品在五四時代對社會與文藝的影響，可是到現在重讀起來，則仍會覺得幼稚與肉麻。這因為作為文藝，它多數是情書的改裝，作為情書，則都在追求苦戀的階段，並不是對自己的情感有所反芻。

五四時代的文藝，後來所稱的浪漫主義，其作品之脆弱與微薄，實際上只是情書主義，至於寫實主義，實際上不過是雜感主義。

代表情書主義的文藝是徐志摩的《晨報副刊》，代表雜感主義的作品則是孫伏園編的《京報副刊》。大家還記得魯迅當時用筆名寫了一首開玩笑的擬情詩，徐志摩不要登它，孫伏園因而辭職到《京報》去編《京報副刊》的事。孫伏園本來是編《晨報副刊》的，就為這件事離開《晨報》。站在情書主義立場上說，這首詩當然不夠「有情」，但魯迅是針對當時風靡一時的肉麻的情書文學而發，對空想的美麗的愛情作一種幽默的挖苦，實際上是「雜感主義」的作品。

但是，在所謂寫實主義與浪漫主義的「爭鬥」，魯迅承認當時浪漫主義是勝利的。所謂勝利，是影響大，是讀者多，是從者多。為什麼情書主義可以得到讀者與從者呢？這因為大家都要寫情書，女學校的對沒有情書的同學正如美國女學校對沒有date的同學一樣的看輕，有情書就是光榮。寫情書就是革命，是冒險、是新奇、是刺激、是反抗。那時代，現在說起來雖是可笑，是一個道道地地的情書時代。

有人以為一個作家寫情書是拿手好戲，輕易不費吹灰之力，實際上這是錯的，情書藝術雖有賴於文字，但竟是獨立的。下象棋的能手雖也可能是圍棋能手，但也不見得是圍棋能手。作家中有善於寫情書的，醫生與會計師也有善於寫情書的；但作家中也有不善寫情書的，醫生與工程師也有不善寫情書的。我們讀了徐志摩的《愛眉小札》與達夫的《日記九種》，雖是肉麻，但覺得他們都有情書藝術的才能，所謂情書原是給情人讀的，不是為大家讀的。但讀了魯迅的《兩地書》，雖使我們感到其多情也許深於志摩與達夫，但以情書而論，如果單獨站在情人立場看來，他的情感與思致似欠熱烈與感人了，而時時可以看到他是以自己為中心的。

我曾看到過非常自私自利的男人，但他寫給太太的信像是完全為太太著想。也有非常顧到太太的男人，而寫給太太的信，讀起來顯得非常自私自利。屠格涅夫有一個時候沉湎於賭博，寫信給太太總是要錢，要太太賣東西、當東西，但是這些信竟使我們讀起來也會覺得他的賭博，他的懺悔，他的沉湎不拔都是為愛太太。屠格涅夫真是一個情書的奇才。

但是，在五四以後那個情書時代，所遺留給我們可誦的情書並不多。這原因是不是因為這些情書未曾公開，還是中國人不適宜於寫情書，不得而知；不過我相信是寫情書的人大都不是名流貴婦，時過境遷，燒了毀了，沒有保留下來，則是最大的原因。

當時，情書公案甚多。因情書被學校發現，而開除學籍的女學生有之；因情書落於父親之手，女兒自殺者有之；有些中學女生很多用間諜的方法通情書，如用《少年維特之煩惱》，將所要用的字用筆點明，然後將整本書寄予情人，情人收到後則按其所標明者的字連綴讀之。但最轟動一時的是北大一個英文系教授寫給韓權華女士的情書案。

韓權華女士現在為守東北敗將的夫人，當時則是北大的學生，美名震京都。這個英文系教授寫了一封洋洋數千言的情書給她，她竟拿去在《京報副刊》發表，發表後人言鼎沸，有人認為這類事情很普通，編者無須當作大事把它發表，編者孫伏園則以為發表此信正是把它當作很普通的事，大家用不著大驚小怪。為這個問題，似乎名人學者都曾有文發表意見。此事如在現在，當是隨風雨去，可不成公案。而當時因為是情書時代，又因生活安定，大家有閒情逸致，兼之韓女士絕色美麗，人人注意，羨慕妒嫉者頗不乏人，而對方為教授，亦是名人，所以鬧得很凶，最後是那位教授終於辭職，韓女士亦轉學女師大。如有人保存當年的《京報副刊》還可以讀到那封情書，以情書藝術而論，這實在是寫得不太高明的，也難怪未能打動韓女士之芳心也。

這類單方面的情書，同所謂互相應和的情書是不同的。如果單方面的情書不寄出，換了一點形式也就是當時情書時代之詩歌與散文，郭沫若的長詩〈瓶〉，據說就是寄給徐葆炎的妹妹的。從單方面的情書到應和的情書，有一個空間與時間的距離，這距離之延長與縮短，有人以為就是情書的力量，要看對方的情形與個性，以作上面所述六類成分的配量，這裡面就沒有公式可循，大概也就是情書規範一類書之不易寫之原因了。

最近偶然看到陳納德之妻陳香梅女士的《寸草心》，裡面有一段說：

……我們婚前，從未有情書往來，這些都是婚後的事，我生平接到的情書不知多少。只有他是至情流露。我曾笑說：「你真會寫情書，真是我初料所未及。」他說：「我只把我的感想寫出來就是。」

裡面的「他」，當然是指陳納德。陳納德為一介武夫，但可以有會寫情書的天才，足見情書藝術天才決不一定是文人所有的。

「情書原是假，讀者識其真」。但問題就在如何使讀者「識其真」耳！

最近有一個朋友告訴我，她愛上一個天才音樂家。後來我知道她的情人談不上是音樂家，只是在伴她散步拍拖之時，在她的身邊會哼幾曲動人的情歌而已。被情書迷惑的女人，常常也會一樣的覺得對方是天才文學家。

會寫情書的人常常不見得會說情話，會說情話的人也不見得會唱情歌。以為情書寫得好的人會說情話，其失望成分同聽時評家的演講一樣。作家中會說情話的，有意大利的鄧南遮。舞蹈家鄧肯女士《自傳》中曾對他有一段記載。不知鄧南遮是否也善於寫情書。

人可能有兩種以上的天賦，但一般地說，寫情書，談情話，唱情歌的三種天賦，一種已經是了不得；兼而有之，當然很少，普通人同藝術家是平等的，可能都有幾分。

徹底講起來，這還是動物本能的遺留，同雄雞會喔喔啼，蟋蟀會喈喈叫，鳥類會咿唔鳴是一樣的，人類的文化使人類有更多的花樣罷了。

一九五二，五，二九。

等待

有人說，一天的時間，應當作睡眠八小時，遊息八小時，工作八小時的分配。但很少的人是能夠長守這個原則不變。而且因為年齡的不同，完全照這個原則怕是不對的。十歲以下的孩子，工作八小時似嫌太多；三十左右的人，遊息八小時也嫌太浪費；四十左右的人，睡眠似乎用不著八小時。其他因性別與個人的體質不同，也不能男男女女人人都照這個原則。

在一個奇怪的場合之中，我忽然想知道自己生命裡在這三項中所耗費的時間。但我竟發現了一個可怕的結論。我每天工作的時間平均怕只有四小時，遊息的時間也只有四小時，睡眠的時間也只有四小時。

那麼還有其他十二小時呢？

我消耗在「等待」上。

如果每個人都仔細地回想一下，我想也有許多人會有同我一樣的感覺的。

這因為我的命運注定我生命非常流動，並不能在安詳的農村社會中過一輩子。其次是我的性格不能利用等的時間來做點別的。

於是我在車站上等火車，在碼頭上等輪船，在旅館裡等船期與班機，在講堂裡等教授的駕到，在圖書館的名單上等書，在醫院的候診室中等號次，在牙醫的客廳裡等提名，在咖啡店裡等朋友，在電影院戲院的票窗前等長列，在失眠的床上等睡意，在海關的長桌上等檢查，在檢疫站上等打針，在移民局的門口等護照簽證，在衙門裡在機關裡等一張紙一個簽字一張收條；不用說我也曾經在華麗的客廳裡等主人，在冷酷的門房裡等通報，在產婦的手術室外等我孩子出世，在黯淡的病房裡等我自己的病軀復原；我還在遙遠的異國等信，等我父母的信，等我情人的信，等我朋友的信。我等風，等雨，等太陽，我還在悠悠的長夜等天明。此外不用說，我天天要等浴室，等電梯，等巴士，等電話，等……

在一切等待的場合，我知道應當忍耐。我帶報紙帶書，我甚至帶筆帶紙，但是報紙太簡單，書看不下，腦子不能集中，紙與筆只能給我瞎塗。於是我學習著我的周圍，我研究一切與我一同等待的人們的表情。但是，奇怪的是所有等待的人似乎都同我一樣沒有耐心，他們並不能利用這個等待的時間來做什麼。也很少有人在等待的場合中彼此交談，大家都浮著焦急勉強的面孔。在醫生的候診室中，在旅行社裡，照例有破舊的雜誌、畫報與旅行指南、風景廣告一類東西，人們一本一本地翻，但很少人會沉心地讀下去。如果你想到這些去看病的病人，同各地來的旅客，你不難想像這些破舊雜誌裡會有各色各樣的細菌。但是你還是不得不冒著危險去翻閱。

在我等待的經驗中，往往只為兩分鐘時間的事情，竟可以等待好幾個鐘頭，好容易到了，他可能說你手續上還缺少什麼，你還需明天再來。你於是要在另外一個地方等一張條子，一個簽字，一個印章，等等到了，你還需再去昨天等候的地方去等。

等待也許是現代生活的特徵，尤其是在不正常的時期。在抗戰時，我從淪陷的上海到內地去，我等照相，等還鄉證，在長長的隊列之間，從一個桌子到另一個桌子。於是我等約好的伴侶，一路上不用說，我在每一處都得在一排一排、一隊一隊的人群中，等日人與偽警的檢查與盤問；我必須等車子等小船，在渡河之前，車子還得等一列一列軍車過去；到每個地方我必須等住、等吃甚至等廁所；在桂林，我等飛機，我一等就是半年，而從桂林到重慶不過幾小時的航程。在重慶，那是一個新膨脹的都市，我等的機會就更多了，我必須看看人吧，得等；我需要寄掛號信，買郵票吧，得等；要搭公共汽車，就需要有等情人的耐心；要什麼配給，米或者柴，得等；你要理髮，你要洗澡，得等。

我在那裡等了兩年，於是我的命運注定我出國了。那重重疊疊的衙門，重重疊疊的手續，叫你整整半年每天都在等待之中。今天等，明天等，東邊等，西邊等，南邊等，北邊等，兜了一個圈子，又回到原來的桌子面前等。但是你還得等待，外交部，宣傳部，外國領事館，航空檢查處，證明文件，一張一張，你必須到你原來的地方去請求，寫信，打電報，於是你等待回音。等了半年，於是什麼都弄好了，我還等待飛機，飛到昆明，我還得等，航空檢查站說我還應等重慶機關的電報。等這個，等那個，在昆明等夠了，又到印度等船。一天又一天，辦這個手續，辦那個手續，你得等錢、等檢查、等船票。於是說可以上船了，在船上等了一天，忽然說這隻船軍事機關要徵作別用，搭客都得下船，重新回到旅館，重新一天一天的等待。

這樣等了一個月才上船，於是在擁擠悶熱的船上等啟碇，啟碇以後，對著廣闊的海天等到達。於是又是等檢查等盤問、等車、等人，一直是等，是等。在長長的隊列中等，在各種的面孔前等。

美國的都市也在膨脹，你要看什麼都得等。戲院門口永遠是長長行列，飯館的門前你也要排隊，看一個展覽會你先要等一小時半小時，買一點東西，你可以站半天，如果你為孩子選中了一件衣裳，買到的時候恐怕他已經長大而覺得這衣裳太小了。不用說，在銀行櫃前，在郵局的欄外，總之，你得等，你得等……。

我在回國的時候，一切又需要等。等我回到上海，那時上海的人口同通貨一樣膨脹，汽車爬得比烏龜還慢，像垃圾堵在陰溝裡一樣，寬闊的馬路上都是車輛與人。無論你要做點什麼，接頭點什麼，需要等的時間與精神都要比事情本身所需要的多千倍與萬倍。

這當然是非常時期，但是我的一生竟很少不是非常時期。在連年的軍閥內戰時期，我常常往還於大江南北。那時候火車時斷時續，輪船常常被軍人徵用，時有時無。我又是窮，三等車、三等艙永遠是擠滿著人，我必須等。在我更年輕的時候，我在鄉下。鄉下到車站要走四、五里路，無法算準時間，我必須去等。而三等車票永遠是擠的，我也是等。不用說，我也是從小學到中學到大學的人，等考試、等揭曉、等上課、等下課，等放假、等開課。這就不是非常時期也是要等的。但是我還有特別的際遇，那是我考取了大學以後，學校因為教育部不發錢，一直不開學，我等了好幾個月。那時候我的父親著急了，他叫我去看一個鐵路上的督辦，說他可以證明我考取國立大學的資格，介紹我到一個部立的大學去。這是我第一次拜見大官，我足足在一間可怕的外客廳中等了四個鐘點才見到那個督辦，但是他以為我考過那個部立大學而沒有考取，他可以為我說情。聽說根本考取的是另外一個大學，他叫我還是耐心等待。我終於一直等待學校領到了錢而開課，而且一直等到了畢業。

至於我的童年，我在私塾裡讀過書，在木凳上一天坐到晚，不用說我整天都是在等待吃飯的時間。那時候我身體似乎不頂好，小病小痛，必須到十幾里以外的一個醫院裡去看病，掛的總是普通號，我記得醫生開藥方不過三分鐘，而我在醫院候診室要等幾個鐘頭，而路上等待到醫院的時間還不算。

說這些都是過去的事情，那我現在還去過馬來亞，一切都沒有改變。你得等這樣、等那樣，等入口證、等回港證、等種牛痘、於是等船。到了那面，你還得在警察署、移民廳各地方等。回來也是相仿，你得等。那麼你比方長住在新加坡或馬來亞什麼城市呢？你還得一層一層的等，等到多少年以後你才能算是居民。

如今在香港，醫生說我應當打針，我就每天必須在候診室等；朋友要來看我，我需要等；我約朋友，也需要等。過海，要等。坐巴士，要等。看電影，要等。不用說，辦任何事情，看任何人，都得等。我都得耐心地等。

等就變成了我時間最大的支出，也是我生命最大的支出。你說可惜不可惜？

倘若我可以運用我一生中「等」的時間，我想學什麼都可以成專家了，可惜我「等」的當兒，只會專心於「等」。而奇怪的是「等」的時間，常常最不容易過去。一小時的等待可以有六小時的感覺，而六小時的工作與遊息會轉瞬即逝，如果時間不是客觀的存在，那麼在我感覺之中，平均一天消耗於「等」的時間似該作二十小時計算，分配於工作睡眠遊息的怕只能算四小時。所以，嚴格地說，我的人生經驗最豐富的實在是「等」。

但是「等」的經驗，並不能使我更有耐心，而只是使我害怕。無論什麼事，什麼好玩的去處，如果要「等」，我就會沒有勇氣去做。球賽的觀眾據說很擠，我永沒有興趣去看。星期日或平常九、十點鐘的巴士是擠的，需要長時間的等待，我就寧願不出門。廣東朋友請客是最豐盛的，但有一次，我赴一個八點鐘的飯約，一直等到十一點鐘方才吃飯，以後我就一直謝絕這類盛大的宴會了。到醫院求診是要等的，我就寧使多生幾天病，躺在床上不動。幸虧這裡電影院的票子是對號的，可以先買；在新加坡，除頭等外，都要臨時排隊等待，我就寧使多花點錢或索性不看了。有人說，你如果愛上了一個女孩子，你就會很耐心地去「等」了；我說，如果一個女孩子常常叫我「等」，我就會沒有耐心去愛她了。到天堂，路是遙遠的，我們可以一步步地走，但如果不許你走，而要你等，那麼我也一定會懶得進天堂的。三年來，有多少次我都想到別處去旅行，但一想到辦旅行手續時的「等」的經驗，我就怎麼也不想動了。

我想從社會學上講，社會如果進步起來，或者說太平安定起來，應當是儘量使人把生命少耗在「等」的上面。從一個社會裡的公民「等」的耗費上，似乎也就可以看到這個社會之進步與安寧了。

但如果你要哲學地說：「一個人生下來還不是等死。」那麼叫人類把大部分生命耗在「等」上，也就很有理由了。

一九五二，五，十五。

夜

窗外是一片漆黑，我看不見半個影子，是微風還是輕霧在我屋瓦上走過，散著一種低微的聲音，但當我仔細諦聽時，覺得宇宙是一片死沉沉的寂靜。我兩手捧我自己的頭，肘落在膝上。我又聽到一點極微的聲音，我不知道是微風，還是輕霧。可是當我仔細傾聽時，又覺得宇宙是一片死沉沉的寂靜。

我想這或者就是所謂寂靜了吧。

一個有耳朵的動物，對於寂靜的體驗，似乎還有賴於耳朵，那麼假如什麼也沒有的話，恐怕不會有寂靜的感覺的。在深夜，當一個聲音打破寂靜的空氣，有時就陪襯出先前的寂寞的境界。而那種似乎存在似乎空虛的聲音，怕才是真正的寂靜。

在人世之中，嚴格地說，我們尋不到真正的空隙。通常我們所謂空隙，也只是一個若有若無的氣體充塞著，那麼說寂靜只是這樣一種聲音，我想許多人一定會覺得是對的。

假如說夜是藏著什麼神祕的話，那麼這神祕就藏在寂靜與黑暗之中。所以如果要探問這個神祕，那麼就應當穿過這寂靜與漆黑。

為夜長而秉燭夜遊的詩人，只覺得人生的短促，應當儘量享受，是一種在夜裡還留戀那白天歡笑的人。一個較偉大的心境，似乎應當是覺得在短促的人世裡，對於一切的人生都會自然地盡情地體驗與享受，年輕時享受青年的幸福，年老時享受老年的幸福。如果年輕時忙碌於布置老年的福澤，老年時哀悼青年的消逝，結果在短促一生中，沒有過一天真正的人生，過去的既然不復回，將來的也不見得會得到。那麼依著年齡，環境的現狀，我們還是過一點合時的生活，幹一點合時的工作，度一點合時的享受吧。

既然白天時我們享受著光明與熱鬧，那麼為什麼我們在夜裡不能享受這份漆黑與寂靜中所蓄的神祕呢？但是這境界在近代的都市中是難得的，叫賣聲、汽車聲、賭博聲、無線電的聲音以及紅綠的燈光都擾亂著這自然的夜。只有在鄉村中，山林裡，無風無雨無星無月的辰光，更深人靜，鳥兒入睡，那時你最好躺下，把燈熄滅，於是靈魂束縛都解除了，與大自然合而為一，這樣你就深入到夜的神祕懷裡，享受到一個自由而空曠的世界。這是一種享受，這是一種幸福，能享受這種幸福的人，在這忙碌的世界中是很少的。真正苦行的僧侶或者是一種，在青草上或者蒲團上打坐，從白天的世界跳入夜裡，探求一些與世無爭的幸福。此外田園詩人們也常有這樣的獲得，至於每日為名利忙碌的人群，他永遠體驗不到這一份享受，除非在他失敗的時候，身敗名裂，眾叛親離，那麼也許會在夜裡投身於這份茫茫的懷中獲得了一些徹悟的安慰。

世間有不少的人，把眼睛閉起來求漆黑，把耳朵堵起來求寂靜，我覺得這是愚魯的。因為漆黑的真味是存在視覺中的，而靜寂的真味則是存在聽覺上的。於是我熄了燈。

思維的自由，在漆黑裡最表示得充分，它會把曠野縮成一粟，把斗室擴大到無限。於是心瓣的外膜，如照相的膠片浸在定影水裡一般，慢慢地淡薄起來，以至於透明。

我的心就這樣的透明著。

在這光亮與漆黑的對比之中，象徵著生與死的意義的，聽覺視覺全在死的一瞬間完全絕滅，且不管靈魂的有無，生命已經融化在漆黑的寂靜與寂靜的漆黑中了。

看人世是悲劇或者是喜劇似乎都不必，人在生時儘量生活，到死時釋然就死，我想是一個最好的態度。但是在生時有幾分想到自己是會死的，在死時想到自己是活過的，那就一定會有更好的態度，也更會了解什麼是生與什麼是死。對於生不會貪求與狂妄，對於死也不會害怕與膽怯。於是在生時不會慮死，在死時也不會戀生，我想世間總有幾個高僧與哲人達到了這樣的境地吧。

於是我不想再在這神祕的夜裡用耳眼享受這寂靜與漆黑，我願將這整個的心身在神祕之中漂流。

這樣，我於是解衣就寢。

交友的年齡

忽然我感到像我這樣的年齡是最容易同廣泛的人們做朋友的年齡。

我有興趣同十五、六歲的孩子到海濱去玩，也有興趣同六、七十歲的長輩在燈下談人生與世事；我有興趣同貧窮無依的老婦談過去，也有興趣同燦爛少年談將來；我有興趣伴垂髫的女孩子看電影，也有興趣伴華貴的少婦去跳舞；我有興趣在排字房與工人們吃麵，也有興趣赴富商的盛宴。也許我的興趣有點特別，但是這也是自然的年齡的過程。

當一個人在五、六歲的時候，三歲的孩子不能同他玩在一起，八歲以上的不願做他的朋友，他所能往還的限於兩年上下的伴侶。隨著年齡的增加，他的交友可以稍稍有點擴展，但是到了十五、六歲的時候，還是很不容易同二十歲以上的人來往。二十幾歲的人則可以交到從十八、九歲到三十歲左右的朋友。在三十、四十歲的時候，他的交友可以從五十、六十的前輩，到十五、六的後輩。再下去，到五十歲以上，情形就不同，他也許不是七十歲以上的人所喜歡的，也不是二十歲以下的人所可以往還的了。如果到了六十、七十、八十，他的交友的範圍又越縮越短，可能也只能限於兩、三年上下的人才可以往還了。

自然，這並不是固定不變的原則，可以因個人的氣質、環境、身體、精神種種條件而不同，但如果他在三、四十歲交友只限於幾年的上下，那麼他在年輕與年老時候的交友一定不會更廣的。

人生，從搖籃到墳墓，哪一方面走的都是這種橄欖式的過程。他的生活範圍從狹小的廣泛起來，又從廣泛的局限起來；精神的範圍從膚淺的深刻起來，又從深刻的膚淺起來。這原是生物的過程，但人類文明與文化的創造，就是要使這橄欖式的過程有比較平衡的調和。

在野蠻社會裡，過的是游牧流浪的生活，所以把老年人殺害可作為道德的行為。在農村社會中，老年人是知識與智慧的庫房，他變成宗主與領袖，有無上的權威，但是這都是過去了。叫老年人整天陪著年輕的孩子去打獵、騎馬固然不可能，叫年輕的孩子每天陪著老太太打麻將當然也沒有理由。可是祖父與孩子一同到海濱去玩玩，祖母與孫女一同去看看戲，這總是很有趣的事情。在我們這一代，許多老年人還是反對游泳與跳舞的。但在西洋，老年人在海灘上曬太陽，看年輕的孩子在水裡蹦蹦跳跳，偶爾也參加進去嬉遊一陣；祖母伴著孫子孫女到舞場，喝一杯酒，在年輕人狂歡中偶爾跳一支音樂，使年輕人覺得有趣，老年人覺得有點生氣，這則是很普通的事情。

在生物界裡，除了維持自己的生命與延續種族的生命以外，就別無生活，所以一到老年，就與年輕的世界脫節，但是人類還有文化生命的延續與擴張。動物依賴本能，人類依賴學習，老年人的經驗與學識都是年輕人所要的。所以老了的音樂家、舞蹈家往往就做音樂家、舞蹈家的教師，在藝術領域中固然如是，在體育的領域中更為顯著。年齡是一個最大的試驗，倒下去的年輕拳師可以重起，而老下來的拳師則永不能再有希望。

但是老的降臨雖是必然，但有時來得很突兀，這同死沒有什麼分別。有許多人在二十幾歲已經很老，但到四十幾歲也不過如此；有許多人一直看來很年輕，但忽然一次小病，起床時就突然發現老了。什麼病後的衰弱都可以恢復，而老是無法恢復的，它一到你身上就長住不走，而且從你的面容到你的身上，侵略到你每一個肌肉與每一個細胞。這在女性身上似乎更顯得魯莽可怕。昨天還是二十幾歲男子追求的對象，今天已不能博五十歲男子的歡心。沒有一個女人的青春是在十分美麗中消度的，當她意識到要珍惜青春的時候，青春已經消逝了。一切逝去的都使我們珍念，而存在的倒不稀罕。想故作年輕而重新挽回，這是徒然的，因為沒有英雄征服過時間。

我在舊式教育裡生長，從小沒有藝術教育的環境，在我大學的時代，我忽然愛上繪畫，那時也許還不太晚，但是我覺得來不及了，我終於忍痛割愛。以後在歐洲，我又喜歡上音樂，而我知道這是不可能了，假如時間可能，我是否有更大的成就呢？但是這問題是多麼愚蠢呀！

在使用一切防老美容的醫藥的女人中，我沒有看到她可以重去學一門科學或者是去重新愛一個人的；愛一種藝術、愛一個人那是年輕人的勇氣。愛情之所以偉大，就是無限的奉獻。如果打扮得花枝招搖要讓別人來愛的話，你獲到的決不是愛情。只要年輕人有他的條件，他可以犧牲，去重新學一種學科，重新愛一個人，來不及的就永遠來不及了。

要後悔過去沒有好好地用功，後悔過去沒有好好地愛，就已經是老了的心境。這是可憐的，也是可哀的。

在我發現我所交往的友朋的廣泛同時，我也發現我在學問與知識領域的廣泛。一切的往還是我的友朋，一切的學問知識書本在我也是友朋一樣，我不會再像年輕時候可以對一個人發生瘋狂的愛情，我也無法再可以去造就自己作一個專家。這些日子都已經過去了。

也許二十五歲左右是戀愛可能性最廣泛的年齡，而三、四十歲則是朋友的可能性最廣泛的年齡，而五、六十歲該是安於家庭的情感的年齡了。

那麼像我這樣的年齡，該是儘量享受這廣泛的朋友的交往的時期。
請允許我招呼我的朋友。

一九五一，一，九。香港。

家

在生物界，許多動物是一夫一妻的。老虎是一夫一妻，海狗是一夫一妻，鴿子、燕子都是一夫一妻。而人，竟不是一夫一妻！多數的民族是多夫多妻，少數的民族表面上一夫一妻而暗地裡還是多夫多妻。藏嬌納寵，離婚再娶，都是多夫多妻的另一種形式。

到底生物界的一夫一妻是牠們社會所要求的呢，還是自然的要求呢？這是沒有肯定的答案的。而人類的一夫一妻則是社會的要求。

一夫一妻，那就是家。

家雖然是社會的要求，但也許也是自然的要求。

我們的祖父輩，十六、七歲就結婚了。那時是農業社會，家裡是多麼需要幫手，尤其是晚年得子的人們，人丁是家庭中的工具，也是點綴。但是那時的家同現在的家是多麼不同呢！越是年輕的男人，越是要娶比他大幾歲的太太。她可以掌理家務，也可以防禦外侮。然而如今，家完全不是那回事。在進步的工業社會裡，男人誰也沒有勇氣早婚。一個大學畢業的男子，已經二十幾歲，但離成家還是很遠。尋到一個職業還不夠替補正在成長的衣服，要熬四、五年方才可以寬裕一點。但那時他剛剛接觸繁華的世界，他有理想與欲望，他想旅行，他想發展，他想成功，他不想成家。一個有點抱負的男子，想成家大概已經四十幾歲了。

他為什麼想成家呢？這是因為他已經疲乏。他要看的已經看過，要做的已經做過，世界在他已不覺稀奇。掙扎奮鬥，成功的已經成功，失敗的已經失敗。比他早一點的人，已經成家，放蕩奔波冒險的行為也失去了伴侶。現在他感到空虛與寂寞，他要一個偎依在一起的伴侶。

但是女子可早就有這個需要，她在十七、八歲的時候已經做好了晚禮服在周末等候男人來陪伴她跳舞，三、四年來已經厭倦。她要成家要早男人二十年。

在生物界，蜘蛛生下來幾天就會結網，狗、貓六個月已具有父母所有的學識與技能，而人類，光是拿筷子就要幾年，其他就不必說了。但是女子的心靈竟具有比男子更多的本能。五、六歲的女孩子已知道愛護洋娃娃，七、八歲已愛結絨線，十一、二歲已知道愛護生命。而男子則是粗野的，他要了解生命、同情生命要到二十歲。二十歲以前他愛的是機器，一切機械玩具，自來水筆，照相機，自行車，汽車，飛機都是他傾心的對象。女人對於生命的體驗是直覺的，男人對於生命的體驗則是理性的，理性的長成就要在二十歲以上。

因此現在的家庭，男人的年齡是長大了，女人的年齡是減低了。如果現在我告訴一個十幾歲的孩子，說我確實看到太太比先生大過十五歲的家庭，他們再也不會相信。他們對六十歲的卓別林與十八歲奧尼爾的小姐成家，竟並不覺得突兀！

近代的男女已沒有第一次戀愛的結合，雖然還相信這是一個美景。莎士比亞的羅米歐與朱麗葉型的戀愛已經過去，近代最美的愛情，還無人創造典型。美國作家海明威曾以二十世紀的羅米歐與朱麗葉作一本書的廣告，然而沒有人對那本故事有此想像，在東方的讀者看起來更覺得這種戀愛是低級與庸俗。大部分的青年都是戀愛了而不能結婚，結了婚也不能幸福，等到後來已不是因戀愛而結婚，而是因結婚而戀愛了。在中國，自由戀愛從五四運動才開始，可以寄望羅米歐與朱麗葉型的幻想的恐怕不過一代。時代在變動，社會生活的不安與流動，使戀愛無法結合，結合也無法幸福，青年人的夢幻很難兌現，使前一輩人反以為舊式婚姻容易有幸福的家。沒有自由戀愛的時代，是因家庭而求婚姻；有了自由戀愛，則是為要結婚而不能不有麻煩的家。

一夫一婦是自私的源泉。在變動的社會流動的生活中家是包袱，但也是最大的慰藉。越是長期過著獨身生活的人，對家越有這兩種的感覺。背慣這包袱不覺得沉重也不覺得慰藉。然而一聽到世界要遇到三次大戰的時候，他們忽然為獨身漢慶幸，而獨身的男女則似乎更想早點結合，人永遠是這樣的矛盾。

為結婚而製造戀愛正是二十世紀男女的悲劇。當女的第一夜穿上晚服時起，她對於愛情有多少的夢幻？但是三、四年下來，晚服穿破了好幾件，戀愛談過了好幾次，不是男人遠揚，就是長待有變，最後發覺真正有誠意結婚的人還是父親的朋友們。於是重新製造愛情，彼此成家，生男育女，以求歸宿。在這樣的家庭中，雙方想到當初愛過而無法結合的對象時，其感覺當是如何？

雖然女人有本能的早熟，但女子並不比男子短壽。有時候就不免還需要再嫁。我以前說過女人的愛情是專一而不永久，男子的愛情則常是永久而不專一，這句話頗為朋友們所讚賞，現在我還覺得這是對的。假如這也是自然的法則，那麼這也許正是配合男子晚婚與女子再嫁的實際生活。

在我的一生中，看到的家庭也不下千萬，而真正幸福的竟寥寥可數。最好的不過是勉強過去，勉強過去的不是為家而結婚的前輩，就是為想結婚而戀愛的儕輩。完全隨自然的要求而戀愛而結婚而成家的，能勉強過去的已經沒有，自然更談不到特別完美與幸福。

在從女人照顧男人的家，變為男人愛護女人的家，也許是合於生物的與生理的要求，但是社會並沒有配合適當的條件。人類的知識與文化，在自然科學上，有離奇的飛進，但在社會組織上甚至社會科學的理論上並不能配合，以致自然科學不但沒有減少飢餓與戰爭，反加強了飢餓與戰爭。那麼所謂幸福的家，戀愛至美的典型，所以反而不能在二十世紀文藝中有所想像，也許是同樣的原因吧？

奇怪的東西

我常常以為一個男子在二十歲開始，對於男人就可以逐漸有點了解，可是必須到了四十歲，才會開始對女人有點了解。

但是一個女人，一到二十歲就已經知道男子，可是要到四十歲才會了解女人。

所以一個男人在二十歲就有朋友，可是所謂女朋友永遠是他的神祕對象，而不是朋友，男人要有女性的朋友，則必須在四十歲以上。

二十歲不到的女人很希望男人做她的朋友，頂好是一種不去追求她、崇拜她、愛她的朋友，可是男人辦不到。女人間沒有男人與男人的友誼，有的則總在四十歲以後了。

四十歲以前的男人，不是把女人當作高貴的仙子，就是把女人當作泄欲的工具，否則就是把女人當作養孩子的動物。他們往往以自己有事業，老婆只會管家而自大。四十歲以後，他逐漸知道如果沒有那個老婆，他的事業是沒有的，有了也是沒有意義的。

他從那時候起才會知道他太太的偉大，會認識她所養育的兒女原來個個是奇跡，一個男人的事業同長大的兒女比起來是多麼渺小。

他從那時候起，才會知道他太太的聰敏，原來一切他現在所需要的她早已為他布置。尤其當他的事業失敗的時候，垂頭喪氣地回到家裡，他太太常常會將她的私蓄放在他面前說：

「算了，一切一切都只好當它是一場夢。我還有這些積蓄，讓我們清苦地過半輩子吧。」

那個男子馬上會驚奇他太太給他看的數字了。

男人常常是活在過去或將來，女人才真正活在現在。

往往男人會責備女人說：

「你答應嫁給我，怎麼忽然變心了呢？」

女人沒有話說，想了半天她說：

「我現在不愛你了。」

「啊，你不是說永遠愛我的麼？」

「這是以前的話，現在說它還有什麼意義呢？」

「永遠」在女人是不了解的。女人永遠不會根據過去判斷現在的。根據過去判斷現在是推理，女人不是推理的動物。你說她過去說的都是謊話麼？並不是。她只是憑直覺說的，她的直覺不見得可靠，但可靠的時候也很多。

當一個女人單戀一個男人的時候，男人會一點不知道，可是一個男人在喜歡一個女人，她第一眼就完全發覺了。

如果一個男人帶了他認為的好朋友到自己家去時，他太太憑一面之緣就會告訴丈夫說：

「這家伙賊頭賊腦，我討厭他。你以後不要帶他來了。」

做丈夫如果不聽太太的話，還是要帶那個朋友到家裡來，那麼不出三個月，太太就跟那個朋友私奔了。

那時候，丈夫去責問太太：

「你不是說他賊頭賊腦，討厭他麼？怎麼你倒跟他私奔了？」

你猜她會怎麼說，她一定說：

「我不是告訴過你，叫你不要帶他到我們家裡來麼？」

你以為這位太太是幽默麼？不，女人是不懂幽默的，她講的是實話，說的時候也許還在流淚。丈夫往往為太太的前途，告訴他那個朋友是不可靠的，他過去玩弄過不少女人，但是這位太太決不會覺悟，她會說：

「我早就看到了，而且同你說過，是你自己帶進來的。現在你也不必勸我了，這也是前輩子的風流債。」

女人對於將來同過去一樣的模糊。

一個男子失戀很少會自殺，但常影響他一生；一個女人失戀，除非馬上自殺，否則不出兩個月就忘去了。女人對過去很容易忘去。痛苦也好，快樂也好，她不會想起。你說她是易於忘恩負義麼？也不盡然。因為如果女人沒有這個本能，她肚子痛得裂開養了一個孩子，早就不該再想養第二個孩子了。然而事實上，女人吃了多少次生產的苦，養孩子還是不會厭倦的。

男子往往說女人虛榮，這是錯的。

女人有一種時髦感（Sense of Fashion），這是多數男人所沒有的。而且正義感女人也比男子強。女人不像男人，做錯的事情硬要找理由說是對的。她承認自己錯，但是她要錯下去。

當女人看到自己的男人沒有出息的時候，往往這男子真的是沒有出息了。可是當男人看到自己女人沒有出息的時候，她會突然不顧一切，拋兒棄女打開另一個局面，使男人驚奇的。

男人說不顧一切的時候，實際上他還是在顧到什麼的，情婦，名譽，愛情……諸如此類不著邊際的東西。可是當女人不顧一切的時候，她真是什麼都不顧了。幸虧女人只有在「萬不得已」的時候才不顧一切，不像男人常常做「不顧一切」的事情。

詩人拜倫有句名言：

「人是多麼奇怪的東西呢？而女人竟是更奇怪的東西！」

談吃

「食色性也」，吃是人類為維持生存的一個基本要求，然而因風俗習慣的不同，世界各地對於吃的好惡、味的選擇真是千差萬別。而吃的方法與習慣，尤其因地理氣候生活環境的不同而異殊。

中國當然是一個不夠現代化的國家，交通困難，工業不發達，各地的風俗習慣始終保持著不同，也影響到吃，山居的人與水鄉的人所吃的就完全兩樣。

中國北方人慣於麥食，南方人則慣於米飯。這完全是因為農作產物的不同而使然的。但因此北方人對於麥的各種吃法如拉麵製餅，南方人往往不會，南方人對於米粉的製法，北方人則不會，這就使南北的點心完全兩樣了。菜蔬也是一樣，南方人吃筍，對於筍有各種燒法，北方人對於筍就很不懂得用。這當然是說各地的鄉下，至若大都市如北京、上海，菜館林立，人才濟濟，自然各種燒法各種食品都可以找到的。說中國人對於吃的一道是有特殊天才，這就很難說了。

我還想到對於製法上的講究，也許還是材料上要節省的關係。譬如一個麥餅，加一點蔥、豆油，就成為蔥油餅，滋味很好，沒有菜也可以當一餐飯。是不是就因為沒有肉食的關係，才想到在調製上改良呢？中國人用少量的肉可以燒一碟很可口的菜，雖然養料不夠，但是很可口，那麼這是不是就因為節省材料而在烹調上下工夫呢？

在戰時，我在美國的運輸艦上住了一個月，天天吃大魚大肉，菜是豐富極了，但是天天一樣的燒法，吃得毫無滋味。一到美國，因為後方正在緊縮，肉食根本有限制有配給，飯館裡牛油肉類不多，但是滋味就有了變化。那麼這又是不是因為節省的關係才使烹調有變化了呢？

我們平常吃飯，總有點魚肉，所以蔬菜不會燒好。而寺院庵廟，以及素菜館裡，常常可以吃到非常美妙的素食，那麼這是不是說，假如我們都是素食主義者，烹調藝術仍可以使我們吃飯很有滋味呢？

講究口味，在一個人講是一種進步，也是一種退步。兒童對於口味的鑒別力是很薄弱的。一個人身體越強壯，對於吃越是重量而不重質。對於一個民族講也許不盡是如此。不過太講究口味，有時就只為少數人的特殊享受，多數人是很難享受到的。

其實口味的養成，往往還是環境習慣的關係。

在江南鄉下，飯桌上經常總是十幾隻菜。實則因為鄉下買菜不便，一次燒了，以後天天吃殘羹剩肴，每餐搬出來放在桌上，吃不完，又搬進去，第二餐蒸了又搬出來。這樣，這些菜都是燒到爛而又爛，吃慣了這些菜，即使新鮮的菜肴，也是習慣於燒得很熟才吃的。稍微生一點，他們就感到不配胃口了。

現在有冷藏有冰箱以及製罐頭食物等辦法以保藏食物了。在沒有這些辦法以前，許多近海的地方，對於魚的保藏不是用鹽來腌，就是把牠曬成魚鯗。所以這些地方的人口味特別吃得鹹。中國有許多種糕餅為防止腐霉，也是把它製成堅乾難咬的程度。歐洲許多地方的山鄉裡，麵包往往存貯在一年兩年以上，堅硬如鐵，吃的時候必須在熱咖啡裡泡了許久才能上嘴的。上海也有一種餅叫做光餅，相傳為戚繼光所發明，以備兵士從軍時攜帶便利，也是乾而不會腐霉。對於水果的保藏，不外是蜜餞與曬乾，這也使我們味上有新的變化。在食物本身上使其可以持久耐遠，實在是人類一個大進步，但這也改變了人的口味，到現在我們家鄉的人一到上海，因為口味愛鹹的關係，就被笑為「鄉下人」。這就是因為在鄉下，什麼東西都必須用鹽來維持它持久的。從食物本身上設法使其可以保藏到用罐頭冷藏等辦法來保藏食物，這當然又是一個進步，因此人的口味上也就有了變化了。這是都市裡的人與鄉下人的分別。這分別在美國這樣的國家是沒有的。可是他們因此也沒有「醉雞」「糟魚」「板鴨」一類美味的菜，而「蜜餞」的藝術根本就不懂，大家會做的是作為塗麵包用的果醬罷了。

此外吃飯的時間也各各不同的。英美人似乎很看重早餐，不看重午餐，早晨吃了飽飽地去做事，午餐就馬馬虎虎喝杯咖啡吃一、二片麵包就算了，到晚上再回家好好地吃一餐。不過英國人還看重要吃一餐茶，美國則連這個都不看重，可是家庭裡那餐晚餐則大家都是非常看重的，全家要整整齊齊，桌上放點花，或者還點兩支蠟燭，飯後大家談談天，儘量過一點安詳愉快的生活。但在歐陸，人們就比較不看重早餐了，普通人常常喝一杯咖啡，吃兩個新月型的小麵包就算了。在法國，這麵包要比英國的麵包好吃，這也許也是一個製法講究以補充食物簡單的說明。

中國吃飯的輕重，也是各地不同的，有的吃兩餐有的吃三餐，在我們鄉下，農作忙的時期，也有吃四餐。著重的是午餐與晚餐，而且是必須備酒的。

不過中國人講究吃，並不注意吃的環境，桌上不講究布置，衣著不講究整齊，飯筷不講究乾淨，只要菜好就得。自然，後來都市裡大酒菜館，為要做洋人的生意也開始講究這些，不過叫囂吵鬧與西洋吃飯的空氣總是不同的。原因是中國人愛把吃酒與吃飯放在一起，而西洋人則另外有酒吧，一切過分的吵鬧搬到酒吧裡去舉行了。

在這方面講，我是喜歡洋派的。因為我不會喝酒，不會唱戲，也不會打牌。碰到中國朋友請客，在我，吃了一點可口的菜就滿足了，可是因為必須參加熱鬧的局面，往往就弄得很苦，有時候一拖四五個鐘頭，真是感到頭痛腦脹，精疲力盡。至於自己一個人吃飯，吃中菜往往很貴很困難，叫兩、三隻菜吃不完，叫一隻菜口味又非常單調，所以多半的時候還是吃西菜，有時候看到鄰座的洋人硬邦邦地拿著筷子來吃中國的什麼炒飯，覺得他們真是不懂得吃飯藝術。

其實，菜館裡的菜，多吃了總是不合胃口。一個人從小吃的習慣是非常根本的，沒有家的人就永遠不能在異地吃到家鄉的家常便飯的。

據說全世界的吃，現在以香港為最豐富方便了。但是這裡的朋友，請吃飯吃茶總是在飯館茶樓，即使認識些同鄉，也是從來不肯在家裡弄點家鄉菜請請朋友的。有一次，我病了，我念念於家鄉的家常便飯，想幫我忙的朋友說：

「這是辦不到的，除非你自己去討個太太。」

「笑話，太太怎麼可以解決吃的問題！」

「那麼我看你還是徵求一個義母吧。」

這也許是不錯的，真正講到吃得舒服，每個人還是忘不了從小跟母親所吃的東西。

近代法國詩人梵樂希說過，世界只有兩個民族是懂得詩的，一個是法國，一個是中國。而住過中國的法國人愛說：「世界只有兩個民族是懂得燒菜的，一個是法國，一個是中國。」羅素對於法國菜也特別稱讚，說法國人對於牛肉的烹調有百來種的方法，而英國人只有三、四種。

這話，作為娛樂或偶然欣賞來說，也許都是對的，但如果以人的正常口味來說，就會覺得不是真理了。沒有一個道地美國人天天吃中國菜而會覺得舒服，也沒有一個道地英國人天天去吃法國菜會覺得是享受的。

一個人正如一株樹，枝葉離地千丈，根還是深深在泥土裡。儘管一個人在外面怎麼享受山味海珍的奇滋異味，吃到從小在母親身邊吃的鹹菜豆腐，仍會感到這才是真正的美味吧。

談懶惰

像我這樣年齡的人，這一輩子在所經歷的世界裡，大概都是以勤儉為我們做人之道。懶惰浪費都是罪惡。我想這個標準大概是非常功利的。用經濟學的術語來說明，勤可以說就是多生產，儉則就是少消費。

至於一個人為什麼要多生產少消費，這有許多立場。以個人立場來說，那就是為老病之需。小學教科書裡都有蜜蜂螞蟻一類的比喻，說他們因為勤奮，所以冬天裡不愁沒有糧食。以家庭立場出發，那就是繼祖業而光門楣，為兒孫打算，所謂「勤儉傳家」。以後有國家主義、社會主義一類的號召，勤儉就變成為以牛油換槍炮與為光明的遠景的奉獻。我是在農村長大的人，幼年時候所聽到關於勤儉起家的故事，不知有多少。談到近幾十里內的地主與大族，他們的遠祖與曾祖總是勤儉的模範，而我所見所聞所接觸的人也都是勤儉的農民。一兩個懶惰的人，幾乎都為人所不齒。這些勤儉的農民，一生幾乎天天在工作，也從來不知道有什麼享受，除了新年裡的兩三天。可是我在長大之中，他們都是在貧窮中掙扎，並沒有由此起家，成為望族。倒是許多所謂望族，一一衰敗，在外面得意的兒孫回到鄉下，賣地賣屋。對於前者，大家都沒有求解釋，對於後者則自然是懶惰與浪費的下場。

農村的貧窮與崩潰，並不是農民的勤儉所能抵抗。許多人一生刻苦耐勞的積蓄，能安葬父母，嫁兩個女兒，為兒子娶個媳婦，這已經是了不得的成功與貢獻。他們就必須使兒孫們向外發展，到工商界去做學徒，這時候父母還是再三以勤儉叮嚀，希望兒孫們會衣錦還鄉，重振家聲。但是失望者多，得意者少。回來的大都是被都市淘汰的分子，回到農村，他們既不會種田，又學了都市的奢侈，游蕩終日，不知所從，大家於是又把他們作為懶惰與浪費的例子。一、二個稍能自立的人，往往不再回來，偶爾回來玩玩，大家都把他們當作勤儉成功的例子。

以勤儉克「家」的農村宗法社會，「家」這個東西，是上承已死的祖宗，下啟一脈相傳的子孫，所以遺產稅是不能有的，有了遺產稅，誰還肯勤儉去克家。胡適之先生曾說，資本主義沒有別的，只是叫人勤儉。但是這個勤儉，同中國農業社會所鼓勵的勤儉是不同的。工業社會所鼓勵的勤儉是個人成功與享受；個人的成功就可以享受，享受也是成功的特徵。資本主義並不鼓勵人專事節約，傳給兒孫，所以它要課龐大的遺產稅。它不但不鼓勵人節約，還鼓勵去消費。資本主義所鼓勵的勤儉，是希望人把勤儉建立資本。資本並不是埋藏起來的財富，而是用於企業上的消費。

國家主義與社會主義也提倡勤儉，但是它要每個人勤儉的果實獻給國家或政府。這就是說它要老百姓多生產，讓政府來消費。政府是獨裁的，因此也就是讓獨裁者來支配消費。

所以同一個勤儉，其意義實在不同。

我是一個在農村長大的人，母親所教我的自然也是勤儉克家。她自己可以說是這類勤儉的女人的模範。她治家什麼都節省，節省下來的錢，她作各種的儲蓄，如萬國儲蓄會一類的零存整付，但是她失敗了。抗戰以後，她的十五年、二十年所儲蓄的錢，取出來只夠買一根油條。我所不明白的是她並不後悔當初沒有多有點享受。我想到如果以她每月所付的儲蓄，讓小孩子早晨飲一杯牛奶，不是至少還有惠於我們的健康麼？

我的父親也是很勤儉的人，但是他已經不屬於農村。他的勤儉屬於資本主義社會的勤儉。為維持一個美國工人一樣水準的生活，我父親必須跟隨著時代，消費他勤勞之所入，而一生還是入不敷出。

我因此想像中國這樣的社會，除了由貪污或暴利的不義之收入以外，光靠勤儉是絕不能興家起業的。

我的一生，多半時期在流浪中消磨，鑒於勤儉無用，漸漸習於懶惰。這是我的父母所最不喜歡我之處。懶惰之另一種解釋，是不振作，沒有進取心，不負責任。但這些實在說，都不是勤儉的反面。把振作寄於投機取巧，進取寄於鑽營捧拍，負責寄於父榮子貴算作勤儉，在幾千年動亂的中國社會中，大概就是貪污暴利風行的原因。我之所以使父母家庭失望之處，也許正是我可以自誇中國之亡，亡不在我吧。

能安居樂業，刻苦耐勞孜孜一技一藝，在別的國家是勤儉的公民，可是在中國就被視為庸俗無能，被人魚肉的渣滓了。

大概就是從這種感慨出發，我開始對別人認為懶惰的人發生好感。因為這比庸俗的被魚肉的渣滓，至少對黑暗的社會多一種消極的怠工與積極的抗議。

懶惰也許沒有做好事，但也沒有做壞事。而我所見於勤儉者，大都是勤於謀利而儉成吝嗇的人。他們把社會當作戰場，明槍暗箭，損人利己，不擇手段地博取所謂「成功」。「一將成名萬骨枯」，在中國這樣的社會，所謂發財，還不是刮了錢向外國套匯，否則最後也歸於失敗。所以，與其提倡這樣的勤、儉則實在不如提倡懶惰為好了。

懶惰的人至少有幾種美德，第一就是淡泊，第二是和平。他怠於進取，懶與人爭；與其擠在飯館食肉，不如待在家裡茹素；與其美服旅行，不如破衣睡覺；與其戰兢鞠躬於豪門，不如放蕩談笑於窮巷；與其在交際場中擺闊，不如在窮友群中論窮。

在此冷戰世界，人人暴筋露齒，以貪得為勤，以吝嗇為儉，我們以懶惰相向，慷慨自許，或反可免血壓過高之厄，以挽救道德淪亡於萬一也。

小說的濃度與密度

台灣近年來風行長篇小說，許多作家都寫幾十萬言的小說，這在某一方面看起來，這些作者的毅力與精神，確是很可佩服的。但如果以為長就是偉大，以為某人寫三十萬言，我寫三十萬零五千就可比他偉大，那就是一個非常可笑的見識了。

前幾年，我在台灣，有一位作家送我一本他的轟動一時的小說，我讀了幾次都讀不下去，這並不是他的文字生硬，或者是故事不合情理，而是淡而冗長。後來他問我的意見，因為是很好的朋友，我就老實地告訴他說：「你放了太多白水了。」他說：「這怎麼講？」我說：「這正如我們鄉下人賣牛奶，為想多賣錢，牛奶裡攙了許多水。你的小說，也正是這樣，如果縮短了三分之二，也許讀起來會有味一點。」

我說這話，他很不服氣，原因是我沒有讀完就來批評，他一定要我讀完了再給他意見，可是我到現在還沒有讀完。

對一篇文藝作品，如果沒有讀完就來批評，自然是不對的，但是我的意見只是說明我讀不下去的原因。因為雖是厚厚一本書，我讀了十頁是如此這般，再讀十頁也是如此這般，再讀十頁，還是如此這般……因此我就只得放下了。

但是我知道許多人不但讀完了那本書，而且還讀得津津有味，這是什麼原因呢？這因為裡面有很多性的描寫，而這對於某些人是很有吸引力的。如果我還是二十歲左右的孩子，我也許也會看得很有滋味而不厭其煩的。這正如好萊塢的有些電影，貧乏無聊，但有一對美貌的明星，拉拉扯扯，橫一個接吻鏡頭，豎一個擁抱鏡頭，雖可以吸引一部分幼稚的人，但對於目的在看戲的人，就覺得它在故意拉扯了。

中國小說，向來不講究濃度。這原因是小說來自說書，說書最要緊就是枝枝節節的拖。拖的辦法不外是沒有必要的插穿，拖泥帶水的形容與賣弄噱頭。據說有一個說書先生訓練徒弟，在他說水滸傳石秀跳樓時叫徒弟接下去說，但在師父吃飯回來前，石秀要仍舊待在樓上，還沒有跳下去才算合格。

說書與小說的關係，現在早已不一樣了。但是報紙連載的辦法，也正有與說書相仿的地方。每天幾百個字在一塊豆腐乾的地方發表。讀者固然不求統一，作者也不圖完整，要的是枝枝節節的高潮與賣弄噱頭的插穿，今天一個接吻，明天再一個接吻也就不嫌其重複，原因是讀者在今天與明天的兩段之中，隔著二十四小時的現實生活，對陳腔舊調可不覺得太觸目，可是印成了單行本，把這些噱頭與接吻連起來，就會使讀者覺得作者是不斷地在牛奶裡一瓢一瓢在攙白水了。

不夠濃度是淡而無味，不夠密度是稀鬆無格，前者是沖淡了主題，後者是失去了主題，許多枝枝節節的穿插，前後脫節，上下失調，鄭重介紹了的人物，忽然失蹤，相仿的場面多次出現。有如一部機器拆散了勉強拼湊上去，螺絲釘錯置，齒輪反裝；有的如小孩子畫人物，頭輕腳重，肚大腿細，手指粗過小腿。

濃度與密度是兩件事情，本來濃度不夠的小說只是淡而無味，儘量加穿插與噱頭，於是也就失去了密度，所以濃度不夠的作品，往往也就失去了密度。

為要求小說的密度與濃度，我不得不勸寫小說的朋友們把想寫成三十萬字的小說寫成十萬字，想寫成十萬字的小說寫成五萬字，想寫成五萬字的小說寫成一萬字。

但是，在這個幾塊錢一千字的稿費待遇的時代，每天在豆腐格子中填寫幾百字去發表的制度下，我對小說的要求不正是要他們餓肚子麼？

惡活與好死

史學家湯恩比看到動物在印度的自由與飢餓，他說了這樣的話：「假定讓我來世投生為牛，而且讓我在印度與西方國家間任選一處出生，那麼，我寧可選西方國家，因為在印度，一條牛雖絕不會被人屠殺，但生活上毫無著落。在西方國家，牛的生命，也許操在殘酷的人類手中，隨時可被屠宰，但在生存的時間中，總可活得比在印度幸福。」

這使我想到了我二十年前寫的一篇短文裡提到的問題。我說，西方民族也許真是耐勞的民族，我們中國實在只是一個耐苦的民族。耐勞的民族，它的特徵是奮鬥努力、肯冒險、不辭艱難，目的是追求人生的所謂「幸福」，中國人所耐的則是苦，不是勞，聽天由命，懶惰無為，寧使貧窮點過日子，不肯冒險拚命去追求幸福。

中國有一句俗語：「好死不如惡活」，這就是說無論怎麼苦，活著總比死好。而這還是「好死」。如果注定了被屠宰，那就是「惡死」，「惡死」自然更不如「惡活」了。

在理論上講，這兩種人生態度哪一種對，我們很難說。但就西方近代社會的進步與科學發達來看，似乎同他們的人生態度很難分離。在不怕艱難不辭冒險去爭取「好活」，這種追求幸福權利的思想，見於科學上的是發現與發明的動力，在社會上也正是個人權利的爭取，不肯委曲，不肯遷就地追求幸福的自由，也正是民主思想的一種動力。

湯恩比不是牛，畢竟不知道牛所希望的是「惡活」還是「惡死」。我們也不是動物，也無從知道動物的意願。可是，西方人承受基督教的看法，以為動物是沒有靈魂的，隨時處死，對它們不成為痛苦，恐怕也只是一種假定。許多住在中國的西洋人，在離開中國時，總是把他們所養的心愛的家畜，因為不想或無法帶走而一一處死，這在中國人看來實在很不習慣。他們以為中國的狗，到處被虐待，沒有經常的飼養，是很殘忍的一件事情。與其讓他們所畜的狗貓流落街頭，不如使其早死，以免痛苦。如果用這個眼光來看人生，那麼中國印度國內許多地區的人口，飢餓遍地，多數人活著實在並無幸福可以追求，那麼豈不是也應該一一處死，才可免去這殘酷挨餓的際遇呢！

人可以努力，可以掙扎，可以革命，這應當不會錯，可是這也要有一定的條件。在人口多於田地，年年在兵災、水災以及暴政下討生活的許多東方人，往往是在無法努力無法掙扎之中，傾一生之血汗而未能獲飽暖的在在皆是。這樣的生存，都是明知無幸福可追求的生存。但他們仍是不願自殺者，可知死還不是生物所甘心情願的。

在中國大都市中所看見的街頭的狗，在菜場裡擠來擠去，被踢被打，固然是可憐了，但仍可有殘腥棄飯可飽。西洋人看來已經覺得不如死去為好。如果他們看到中國災區，呆木地僵臥僵坐著，肚子脹著草根樹皮的災民，又將作何感想？

湯恩比在印度所看到的牛，或者正是我有一次在河南所看到的災民一樣。他說：「……他們（印度人）卻也硬心腸地使這些神聖的動物躺在街頭，因飢餓得慌而舐街邊的石塊與啃電燈柱子……」

他認為，如在西方，這樣的餓牛，不是立刻被飼養，就是立刻被屠宰。而他竟沒有想到印度鄉下的許多地方，人們也正是過著這些牛一樣的生活呢。

也許西方因為生活水準高，人人活得飽暖，所以才有這種「惡活不如死去」的想法。如果真正到了惡活的時候，恐怕也不見得覺得不如死去的。這可見於納粹與鐵幕的集中營中的那些囚犯。那裡的生活，許多連印度的牛與中國的街狗都不如，然而仍是苟延殘喘地活下去。

有人也許要說，人在萬分痛苦之中，所以仍舊要苟延殘喘地活下去，因為是有希望。動物有什麼希望呢？這話恐怕也只像人的設想，動物的希望固然不會同人相同，但至少牠是不希望被人屠宰吧。

如果要問問動物，願意「惡活」還是「早死」，動物大概是無從答覆的。因為除人以外，似乎沒有別的動物是懂得自殺的。人類雖然懂得自殺，但實行自殺的大概還是情感的一時衝動，而並非對於「惡活」的理智的處置。

對於惡活理智的處置，在人類不外是鋌而走險。但是因此這「惡活」的限度就有一個很大的問題，究竟惡要到什麼樣的地步才鋌而走險。這限度的不同，恐怕也正是西方與東方的不同。這是與地理氣候文化傳統都有關係的。

而我所謂「耐苦的民族」，恐怕正是因為老於世故，對於幸福失望太多，因此就得過且過，忍辱吞聲，只要可以惡活，也就不動。除非到人連惡活都不許，即是到了不讓「活」的時候，兩死相較，才肯走此一險吧。

在醫學發達的今日，中醫還可以存在，這裡面也因為中國人對於生命有一種另外的看法。許多中國人總是怕動手術，他們寧可帶著病痛靠草藥拖延著生命，不肯在徹底割治與死去的二者之間下注。外科手術的進步是近幾十年的事情，尤其在設備不周的中國小城市的醫院裡，任何手術可以說是一種冒險，因為沒有人冒險，外科更不發達，也因為不發達，也更沒有人去冒險。這就成了互為因果。像西洋人一生下就想把盲腸與扁桃腺割去，以為這才可以多享受人生，這在中國人看來永遠是愚蠢的。

自然中國人也有動手術如割盲腸的，但那一定是知道不割治就必至死亡的時候。

湯恩比說，印度沒有給動物有求幸福的權利。其實在東方，人民的可憐也只有求「惡活」的權利，豈止對動物如此呢！

論戰的文章與罵人的文章

台灣最近有一次論戰，主題原是全盤西化論與傳統文化論的爭執，後來又引至俄化派與超越論的一套說法。俄化派台灣並無代表人，詮注的人自然對俄化派有研究，或者也是曾相信過中國應該俄化的一套理論的人士。有好幾個朋友要我讀了這些論戰的文章發表點意見，但等我讀了那些論戰文章後，覺得這一群戰士已經從論戰到罵人了，要我參加討論，似乎就是叫我去罵人或者是去挨人罵了。我自然只好敬謝不敏。不過為謝謝幾位叫我發表意見的朋友，使我有緣分讀到這些輝煌的大文，我也不能不寫點意見。我的意見就是觀眾的意見。

作為一個觀眾，我覺得刊物像是一個舞台，兩面的戰士不過是紅臉與黑臉，誰是誰非，已經有他們文章的內容為憑，這等於戲劇故事的內容已經交代，觀眾無需再去注詮。許褚與關羽誰善誰惡，誰敗誰勝，作為一個觀眾都可以暫且放棄不管。觀眾所注意的則是一點，即是誰演得認真與出色。這樣一說，我的意見就變成了完全是一個「藝術」欣賞的意見。我的評語也只是「演關羽的武功好，工架不錯」，「演許褚的氣概好，火候到家」。這樣的意見對於論戰的是非不必評述，只評述他們的表演藝術，所以可毫不偏袒了，這也可以說我不評述兩方所表現的內容，只評述表現的形式。不過這還是說得太複雜了。實際上，我只是想說說我對於「文章」上一點感想而已。這感想也就是覺得論戰的文章真是太不容易寫了。仔細想來，大概寫論戰文章，寫第一篇有一點風度，寫第二篇就不免變成了罵人，寫第三篇就露出唯我獨尊的嘴臉。因此這裡面就落到街頭吵架的窠臼。這窠臼的公式：

（一）「我們好好評評理看。」
（二）「他媽的，你怎麼這樣不講理。」
（三）「你根本不配同我講理。」

可是，既然對方不配講理，你為什麼還在講理呢？街頭吵架的公式對此沒有答案，可是思想的論戰則有漂亮的帽子，那是為真理、為國家、為民族。這是一點。

文章要表現自己的思想，意見或者情趣，應當充分發揮。但牽涉到學問的文章，如果是佳妙的，一定是有十分修養者只表現五分或六分，表現八、九分的已經顯得欠缺飽和，這在論戰的文章中就很難做到。普通往往只有五分、六分的學問者要賣弄十分。一個可以舉重一百磅的人只舉六十磅，我們覺得他意態自若，而只能舉重六十磅的人去舉一百磅，自然免不了面紅耳赤，醜態畢露了。這是二點。

論戰，雖是雙方都申明願在真理面前低頭。但事實上既是戰爭，就必須勝利，因為要勝利，最後就不擇手段。於是把問題越扯越遠者有之，把字眼越用越刻薄者有之，把文章越寫越長者亦有之。這正如兩人吵架，初則離題越來越遠，繼則越罵越毒，三則聲音越來越響。於是文章就弄得一方面好像越洋洋大觀，一方面越來越不知所云。這是三點。

以前有人說：「文章自己的好，老婆人家的好。」這兩句話，大概是對年輕人說的。一個人年紀越大，越覺得文章是別人的好，而老婆是自己的好了。為什麼呢？因為文章越多寫越能看得出寫文章的功夫，看到有功夫的文章自然就由識貨而折服。老婆處久了，相知日深，彼此體諒慰藉，覺別人的老婆個個都不夠像樣起來。這也許只是我個人的理解，但文章如果涉於論戰，雖有我同樣的理解者，也必以為自己的文章好過對方。這也就是說，承認別人的文章好過於我者尚易，而承認論戰對方的文章好過於我者則極難也。

普通所謂文章好，常有一種可以使自己覺得沾沾自喜的一種獨樂，這原是與人無關的事情。論戰的文章則因為與人在較量，就必與人有關。與人無關可以專寫自己的文章，不讀他人的文章，所謂閉門做皇帝。與人有關則不得不讀他人的文章，而他人的文章又是一定壞於自己的文章，此則很難避免露出唯我獨尊的嘴臉。

既然論戰文章必須牽涉學理，各搬所長本是自然的事情。每個人本是各有所長，在論戰中，因此也就各露所短。終於彼此都不免弄得面紅耳赤，醜態畢露。

好勝本是人之常情，論戰者又是有地位有名望的人，一旦失敗，一生英名，豈非付之流水？因為都有求勝利之決心，終不免提高嗓子，先聲奪人，東扯西拉，亂扣帽子。

這也就是為什麼上述三點在論戰文章中之難避免也。

要避免這三點，自然最好不寫論戰文章。還有一法，是既然論戰文章最後就是罵人的文章，那還不如索性就寫罵人的文章，寫罵人的文章，最高明的戰略家則是魯迅。魯迅的辦法是不暴露自己的弱點，專找別人的漏洞誇大而攻擊之。而他還知道運用筆名，使人一時無從捉摸作者的過去或其他的背景，只能辯護而無從攻擊。因此魯迅之罵人文章，倒的確能避免上述三種醜態的出現。

這裡引起了一個問題，是究竟我所說的這些醜態，在論戰中的人士自己是否也見到呢？我想大概是不容易的，只有隔了一些年月，再把自己的文章當作別人的文章來讀時或許可以發現。這正如面紅耳赤的在馬路上打架的人，一心只想把對方打倒，無從看到自己的面目一樣。但也許也有人見到別人面紅耳赤在街頭打架，不覺技癢，也想參加進去打架的，或者還覺得別人打得不好，自己可以打得不露醜態，顯顯本領。這些都是仁者見仁、智者見智的想法，而技癢也當然都是身懷絕技的人士。

我平生最怕演講，也最怕聽人演講。怕演講者因為我講自己之所長，則往往怕聽眾無從接受——別人又不都是你這一行的人。講自己所不長者，勢必為識者所笑。怕聽演講者，則聽學術演講不如看書；聽演講不如看戲。而讀論戰文章，則正可看別人之如何演講與如何在聽演講，也所謂「META」的層次也。

而文章究竟是一作難事，像我這樣，賣文為生者數十年，越來越覺得自己的文章欠好。固然因為自己是下愚之材，不足為法。但古今中外文章，共顯醜露病者，則也觸目皆是，也可見這一行之難。壞文章的原因很多，以說理文而言，其最易犯者則似有下列幾種。

一、鞋大腳小。題目堂皇，內容枯萎；假搬氣勢，大聲呼嚷。好像步聲很重，實際上只聽到鞋底聲。這等於演講的人，說不出道理，只憑氣壯聲音大，以表示自己的熱情與威風。

二、店小貨雜。一篇小小的文章，塞滿了零零碎碎的東西，好像是貨式齊備，要什麼有什麼，可是拿不出一件像樣的東西。理由很多，但不見主題，引證甚博，但不知要證何理。

三、笑聲掌聲。有小孩子講笑話，話還沒有講出，他自己已經先笑得前仰後倒，這是但聞笑聲的笑話。還有一種是自己唱歌，歌還沒有唱完，自己先鼓起掌來，這是但聞掌聲的歌聲。許多文章，我們讀了只聽到作者的笑聲與掌聲，始終聽不到他所笑的笑話與所鼓掌的歌唱。

四、賣膏藥。寫說理文章，一定說自己的理有理，這原是名正言順的事。可是賣膏藥式的雖也是說自己的膏藥好，可是他只有一種藥，而揮手舞爪，拍腳抓腦，大聲吼叫，說頭痛醫頭，腳痛醫腳，腰痛貼腰，腿痛貼腿。他賣的只是一種藥，說的只是一句話，醫的則是百病。

五、賣笑拉客。寫說理文章雖是要說服別人，但究竟應只說自己的所信，不必擺出爭取觀眾與征服讀者的面孔。這正如女人要男伴原是正常之事，而倚門賣笑阻街拉客，則就露出醜相了。關於這一層，周作人也曾經談到過，可見這也不是我一個人的感覺。我現在把他的話抄在這裡，這是他在〈說文章〉一文中所寫的，他說：

做文章最容易犯的毛病，其一便是作態，犯時文章就壞了。我看有些文章本來並不壞的，他有意思要說，有詞句足用，原可好好地寫出來，不過這裡卻有一個難關，文章是個人所寫，對手卻是多數人，所以這與演說相近，而演說更與做戲相差不遠，演說者有話想說服大眾，然而也容易反為大眾所支配，有一句話或一舉動為聽眾所賞識，常不免無意識的重演，如拍桌說大家應當衝鋒，得到鼓掌與喝彩，下面便怒吼說大家不可不衝鋒，不能不衝鋒，拍桌使玻璃都蹦跳了。這樣，引導聽眾的演說與娛樂觀眾的做戲實已沒有多大區別。我是不懂戲文的，但聽人家說好的戲子也並不是這樣演法，他有自己的規矩，不肯輕易屈己從人。小時候聽長輩談故鄉的一個戲子的軼事，他把徒弟教成功了，叫他上台去演戲的時候，吩咐道：「你自己演唱要緊，戲台下鼻孔像煙筒似的那班家伙你千萬不要理他。」──鄉間的戲子有這樣的見識了，可見他對於自己的技術確有自信，賢於一般的政客文人矣。

我讀古今文章，往往看出破綻，這便是同演說家一樣，彷彿聽他搾扁嗓子在吼叫了，在拍桌了，在怒目厲齒了，種種怪相從紙面露出來，有如圓光似的，所不同者，我並不要念咒畫符，只須揭開書本就成了。文人在書房裡寫文章，心目卻全注在看官身上，結果寫出來儘管應有盡有，卻只缺少其所本有耳。……

周作人這一段話雖是泛論的「文章」，但似乎用作論說理的文章更為貼切。我讀壞文章有時雖也有圓光的感覺，可是主要的是覺得這些拉直嗓子來說教的一番道理，往往反使我覺得無法接受，這也正與他們原來寫文章的目的收到了相反的效果。而也可見以文章或講道來作宣傳之不容易了。

上面這些話，是說說理的文章易犯之病，而寫論戰的文章，因為更要爭取讀者之同情，更想說服讀者，所以更易流露這些醜態。自然，當我看到博學多智之士的文章尚有這些通病，自己就更覺得不敢動筆矣。

我讀中外文豪之寫給達官貴人求助求榮的函札，總不免感到肉麻。正如我有一時期讀我自己過去的情書覺得臉紅而馬上把它毀去一樣，其原因就是裡面都露著可笑的嘴臉，而這些嘴臉正是好文章裡不應該見到的。

這些感想，只是對文章而發。我雖看出別人文章的破綻，但我知道我如寫時，也極容易有這些破綻，而且也許還更多些。因此我決無對這些台上的演員有所輕視之意，而只覺得寫論戰文章與罵人文章之艱難而已。

在我看了這場戲以後，另外也有一點題外的感想，現在也索性寫在這裡，作為這篇文章的結束。

第一是從這場論戰，我們看到台灣至少還有這樣的思想論戰的自由。

第二是論戰中的幾位熟稔的朋友都還有時間與心情可以安定地讀要讀的書，這使我感到說不出的羡慕。

第三是論戰中出現了一些年輕的戰士，他們雖是還不算成熟，但抱著勇氣、熱情與才華，追蹤上一代的足跡，開始在思想界出現了，這使我感到慶幸，我因此想到在海外的那些大學裡與學院裡，何以見不到這類在學問與思想上充闊的青年，而只有在花錢與衣著上賣弄的公子哥兒呢？

最後，我覺得像這樣的論戰馬上要結論是不會的，但由此而使青年的學者們多思多讀，結論也許總會在再後一代出現的。這因為收穫的往往不是播種的人，而超越的人也往往不是現在出現的超越論者或是反超越論者。

性美

生物界兩性的吸引，有一種美，這個我們叫做性美。性美在生物界是普遍存在著的，如昆蟲的歌唱，飛禽的羽毛，公雞的雞冠，雄獅的頭，這是稍具常識的人都知道是為吸引異性的一種美，許多專家所研究到的，自然還有更複雜的而不是一般人所能觀察到許多生物的性美。

但是動物與人有許多不同。動物的生存，只要靠本能的發展，如蜘蛛的織網，蜂的採蜜，貓的捕鼠，松鼠的爬樹，這些技能，在生理成熟時，就自然的純熟，但盡其一生，也只限於這點技能。在性美上，也是如此，它們隨著性能發展，性美一一顯露，以後就此固定，不會再發展與變化。

人類的生活知識技能，完全要學習而得，生理不過是學習的基礎。這在性美上也是一樣，人在生長之中，隨著性能，性美也逐漸顯露；但是隨著而來的是精神生活的發展，這精神生活就使人類的性美不僅僅限於自然的肉體的變化。

最基本的就是動物只有羽毛，而人類需要衣飾，衣飾不但與傳統社會風俗習慣有關，而且還充分表現個人的趣味修養與感覺。其次就是言語，蟲吟鳥鳴是一種性美，但裡面沒有意義，言語是有意義的，因為有意義，內容就包括了整個人類可能有的知識想像與歷史所傳留的一切。

不少的動物，如鷹的視覺遠優於人類，但只有人類才會欣賞繪畫；不少的動物，如狗的聽覺遠優於人類，但只有人類會欣賞音樂。性美也是一樣，人類由於衣飾與語言，其範圍與性質同動物所有的就完全不同，這就是在動物界也許只有喜悅，在人類則有愛情。

當人在發育上成熟的時候，好美的要求跟著而來，他不但開始醉心於時髦打扮，還要適應流行的交際所必須的環境，諸凡可以吸引異性注意的舉止行動與技能以及知識都應學習，以充分表現他自己的性美。

但是性美也只是使異性注意或喜悅而已，如果要談到愛情，則還是由於性美上某點的暗示，這小小的某種暗示，往往是會使自己與對方墮入幻境，而失去了一切的理念。

有人說，比死還神祕的就是愛情。愛情到底是怎麼一回事，還無人可以簡明地給我們說明。但是為什麼我們會對某一種性美的表現發生特殊的著迷，因而疏忽了那個人其他一切的缺點，則有一個許多人所相信的解釋。據說，這是因為我們在嬰孩或兒童生活中曾經有這樣的暗示。如我們曾經有過愛護我們備至的奶媽，她有漆黑美麗的長髮，這美麗的長髮往往就成了我們長大後戀愛的暗示。如一個喜歡我們的小學教師有某一種表情與舉動，這種表情與舉動也可以成為我們長大後戀愛的暗示。

這種說法，可能有一部分理由，但並不能說明全部戀愛的神祕。這是因為我們有許多奇怪心理的因素，是我們所不知的。為要揭穿這個神祕，只有待心理學這門科學有更大的發展。我們現在所能說的，是異性間的確有一種戀愛的境界，而這是與性美無法分離的。

在戀愛上，絕對的精神戀愛可說是一種變態，但完全是肉欲的也是一種變態，前者是神的境界，後者是獸的境界。人介於兩者之間，因此所謂性美，正是靈肉一致的一種欣賞與要求。

以美的欣賞而論，常因我們的修養與趣味的變化，因我們閱歷與年齡的增進而有所轉換。但性美與藝術的欣賞不同。第一，性美雖有欣賞的成分，但因有性的要求，因此就不是純粹美的欣賞；第二，藝術欣賞雖因趣味年齡的變化而變化，被欣賞的對象則是不變化的，在性美中則被欣賞的對象也是變化的；第三，藝術欣賞的欣賞者與被欣賞者則是單程的，在性美中，這二者則是交流的，這就是說欣賞者同時也是被欣賞者，被欣賞者同時也是欣賞者。

因為這些關係，人類的性美是有非常複雜的因素。人們往往因性美中的一點而墮入情網，以致他對於其他的缺點都忽略，這就是「情人眼裡出西施」的情景。即以性美的欣賞而言，欣賞者的心理也不是彼此一樣，嚴格地說，每個人都有他自身的心理偏向。有學者曾作異性彼此吸引的研究，謂有的是補償心理，如矮子愛找高個子，瘦子常愛慕胖子；有的是配合心理，如矮男愛矮女，肥女喜交胖子。日本作家芥川龍子介說他因女友書法不好，而失去了興趣，可是也有人被幼稚的書法所迷，往往因一個女人某種雜亂的字跡像他已死去的妹妹的字跡，因而墜入情網的。我個人好像被幼年時書本上「明眸皓齒」這種句子所暗示，長大了就對女人特別注意她的眼睛與牙齒。我曾經對好幾個女性發生好感，而因發現她們有假齒而完全失去了興趣。在我年輕時，我寫過不少情詩，這些詩大部分都未保存，我後來想到，在那些詩裡，對於情人的讚美，常常在牙齒上想像，這真是非常可笑的事情，我想許多人都有這種偏向。一般來說，大部分的男人都偏向注意女性的面孔，自然也是特別偏向女性的腳與腰部的。衣飾更是增加了複雜的因素，有一個留學生在中國交一個女友，起初很熱絡，後來因為那位小姐忽然改穿了西裝同他來往，他就漸漸失去了興趣。原因是這位中國小姐穿的西裝趣味太低。衣飾所代表的是見聞知識傳統趣味與時髦感，它與軀體身分背景環境都有聯繫，所以常常代表人格與個性，在性美表現上，因此就非常重要。比衣飾更複雜的自然是舉動儀態與語言，這幾乎把一個人的歷史與教養都包括在裡面，我在這裡也無法細論了。

總之，性美這東西，在動物界只是一個軀體可以表現的，在人類就非常複雜。長得很美的女性，因為不會打扮，被男子輕視。女性因為談吐庸俗無味，使男子失去興趣的固然很多；男子中因為舉動粗魯，談吐蠢俗的而被女性厭憎的也是不少。

我是一個男人，因此也比較知道男人。大凡光以軀體的美來吸引男子的女人，往往使男子只想到肉欲，可是如能充分利用人類特權所賦有的其他因素而表現其性美的女人，則可以使男人對她起敬愛之心。有一個很成功的女伶，曾經告訴我她如何使一個對她有野心的人改變態度，使他以後很尊重她。

性美作為欲的誘惑，這性美隨著欲的滿足而消失。但把性美作為愛的啟示則是永久的。軀體的美是很容易變化的。男女成了夫妻後，什麼都已經公開，戀愛的暗示，慢慢地就會消失，心理的偏向也無法永遠維持。但人類的性美可以表現的方向既是如此的廣泛，可以在性格方面表現的自然很多。女性的溫柔，男性的體貼就是性美。因此衣飾的和諧、家的布置與孩子的安排，一帳一燈，一湯一菜，都可以表現女主人的性格。而男子的見解、創造與責任感，一切無論在事業上工作上的態度也正是表現他的性格。凡表現男子性格處，正如雄雞啼時雞冠的震動，就是女性所欣賞的性美。

人類的性美既然要賴人的不斷創造與努力才可以永久，因此我以為現代的男女在婚後太不注意性美是家庭悲劇的一個重要的因素。

在西洋，女孩子在婚前都非常怕胖，往往這樣不吃，那樣不喝，可是一嫁到了人，多數就什麼也不管，奶來喝奶，油來吃油，這就是以為反正有了丈夫，可以不計較性美的想法。

我們中國人，夫妻之間沒有私生活，這是最破壞性美的愛情。夫妻的分室分床以及私用浴室的習慣，都是維持性美的最好辦法。

許多漂亮的太太們，因讓我看到她在家裡時的衣著的骯髒與凌亂，而破壞了她過去在路上、戲院裡所給我的印象。我因此想到一個新婚的丈夫，蜜月後第一天公畢返家，發現新娘已完全不是穿著整整齊齊的情人，而是衣著不整，穿著拖鞋的女子，這是多麼失望的事情。有一個朋友，說他之墮入情網，完全因為他的情人有一頭美麗的頭髮，可是結婚以後，時時看到他太太骯髒的梳子，他就逐漸對他太太失去敬愛。

倘若小姐們知道男子們是多麼羨慕那些善於在家庭裡發揮性美的女主人，她之藉助於義乳、義臀者，正大可藉助於環境與背景，正如照相可以利用背景與場合。中國的庭園藝術的曲徑通幽，峰迴路轉等，使一切不至一目了然的都可以用於男女的情趣。沒有再比善於布置寢室的女人可以使男人對你滿意與令你使男人滿意了，只要你知道為什麼舞台上要用布景與燈光，也可以知道你寢室裡的需要了。

最近偶爾讀到毛姆的一篇小說，寫一個女子旅行回來，發現丈夫在桌上醉酒裸睡，她既恨丈夫不能戒酒，又看到他死豬般胖胖的肉體，紅紅的臉，她就拿起刀子，不知不覺就把他刺死了。這篇小說的主題並不是在性美，但失去性美則是使她動謀殺之念的一個很大的原因。酗酒也是一種失去任何教養矜持的暴露，它可以破壞太太對你所維持的一切的性美。

在生活藝術中，性美的創造、變移與維持，可以說是最大的學問。夫妻間的某種距離與矜持則正是性美的創造與維持所需要的。中國家庭似乎最忽略這點。而幾千年前，孔子倒教過我們「夫妻相敬如賓」的教條，而這恐怕也正是為維持夫妻的「性美」的意義了。

藝文漫筆

一

歷來對於文藝的批評觀，不外兩種，一種是從美學的心理學的角度來看文藝，一種是從社會的，道德的，或甚至政治的角度來看文藝；也即是說，前者是從文藝內在的本質來檢討文藝，後者是從外在的因素來衡量文藝。從事文藝創作的人，很自然地傾向前者；從事文藝運動的人，也就往往傾向於後者。時至今日，在漢文學的世界中，所謂文藝創作與文藝運動已成了無法區分的時代。那些表面上擺著創作神聖的面孔者，實際上常是代表著一種政治的道德的權力；而推行一種政治的道德的運動者，則又在提倡文藝的表現。以文藝創作為神聖的人，也是力求傳達的效果，以文藝運動為使命的人，也要求創作者有所表現。這也就使旁觀的人覺得不易猜測了。

站在退潮的文藝沙灘上，我的觀感也正是對這些矛盾的現象而來的。遠遠的一層海浪捲來，剛爬上沙灘，就沙沙地退去，另外又有一層滾滾地從遠遠捲來，也是剛爬上沙灘，就沙沙地退去。這樣一層一層地捲來與退去，它在漲潮時候原會慢慢上延，在退潮時候則只會慢慢下降，留下了一片潮溼在沙灘上。每一個浪潮來時即很有作為，可是爬到沙灘上則總是不如上一個浪潮，於是空虛的海灘越來越空虛，潮水的聲音也越來越單調。

在這單調的聲音中，明知我的歌聲是低微而又不好聽，但如我再不歌唱，我也就要睡覺，所以我也就唱唱我心頭的舊調以代替呵欠。

於是我發現，站在海灘上望著退潮的單調的海水的原不止我一個人，只是好多人早就耐不住呵欠而跑開了，他們有的到岸上在熱鬧的爵士音樂聲中跳舞，有的到兒童游樂場同兒童們盪秋千，有的則在樹蔭下打太極拳。

我感到孤獨，也感到說不出的寂寞。

二

在二十歲前，我在象牙之塔裡對十字街頭觀望，二十歲後則從十字街頭向象牙之塔呼喊。我忽然發現我是一個進出於兩個世界的信差，也可以說是一個在象牙之塔與十字街頭中間建築橋樑的工人。我的興趣超過傳統的文藝批評，我的言論往往不為從學院出來讀幾本西洋文藝批評書籍的人們所喜歡。我來自中國農村，在動亂中國中，我身經目睹中國人民的多少次的動蕩搏鬥，我在文藝裡對跳動的中國的時代與人生的脈搏非常敏感。一切偽裝的真實與虛偽的同情——無法逃避我的嗅覺。所有御用文人，特務作家，貓學鼠嗚，偽裝人民的聲音，我覺得非常虛弱。而我偏又認識象牙之塔的構造，那些喬裝曲解，用漢文羅織西洋新舊變調，懸掛在象牙之塔之大纛，我又覺得遠沒有杏花村的酒帘，或賣藥郎中的獨輪小車上的小旗為可愛。

當花木失去了泥土而在污水中吸收營養的當兒，我們也無從怪那花木的萎弱。在動蕩的物價中，文學作品低於電影的廣告本是常事。我曾見人們為適應市場的要求，而將紅木家具劈成木柴去賣錢。流入溝渠中的脂粉同垃圾沒有分別，而目光短淺的人也常將紙鳶當作飛鳥。

在這狹小的海峽中，浮蕩著幾點暗淡的飛鳥，輕輕的地震不能驚醒熟睡的人，一朝醒來，同夜來慌張過的人士一樣生活。痲木有時也是幸福。

我常見孩子們在海灘上用泥沙建築樓臺，他們忘我地聚精會神工作，使我不願意對他們驚擾，因為這正是藝術家的創造，他們忘飢忘寒，他們的生命貫注在工作之中，象牙之塔裡的藝術家們之可愛可敬也就如此。但躲在象牙之塔裡並不工作，只是伸頭到十字街頭號召群眾，以為泥沙的堡壘裡真有公主，那就有點可憐。或者甚至以為象牙之塔裡有津貼可領，所以才躲在裡面，那就有點可恥。

有津貼可領，辦一個沙龍，請一個才女主持，大家吟風弄月，這當然是趣事。或是製幾面旗子，喊幾句悲壯熱烈的口號，去領主人獎賞，這也是韻事。但這種趣事與韻事，除了畫報上刊點圖片以外，還有什麼呢？

三

當我還在做學生的時候，北京的知識分子時行一種服裝，那是長袍子加西裝褲，我對於這個服裝並沒有惡感。但看到我們上一代的知識分子的趣味與思想，總使我想到頗像那時的服裝。現在這樣的裝束已不流行，可是我們這一代的趣味與思想似乎仍沒有脫離這樣的類型。有人遠在美國享受西洋文明，偏要寫文章提倡中國本位文化；有人提倡言論自由，又愛用特權壓制別人對自己的批評；有人一面提倡中國傳統道德，一面實行叔嫂通婚、師生戀愛；有人一面提倡全盤西化，一面又享受三妻四妾。我不知道下一代的人是不是仍會如此，我不相信這些人都是不誠實的，但除了不誠實的解釋以外，那就是心理的分裂了。不是知識上接受了西洋思想的傳統，而感情仍滯留在中國舊生活的形態，就是意識上想保衛中國的傳統，而下意識已經接受了西洋生活的格局。但另一方面，也許人們的知識的用途，也只是借重不同的習慣、傳統與思想以解釋自己不道德的或自私自利的行為。

但不管是怎樣解釋，當一種更進步的文化影響落後的文化時，知識階級在傳統與超越的矛盾中，產生了好像是無法避免的畸形的意識。

當我們看到中國的青年們參加世界的行列，他們的表現並不比任何民族為差時，我們都覺得驕傲與高興，但這些體育家自然科學家的成就之所以可以與西洋相較，因為他們的起步是在一個基礎一個出發點。文藝就無法離開民族的傳統而重新起步。特別是文學。我們一方面要用漢字，另一方面又想踢開漢字的傳統，這也正如上面所說的一樣，很容易發生出一種畸形。

四

這十幾年來，台灣與大陸所出現的文學作品——以漢字寫成的作品——來看，其不同是並不能用簡單的否定可以否定的。但是中國文化要在長長的黑暗時期考驗這似乎已經是注定了。中國文學工作者除了辛苦地埋頭耕耘來接受這個黑暗的考驗外，我想不出有可努力之處。耕耘固然不一定有收穫，沒有耕耘則決無收穫。多響亮的口號其迴響也只是一些口號。文藝究竟不是棉、麥，無法直接由美國的運輸機運來的。

說文藝要獨立，創作要自由，要脫離政治，這雖是文藝工作者應有的信條，但這也只是民主國家裡文藝工作者的自負。現在清清楚楚地經驗到的則是司法無法獨立之處，文藝決不能獨立；經濟沒有自由之地，文藝決沒有自由。

在納粹的集中營裡，囚犯們常常為一點點好處而出賣自己的伙伴，或肯不顧廉恥地為敵人做卑微的瑣事。人們就懷疑，一個人在困苦之中，為何就會墮落這個地步？這在看重氣節的中國讀書人傳統上來看，好像是十分可恥。可是事實上，氣節的「頌揚」正是一個代價。如果「頌揚」都沒有了，氣節也就沒有了，「頌揚」不光是精神上的報酬，如「青史留名」等等，而還是一種群眾基礎；沒有群眾基礎的英雄，也就不是英雄。我們望著學者文人，紛紛為統治者幫閒，也該認為生物的常情。而無人賞識的天才，流落到好萊塢賣對白與旋律，原也是腸胃的本能。

但是，當文藝從時代的號角墮落為大小老闆的擴聲筒時，文藝家在鏡子裡應該看清楚自己的面目是多麼可憐了。

在退潮的文藝沙灘上，叫口號的被老闆封官了，吹法螺的被主人「資助」成「家」。我們但聽刀劍齊鳴，文壇改練武俠，眼看得眼花繚亂，花園改成塑膠廠。

我們偶爾看見自己的影子，或聽到自己的聲音，發覺自己是多麼渺小呢。

談讀書

幾年以前，我在隨筆裡曾經說過這樣的話：「天才與英雄無須讀書，白痴與低能讀書也無用，書本只是為庸才而存在。」到現在，我更覺得讀書這件事，並不一定是值得稱讚的事。

我小的時候，有「萬般皆下品，唯有讀書高」一類的讀物，這大概是科舉時代最毒辣而可惡的洗腦教育。叫小孩子以讀書為樂，不過為「天子重英豪」，而「天子」到底是些什麼東西？那些開國闖天下，闢朝代的帝皇，可以說沒有一個讀什麼書的，即以那些高祖、太宗們的子孫而論，會統治天下的大都不是讀書的人。稍微在讀書上有點名望的皇帝，如李後主宋徽宗等，不是亡國之君，就是敗家之子。世界上大人物如釋迦牟尼、穆罕默德、耶穌，都沒有讀什麼書。大思想家如蘇格拉底、孔子、老子、莊子、亞里斯多德、柏拉圖，現在聽起來，好像他們學問很博；但我相信他們大多是從閒談而來，決不是從讀書而來。像在孔子、老子的時代，有什麼書？就算他們讀盡了所有的竹簡，也絕沒有我們現在普通讀書人的千分之一。大科學家讀書也有限，他們只是興之所好，整天在公式中左思右想，或在實驗室裡東摸西摸，有所心得，成為發明而已。藝術家不必說，他們繪畫、唱歌，幾曾讀過什麼書？至於文學家，理應由讀書出身了吧，可是第一流大文豪，如莎士比亞、但丁、托爾斯泰、巴爾扎克，從他們的傳記來看，讀書也很有限。世上最好的太太不是由讀書而得，最紅的明星也不是由讀書而來。第一流的木匠、裁縫、泥水匠、廚師……固然於讀書無關，即以目前世界各國得意的大官與發財的巨賈來說，哪一個是因讀書而成功的？

一般所謂讀書，是學校裡受教育，但是世界學校，多如森林，年年產生不少博士、碩士、學士，就問有幾個成為第一流人物？這些人一年一年出來，到社會以來，跟到一個老闆，大多數是不再讀書；不是憑四、五千個中文字在寫公文，就是憑八、九千個洋文字在辦洋務，這與讀書有多大關係？至於把讀書看成嗜好，可說沒有一個有大出息的。不管他所學的是什麼，充其量是寫幾本書。這些書，不是為帝皇做宣傳，就是反反覆覆為大科學家寫說明，為大思想家作詮注，為大藝術家作解釋。等而下之，是為宣傳作宣傳，為說明作說明，為詮注作詮注，為解釋作解釋。這些讀書人，可愛一點的是幫閒，其次是幫忙，等而下之則是幫凶。把無理說成有理，把殘酷說成仁慈，把殺人說成愛民，把目前的黑暗說成未來的光明，把戰爭說成和平，把屠殺說成革命，把一個人的野心說成多數人的幸福，這都是讀書人所做的事情。把平常的事說成神祕，把人說成神聖，把宗教構圖成神，把思想塑成偶像，把女人說成明星，把佳肴寫成食譜，把藝術編印成畫刊，把名著變成通俗的故事，這也是讀書人做的事情。大概讀書這件事，於所謂成大器一定是有害的，於謀飯碗或者有用。這所謂有用，也只是不外是幫閒、幫忙與幫凶。

現在書店與圖書館的書都是讀書人寫的。這些書，在幫閒幫凶上講，大致同寫布告、寫消息、寫廣告沒有什麼不同。譬如談拿破侖的偉大同叫斯大林萬歲有什麼不同？談土地國有，同農業集體化的布告有何差別？談克麗奧派屈拉的美麗同現在電影畫報上的廣告文字有何不同？

對一個思想家的思想，我本有我的理解；我怕理解得不精確，去讀一家的注詮；讀了以後因為覺得與我很不相同，於是不得不找第二家的注詮來對證，但第二家又是一個意見，接著就要找第三家、第四家的注詮來看，讀到最後，還是一大堆彼此不同的意見。這時候我即使產生了另一種理解，以為優於我第一次的理解，但這對我有什麼好處？一定是比較接近那位思想家的思想麼？

在這樣讀書的過程中，除了說是為娛樂與滿足好奇，還有什麼道理？最近讀了幾本關於淺近原子物理一類的小書；讀的時候很有趣，但讀後想想，覺得我既不能再去改行讀物理，讀它幹嘛？於是我就想到寫那本書的人實際上不過是在幫閒。我覺得知識這東西於人生有多少幫助，實在很難講。譬如我們現在知道國際局勢的緊張，我們的心理很受影響，我們既無法消弭這緊張，知道它徒然使自己不安而已，比不知道的人反而多一份痛苦。我相信許多原子物理學家，絕沒有這些國際政治的知識，如有，他還有什麼心思去研究？

照我個人來說，一生不離書刊，才真正了解讀書之害。讀了這些書，明知道寫的人不過是幫閒，幫忙，幫凶；而我偏在讀它。年輕時候，也曾信這個信那個，以為自己的主張都有根據，甚至同別人爭是爭非，現在想想，實際上只是在「幫」幫閒，「幫」幫忙，「幫」幫凶而已。

人生到底是為什麼？如為轟轟烈烈，立功、立德、立言，那絕非讀書可求；如為安逸、舒服、享受，讀書只是有害；如為保暖，則讀書還不如學一技之能——打字、修理鐘錶……都好。至於說讀書明理，這更是可笑的話；讀書於歪曲「理」也許有用，於明理實在無補。讀書之害，莫過於「自嘲」，對於自己的行為可以作不同的解釋。醜惡的事情可以說得冠冕堂皇，淫亂可說是戀愛，搶劫可說是鬥爭。這些是個人的「自嘲」。但被權貴或金錢收買了而為什麼辯護，則就是幫忙與幫凶了。讀書與改造世界既然無關，而讀了些書，不免就有了主張，這些主張，往往為真正在改造世界的人有所不容，於是也就被歧視與迫害。讀書還有一個害處是使人太多自慰，失意時以孔子困於陳蔡自喻，得意時就以養民教民自任。讀書人好像很驕傲，實際上頂受不起打擊，最吃不起苦。我有一個很有才氣的親戚，他反這樣，又反那樣，結果到了一個土匪頭那裡做幕僚，就以新勢力自居；還有幾個很可敬愛朋友，也總覺得自己抱負很大，若無人賞識，最後也還是在一些落伍豪門或新興暴發戶之下做食客，也滿以為懷才有遇。這也許與我這裡所說的讀書無關，但這些弱點與酸氣都是由讀書而來，則是無可否認的事。讀書還有一個害處，是猜疑彷徨，優柔寡斷，他想求理由、原因的解釋，而理由、原因往往是兩方面都可以說得通，所以實際生活上往往不知所從。他再無冒險的精神，也沒有一往直前的氣魄與勇氣。

我對於讀書實在同吸紙煙一樣，明知有害，但無法戒去。當我小的時候，我實在不想讀書，可是父親以書香之家自視，督促很嚴。等我上了癮，大學畢業了還是手不釋卷，一些讀書人的醜態一一顯露，孤傲自賞，與世格格不入，理論很多，經驗毫無。這時候父母才開始著急，叫我再不要做書呆子，應當去賺錢謀生。但是木已成舟，無法再改。糊裡糊塗，半生轉眼已逝，這都是讀書之害。過去也曾有信此信彼，寫文必是有破有立，今則一一翻悟，視之「破」、「立」都是幫忙幫凶。讀書成癮，不外消遣，為文謀生，只望幫閒。蓋幫閒不過是無益於社會，還不至如幫忙、幫凶之有害於人世也。

談旅遊

我常覺得人生有三大樂趣，第一是交到一個知心的朋友，第二是讀到一本好書，第三是遊歷一個新的地方。交到一個知心朋友，是很難得的事情，有時候完全靠機緣，往往你至親的甚至兄弟的朋友並不能做你的朋友；讀到一本好書則比較容易，但也常有別人認為好書，我讀起來覺得索然無味；遊歷一個新的地方，則不論你喜歡不喜歡，你至少可有新的印象，而且以遊歷來講，多數是有名的城市或風景區，你一定可看到從來沒有看到過的事物。

所謂旅遊，大概是指遊歷與旅行，遊歷是目的，旅行則是手段。既是旅行，自然有各種不同的情形，路途有遠有近，計畫有大有小。我們在假期裡，到附近遊山玩水是一種旅行；我們因公遠遊，抽一日之空閒，到新的城市玩玩，或看看附近名勝，也是一種旅行；我們誠心誠意參加旅遊團，在二、三十天內周遊三十個國家，也是旅行；一個人退休以後，挾多年之積蓄，環遊世界，所到之處，意興所至，或滯留數月，或盤桓一、二天，這也是一種旅行；自然還有富翁要人，隨從如雲，行李如山，到哪裡都有人接送，到哪裡都有應酬交際，這也是一種旅行。

我還覺得旅行往往有主動有被動的兩種，被動的旅行是因為生活所迫，或者是環境需要；主動的旅行則是自發地想到那裡去玩玩。也還有偶然的與意圖的分別，偶然的則是興趣所至，一時發興，一個人或偕二、三遊伴，去作一次旅遊，意圖的則往往是對某地某景，慕名已久，處心積慮地想去觀光一次。像我這樣一生為生活折磨驅趕的人，大部分遠地的旅行都是被動的，被動的旅行實際上只可說流浪；至於主動的旅行不過是偶爾到附近的山水之區去消磨一個下午，這其實不能算是旅行，只可說是逛「街」。說起來我也到過不少地方，美麗的風景，華麗的都市，都曾給我無形的教養。

一個人的生命不過是從母親的奶汁開始，以及以後的各種營養所維持；而精神的生命則正是所碰見的人物，所閱讀的書籍以及所遊歷的地方種種所形成。在連年軍閥戰爭的中國，我在舟車中的經歷可以回憶的事情很多，這些經歷自然苦多於樂，但回憶起來也覺得很可珍貴。

在抗戰時間，我跑過半個中國，也有過不少驚險、困難、緊張的際遇，現在回想起來，覺得我的生命中幸虧有這些經驗，否則我與我的民族顯然缺乏某一種血肉的關聯。而人類交通工具的變化，使旅行的性質起了很大的變化，以前坐驢、騎馬、搭木船，現在則搭郵船、噴射機，以前出門旅行在中國，要帶鋪蓋甚至於乾糧，現在則只要一個小皮夾就夠了。以前旅行有許多不便，山高河闊，強盜竊賊，到處都是，雖有錢也難買舒適。現在則一日萬里，搭噴射機，住高貴旅館，遊輪入水，汽車上山，沒有任何不便。至於飛機爆炸，劫機猖獗，海關人員麻煩，移民局條例囉嗦，這是文明的流毒，我們只好怪自己窮困低微。如尼克遜飛中國，甘地夫人到東歐，以及其他第一流的政客富翁，東飛西躍，都不會碰到這些怪事。

以前中國有句話，「出門一里，不如待在家裡」，沒有事情誰要辛辛苦苦去外面受罪；現在則大家以旅遊為樂，光是航空公司的廣告，旅遊服務社的宣傳，就夠引誘我們，況且朋友交往，親戚聚談，往往是以旅遊為資料，自己沒有去玩過，就顯得寒傖。但這也可說現在的旅行，是報賬式的遊歷。許多人花幾千塊錢，參加一個旅遊團，二、三十天內逛十七、八個國家，目的好像就為回來時作為談話資料作社交的裝飾。而往往所談的是某地衣裝便宜，某處中國菜燒得不壞之類。大概與生活關係多，與生命的影響少。

我也參加過這種旅遊團體，大多數團員是退休的老先生與老太太，他們到一個地方，第一件事就是選購風景卡，第二件事是在坐起室的風景卡上寫信，寄發給親友故知，表示自己又到了一個地方。他們對於當地的人民沒有興趣，對於當地的文化傳統古跡沒有興趣，他們如果有興趣，也只為在寫明信片時多一點不同的報告。在日本，在印度，我都曾碰到同遊的旅伴問我當天所跑過的街名與寺名，以填寫他風景卡的空白。如果我有幾千塊錢可以閒花，我希望待在一個都市，最少要在那個都市附近的名勝區走走。

我覺得每一都市都有一個個性，像巴黎，像倫敦，像紐約，像東京，像北京，至少要住上一年半載才可以有點認識，如果三天、五天工夫，那除了逛街以外，實在看不到什麼。而大多數的都市的物質上的娛樂與享受，似乎也沒有什麼分別。我最不明白是夜總會與飯館。

全世界大都市的夜總會所表演賣弄的不過是女性的展覽，展覽的形式場面或有不同，但看多了就可知道內容不過是如此，但是「周遊列國」的旅遊者回來時總是互相比較，作為最有趣談話資料。其次則是飯館，以飯菜而論，中國菜是世界第一，這當然是言之無愧的事實。所以看你是上賓的話，就應該請你吃中國餐，在東京吃中國菜，在倫敦吃中國菜，在巴黎吃中國菜，在紐約吃中國菜。而這些中國菜，既「名」且「貴」，碗碟式樣不同，桌椅擺設異殊，而菜則還總不如我太太所燒的入味。而我還必須稱讚一番，說這些菜竟是中國都很少吃到的，以表示對主人的謝意。可是對熟朋友我就不客氣了。在紐約，孫至銳於梨華伉儷約我吃飯，他們約我在一家中國菜館裡等他們。可是我則等在門口，他們到時，我說：「我很感謝你請我吃飯，但到了紐約，還是讓我鄉下人開開洋葷，好壞讓我吃一套西餐吧。」那一天，他們總算請我吃了一餐美國的海鮮，使我在回憶之中有一點新鮮的色彩。

有人說，旅遊是庸人自擾的行為。現在世上有電影、電視，以及各種的遊記，各種的照相，還有博物館的目錄，美術館的名畫複製品，在家都可以看到，何必要自己親自去看？這正如我們吃菜，並不要到廚房裡去一樣。這當然是懶惰人的哲學。但在有道行的人看來，旅遊本是俗人俗事，想逛逛大都市，見見帝皇明星，不過是小學生的虛榮，如六祖慧能，就謝絕了皇帝的邀請而不想到上都觀光。至於孔子周遊列國，那目的是在行道，與一般旅行殊不相同。我覺得孔子最可愛的地方，也可以說是最可惜的地方，是他不寫遊記，這也許是寫字的工具不發達之故。因為我現在越來越覺得有兩種文章最容易寫，也是最難寫，這就是遊記與自傳。

我讀過不少遊記與傳記，我對於小說戲劇喜歡讀近代的現代的，對於遊記與傳記則總是喜歡讀古代的作品。原因是當代的傳記，與我所知的事實一對，覺得吹牛撒謊太多。至於遊記，我在中學時代就上過當，以為那些寫遊記的作者都是博聞強記的人，如什麼塔多高，什麼時候造的，建築這個塔的人是誰……後來長大了才知道這些記載，都來自各地市政府，旅遊社的宣傳冊子，那裡面往往詳細記載著一個城市的沿革，一條河流的歷史與一個建築的高度，以及什麼名人過去在那裡住過，詩人在那裡題過詩之類的故事。一個人如果到一個地方去玩，到哪裡都有人送你這些冊子。不必出門的人都可以頭頭是道的根據這些資料來寫遊記，這也許正是「秀才不出門，能寫萬國遊」的把戲了。讀這類遊記，我寧可讀「旅行指南」，或者索性讀讀《鏡花緣》與《西遊記》。但是最沒有趣味的是讀富商出國開會，名人被邀觀光，以及什麼第三流學者或作家協會的董事出席什麼會議的記遊，裡面往往是自拉自唱，把肉麻當有趣味的寫些今天市政府請吃飯，明天與什麼名人照相握手，後天我在會場中發表了什麼意見，全場鼓掌之類。這類文章往往還有照相為證，如部長對他敬酒，主席夾雞腿給他，名詩人同他對笑之類的，平常我常聽見「肉麻」兩個字而不知其妙，等到讀到這類文章才真正經歷到真正「肉麻」的感覺。我於是想到這恐怕正是作者「暴露狂」的一種；自吹自擂原是天真的行為，說自己的文章好，政見高，甚至家裡房子大倒是人之本性，還都是可愛的；但當一個人名片刻著「內閣總理府廚子的契爺」或「前總統握過手的詩人」就變成了可笑了。聽說以前皇帝玩過的太監，在衣袍的屁股處繡著一朵花，這也正是一樣的心理的反映。此所以真正大人物如拿破侖、如列寧、如丘吉爾，如斯大林、托洛斯基以至於希特勒都從不寫此類遊記也。自然，這是指沾沾自喜洋洋得意的遊記。至若顛沛流離，賣身求生，行乞傳道，被壓迫，被欺騙以及如孟姜女到長城尋夫，趙五娘抱琵琶尋蔡伯喈，自不在此範圍以內，這雖也可說是旅行，但寫出來就只好叫做流浪記或萬裡尋夫記，而不能叫做遊記。而這種流浪記，又豈是花點錢旅行一次長城或北京可以寫出來的？

我是喜歡旅遊的人，但怕太窮的旅行，因為太窮的旅行是我經歷過的，實際是流浪。我還怕「舊地重遊」的旅行，每次到過去遊歷過逗留過的地方去旅行，我總是要有幾個月不舒服。一個人年紀大了，對過去的事情，禁不住要回憶，每一個我逗留過的地方，竟有這許多事這許多人可想到，而這些事竟比夢還虛空，而這些人，也早已走了，老了，變了，失去聯絡了，甚至是死了。

一個人在空間方面的移動的記錄，如果可說是旅遊，那麼在時間方面的移動的記錄則就是傳記了，這也就是遊記與傳記很有相同的地方。不同的則是「舊地」可以「重遊」，「舊事」則無從「再遇」。我之怕寫遊記與傳記的大概也是這個原因。

惜墨閒筆

思想篇

• 有思想的人是由思想而認識，沒有思想的人則以認識為思想。——而他的認識祇是盲從別人的認識。

• 懷疑是思想的母親，迷信則是主義的母親。

• 信仰發於敬愛，迷信發於恐懼。一切宗教與主義都有兩種不同的信徒。

• 人類思想與制度分歧只有兩種：一種以戰爭為正常生活，一種以和平為正常生活。

• 世界完全存在在你知覺之中，所以要毀滅世界的人，同要毀滅自己的人是一樣的愚蠢。

• 思想能產生權力，權力也能產生思想。思想被利用而成為權力時，它一定壓迫其他的思想。但是在權力不能控制的世界上，一定又產生了反權力的新思想。

• 政治家是在天下有時是求無事，而在天下無事時求有事的一群人。因為他們的任務是謀天下無事，而他們的存在則全靠天下有事。

• 民主政治是以政府來維護每個人民的尊嚴，獨裁政治則以政府發動人民來維護獨裁者的尊嚴。

- 思想與主義的分別在：前者是一株生長在泥土裡的樹，後者是插在泥土裡的電線桿。雖然電線桿也是樹木做的，而且排列得比較整齊，但是它不會開花結果，不會繁殖，沒有新陳代謝，沒有變化，只有萎縮死殭。所以有思想的人絕不會永遠信仰一種主義，而崇奉主義的人，往往不會再有思想。
- 真理是深埋在地心的寶藏，靠不斷的努力來發掘的；但不是別人袋裡的財產，把人殺死了就可以搶到的。
- 死曾經使元首與乞丐平等，老也曾使美人與醜女平等，所以我歌頌死亡與衰老。
- 歷史是活人為死人撒謊，報紙是活人為活人撒謊。
- 宗教叫一群相信它的人去可憐不相信的人；主義則叫一群相信它的人去征服不相信的人。
- 英雄是一種在成功時不想到失敗，而在失敗時還想著成功的人。
- 政治是在一個善的假定下，從事一切欺詐陰險事情的勾當。
- 英雄是在作一切嘗試而犧牲者中間幸運地剩下來的人。
- 法律的尊嚴是社會的尊嚴；道德的尊嚴才是人類的尊嚴。
- 歷史是一種「現在」的人編造「過去」的人的事蹟，來欺騙「將來」的人的一種學問。
- 真理祇是人類騙夠了自己時的一種覺悟。
- 花因為要凋謝，所以美麗；愛情就因為是暫時的，所以誘人；生因為有死亡，所以可愛。
- 歷來治國與治家都不外兩種政策，一種是愚民政策，一種是綏靖政策；但是這兩種政策卻並不屬於獨裁，也不屬於民主。
- 在神之下，沒有一個人是正確的；在孔子之下，有些人是正確的，有些人是不正確的；在馬克思之下，只有一個人是正確的；在達爾文之下，人人是正確的；在佛洛伊德之下，人人是不正確的。

• 時間是生物的酷刑。當一切的英雄與美人在時間的酷刑下枯萎凋零時，他不得不希望死後的時間與他有點關係——這就是一切宗教與迷信的起源。

• 對奇妙的宇宙，造物是一個聰明的主宰；對芸芸眾生，造物是一個愚蠢的主宰。——這也就是為什麼自然科學在進步中促進了人類福利，而人文科學在進步中徒擾亂了世界的諧和。

• 聖經是最微妙，最精緻，最偉大的廣告。共產主義之所以影響世界，因為他聰明地抄襲了一章聖經。

• 科學家要使一切人類不懂的事情叫人們懂。詩人則是要使一切人類已懂的事情叫人們不懂。

• 當生物化學進步到使精蟲與卵子結合只產生靈魂而不產生肉體時，人類才真可成為神仙，世界也就可成為樂園了。

• 生祇是死的前奏。宗教家則是堅持死是生的前奏的一種人。

• 英雄是別人的血造成的，藝術家是別人的情感所造成的。

生活篇

• 世上有兩種學問：一種是可以寫成書的，一種是不能寫成書的。前者可以師授，後者祇能賴天授。

• 人在學會一切做人的藝術時，他已經是鬼了；所以如果有鬼，它一定最懂得做人的藝術。

•職業是用生命建立生活，事業則是用生活建立生命。
•醫生是靠「把病人醫好」而賺錢生活的人，但他之所以能生活，還是在對「他所醫不好」或「不是他醫好」的，都可以賺錢。
•沒有一封信不是對人有欺騙的，也沒有一頁日記不是對自己有欺騙的。所以不願欺人騙己的，不喜歡寫信與日記。
•照相是把老醜的人改竄成年輕美貌的藝術，壽序與墓誌銘則是把愚蠢與邪惡改竄成聰敏與美麗的藝術，所以女人都愛照相，老人都愛有壽序墓誌銘。
•明知是作偽而要「像煞有介事」表現的是政治，明知是真的而要「假癡假呆」表現的是愛情。
•人的眼睛無法看太強的光，人的耳朵無法聽太高的聲音，人的嗅覺無法聞太細緻的香味，所以人的理性也無法瞭解絕對的真理。
•貧窮是一切罪惡的來源，但富有則不是一切道德的來源。
•亂世的人不外兩種：一種是天天在殺人或自殺，一種是天天想殺人或想自殺。
•成功的人都以為是憑自己的本事，失敗的人都以為是命運或機會的過失。
•最銳利的眼睛不能看見自己，所以最高明的批評家也祇能批評別人。
•不要找那已失去的東西吧，找到也決不是原來的東西了。
•人很容易想到萬物是為人造設供人食用的，但竟不知道細菌也覺得人是為它們造設而供它們食用的。
•金錢能使會幸福的人更幸福，也能使不會幸福的人更不幸福。
•榮譽與獎金是一種使愚蠢的人們不斷地做別人做過的事情的一種辦法。

• 健康不能使你生活幸福，但能幫助你幸福的生活。愛情不能使你婚姻幸福，但能幫助你幸福的婚姻。

• 成功往往使人浮淺，失敗往往使人深刻。破落戶比暴發戶可愛者在此。

• 最甜美的果子是從樹上採下來的，樹上自己掉下來的果子總是爛了的。

• 最健康的人無需藥物，最病弱的人服藥也無用，藥物祇為似強非強，似弱非弱的人而存在。最大的英雄與天才無需讀書，白癡與低能讀書也無用，書本祇是為似智非智似愚非愚的人而存在。

• 偶然的成功是勇敢的來源，一個人逢到偶然成功的次數越多，這個人也越勇敢。

• 自從鏡子發明以來，人不敢再笑別人之美醜；如果每人有一面可以鑒照心靈的鏡子，人一定會不再愚蠢自私。

• 聰敏在人身上等於是山上的花木，天才則是山心裡的礦藏。有花木的山不一定有礦藏，有礦藏的山也不一定有花木。

• 圖書館是一切書籍的墳墓，因為它很公平地把好壞、美醜、大小的著作都埋在塵土之中。

• 謙虛使人進步；驕傲使人自滿。所以謙虛的人一定比驕傲的人更富有——學問或財富。

• 無論視覺與聽覺，禽獸都比人類高超，但人類獨能賴平凡的視覺分出色與聲的美醜。可惜美醜、善惡、真偽的價值永遠沒有客觀的標準，因此人類就陷於永劫的不幸。

• 體育的比賽最見公正，其次是棋賽，最不公正的是賽美。

• 政治制度與理想的好壞，最後總靠武力來決定；這就等於兩個賽美小姐分不出高下，於是說：「請你們較量一下力量來決定美醜吧！」

• 人生最有趣的是明知自己要死，偏無法知道死於何時何地。如知道前者，生何須留戀；如知道後者，死也不必掙扎。

• 賺錢是一種科學，花錢是一種藝術。從一個人的賺錢可以看到他的頭腦，從一個人的花錢可以看到他的心靈。

• 一個人一生只有兩聲是天籟，一聲是出生時的一聲啼哭，一聲是臨死時的一聲嘆息。

• 老實人是不知機巧的一種人，忠厚人是知機巧而不表示或不作為的一種人。所以老實人常忠厚，而忠厚則決不老實。

• 人在最危險的時候，會相信一根蘆葦可免人於沈溺；人在最黑暗的時候，會相信一支燭光就是太陽。

• 沒有人敢說他日記是真實的，除非他每天只記前一夜的夢。

• 在任何的光照下，人人都有一個影子；光照越強，影子越濃。這就是永遠叫人記住他身上原有的黑暗。

• 任何動物都祇是求滿足慾望的生命，而人則還是不厭地創造慾望的動物。人生之可貴在此，人生的苦惱也在此。

• 自殺有兩種，年輕人自殺是「做不慣人」，老年人自殺是「作厭了人」。

• 使青年人驚奇的是愛情的魔力，使中年人驚奇的是金錢的魔力，使老年人驚奇的是健康的魔力。

• 上山越高，越會發現山高。學問也是一樣，越深入越覺學問的深奧。

• 天才不過是一個花瓶，努力才是花束，沒有花束的花瓶總是空的。

• 登山越高，越會覺得自己渺小，讀書越多越會覺得自己空虛。

- 人類最大的敵人是時間，因為它總是使偉大的渺小，進步的落伍，時髦的陳舊，新鮮的枯萎，嬌豔的憔悴。
- 謙虛是一切德性的基礎，沒有謙虛，無法推行其他的美德，正如沒有路軌，無法開行火車一樣。
- 依賴金錢來尋求幸福的人，往往沒有得到幸福前已獲致了煩惱。
- 如果你想有一種時時可以便利地滿足的慾望，那麼我勸你吸紙煙或板煙。對於「為什麼吸煙是這樣的普遍」的問題，這是最好的答案。
- 家是一個上帝為人類而設的監獄。這是為什麼每個人都抱怨家庭，而人人愛有一個家庭的註釋。
- 要國家太平無事，自來政治家對人民不外兩種政策；要家庭太平無事，自來丈夫對太太或太太對丈夫也不外這兩種政策——這就是愚民政策與綏靖政策。
- 假如你覺得坐著比站著舒服，躺著比坐著舒服，那麼你就該相信，做青蛙比做人舒服，做蛇比做青蛙更舒服。
- 你是天才是天造的；你是人才是人造的；你是庸才是你父母造成的；你是奴才是自己造成的。
- 一切的技藝都不難，如果你要這些技藝來幫你花錢；一切技藝都不易，如果你要這些技藝來幫你賺錢。
- 造物者祇叫每一個人講一個可笑的故事，人就認真的在可笑的世上活了一輩子。
- 「昨天」是「今天」的朋友，「明天」則是「今天」的敵人。——人們一切失敗都是忘了「昨天」的忠告。而一切拜託「明天」去做的事情，它從未完成過。
- 好夢醒時是幻滅的悲哀，壞夢醒時是殘餘的痛苦，人生不外是好夢與壞夢。

文藝篇

• 藝術與技術的分別是：前者以技術為一種表現的手段，後者是以技術為表現的目的。小說與故事的分別也是一樣：前者的故事是表現的手段，後者的故事則是表現的目的。

• 偉大的作家會在庸俗的故事中發現永恆的題材，但庸俗的作家則把永恆的題材寫成庸俗的故事。

• 文藝流落為政治的奴僕，它的面孔越來越勢利，氣燄越來越兇悍，作家慢慢就變成了打手，文藝也就不見了。文藝墮落成為商業的妾侍，他的容貌越來越妖艷，脂粉越塗越厚，作家也就慢慢變成妓女，文藝也就不見了。

• 作文無秘訣，有之則是你有七分學問時應寫三分文章，正如有千斤之力者舉重六百斤，方能瀟灑自如，從容不迫。如只有七分學問，想寫九分文章，則正如僅有七百斤之力者舉重九百斤，必至面紅氣喘，滿頭青筋。

• 翻譯需要繪畫的藝術，但大部分能具有照相的正確已是上品，普通總是曝光太久或太少，有的竟是漏曝光的相片。

• 最佳的翻譯如畫家寫生，其次如照相機攝人像，再其次是月份牌的畫幅，還有更壞的是漏了光的相片。

• 魔術是假的表演，使人看來是真的；藝術則是真的表演，而使人看來是假的。

兩性篇

- 男人與女人是兩種動物，前者是造物製造獸類所剩餘的材料造的，後者是造物製造鳥類剩餘的材料造的。
- 廚師將簡單的菜蔬化為複雜的滋味，女人則將簡單的人性化為複雜的女性。
- 女人是男人以外的一種動物，但是一種沒有男人就無能力生存的動物。男人是女人以外的一種動物，但是一種沒有女人就無興趣生存的動物。
- 第一流的女子使男子崇拜你，第二流的女子使男子愛你，第三流的女子使男子喜悅你，第四流的女子使男子需要你。
- 當你的愛情從一個對象轉移到另一個對象時，你要特別當心；因為，這正如你在漩渦中把小船轉換方向，千萬不要太逆湍流的水性。
- 你可以厭憎任何追求你的男子，但千萬不要輕視他對你的情感，真的高尚的情感可以改變為你終身享受不盡的友誼。
- 不要對得意的男人訴苦，他沒有同情，只有輕視；也不要對失意的男人誇耀自己，他不會尊敬你，只會自卑。你應該讓富有的男人知道你也富有，讓貧窮的男人知道你也貧窮過，讓失意的男人知道你的可憐。
- 用服飾的誇耀來追逐你的男人，不過是隻孔雀；用甜言蜜語來追逐你的男人，不過是隻公雞。除非你是母孔雀與母雞，你一定知道這些不過是動物本能上的末技。

• 最美麗的花需要污髒的泥土來培養，所以，愛情需要金錢培養，並不一定是不美麗。

• 人間沒有純粹的愛，正如自然界沒有純粹的水。純粹的水是實驗室中的產物，純粹的愛是小說家小說裡的東西。

• 純潔的愛情如水（H_2O），世上無絕對純潔的水，但任何污髒的水裡，仍有純水的存在。

• 人曾經用珠玉造成不謝的花朵，但始終沒有鮮花可愛。詩人用鮮花歌頌女人，但女人愛用珠玉裝飾自己。

• 戀愛是一齣排演著而不上演的戲，因為在上演時絕不是所排演的那齣了。

• 誰說你沒有看見過上帝與魔鬼？祇要你曾經有戀愛的經驗，你在所愛的情人身上看到的就是上帝，在所恨的情人身上看到的就是魔鬼。

• 獨身主義者是最不願把幸福寄託在別人身上的人。

• 愛情是在你不認識它時出現，而在你認識它時失蹤的一種情感。

• 女人總是希望男人給她非金錢莫辦的東西，但最後總是接受了一種金錢買不到的東西（孩子）。男人總是希望女人給他金錢買不到的東西（愛情），但給他的都還是靠金錢能買的。

• 同一個有你父親年歲的男子結婚，而能把他當作是你的兒子，那麼你的婚姻總是幸福的。

• 女人的心如緊封的膠片，一次漏光，再無法清楚地攝取想佔有的對象了。

• 太太與旅行時的行李，是人人覺得需要，又人人感到帶著累贅的東西。

• 戀愛有三個敵人，貧窮、別離與事業；婚姻只有兩個敵人，貧窮與別離。所以有事業心的人總想結婚，不想結婚的人則常沒有事業心。

• 兩種婚姻是幸福的，一種是女子能把男子當作一架鋼琴，她會在它的身上奏出美妙的音樂；一種是男子會把女子當作籠裡的小鳥，肯耐煩地聽牠歌唱，而不求瞭解其意義。

• 窮人買到的用品往往是廉價的貨品；富人買到的愛情則總是廉價的愛情。

• 中國舊式婚姻是使人在婚姻中瞭解男女的關係；現代的婚姻則是叫人在男女的關係中去瞭解婚姻。

• 把罌粟花比戀愛是再合適不過了。兩種都具有動人的鮮豔。「那麼，你是要把婚姻比作鴉片了？」

• 善於哄騙太太的是好丈夫，善於哄騙孩子的是最好的母親。

• 未曾失戀的人無從知道戀愛的滋味，正如未曾生病的人無從知道健康的意義。

• 愛情如果是唯物的，它當像葡萄汁，越新鮮越好；愛情如果是唯心的，它應當像酒，越陳越好。人類戀愛的悲劇，永遠是喝葡萄汁時想酒，喝酒時想喝葡萄汁。

• 男人永遠愛著他所恨的女人，但不會愛他所討厭的女人。

• 一個女人把婚姻看得太重時，很少男人敢同他結婚；一個女人把婚姻看得太隨便，很少男人願意同她結婚。

• 上品的女性以靜穆使男人著魔，中品的女性以微笑使男人鍾情，下品的女人以口才使男人顛倒。

• 記住，小姐，戀愛同打牌一樣，不等到和牌千萬不要攤牌。除非你知道上家正有一張見了你攤牌，反而不好意思不打的牌。

• 聰敏男子的哲學是：「結婚不到最後關頭，決不輕言結婚；戀愛不到絕望時期，決不放棄戀愛。」

• 聰敏女子的哲學是：「戀愛不到可嫁關頭，決不輕言戀愛；結婚不到絕望時期，絕不放棄結婚。」

- 自尊心是男子最大的弱點，打中男子的自尊心，他沒有不屈服的，除了他是根本沒有自尊心的男子，那麼一開始你就錯了。
- 嫁一個你從未垂青而追求你很久的男子，則等於讓一個一直想復仇的男人找到了一個機會。
- 空間是女子的優勢，時間則是男子的優勢；男子總想以時間戰勝女子，女子必須仗空間俘獲男子。
- 單數於女子有利。她最好有一個男人或時時有三位男友。雙數則與男子有利，他最好有兩個女友。
- 想到回教教義，一個男子可以有四個太太時，我總相信麻將牌是他們發明的。
- 女人應該對想接受的人有點小欺騙，對想拒絕的人則絕對忠實。前者可使對方更愛你，後者可使對方更尊敬你。
- 男人之下流者，強姦女人的肉體，女人上流者，強姦男人之靈魂。
- 男人，把他當作英雄，他肯為你死；把他當作狗，他肯供你驅使；把他當作魔鬼，他可真要吃了你。
- 當所有你丈夫的朋友都成為你的朋友時，親愛的太太，你的丈夫就再無法遠飛了。
- 如果你不自認是商品，千萬不要接受過分的禮物；如果你自認是商品，那麼你應當要更有價值的禮物。
- 有的女人像沙發，靠新鮮的彈簧得人歡喜，彈簧一壞，就無人坐了。有的女人像紫檀木椅子，永遠莊嚴美麗，而且值錢。

- 女子在經濟上依賴男子，不過是依賴；男子如要在經濟上依賴女子，那一定是強佔。所以如果你有錢千萬不要買男子的愛情。
- 富人啊，我相信你已經買到了最高貴最美麗的一切，但是你買到的愛情則總是最低卑最醜惡的愛情。

友誼篇

- 千萬不要交從來不生病的朋友，因為他們對於病人很少同情心，也千萬不要交從來沒有窮過的朋友，因為他們對於窮人不會有同情心。
- 你交偽君子，不如交真小人；因為偽君子心中有一套全面的假道德，而真小人卻是部分不道德，但有部分的真道德。
- 當你失意的時候，你可以交常來找你的朋友；當你得意的時候，你應當交不來找你的朋友。
- 你比你朋友富有時，借錢不還的朋友不一定是不可交的朋友；當你朋友比你富有時，你向他借錢而吝嗇的朋友，才是不可交的朋友。
- 沒有愛情，可是有友誼的男女，往往成為幸福的夫妻；光有愛情，沒有友誼的男女，成了夫妻也是不會幸福的。
- 你的朋友的朋友，不一定可以做你的朋友，而你敵人的朋友有時倒反可以做你的朋友。
- 友誼如酒，越陳越美妙；愛情如冰淇淋，越新鮮越佳。
- 革命失敗時的同志，在革命成功時很難成為朋友；經商得利時的朋友，決不能做經商失敗時的夥伴。

・男女間的友誼，起於那個男人看得起那個女人的時候，或起於那個女人看不起那個男人的時候。

・友誼是父子、母女、兄弟、姊妹、夫妻的愛情的基礎，正如光是顏色的基礎，如果沒有光，多麼鮮豔的顏色也祇是漆黑一團。

・金錢不能製造愛情與友誼，但可以培養愛情與友誼。祇是：金錢培養出來的愛情可能是真的，而金錢培養出來的友誼則一定是假的。

・你寧使同不守信用的人做朋友，也不可同不能守祕密的人做朋友。因為前者祇是對不起你，後者則往往會出賣你。

《思與感》後記

這裡所收集的文章，多是在不同的地方發表過的。其中還有一部分則曾經編在以前出版的《傳薪集》中。《傳薪集》收集的文章太雜亂，不很統一，現在選用屬於「思」與「感」一類的文章，應《傳記文學》之約，另出一本小書，因名《思與感》。

窗下小語

〈責罰〉的背景——我上學的第一個小學及其他

G：

你問我〈責罰〉的背景是不是我讀過的小學？我應該告訴你是的。但當然並不完全是。

那家小學在浙江慈谿的一個鄉下，我入學的時候是八歲，十足年齡不過六歲，離我家有一里多路，讀了半年就住校了。而且我也不再隨班上課，專跟校長翁老夫子讀《左傳》。翁老夫子是當地很聞名的舊式教育家，許多要讀古文的人都來跟隨他，但大都是大人，我是唯一的小孩子。

那時候的教育好像都要重國、英、算，我在讀古文之外，碰到算術、英文課則仍要隨班去上課的。算術教員倒是一個很負責的教員，只是脾氣很凶暴，那時候體罰還盛行，打手心是普通的。當時不知道哪一位同學發現，那位教員很愛清潔，把手弄得髒污，他就不會多打了。好像有些人故意這樣做，這使他就不用戒尺，改用指揮鞭，逢到不伸手的同學，他就打在人的身上，往往打得太過分，引起了家長來責問。

英文教員在我印象之中有兩個，一個姓周的，現在想起來他是不懂英文的。他教英文字母，就注著中文字音叫我們背，自然，大部分發音，他自己也不準確的。後來，有一位聖約翰中學畢業的人，到翁老夫子地方來讀中國書，翁老夫子就請他幫忙代課，教我們英文，很受我們歡迎。

那家小學在偏僻的鄉村裡，當然沒有水電，水是用水缸積盛雨水而來，一到夏天往往不夠用，不夠用的時候，就要靠工友挑池水、河水來喝了。燈火是一個大問題，平常飯廳裡用掛在上面的煤油燈。住宿生夜裡有兩個鐘頭自修課，課堂裡也掛著兩盞煤油燈，事實上這點燈光太不夠，我們總是要把自己的燈火帶去。所謂自己的燈火，也是學校發給的，起初是兩個人發一盞煤油燈；後來大概爭執太多，由學校改發每個學生每個月兩支洋燭，這兩支洋燭往往不夠用，有時候必須自己添置。

我們的校舍是舊式的中國房子，廁所當然沒有衛生設備，並且在很遠的小屋後面，由我們的寢室去要穿兩個院子。我剛剛入學時才八歲，好像有一次鬧肚子，翁老夫子答應我從家裡帶一隻馬桶，放在寢室的角落裡，這倒方便了許多同學，可是不久也就撤去了。廁所既然離寢室很遠，夜裡上廁，自然必須帶燈火，有風有雨的日子，洋燭當然非常容易被吹滅，所以還需帶洋火。現在回想起來，我們去廁所常是在上自修後可以就寢以前，而總是湊了三、四個同寢室同學一起去的。在廁所後門開出去是一條小河，河岸有一些樹木，隔河就是田野。夏夜，四周是螢光蛙聲，我們往往把彼此所聽到的鬼故事來講，所以在回寢室的時候，常常大家心裡弄得很害怕。

伙食是包在學校裡的，一桌六個學生，一個教員，菜是六個小碟子，一碗湯。我因為人幼小，所以就坐在翁老夫子的右角，記得那時候我坐在凳子上還搆不到桌子，所以總是跪在凳子上。翁老夫子沒有別的嗜好，喜歡喝兩杯酒，學校則專門備兩碟菜放在他面前供他下酒，有時候他高興的時候也常常會夾一點給我吃的。學生的膳食是很差的，菜裡有蒼蠅是常事，但更多的是螞蟻。翁老夫子碰到這種時候總是把螞蟻或蒼蠅撥去後，自己先下箸，我們也就沒有異議而吃了。

每天下課以後，學生一隊一隊回家，這時候我們住宿生就到操場裡玩。有一次記得有一個較大的學生同我們兩個年齡較小的學生摔跤。我先上去，被對方一摔，倒在地上。不知怎麼一扭，腳踝脫了臼，當時由人抬到床上，奇痛難忍，哭了一夜。翁老夫子詢問事情經過，我只說自己跌的，這個比我大好多的學生就沒有受到責罰。這件事，頗得同學稱讚，以後大家很看得起我。

我的家離校不過一里路。從學校遠遠可以望到我家所在的村落的，我住在學校裡，開始時候，實在想家。每到放學，看同村學生排隊回家，我真是羨慕。有時候，我真想偷溜回家去，但是這是絕對不許的。記得有一次，我的家著火了，那是黃昏的時候，遠遠地看見煙，於是看見了火。馬上有人傳來消息，說是著火的正是我家。我當時非常著急，很想馬上見到母親，但是翁老夫子不許我回家，他認為我回去並沒有用處。我記得那一天晚上我暗自傷心了許久。我這樣讀了兩年，十歲的時候我到了上海。十二歲時候我到了北京。可是十二歲秋季我又回到那個小學，我到裡面才正式做高等小學二年級的學生。學校因為潮流的關係，也有許多變動，而我的年齡也使我開始多有一些朋友。

在同學裡面，許多年齡是很大的。年齡較大的大都功課也比較好，因為他們已經知道用功。那裡的學生多數是農家子弟，讀幾年去學生意，出門兩三年再回鄉，往往已經很神氣了。也有一些家庭環境較好的子弟，但兩三年中有的逐漸沒落，跟著家裡到都市謀生去了。有的正如我在〈責罰〉裡所說的，外面做事，積了點錢，回到鄉村來買地安居，又把他子弟送到這個學校來讀書的。所以雖是一家鄉村小學，裡面的變動也正是當地社會的反映。

我第二次回到那家小學時，學生很多，學校在前面的空地上造了一所兩層樓的「洋房」，上下剛剛做四間課室。翁老夫子不久就作古，學校的校長是一個中學畢業生，人很好，但是對於教育是外行的。他辦事很認真，把我們的程度提得很高，尤其是英文與國文。我就是在那裡讀完小學的。

要說〈責罰〉的背景是我讀過的小學，應該說是我混合了我兩段不同的印象與兩次不同的情形了。

關於《今日世界》，我只是投稿而已；投稿也只是賣稿，賣稿也就是我的生活。這也就是所謂著書都為稻粱謀，實則我謀的是稻「粱」。謝謝你告訴我有人在以為我把粱字寫成粱字當作大事，你說筆誤是人人可能有的事，當然是對我特別寬諒了。當然我的筆誤是常有的，可是對於「粱」字，我倒是有意這樣寫的。原因是我把「稻」字指食的問題，「粱」是指住的問題的。這正如飢餓與飢寒意思是不同的，飢餓是指食的問題，飢寒則是指食與衣二種問題了。

關於這個問題，有很有趣一個故事。以前孟子說「食色性也。」後來有一個太監，覺得「乞」與人性有關，於是肯定地大罵孟夫子寫了別字。他詮注應是「乞」字，這句意思是為了「食」而「乞」才是「性」，以為這樣方才可以講得通。在我一生生活中，住永遠是一個成問題的問題，現在也還是。硬認為「粱」字是別字的人，大概是同這個故事一樣，想是「住」在他沒有問題的，所以以為必須應該是「稻粱」吧？文字原是人用出來的，「稻粱」的用法也是很晚才有的，現在我們常用的詞裡，開始的時候也常使人誤會不解的。如「動搖」、「幻滅」、「愛嬌」、「鬥爭」、「史地」、「幻想」、「文藝」、「血債」、「血庫」、「主義」……諸如此類，我們用慣了，就不覺得什麼，而也許還有人以為「史地」的「地」，文藝的「藝」都是「學」的別字吧？其實，我的這首詩發表以後，早就有朋友同我談到這個問題，我就告訴他我的用意。當這首詩收集在詩集《輪迴》裡時，我想「稻粱」的用法也許太生疏，所以使朋友們好意的問我，所以又改作「稻粱」了。如果這位罵我的先生，肯查查《輪迴》，當知道他可以了解的

「稻粱」也正是在我的詩集中呢。倘若我認為「粱」字是筆誤，我也早就在封面上改為「粱」字，但現在我還是寫著「粱」。關於說《盲戀》抄襲什麼《苦戀》，那是很可笑的事。《苦戀》我根本沒有讀到過，好在是出版了的書，還有中文的譯本，讀者都可以找到來看。《今日世界》的編輯們，都是精通外國文字的，想更不難求個水落石出也。那篇攻擊我的文字我沒有讀過，倒想找來看看。如有詆毀我個人名譽與人格的，我是只能訴之於法律，而不想在文字上打筆墨官司，去占報刊上寶貴的篇幅的。

謝謝你對我的關心。我受寒，病了幾天，現在已經完全好了。祝福你。

Y

我小學生活裡的人物

G：

上封信談到我的小學。這小學現在還存在的。當然裡面的情形早已完全變了。我曾經在六年前去過一次，沒有人認識我，也沒有人是我認識的，我只是隨便走一圈，裡面的房子還是一樣，不過舊了許多。寄宿生已經取消，宿舍也不知改作什麼用了。看到那些農村的孩子，我想到我的過去，曾經引起我許多感觸。

在我十二歲回到那個小學的時候，大概是學校的卅周年紀念，還開了一個慶祝會，我也上臺表演了好些節目。那時候教員之中有一姓俞的，他曾經參加浙江省全省運動會，同我們談到運動會的情形，使我們非常神往。

我們小學的運動場很小，但我們也踢足球，俞先生總是同我們一起玩，常常把球踢到很遠，球場的外面就是村中的瓦屋，打在人家的屋上，免不了要打碎幾塊瓦片的。那裡的人家多姓張，住在裡面的人我們都認識的，球一打到他們的屋上，往往是裡面的老太太就要出來罵人。俞先生一見球到他們屋上，就很快地逃進去了。不知怎麼這使我覺得俞先生很可愛。球除了踢到人家屋上，還常常到河裡，有時候也到校門口的冬青樹上，我們就要費很大事才能拿回來。但是我們對於踢球還是很有興趣。踢足球總是下午放學以後的事情，那要先生領導才可有這個足球，平常我們踢小皮球，往往幾十個人分兩面踢一個小皮球，而這些皮球則是學生們自己帶來的。

當時愛好運動的先生，俞先生以外還有一個胡先生。胡先生會足球，會跳高，還會畫畫做詩。他還常常畫諷刺畫，在寧波一家報紙上發表，是一個絕頂聰敏的人，他一直同我很好，同學們也都非常愛戴他。我們學校的房子是舊式的，後面就是我們校董的家，這校董也姓張，同我們家還有點親戚關係。張先生有一個女兒，後來就憑翁老夫子做媒，嫁給了胡先生。胡先生家境似不頂好，娶了張小姐以後，由張先生介紹，後來到漢口一家銀行做事，但有時也回來到岳家來住。他到漢口以後仍同我通信，那時候他在漢口還同朋友們辦一張小報。可是在我畢業以後，進了中學，偶爾到母校去玩，知道他失業回來了，很苦悶，常常同俞先生們談心。有人說他愛了一個女人，有人說他賭錢，銀行裡有虧空，總之是發生一點什麼。許多年後，我聽說他與張小姐終於離婚，大概開始還是經濟關係，張小姐到寧波去教書，愛上了一個同事，所以要求離婚的。但是我的印象中胡先生總是一個可敬愛的人。此後我一直不知他下落，一直到我大學畢業，在上海做事時候，忽然接到他一封信。他是看到我在《東方雜誌》發表的一個獨幕劇，由此發興而寫的，我也回他一封信，以後我不知道什麼地方去旅行，就沒有同他聯絡，竟未曾同他見面。等我再想打聽他下落時，有人告訴我他已經去世了，這很使我感到人世的渺茫。

在我六年前重回到那家小學的時候，我站在運動場上想到的就是這位先生。但是那時這小小運動場似乎更小了，上面豎了兩個籃球架，大概因為場子小，足球改為籃球，實則作為籃球場，這也不很合標準的。

我進高等小學二年級時候，英文先生姓許，是個教會中學畢業的，他對於教書不但沒興趣，而且不負責任，上課總是無精打采，後來我知道他夜裡常常在學校後面一家人家去賭錢。這件事校長翁老夫子竟一點不知道。大概一年後許先生就走了。我到三年級的時候，翁老夫子也過世了。新校長姓袁，他教我們國文，也教我們英文，這樣我一直到畢業。這位袁先生後來在上海一家洋行裡做事，許多年以後我還碰到過的。

在同學之中，有一位姓張的，同我很好。不知怎麼，那時候他到城裡去買了一本胡適的《嘗試集》回來（當時《嘗試集》剛剛出版），被翁老夫子看見了大罵一頓，他認為張君不該把有用的錢買這無用的書。這姓張同學有許多出色的事情。當時學校出一個壁報，是先生們主持的。他在寢室的玻璃窗上也出一個壁報，大部分文章是他自己寫，也選他讀到喜歡的文章，這大概很使教員們不開心。有一個五月的國恥紀念日，鎮上一個小學校聯絡四鄉的小學舉行一個什麼會，姓張的同學同還有幾個人沒有去參加，我也沒有去，結果他拉了我們一起到各地去寫標語，大概都是「毋忘國恥」一類的字句。那天晚上，我回家了；那位同學同一位同寢室姓翁的，不知怎麼同教員們衝突起來，他們都被體罰得很凶，第三天他們兩個人就失蹤了。隔了許久，那位張君，才被家裡找回來。我到他家去看他，知道他一直跑到南通，預備到紗廠去找工作。我到他家去看他時候，他一點不出來，每天看書寫字，非常用功。後來他到上海進了一家洋布店做事，又到一個小地方做小官。據他的一位親戚告訴我，他吸上了鴉片，又愛賭錢，弄得很不好。現在想起來，覺得這個姓張的同學，一定有某種氣質是常人所不及的，只是教育並沒有把它培養起來，也沒有把它帶領到正常的有用的路徑，以致走到畸形的路徑而毀滅了自己的。

我在第一次離開那家小學時，初等小學還沒有畢業，到上海讀了一年才有第一張文憑。那家小學是環球中國學生會附設的小學，地址在上海跑馬廳的對面，大概是大光明戲院的舊址，那時候可只是一所很舊很破的房子。在那裡我們的級任先生是一位姓錢的女教員，教書很得大家愛戴，她改過的作文簿，我父親看了也稱讚她改得很好。那一年大概正是五四運動，我們小學生也到處去演講，錢先生率領我們，有一次好像被巡捕干涉了。她一面很慌張，一面只叫我們不要害怕。這印象留給我很深。

有一次，好像有幾個較大的同學帶我們到錢先生家裡去，敲了門但大家都沒有進去，只由那位年齡大的學生同她談幾句話。出來後，那位同學說：「錢先生每天同我們講清潔衛生，怎麼她家裡這麼髒。」這句話也留給我一個特別的印象。這位小學裡的先生，二十年以後，我知道她始終沒有出嫁，聽說她到美國留學，回來在濟南也不知道什麼商科大學教書。我有個朋友同她同事，我幾次都想托朋友介紹去看看她，但總是想想而沒有實現過。

那時候，教我們英文的有一位王先生，當時我們都覺得他教得不錯，但是後來我發現了一個有趣的笑話。那時候商務印書館一本英文教科書，每課上面先列了幾個生字，這些生字旁邊印著中文的解釋。在我們用的一本書上，裡面有一課把Tuesday與Wednesday印倒，結果Wednesday變成星期二，Tuesday變成星期三，他就這樣教了我們，我們也這樣記在心裡，以後好久我才弄清楚為什麼我有這個奇怪的錯誤。

在上海小學裡，我是通學生，每天早晨上學，吃一餐中飯，夜裡就回家了，所以同學的關係很淺，只記得幾個名字。我於初等小學畢業後，到了北京，不知怎麼，我去考學校，竟取入中學部。學校是一個陸軍中學，叫做正志中學，是徐樹錚辦的。校舍宏大，設備都很講究。我一跳三年，自然我是中學部最年幼的孩子。這學校既然是徐樹錚辦的，大部分學生都是安福系一群達官貴人的子弟，像我這樣一個農村裡來的孩子，那時候又不會說國語，所以常常被別人看不起的。那一段生活，我非常孤獨，但因此我很用功，那些中學功課居然都跟得上，而且不算壞。但是這陸軍學校的生活，一早依著軍號起床，上軍操，打拳擊，實在不是我年齡所勝任的。我讀了一年，還因為家庭裡一點事情，就又回到故鄉再去讀小學了。所以這一年雖是中學生活，實則只是我小學生活的插曲。正志中學是有附屬小學的，如果我那時候很正常的被取入小學部，也許我也就讀下去了。所以有時候想想，決定一個人的一生也許真是有命運的。每次我回想到我的小學生活總覺得實在很不正常，後來凡看到進步的小學，處處注意到兒童的生理與心理的，我往往非常羨慕。但是我竟無法重新回到小學生活去了。

總之，上海北京這兩段生活，在我記憶裡是很淺的。所以想得起的小學裡的人物，還是在我第一個也是最後一個小學裡的。而這些人物，多多少少都對我是有影響的。你問我為什麼不寫一本自傳。這是沒有理由的。實際上我的一生很平凡。受的學校教育不很平順正常，學校換得很多，後來我對於學校生活感到不喜歡，似乎也沒有一個真正對於我學業思想有直接影響的師友。

Y

我的中學生活

G：

每天起得很晚，前天為有點事，特別早起，到外面就看到成群的中學生，望著他們活潑愉快地去上學，心裡有許多感觸。想到我過去了許久的中學生活，覺得許多與現在是完全不同的，也許也是你所願意知道的吧。因此說了出來，讓你聽聽。

在我小學畢業的時候，正是許多中學改新制的一年。那時候，餘姚新成立一個春暉中學，我有一個堂叔極力勸我到那面去讀書，但是家裡反對，我就進了寧波的一個很保守的舊制中學。所謂舊制與新制，現在年輕的朋友也許不清楚了。舊制是四年制，新制則是六年制。六年制有三種，一種是四二制，一種是二四制，一種是三三制，分為初中與高中，後來逐漸統一，一律用三三制，即初中三年，高中三年。當時的大學是預科兩年，本科四年，舊制中學畢業可考大學預科，新制高中畢業可考大學本科。大學預科分文理兩科，但不分系別。所以以後高中二年級也分文理兩科，以接大學本科的要求。我在寧波只讀了一年，第二年就到了北京。我進的中學是成達中學，考的時候才知道這就是我以前讀過的陸軍中學改組的一個學校，當時名譽校長是吳鼎昌先生。大概也是受「實業救國」一類口號的影響，學校課程與空氣非常注意數學，可是傳統的陸軍學校校風，還是存留著。我在那裡先也只讀了一年。那時我有一位堂叔在一個天主教學校讀書，他信奉天主教，不知怎麼，極力希望我轉到天主教學校去；但是他的學校是讀法文的，我讀的是英文，所以由他的老師介紹我到上海聖芳濟學校去讀書。本來我在我堂叔影響之下，又與他們學校的修士們接近，也開始有點宗教的「信仰」，可是進了聖芳濟以後，我對教會學校起了很大的反感。當時上海租界還是洋人的勢力，聖芳濟學校分為洋童與華童兩部，而學校一切是偏向於洋童的。我記得有一個大雨傾盆的黃昏，學生們都在校門口叫黃包車，有許多華童叫了車子，結果被洋童們搶著坐去。當時站在一起的西洋修士們毫不阻止，這留給我很奇怪的印象。我一直以為穿著黑色道袍的修士們都是德行很高的，而我也粗知上帝的兒女們是平等的，而現在發現事實的確不是如此，這與我過去中國學校裡所接受的愛國精神有一種說不出的衝突。我當時是住在附近的一個學校宿舍，並不在等黃包車，只是等雨下得小一點走回去，所以我一直站在門口。看許多華童眼睛望望道貌岸然的修士先生，而他們一直裝作不見不聞，還招呼洋童上黃包車，我幼稚的心裡就非常不平了。我們的級任教員是聖芳濟高班畢業出來的，聽說家裡是開衣裝店，相當小康，西裝穿得很時髦，每當學生們功課不好，他常常用這樣的話來鼓勵學生：「將來你們書讀好，在外國人地方做事，賺幾百塊錢一月，也是你們的事。」這種話同我以前小學及中學所聽到的話實在太不相同。我以前所知道的總是中國的復興要我們一輩努力，而現在竟說我們努力的結果還是為外國人做事，這當然使我起了很大的反感。這只是兩件印象很深的例子，而日常一切使我感到不舒服的也很多。讀了一學期，我就離開了，我又回到北京的成達中學。我仍舊進我原來的一班，但是數學程度已經落後，費了很大勁方才補上。在我初中三年級快結束的時候，學校忽然要停辦高中，這是一件很影響學生的事情。因為考大學預科是需要舊制中學或四二制初中畢業，三三制是需要高中一年級的學歷的。我離開學校後就必須考另外一個高中的一年級去，我到天津考南開中學，錄取了那天我很高興，我回到北京拿我的行李。可是留在北京的中學同學們，則在要求學校當局多辦一年，已得當局同意，所以也留我在原校讀書。事實上當時畢業的同學，因為學校不辦高中，有的回南方，有的到日本，有的轉學。決心要求學校多辦一年而死守的不過十分之六，人數不多，所以很希望多一些人，於是我也就被留了下來。

那一年，學校有一點整頓。校長吳鼎昌先生在招生廣告上注明，自我們那年起，畢業第一名的學生，將由他自資送出國深造，這當然也給我們這一班同學很多鼓勵。一年以後，我們畢業了，第一名是一個湖南人姓姚的同學。這是一個又聰明又用功的青年，他曾經兩次訪吳鼎昌先生，每次回來同我們講起，吳鼎昌先生總是支吾其詞，其實他那時已是名聞全國的銀行家了，而對姚同學竟說些「我家裡開銷很大」的話，先還問姚君是學理科還是文科，認為學文科是不必「出國深造的」，後來聽說姚君要學理科，他就支吾著說待他大學畢業以後再說……總之，是一味敷衍而已。吳鼎昌先生的公子也是我們的同學，他比我們低一班，畢業時並沒有考第一，但他就到英國劍橋去讀書了，讀的並不是理科。吳鼎昌先生的大名我以後常常在各處聽見，多數人對於這個資本家都是推崇的，可是在我感覺中，他始終不是一個我可以欽敬的人。像他這樣有資望的前輩，對一個中學生，實際上是對一群中學生食言，總是不夠「風度」的。姚君後來在清華大學讀了一年，以後回到湖南，就再沒有聽到他的消息，有人說他患心臟病死了，但並沒有證實。

我就這樣結束了我的中學生活。

我的中學生活也不平順，也嘗到轉換學校的許多苦處。以後，無論在何處，每當再看到活潑愉快的中學生，都成了我羨慕的對象。要是我可以回到中學同他們一樣是多麼好呢？但是這竟是永遠不可能了。天氣很熱，就此打住。祝福你。

Y

北大區裡的小飯館

北大是一個可以不繳費用，去偷聽講的學校，北大旁邊的飯鋪也是可以偷吃的。

在中午十二時半或下午六、七時間，你可以看見一群群青年到飯館裡去，你要偷吃也可在那時候溜進去，叫好了菜飯，暢快地吃一個飽，於是你就同許多人出來罷！許多人到櫃檯去付賬，你就先溜出門口好了。

但是偷聽課是永遠不會查你的，而偷吃飯是只有一次的。下次去時，掌櫃或是夥計會向你討上一次的飯錢。他們有好的記性與眼光，你別以為他們傻。可是假如你偷吃了一頓許久不去，等有錢時候再去呢，那他們不但不會怪你上次飯錢拖得太久，反而覺得你先生痛快，這麼久前的飯錢還肯痛快的來還。

所以你可以偷吃，今天偷吃這裡，明天偷吃那裡。讓我計算你聽，北大前後的飯館：西齋裡面有一爿，二院門前有三爿，從二院到一院，一路有飯鋪四爿，東齋門前有二爿，一院西首有一爿，一院對面也有二爿。你瞧，一共十三爿，你依次偷吃，可以支持你一星期。

但是沒有一個北大學生是這個吃法的，他們並不要支持一星期，他們要支持四年呢。

有許多先拿出五塊錢立一個摺子，飯鋪就算你是老主顧了。於是你等到吃滿了，就可一直吃下去，吃到十五塊的時候，飯鋪的掌櫃在替你記新賬時要陪著笑說：

「先生，借一點錢給我們吧。」

「隔幾天給你好了。」

於是摺子到了二十元賬面時，那終有一天，當你拿著摺子記新賬時，掌櫃的又要說了：

「先生，借一點錢給我們吧，我們小本買賣。」你自然要表示歉意：

「但是我家款還沒有到呢。」

這樣，不滿二十一元，他又要催了，一次一次的催笑容越來越少起來，一直到：

「那麼到底什麼時候可以還我們呢？主顧都像你這樣，我們的飯鋪還能開麼？」自然你的笑容要越來越多：

「掌櫃的，你瞧見報麼？（這時候你帶著報的可以拿出去。）我們家鄉正在內戰，有錢我能夠不給你麼？我也是明理人，你們的苦衷我有什麼不曉得？」

乾糠打不出油，掌櫃也沒有辦法。他可以停止買飯給你吃，但又怕你氣，到了有錢時還不還，反而到別處去吃呢。所以他討的凶不礙事，飯還可以吃下去。有時候你真的被他們討昏了時，你一氣會說：

「沒有錢有什麼辦法，你討也是白討；等我有了錢自然會還你，老囉嗦有什麼用。」這樣以後，他們會平靜幾天。

等錢欠到三十塊時，你可以借或者當五塊給他。於是你又可以安耽些時。如果你一直沒有錢下去，你就只好換一個鋪子了。

可是你知道三十多塊錢吃掉了，一學期已經過去。這樣換幾個鋪子，你已經畢了業呢。

其實一學期吃三十多塊已經是中產學生，吃廿四塊、廿塊的還有。

你要不要我告訴你吃些什麼？北大旁邊的菜有北大味兒，名目有時也有點特別的。你聽見過「回鍋肉片瘦加三樣免辣子加豆腐乾大抄」的菜名嗎？你到那邊每天可以聽見。我告訴你，這是一隻很好吃的菜，每天吃這樣可要超出預算了。次一點的有「張先生豆腐」。這也是一隻炒菜，相傳是同學張君常常叫飯館這樣做，於是就以此出名了。但是這類菜還是太貴，有時候你可以吃素炒白菜或者醋溜白菜。同樣的菜在西齋去吃會更加便宜，因為西齋是在學校裡面，捐錢是免了的，不用醬油而用醬也是取巧的辦法，盤子稍小也是一個原因。西齋的菜以外，還有它的饅頭是可愛的。

在十來家鋪子裡，有幾個是只賣米飯不賣饅頭的，可是北方同學總要吃有饅頭的鋪子。二院右面一爿羊肉鋪也有饅頭；你去時叫一隻素菜「素炒鍋炸」是很好的，它只要十二銅子兒一碟，但是吃麵食這樣吃法還是頂不便宜。你可以到餅鋪裡去做半斤餅，加四個銅子兒豬油，偶而吃一餐也不難吃。有人自然會嫌它太乾，又不願喝白開水，那麼你叫「素燴火燒」吧，那是帶湯的。

包飯也有，大概在六、七塊左右，包飯的人過年時飯館有一桌酒請你吃，可是你要拿出一塊或二塊的賞錢的。

東西既然賣得這樣便宜，同學們又要簽賬，那麼鋪子不都賠本了麼？其實他們也有很貴的菜。有時候你有幾個朋友到那邊去小吃，或者你有時想換一個新的口味，他就會突然來敲你一下。他們會在豬骨頭上蓋好了醬豬肉皮，當作紅燒肘子賣給你。無論什麼菜不好，你是可以換，但是你下了筷可就不能換了。你想，這種白老虎在這些偶而吃到的菜上是容易看出來的麼？

可是或許這也是他們的政策。因為你叫新奇菜名時，那就是有錢的主顧，或者是主顧在有錢的時候了，大大敲你一下不是不很要緊麼？

因此他們不但不會賠本，而且會賺很多的錢，他們會很坦白地告訴你，要是同學們都不欠錢，他們早就發財了。

放假的時候一到，他們討錢可要起勁了；他們會在公寓裡同學間打聽欠債人的下落，如果是去車站打算離平了，那麼他會三、四個人到車站兜你，扣住你的行李，可是你車票已經買好，你只好說：

「掌櫃的，行李就存在你地方吧；好好保管著，下學期我要拿錢來贖的。」

可是兜不著的也很多，許多舊同學現在都做了廳長、縣長、校長、或者更大的官爵與更有名的學者了……，可是還是他們的債務人呢！不過最後我要特別申明的，據我所知，女學生這樣欠飯錢是從來沒有過，北大女生不常嫁北大男生不知可是這個緣故。

一月十八日夜三時。

書籍與我

我在很小的時候，就看《三國演義》一類的小說，後來又看一些林譯小說，但到了中學，我對於閱讀就已絕緣。那時候好像大部分人都以為中國之疲弱是因為科學不發達與工業落後，我們的中學就遵循著這個口號，要學生致力於數、理、化。上課以外，我們忙於做數學與物理的習題，再沒有其他看書的時間。我記得我那時候連報紙都很少看，學校以外的事情，真是什麼也不知道。

像這樣的學生，考大學倒是很占便宜。可是進了大學，才知道天高地厚，各種學問，竟連聽都沒有聽見過。那時候知識欲非常旺盛，好勝心很強，於是開始一個長長的時期狼吞虎咽的閱讀。不知怎麼，以後我對於書籍就開始迷戀，諸凡讀過的書固然都想保存，聽到翻到的書也想占有，預備將來慢慢來讀。最神經病的，就是對於許多著作都想讀原文，我後來在學校裡想學過許多文字——如德文、日文、俄文、法文，自然一樣都沒有學好，但是我竟預先的想有我看過的中英文譯文的原著，以為我慢慢地可以對照著讀，而逛舊書攤也變成我那時候唯一的消遣。

我是一個窮學生，現在真後悔我把有限的錢不用於吃而用於買書。自然那時候買的書沒有什麼太值錢的，但是有一批教授指定的參考書，則都是我從日本轉訂來的新書。這些書我實際讀了的不過四分之一。等我大學畢業，離開北平的時候，我把房子讓給一個朋友住，我的書就存在房間裡請他照顧。誰知我過了一個暑假回去的時候，他竟把我值錢的書都拿去賣了。

我當時非常傷心，很想再補購我失去的書，但是那些書靠長時期一本一本買進來，現在要一下子補充，自然是沒有這個力量。而在我以後留北平的時期，興趣與環境都有轉移，我的逛舊書店習慣未變，隨時還是在買想讀的書，因此再無力去補購過。

我不知道那時候怎麼有一種想法，以為我是以北平為第二故鄉的，我於再離開北平的時候，把這些書存在一個朋友家裡。再沒想到我就此一直沒有機會回去。那位朋友的房子原是他們自己的，可是多年以後，他們連北平的房子都賣掉了，我自然也無法知道我這些書的下落。

此後有一個時期，我對於買書的興趣不多，但陸續也積了一個書架。以後我去歐洲，雖然是窮，總也節衣縮食，帶了兩箱子書回國。這時期我在上海，很苦悶也很無聊，每天在家，就以閱讀消遣，這又開始我逛書店的習慣，我相信我的收入的一半又都換了書籍。

抗戰時期，我離開上海，我的書又寄存在戚友家，以後我到重慶，到美國，又積了不少的書，勝利後，我重回上海，我把我前存的書籍同我新帶回的書匯集一起。我把這些書都帶到我的故鄉，那是江南的一個鄉下，那裡還有我父親的許多書籍，我曾經作過粗粗的整理，以為此後隨時都可以回去讀讀書。其實，當時主要原因是上海房子很貴，我一個光身還有辦法，而這許多書，則就決不是一間小房間可以放下的。沒有想到存到故鄉以後，這些書再也無法同我見面了。

一個人的癖好往往是一種累贅。環境尤其是最大的條件，愛好書籍就還需有放書的地方，沒有地方，書籍的享受是不可能的。在這動亂的社會中，一個人既不可能在一個地方安定下來，身外的戀執實在是一種苦事。

我因此想到周作人「落水」的原因，他之所以不想離開北平，實在也正是他不想離開他安居幾十年的家，而主要的想也是他苦茶庵裡多年收集的心愛書籍，可是外物還是外物，在勝利後，他到了蘇州獄中時，他的書籍也都已散失了。

人在這個世上，都有所「執」，佛所教我們的是「無執」。但是人而無執，這短短數十年也就更加空虛。想到人生的無常，能「執」也應該準備能「捨」。「捨」是一種英雄的行為，對於我們這種凡人是不容易的。這因為「執」是一種累積的得，「捨」則是一種突兀的失。

到香港後，我發誓不再買書，但是零零碎碎的廉價版的書還是買了不少，不過我是準備著一種「捨」心，覺得隨時都可以拋卻。但奇怪的是有時候想到一本書而忽然找不到的時候，心裡還是不舒服。這種不舒服與想到我家中的存書而不舒服雖是不同，但是同是一種可憐的「執」。

我有一個朋友，一個人住在香港，有人問他為什麼不把太太接來，他說他夫人一來，家裡的房子就沒人看了。那麼房子是他自己的麼？不，是租的。房子既然是租的，他把太太接來，房子豈不就可退掉。他說因為那房子裡保存著他幾十年收藏的書畫。這個朋友的心境我是完全了解的，但是再仔細想一想，所謂收藏的書畫與家的存在究竟在哪裡呢？除了他心裡相信以外，實在很少根據。他既然在這裡，這個家對他只是兩個月一封信的聯繫。假如把這些書畫賣掉了，房子退了，他太太來此與他團聚，只要他能相信他的書畫與家還是同樣的好好存在著，這不是一樣可以安慰自己麼？像現在這樣，他一個人在這裡，他固然並沒有他心愛的書畫，也沒有心愛的太太。如果能有「捨」心那至少可以與太太團聚。老實說，他自己既不知道什麼時候可以回家，也更不知道他回家時是否還能「書畫依舊」。而竟執此難捨，這也竟是書生共同的一種弱點。

在我，對於書籍的戀執，也只是「執」的一種，書籍以外，我還有許多戀戀難捨之「執」，如對於故鄉，對於舊遊之地，對於久違的親人，對於已逝的愛，甚至對於已失的贈物，每一想起，我都感痛苦與戀念。有時候想想，覺得這些「執」才是有我的生命，如果「無執」，也許我的生命也就不存在了。這因為一個人最基本的「執」是生命，除非一個人對於生命可以隨時準備「捨」，對於其他可以無以「執」，否則，一切的「執」也都是對生命的戀執。

談到書，我現在正看到大陸出版的很多可愛的重印的書籍與複製的畫，對於我這種有「執」的人，有時不免躍躍想買。可是我真不了解在大陸的知識分子也會有人想去買它。因為用無產階級觀點來看，愛收藏這些書畫，實際上還不是小資產階級的私有欲，或者是知識分子的劣根性，似早應該肅清與掃絕才對。而且當居住的自由已失，職業的調動唯命是從，隨時準備為人民服務而變動而犧牲的社會中，作為進步分子，對生命都應該無所執戀，怎麼還有什麼心情去收藏書畫呢？因此，其結論應當只是兩個，一個是鐵幕裡並沒有人買這些「勞什子」，一個是鐵幕裡的人還是同我們一樣的有所戀執。如果一個人對於精印的書畫都還會戀執，那麼對於人間的溫暖，傳統的情感怎麼有「捨」呢？

捨是不易的事，自然無執才可以無捨，然而無執豈是我們這種凡夫俗子所能辦到的。我對於書籍戀執，不過是我千萬戀執之一，其因此而生的痛苦，實際上也只是我生活上因對其他的戀執所生的痛苦的千萬分之一，這也可見我們這種凡夫俗子，短短的一生該有多少的痛苦了。

我的消遣

我不知道消遣與娛樂在字源上有什麼不同。在常識上講，娛樂大概就是積極的消遣，消遣大概就是消極的娛樂。

中國不知從什麼時候開始，對於娛樂就非常看輕，好像娛樂就是不道德。實則所謂人生，衣食住行以外就是娛樂。而娛樂也往往就在衣食住行裡面。如果衣只為保暖，那麼一切式樣與花色，就不需要；食只為果腹，燒菜的藝術也不會發達；住只為避風擋雨，建築藝術與室內布置應該都不需要。至於行，行之有火車、飛機、汽車，而火車、飛機、汽車中又有各種點綴與設備，也都已有娛樂的成分在裡面。

在複雜的人生中，社會越進步，娛樂與生活也越分不開。

娛樂與消遣，一般都說是調劑生活的，實際上，如果沒有娛樂與消遣，所謂生活也就不完全了。即便像苦修僧一樣的生活，一切娛樂或已完全放棄，但是消遣還是有的。在念經之餘，看看天空的雲彩，祈禱之暇，望望花草，這也就是一種很具體的消遣了。

娛樂與工作，本來就很難分。有許多辛苦的工作，在業餘的人做起來也往往是娛樂；而許多娛樂，變成了職業也就是工作。我們隨便唱唱歌是娛樂，可是歌唱家的唱歌則是工作，我們星期日去划划船是娛樂，可是在船夫則是工作。一切游泳、攝影、跳舞、寫字甚至寫文章都是一樣。

以讀書來說，普通人愛把書分為兩類，一種是閒書，一種是正經書。所謂閒書大概是指詩歌、小說一類的書，所謂正經書大概是指教科書或學術書；以為閒書只是為消遣之用，正經書才是與學業、事業有關。可是許多小說家與詩人，他們偶爾看看經濟學或相對論，則正是當作消遣，而讀小說與詩歌則反是工作。

娛樂大概是情感的，消遣則是屬於理智的。我想到自己童年時代的心情，對一切嬉戲都好像有一種熱望，年紀越大，熱望越少，對什麼新鮮的玩意，在過去可以喚起娛樂的渴望，現在只覺得是一種消遣而已。即以看書來說，在知識欲旺盛的年代，對愛好的書籍作狼吞虎咽的閱讀，這種熱望漸漸消失。現在大部分的書都覺得在可看可不看之間。但是如果是作為求知而論，這樣的閱讀真是毫無用處；但作為欣賞而論，則似乎隨興看看比狼吞虎咽反而多有滋味。旅行也是一樣，以前一聽到沒有去過的地方，就覺得非去不可；現在則覺得隨便什麼地方，都可以隨興去看看，並沒有非去不可的，或去了就非常高興的心情。

娛樂大概都有專好，認為除此以外，別無他種可以代替。消遣就可以不計較什麼。幾個朋友相聚，往往因興趣不同，為娛樂爭執，如有人愛去跳舞，有人愛去打牌，我則以為如果只當作消遣，那麼幹什麼都是一樣。

我很羡慕許多比我年齡大的朋友都有「非此不樂」的所好。這種精神，似乎都是年輕人的精神，這就是說他們在消遣之中有積極的「樂」可以追求。我的生活，慢慢好像苦行僧一樣，只有消遣之念，而無娛樂之心了。

我的消遣有兩種。一種是個人的，我可以躺在床上，旁邊放著一大堆書刊，這本看看，那本翻翻，一直到天明。我的閱讀毫無目的，讀後也很少能記憶，有許多書太專門，我也似懂非懂，不求甚解地看下去。我還可以把唱機開上，選七、八張唱片放在上面，聽其演奏，我任憑我的情緒與想像隨音樂浮盪，但我並不想對於這些音樂詮解，我只是消遣而已。自然，一個人不是可以永遠孤獨，有時候也需要朋友，於是也就有第二種的消遣。那就要看朋友的人數與興趣，郊遊也好，打牌也好，跳舞也好，我都可以也願意奉陪，只要這些朋友是我願意同他在一起的。

打牌在香港是一種很風行的娛樂，但當作消遣，就必須小作輸贏。娛樂性的打牌，我相信應當越大越有趣；消遣性的打牌則不然。我對於打牌技術並不精通，也不想求其精通。我常常覺得牌的變化正如人生的變化。有時候順利得如走運，有時候拗逆得如倒楣。許多朋友，勝利時往往自認技術高明，失敗時就怪牌風不順，我則覺得勝利正是牌風順利，失敗則是我技術不行。許多人的打牌往往是欣賞自己的技術，我則愛欣賞牌的變化。對於我這種「搭子」，打牌的朋友大多不喜歡，原因是我不喜歡打得太久，太久了在我就失去消遣的意義，我也不願意輸贏太大，輸贏太大，我也就失去了欣賞牌的變化的境界。一個人在生活上許多變化，實在太像牌的變化，許多高僧也許對人生可以取欣賞的態度，我自知修養不夠，未能臻此境界，原因就在輸贏太大。所謂輸贏太大，即在生活上有飢餓疾病以及一家人安全的威脅，一想到這些威脅，欣賞的態度就無法保存了。

跳舞也是最好的消遣。但跳舞的伴侶沒有打牌的伴侶易覓。如果只帶一個女伴去，那就比什麼都要困難。很少女伴可同你單獨在夜總會裡作數小時的相處，而可以使她對你不厭倦，或要她使你不厭倦的。這因為在這短短的對坐在一起，或相依去跳舞的幾小時中，所需要的投契方面太多。因此我所說的跳舞是指六個、八個友好同去，可是這些朋友，也至少要彼此很熟，大家都以消遣為目的才好。倘若其中有一對夫婦剛剛吵架，或有一個人狂飲失態，那也影響了整個的空氣。

我對於一切競賽的運動毫無興趣，但覺得游泳則是一種很好的消遣。我的游泳技術不高明，但我喜歡躺在海水上看天空，有雲無雲有太陽無太陽都好玩，因為這使我可以看到我與地球的關係與我自己的渺小，也可以使我悟到人生的空幻與許多計較的虛妄。不過出發前的準備與脫衣換衣則實在是一件苦事，有這些麻煩，往往也使我懶於去享受躺在海水上的欣賞。

能夠同朋友閒坐談天，這當然是最好的消遣。但閒談的友伴也不容易找。有些朋友愛談圈子裡的是非，有些朋友愛談社會上的黑暗，有些朋友愛談政治，有些朋友愛談個人的牢騷，這些談話，我覺得毫無消遣的意義；有些朋友愛引經據典，討論學術思想，這也不是我所喜歡的，因為這在朋友間往往會彼此意見不合，引起紛爭，我在旁無從為他們調解。最好消遣的談話，莫如談談各人的見聞，但必須略去他或她的戀愛史。戀愛或性生活，我覺得這是兩個人的事情，一作談話的資料，大都肉麻蠢俗，沒有一點是有趣的。我也不喜歡看別人的情書，許多名人的情書我都看不下去。自然，我也同別人通過情書，也同人談情說愛，但這與消遣的境界距離太遠了。

此外我也還有別種的消遣的生活，如買一條領帶或什麼無用的東西，修修打火機，看一場電影，同遠地朋友寫一封沒有事情的信，偶爾為人照一張相，打一個電話給多天不會的友人，在窗口看看鄰居孩子的遊玩，諸如此類，可以說是說不盡的。

寫到這裡，我忽然想到我的消遣與人何關。寫寫也只是為消遣，希望讀它的朋友也只當作一種消遣，那就彼此不失為徹悟消遣為何物的人了。

我的睡眠

最近有朋友上午來看我，我在睡覺，他不願叫醒我；到下午又來，我也在睡覺，他又不願叫醒我；到晚上又來，發現我仍猶在睡覺。於是他留了一個字條，約我第二天去看他。

他說：「你到底多少天不睡覺了，昨天睡了一天一夜。」

我說：「昨天我只睡五小時，衹是你來的時候，恰巧是我在睡覺就是。」

我說的是實話，睡眠在我沒有一定的時間，是我生活上最大的苦痛。我不知道從那一年開始我有了這樣的習慣，但總好像是抗戰勝利以後幾年中慢慢養成的。

讀偉人名人的傳記，記得有許多人一天睡四小時即足。但不知道他們是不是一出世就是這樣的。在我，當我五歲的時候，記得每天睡八、九小時還是不夠。早晨上學，每天母親來把我叫醒。如今想起來覺得這實在是一個很殘忍的教育。後來進小學，我一直有早起的習慣，即使在假期中，姊姊們總是睡到九點鐘才起來，我則五、六點鐘就睡不著了。

中學生活我過得很正常，雖是早晨有時靠舍監叫醒，但我不是一個最愛睡的人。據舍監講，這並不是學校所給我們的睡眠時間不夠，而是我們夜裡睡在床上談話之故。這話雖是不錯，但我總覺得把睡熟的人叫醒是一種刑罰。因為早晨被叫醒，上課的時候，注意力往往不能集中，有的甚至打瞌睡。我不相信這是很好的教育辦法。

考試的時候，我們常常開夜車，但這總是短時間的生活，一放假，生活又很自然正常起來。進大學以後，智識慾旺盛，興趣廣泛，夜裡常常看書到很晚，但是這並沒有改變我早起的習慣，八、九點鐘的課我很少晚到。於是不知怎麼，我竟養成了午睡的習慣，這習慣一養成，從此再也無法改掉。一有午睡，夜裡正可以多有時間讀書，此後我的睡眠無形之中就定了六小時，夜裡睡四小時，午睡二小時。好在必修科都在上午，午後的功課，我一律不選。這四二制的睡眠，我一直沒有改變。如果我大學畢業後可以找到一個衙門或洋行的職業，我的習慣也許早點校正；偏偏一直失業，而自己忽然對文藝與寫作有了興趣，夜裡的時間竟變成了職業的生活。

當時我也寫過關於睡眠的文章，我以為一個人吃飯一日三餐，睡眠也應當分為二次。所以我主張二元睡眠。不久以前讀邱吉爾爵士的《大戰回憶錄》，他說到在大戰最忙煩的時期，他總是下午睡一、二小時，這於他精神很有幫助。我想這正是我的經驗與想法。如果一個人早晨精神最好，那麼分兩次睡，就是有兩個早晨一樣的精神了。

可是在我，這四二制的睡眠習慣並不能保持不變。原因是我後來晚上多了一些應酬，特別是上海的孤島時期，心境不好，想化錢的朋友多，他們常常拉我天天跳舞到很晚，回家已經是一、二時，於是我的看書寫作生活就改到二時開始，就睡的時候已是天亮。可是八、九時家裡都已起來，有時有人看我，有時我要去看人，所以不到十時總已起床。這樣我就在午飯後再睡，仍是兩小時。下午當然有許多事情不得不出門，回家是傍晚，吃晚飯還早，躺在床上看看報紙雜誌，我不免又睡了一回。

這樣，我的四二制睡眠慢慢地變成二二二制。這就是說，我的六小時睡眠變成五小時睡眠了。我很相信，分睡的辦法是使人可以少睡。如果你需要八小時睡眠，分為兩次，則六小時即足；分為三次則五小時也就很夠。

假如社會上人人如此，這當然也許是可行的。可是社會上大家不這樣，我一個人這樣，這就非常不容易辦。以後不知怎麼，這三個睡覺時間就再無一定的段落。最大的原因是我離開了家庭，又開始了一個人的生活。夜裡通宵不眠，也無人催促，早晨往往到十時才睡，醒來已是午後。趕快辦當天應辦的事，午睡就無法再有。偶然有空想午睡，一時竟也無法睡著，拿一本書看看吧？往往到黃昏才有睡意。

有許多朋友患失眠症，但是一睡著就是八小時；我則睡著兩、三小時一定醒來，醒來再睡，就要隔許多時候。分三次睡，如果一睡就著，合起來也只是五小時，本也並不太費時間，可是如果每次都要失眠，都要躺在床上兩小時後才入睡，那麼這五小時的睡眠，就需要十一小時的時間了。

對付失眠的方法很多，但仍是要一個時間。比方看兩本不大懂而枯燥的書吧，也要看一、二個鐘點方能見效。倘若一見效一睡是八小時，這方法當然不錯，可是我一睡祇是兩小時，一天三次，這方法也要費六小時。

因為睡眠時間不一定，一切約會都變成一個負擔。譬如約會在十時，而我在九時方才睡著，則往往無法醒來。有時候一看快到九時，自己尚未睡，就索性不睡，穿好衣裳，到咖啡店喝一杯咖啡，趕赴十時之約。可是事到臨頭，竟頻頻呵欠，聽而不聞，視不而見，談話文不對題，做事上不接下，往往被人認為我對人沒有禮貌，對事沒有誠意。這樣錯過發財機會，恐怕也不祇七次八次了。

記得我曾經問一個吸鴉片烟的人。我說：

「究竟吸鴉片烟有什麼好處？」

「啊，好處一言難盡，在我，頂受惠的是我精神的預算。」他說：「比方有一個重要的事情，需要半天的時間。我就可以斟酌吸烟的分量，使我的精神可以應付裕如。」

這對於我不吸鴉片者聽來，覺得無從捉摸。但我想如果一個人可以預算睡眠的時間，以應付當前的工作，這當然是再好沒有了。

如果我可以在沒有事的時候多睡，使我有事時候不睡，那麼一個人失業時候可以常年睡覺，以待有兩份職業日夜不睡之用。這豈不是省得許多麻煩。

偏偏人的睡眠不是這樣自由，可睡的時候往往睡不著，而不該睡的時候又常常昏昏欲睡。

自從我的睡眠不正常以後，許多刻板的職業如衙門、洋行一類的事固無法接受，即許多定時的職業如教書一類的事也不敢擔當。不但如此，我的朋友們因為我的睡眠時間不容易捉摸，可以托我的、約我的、邀我的，也多不敢對我領教。這樣無形中失去職業與事業機會的，少說說恐怕也不祇幾百次了。

許多人對我睡眠習慣的輕視，正如對有吸毒習慣者一樣的輕視。無論是討論正事，或者是遊玩，我竟同有煙癮的人一樣，當我睡癮來的時候，我總是無精打采，睡一覺以後，等於有烟癮的人吸了烟。可是隔了四、五個鐘頭，我的睡癮又起，你說，這多掃別人的興？

我曾經同醫生商量，醫生也沒有辦法，他說：

「你太自由，你應當找個一天八小時工作的職業，三個月以後你就正常了。」

「那麼，我有這樣的毛病，誰要我去做職員呢？」我說：「我可以為你掛號麼？」

「那麼，等你習慣改正常的時候，我的生意也沒有了！」他笑著說。

一九五四，八，十。

到一個水準，但都沒有成功。先是在上海，那裡游泳池的人山人海使我覺得有正月裡到城隍廟裡燒香一樣的感覺，去了一兩次就提不起興趣了。後來在美國，同一個姓陳的朋友約好練游泳，可是我下水兩次，耳朵發炎，用了九元美金方才醫好。第二次再試行下水，當夜耳朵又腫痛起來，這次沒有看醫生，隔了三天才好，可是我就再不敢去游泳了。眼看姓陳的友人學會自由式，又學會蛙式，在水裡往來自如，深感自己低能。覺得我這輩子，除了航海遇颶風，將不會再下水了。但是如今在香港，所有的朋友似乎只有兩黨——不是打牌黨，就是游泳黨。你可以身兼兩黨，但不能非左非右。你想找朋友聊天，他說：「我約了人去淺水灣游泳，你一同去吧。」你想請朋友下棋，他說：「下棋有什麼意思，我們正開好房間，約好了人去打牌，你一同去吧。」既不打牌，又不游泳，在香港的夏天，那只有到人家寫字間去接洽生意了。接洽生意是假的，找朋友是真的。於是我在他們下班的時間，我也就跟著他們去下水。最幸運的是我耳朵沒有發炎，從此我也加入了游泳黨，一星期兩三次的到海水裡爬爬，後來居然也會爬一二丈遠，覺得自己尚不是完全不可造就。我立志第二年暑期要游到跳臺才行。但是第二年的暑期，這群寫字間的游泳黨竟完全變節了，他們加入了打牌黨。今天在張家，明天在李家，不然就是開房間打牌，我也就沒有機會去游泳。自然我還有其他游泳的朋友，可是有的時間不合適，許多人一早八點鐘就出發，而我為睡覺是不能追隨的；有的地址不合適，許多人習慣到游泳池，而我因怕耳朵出毛病也不敢追隨。不知怎的，長長的暑期只去過五六次，更不便的是同去的友人中竟常有情人相隨，我覺得有妨礙人家戀愛自由，所以就懶得去了。到今年，我決心每天，至少隔天到海邊去一趟。恰巧一個朋友做了××體育會的幹事，來拉我和同好幾個朋友入會，每人拾元，據他說那個體育會有兩個遊棚。我們入會以後，大家可以組織一個小小團體，一星期去三四次。我當然非常贊成，別人也覺得他的意思很好，當時大家就出拾元港幣，他給了收據，不久還寫給我們一張紅色的會員證，我們就推他做大經理，請他領導我們，他一一都答應了。這樣我滿以為今年的游泳一定可以起勁一些，誰知道就為有一個團體，領導的人推三推四，不是說某人沒有工夫，就是說某人有事；等我們大家聚在一起時，大經理自己不是太太生日，就是女友搬家。結果我的興趣就完全掃盡，長長的暑期只下過兩次水，那還是別的朋友請客。游泳是夏天最好的運動，這是大家都知道的。在我，這還有一層別人所不曾領略的意義。那就是白天游泳，夜裡可以早睡。但是這個習慣必須在天一熱就去游泳才好。否則開始不先養成好習慣，晝寢的習慣就馬上佔先，晝寢的習慣一養成，夜裡的睡眠就更不易。夜裡少睡，晝寢更長，以後別人約我游泳，我就覺得毫無時間與興趣了。

我本來是一個慣於晚睡的人，平常總是在一兩點鐘，過了香港的夏天，我養成天明五六點鐘方才入睡的習慣。這真是一個可怕的事情。如果我可從五六點鐘一直睡到下午二三點鐘，這當然也沒有什麼。偏偏這又不為社會所同意。早晨房東要送早餐來，上午有郵件，八點鐘馬路汽車更響了，十點鐘鄰居打牌聲音就來了，不用說前後左右上下的呼聲都是從九點鐘就開工的。於是我的睡眠常常只有兩小時，醒來以後，洗個冷水澡，吃了早點，頭腦當然還是昏昏的，我只好再睡在床上，拿起一本書看，看到睡著為止，繼續睡著，一小時就又被什麼聲音吵醒了，於是又拿一本書，再看到睡覺為止，如此就變了一天到晚睡在床上，也是一天到晚在看書了。越是睡得不好，越是怕炎熱的陽光。要一直到下午五六時，斷斷續續總算也有了六小時左右的睡眠，水喉也有了水，我沖個涼，方才出門，辦些必須辦的事情，吃一餐比較正式的晚飯。有時候看一場電影，買了一份晚報，回到家總是十二時。看看報，拆閱郵件，寫寫信；因為每天總想把生活改正，早點入睡，所以二三點鐘就上床。但總是睡不著，免不了又是拿起一本書，一直到天明時才有睡意。

這個可怕的生活使我體重減輕了七磅，有人說我太懶惰，有人說我太用功，實則我只是一個最怕熱的人。我的看書可以說是最不正經看書，既沒有計劃，也沒有系統，記憶力既壞，又是常在頭腦昏昏睡眠不足的狀態中，可以說只是為使睡眠的中間有一個寄託就是。

在許多種西洋語言中，讀書與看書是不分的。中國語言有讀書看書兩種說法，我覺得很好。雖然這兩種說法並沒有劃分得很清楚，可是在我的感覺中，總覺得「讀書」是一種認真的求學，「看書」則是一種隨便的娛樂。這種說法，自然有許多人反對的，也很難自圓其說。但也不見得完全沒有道理。自有讀書以來，中外古今始終有兩大派系，一派可以說是正統派，一派則是獨立派，前者也可以說在朝派，後者也可以說在野派。正統派讀書是有計劃的，有目的的。或為治國平天下，或為耀祖揚宗，或為考舉人狀元，或為考碩士博士，或為應付考試，或為寫文章與應付學生……這派讀書是需要有條有理，人名的名，生卒歲月，統計數字，都要記得清清楚楚。人家一問，信口作答，可以一字不錯，因此一字之疑，即當博查；一句之別，尤應強記。一般學校裡讀多少學分得什麼學位，都是正統派的讀書；因此在方法上必須襟正危坐，做摘記，查字典，比較版本。許多書唯讀有關的幾章，雖有興趣，亦需為經濟時間不讀下去。沒有興趣的為計畫所有，亦不得不讀。這一類讀書，可以說是意志的讀書，在計畫之中，讀不完的就不許睡覺，古人有用刺股法的（瞌睡時用錐子刺自己大腿一下），有用吊梁法的（把髮辮吊在梁上，一瞌睡就被拉醒），有靠紅袖添香，有靠家人監督，現在則或用咖啡濃茶，或用秘書伴讀，或招女友互問，總之目的在讀必讀之書。獨立派讀書目的就是讀書，既不為中狀元，也不為做大學教授，既不應考，也不考人；既不為分數，也不為學分。這一派讀書態度往往自居清高，瞧不起正統派之苦讀，其理由為興趣論；以為讀書是樂事，興之所至，浴缸中馬桶上都是讀書之地；其態度為「好讀書，不求甚解」，既無計畫，又無方法；不做摘記，不問究竟，有興趣的書一讀再讀，無興趣的書一翻即拋。這派的讀書因此可以說情感的讀書。

我們從小既是受過學校教育，自然讀書是受過正統派的訓練的。當我小的時候，讀書的坐法是幾乎有規定，兩隻手應當放在何處也有一定；手上拿著鉛筆橡皮也是犯規的行動。朗讀詩文時，我們可一面走一面背，但絕不許躺在床上的。所以應當是有很好的正統讀書習慣。可是，在我讀中學一年級時候，學校中忽然有了讀《紅樓夢》一類小說的風氣，在睡眠的時候，開始捧著一本小說。寢室裡油燈很暗，還高高地吊在天花板上，這當然無法使人看書，而且九十點鐘就要熄燈，所以我們就用洋燭藏在鐵罐紙匣中，偷偷地放在帳子裡枕頭邊，在熄燈以後點起來看小說。這是我初次踏入在野派的圈套。所幸習染不深，不久就轉學了。

而我新的中學是講究尚武精神，沒有看小說的風氣的，功課完了，就是運動。而功課之忙，也使人沒有餘暇看閒書。頂忙的是數學，一天至少有六七十個題目要做，此外英文中文都有功課；數學先生還要求學生把練習簿寫得乾淨，偏偏那時候我是個好學生，整個時間就被這些功課佔據了。因此，我的讀書完全是正統派的路線。

到了大學，開始要讀教授指定的參考書了，當然也完全照正統派的辦法，摘筆記，查字典；但是後來因為一厚本的筆記被老鼠咬壞，我就不高興做筆記，改用紅鉛筆在書上做記號，凡自己的書劃得清清楚楚，圖書館借來的書則做暗號。這些開始時自然還是案桌上的工作，後來因為北方天氣冷，夜裡一個白泥爐子，房間不夠熱，於是添了一張舊沙發，坐在爐火旁邊讀書，爐火上放著開水，吱吱作響，不知怎麼，我對於讀書開始覺得是娛樂了。因此，教授未指定的我也就看下去，而應當做摘記的也不做了，許多要查考的地方，因為懶得站起來移動，也就推移明天，而結果終於忘查了。這時候，我的讀書實在已是越出正統派讀書的規矩，而偏偏那時有許多新的風氣與學說盛行，頂厲害的就是從日本傳來的馬克思列寧一派的學說，這些又正是學校裡不注重的東西，據馬克思派說，這因為是資產階級學校裡怕人見到真理，所以故意要忽略它。為真理，我們自然要看這類書的。好在市面上買買不難，朋友手上借借也易。因此在學校指定的書以外，又加上一種必讀的書。這一類書以外，還有兩種書，因為人人在談起，也是不得不讀的，第一是關於性知識的書，第二是流行的文學。為這許多要讀的書，常常把睡覺的時間越拖越晚；有時候因為爐火已滅，有時為節省煤球，開始到床上去看書了。先是上身靠在床上看，後來就索性全身鑽到被筒裡了。

　　這是一個可怕的陷阱。開始我在床上還只能讀些薄薄的小說，後來我居然可以在床上看四五百頁的厚本的西裝書了。我能很輕易地把書面放在床上，靈活地翻閱書頁，自然我仍感到書的單頁還是不容易閱讀的，我當時覺得印書的方法應當改良，我主張書應當從雙頁印起，順著雙頁下去，等印完雙頁再從後面單頁印上來，這樣可以使在床上讀書方便許多，於視覺也可以少有害處。自然我的主張始終沒人去實現過，倒是自動唱機發明以後，許多音樂唱片是照我的主張實現了。這就是說，它的次序是半數完了以後再行翻面，而不需要一張一張地翻面了。總之，床上看書的習慣養成以後，我就完全向在野派投降了，再不會鑽出被筒去查考他書，也不會把費解難記的內容標劃出來。我變成了最糊塗的讀書者了。

　　看書既是跟興趣而來，而興趣的條件實在太複雜，往往為興趣的調節變動，時時需要改換。

這正如吃中國的飯菜一樣，幾隻菜放在一起，那碗吃吃，那碟吃吃，就比光吃一隻菜要有滋味，於是床上就堆滿了不同的書，這本翻翻，那本看看，再沒有好好的讀一本書了。在上海時有一次病了，醫生來看病，他看我床上的書，拿起了翻翻，忽然他發現一家舊書店的圖章，知道我是經舊書鋪買來的。他馬上勸告我把書拿走，他說誰知道那裡面有多少細菌在陪你睡覺呢。經過他的警告，我開始學習把書移放到床邊桌上去。

到香港以來，我第一願望是不再看書，第二願望是不再買書，前者沒有成功，後者因為沒有錢，倒成功了一半。但因為後者成功了一半，手頭的書則大都是隨便在書店裡買的普及版，以及朋友和書店送的，與一些為約我稿子而寄我的刊物，因此這些「看書」也就更是沒有計劃，同時也就更是不依自己的興趣，有什麼就看什麼，一本沒有興趣，換一本，換七八本也就混過了一段時間。而長長的暑期終於在床上這樣混過去了。

文藝趣味與背景

G：

謝謝你的信，所提二十六期《今日世界》，有關於美國作家海明威《老人與海》的廣告文章，談到我有意要把它出版的事，這完全是不確的。事實上是楊際光兄編的《幽默》十一期有《老人與海》的譯文，刊出來以後，美國新聞處的職員宋淇先生請我吃茶，問我們是否有意把它出版，我當時就告訴他我們沒有興趣出這樣的書。

事情真巧，《幽默》第十一期刊登了兩篇翻譯，都是美國作家的作品。那兩位作家，正是海明威與賽珍珠。賽珍珠在美國以中國通出名，但是她不但不通而且把中國歪曲得可恥可怕。賽珍珠的中文程度很有限，對中國的歷史及現狀，更可說是完全無知，而美國人竟被欺矇得承認她是中國通，也足見一般美國人對中國之認識之幼稚可笑。我真不知道她憑什麼能力翻譯中國的《水滸傳》，後來才知道是八個中國的大學生幫她翻譯的，而她在序裡並沒有提及，這使我感到是一個無恥的勾當。賽珍珠的小說，永遠以中國為背景，而沒有一本小說對於中國不表示歪曲無知，浮淺可笑的。其所著以美國背景的小說，美國人也是不要看的。海明威的作品，我曾經非常謙虛地拜讀過，我覺得除了他有他的特殊風格以外，內容沒有一點曾使我感到興趣。在他的《戰地鐘聲》、《戰地春夢》的兩本書中，所表現的美國人的民族優越感，實在令人可憎。其所寫的性愛，尤其令人作嘔，而他竟自誇這是近代羅密歐與朱麗葉的愛情。至於《老人與海》，我覺得寫得不能算壞，可是是一篇平面的東西，絲毫沒有深度。海明威作品所表現的，始終是美國移民時代的一個傳統，生的要求，力的舒展，意志擴展的享受，可愛處在原始的粗獷與生命的容量，但可惜處處流露其淺薄與自大。碰到社會的題材，往往變成非常輕佻與肉麻。他所寫的在西班牙內戰中，被美國人所愛的女人，完全不像是一個獨立的人，好像只是一個平面的沒有靈性的美麗肉體，一下子就被一個精力充沛身體結實的美國人肉體所征服，而她此外也再無別種要求了。海明威的作品，是美國一般人所喜歡讀的，但是在中國讀者之中，除了為廣告所欺騙以外，很少人會喜歡他的。因為他缺乏含蓄與深度。而中國人對文藝的要求，傳統上是最看中這些的。

事實上，美國讀書人與美國的一般讀者的趣味也是不同的，大多數對文藝有興趣的人反而喜歡毛姆的作品，這個英國作家在美國走紅，大概也因為他是比較有深度吧？對文藝的趣味是與民族的傳統與背景很有關係的，譬如《紅樓夢》在中國人讀來，十分之九的人懂得欣賞，但是美國人是完全無法欣賞的，不但無法欣賞，而且也不懂為什麼我們在欣賞，正如他們不了解我們在書法上有藝術的欣賞一樣。我們所以比較能夠了解美國人的趣味，還是因為我們對於西洋的文化傳統背景有點較久較深的接觸，否則恐怕也一樣的不知道為什麼他們在欣賞另一類的文藝作品了。

在海明威與賽珍珠兩個作者之中，海明威所代表的正是美國人的趣味，簡潔有力，活潑有生氣，樂觀與積極，但是簡單幼稚淺薄肉麻；賽珍珠所代表的正是一般美國人對中國的態度，歪曲無知而又冒充內行，表面上表示同情，下意識含著輕視，而又非常自信；好像他們對於中國的問題比任何中國人都了解透徹，而又最有能力解決這些問題似的。近年來，美國在中國的失敗，不說事實上只說心理上的失敗，恐怕也是這兩種態度莫名其妙的混合所造成的吧。當中國的通貨膨脹時，中國的大學教授們生活非常艱難，美國曾經表示同情的救濟，但是中國的教授們拒絕了。我相信美國是善意的，但是中國知識階級覺得這種施捨是含有輕視之意的。這大概也不是美國人所了解吧。

在 *The Enemy Within* 一書中，雷震遠神父說到美國一個軍人為集中營遣俘事情，以為很容易辦到，而結果拖了許多日子的事情，也寫出美國人處處憑一個幼稚的積極，活潑的樂觀就以為可以解決一切的現象，這在中國竟都碰壁了。我們還記得大戰勝利後美國兵強姦北大學生沈某的事情吧？這正是海明威在西班牙內戰時所處理的題材，碰到沈某不只是平面的肉體時，所謂現代的羅密歐與朱麗葉的戀愛，只好用強姦來完成了。這完成，也許也正表示美國人幼稚的積極活潑的樂觀的粗獷的生命力吧？但給中國人的印象竟是同日本敵軍給我們的沒有分別的。

海明威的作品，在中國人看起來，正如看江湖上大力士的吹牛與表現，雖是羨慕他稀奇的蠻勁，但也覺得他醜惡殘忍與無聊的。而我也不希望中國的青年作者去學海明威的作風，原因他的優點也許不容易學到，所謂天真的自信幼稚的樂觀是美國生活中的產物，多難的中國青年是不容易有這樣的心境的。而他的醜惡之處，輕率淺薄肉麻，則是很容易傳染來的，結果很容易成為美國化的中國小阿飛而已。中國的青年，所接觸的社會，所遭遇的人生，可以說是遠比海明威為複雜的，至於生活，當然沒有海明威豐富。但是海明威在豐富生活中竟看不到人生的內層，而中國的青年在他所遭遇的人生中，則想到了生活的本質。也許是中國青年不該這樣早知道這許多人生吧？但是這是悠長歷史的包袱與艱難的社會的負擔。在這些苦難的年代，中國青年所欣賞的文藝，一直是俄國十九世紀與法國十八世紀的作品，這大概也不是美國人所能夠了解吧？我們不能忘記美國偉大的林肯的解放黑奴，但是到二十世紀的現在，理論上同情黑人的美國人，心理上還是輕視黑人的。當第二次大戰以解放者的資格進出歐洲與中國後，從熱烈的歡迎到逐漸使人感到有征服者的氣息，是不是也正是海明威所代表美國精神所造成的呢？

沒有生過病的人是無法知道病人的痛苦的，即使你是病家的醫生，也不能使一個奄奄一息的小姐忘掉了病痛而坦開平面的肉體來同你談現代羅密歐與朱麗葉的戀愛的。中國還是東方的國家，中國也曾受過佛教思想的洗禮。中國人的友誼不是從施捨可以得來，中國的窮人向富人借錢，但借到錢是同窮伙伴一同去吃喝的；借錢給他的人絕得不到他的友誼，他的友誼是給與他一同花錢的人的；中國的妓女也為金錢賣身，但是她的愛情是不賣的，愛情常會給她所倒貼的男人的。美國青年以南中國小姐接受他幾個date，就是愛情了，事實上這只是好玩的小姐玩玩而已。要同你講現代的羅密歐與朱麗葉式的戀愛，這只是海明威筆下美國式的優越狂而已。要中國讀者了解美國的優越，那些美國的天真的自信幼稚的樂觀，粗獷的積極是收不到效果的。倒是十八世紀美國思想家梭羅的著作，會使中國青年相信美國人也會有幽靜的思想的。或者索性介紹一點辛克萊路易斯吧，這也會使中國人知道美國人也有諷刺美國的自由，而只有在不滿現狀之中，使人相信他所寫的美國現狀是真實的。其他約翰史丹倍克，傑克倫敦，甚至前一代的詩人魏特曼也許還會合中國人的口味。文藝到底不是汽車展覽會，擺出自信積極與速率的廣告，就可以使人覺得你是可愛的。

拉雜寫來，都是你兩三句話所引起的。而說的都是我個人的感覺。美國人儘量宣傳民主自由的優點，而「民主」、「自由」，如不著重美國人對美國的批評自由與缺點的指摘，那麼這民主與蘇聯所講民主也就沒有兩樣了。不知你以為然否？就此打住。

Y

送友赴美求學書

M. L.：

信收到，謝謝。你要到美國去讀書，這當然是好的。我雖然在美國住過兩年，但是對美國了解並不深廣。你千萬不要以為我在讀到〈文藝趣味與背景〉中對美國有點批評，以為我是仇視美國的人；我覺得你這種想法是沒有民主訓練的一種成見，以為批評某國一二個人，一二件事不好，就是在敵視這個國家；或者批評某人某一點不好，就是在仇視這個人；或者批評某家一個子孫不好，就是在輕視他們整個家族。這是一種往往會造成派系幫口的成見，是民主精神最大的阻礙。

美國的民主就是建立在沒有這種成見的習慣的上面。你一到那面，就馬上會發現人與人之間是比在中國容易相處了。在中國人眼光中，美國人實在是幼稚的，但是他們積極、樂觀、自信、對生活認真，這些都是我們中國青年們在困苦的時代很早就消失的原則，而值得我們向美國青年看齊的。你自然知道美國這個民族比我們年輕，在生活中他們對什麼都會發生興趣，愛冒險，有勇氣，活潑，積極，他們始終保持著一部分拓荒時代的精神，他們是一個會為新事物作無數冒險實驗的國家，這並不是說在實用科學的發明，工業的建設上是如此，在民族的混合，在宗教信仰的自由，在社會與經濟的機會平等上，在政治的民主上，也莫不是如此的。因此他們每一個青年都比中國青年有活力，也更有好新奇的衝動，一切新奇的機械，新奇的玩意都是他們所追求的。在這個商品日新月異的時代，我們看到美國的中產家庭為追求新奇而弄到筋疲力盡，每年想買新型的汽車，新的洗衣機，新的無線電與電視……在分期付款的制度中，大家負著債，享受這些物質文明；我也看到年輕的孩子們追求每種機械的玩具，不斷地要獲新的技術來享受這些玩具。自行車、馬達自行車、汽車、棒球、足球，這些都是要在年齡長大中趁時去學。他們必須在十、五六歲學跳舞，新的步法年年有變化，不能夠落伍。要暑期到海濱就必須學游泳，冬季還要學滑雪，這又是年齡長大了交際所必要的。他們又要不斷地在戀愛的經驗中體驗到人生的新奇。在這可怕的好新奇的風氣之中，時髦的變化永遠還是有很快的速度，一個社會、一個學校有各種的風行，而這是在那個社會環境中無法脫離的，旅行就是一個無法抵抗的風尚，周末與假期，各地的風景區的宣傳與廣告，永遠給你莫名其妙的誘惑，最近忽然發現許多少男少女的學生在吸毒的罪行了。沒有人知道原因，這原因也該是這些美國人的好新奇的本性吧。

用中國人的眼光，看美國人的人情總是不夠溫暖的，但是美國人對於弱者對於陌生的人是遠比中國人會有同情心的，對於異己的容忍也比中國人強，這大概也是民主的傳統。基督教所訓示（愛我們敵人），美國人雖沒有做到，但是（尊敬敵人），則是美國人共有的精神。民主黨的人士在推崇死了的塔虎脫，就是很明顯的一個例子。美國的孩子常常在家庭中更多受父母的尊敬，所以他們長大了就較中國的孩子坦白與大膽。

美國人都比中國人會說話，因為他們從小沒有受到壓抑過的。也因而他們的孩子不怕陌生，較會獨立地應付環境，這是使我們感到他們的童年生活是多麼可羨慕呢。但是老年的美國人則沒有中國的老年可愛了。除了富人以外，大部分是不為社會所重視，不為後一代所尊敬的，孤獨寂寞，往往心理上有奇怪的變態，使人不容易同他親近。追求新奇原是年輕人的興趣，而當年齡逐漸長大，新奇事物看多了以後，新奇的也成為不新奇了；當美國人看到我們中國不為新奇的事物所動時，他們覺得我們也是一種新奇了。在我們眼光之中，每日碌碌追求新奇是淺薄幼稚的，然而唯其美國青年始終有這種精神，他們的前途就比較不可限量了。在成熟的智能指導之下，一切新的收穫往往是屬於勇於進取的人的。這是不可否認的事情吧。

中國人對於美國，不是把它看作天堂，就是把它看作地獄，其實還是人間；它比中國富有，也比中國進步。這有它的優點也有它的缺點；美國人有能力應付現實，但缺乏於偉大的理想，學生除了忙於讀書以外，就要應付新奇事物的適應，所以並不像中國學生多於空想。中國學生的空想是很少兌現的，結果不是對現實失望而消極，就是很快地就從空想跳到了老成，在現實環境隨流合污。你到了美國會知道一般社會待陌生人是好的，但這不是說他們會同你建立深長的友誼；在好新奇的民族裡，他們對於過去的東西很容易忘記。

一般人似乎對於自己美國的歷史也不十分清楚，你一到美國，何妨先讀一本美國史；當他們用自大的口氣批評東方的社會或政治的時候，你搬出一二個美國在別人統治下的事例，內戰時代的情形，他們就會覺得他們對於過去是太不想到了。在他們進步富有的社會中，對於世界其他各國是不十分了解的，但是偏偏你可以聽到批評，這些批評雖有點自大，但也沒有惡意。可是美國人是比中國人有正義感的，他不討厭你反對他；如果你的話對，他是比中國人容易接受對的意見。

美國人似乎比中國人還缺乏幽默感，大概自大的人往往不會有幽默感的。你的口才與英語還不夠同他們辯論的時候，他不會原諒你的言語的困難，而自以為是理論的勝利，那時候你最好緘默著傾聽他的流利的口才，在他說完的時候，你不妨微笑一下，用鉛筆摘幾本書請他回去看看。這位好新奇的朋友常常不會疏忽這些書的，他讀了以後，發現了自己的話沒有根據時，他會對你開始尊敬了。

你問我到美國該讀什麼，這是我無法貢獻意見的事情。以你的活潑聰敏，也受過這裡教會學校的教育，當然很快會適應那裡的環境。

我這裡所說的，只是閒談談而已，你一到那面可能會與我有同感，也可能同我所感到的不一樣。不過記住我所說的，也許會使你容易想到我，希望你常常給我信。

Y

每月獻辭

扉頁

恭賀新禧！

又是一年了，我們重新見面。在日記的園地中，放在你面前的是一塊未開墾的土地，這裡你有全權的自由來耕耘，種豆將會得豆，種瓜將會得瓜。日子沒有兩樣，風雨陰晴，日落月升，什麼都會同去年一樣，但是生命已不同了。去年的生命不是今年的生命，你去年所過的生命是無法再為你所有了。去年的你已老在你的身上，正如去年的流水現在已不是今年的流水，去年的花朵也不是今年的花朵。如果你看到今年相同的流水與花朵，那你當知道這又是一代的生命了。而你在這個世界上，也將遇到與過去的你一樣的生命，而這已永不是屬於你的了。但因為我們對於將來無從推斷，所以也只有過去是你的；它像你的影子一樣，將永遠跟在你的身邊，只要有一天你有現在，你一定有你的過去，你不能離開過去而有現在，因此，過去將來永遠是你的思索與探討的對象，它會是你最好的師友，但也是你最該敬畏的敵人。而生命的流動是永遠不會中斷的，所謂現在也無時無刻不在變成過去，只有把現在活得有意義，你才有不必後悔的過去，而你因而也才有可希望的將來。如今放在你面前的是待你開墾的土地，種什麼樣的花木是你現在的生命，產什麼樣的果子則是將來的希望。

——窗

一月獻辭

讓我們今天開始。星星是去年的，太陽還是去年的，但照在我們的頭上已有不同的意義。天空曾經給我們神話，也曾經給我們科學。流動的雲如流動的世界。我們接受一切的點綴與創造，而一切也接受我們的點綴與創造。不要以為你這裡所記的與世界無關，你這裡所記的正是世界的記錄，一句怨言，一聲輕笑，一個小小的責備都是宇宙的脈搏。這正如投在海濱的石子也是一個大洋的波瀾。你的愛可以引起世界的愛，你的恨可以引起世界的恨。莫怪天還有寒意，和暖的春正在前面。但等待你面前的不光是春天，那裡有炎炎如火的夏，有肅殺黯淡的秋，還有凜冽無情的冬。——它要你期望，要你忍耐，還要你適應與創造。

——窗

二月獻辭

天天刮鬍髭的男子，時時拔眉毛的姑娘，每月理三次髮的少年，你可曾意識到你所棄的，都是我們生命的記錄？把這一個月來所刮去拔去剪去的毛髮接在一起，這是最好的個人時日的衡量，那麼在白頁的生命中你曾經填過什麼？你可曾荒蕪你的日記？為忙，為煩惱，為愛，為應酬——朋友，這些都是自慰的理由，我現在再鼓勵你寫，因為只有這裡是你自己的園地，只有它是你最好的朋友，是你最忠實的伴侶。請你重讀一月來的生活記錄，思索你的得失——功與罪，勝與敗，悲哀與歡欣，愚笨與聰敏，你就會更珍重你自己。天氣有時候還不很暖和，但是大地已有春天的氣息，有冰的地方，或者已經準備融化了，有楊柳的地方已有綠意，松柏也新鮮起來，你的精神是不是非常煥發？記住，一切的光明、歡樂與成功，都要你有煥發的精神來迎接。

——忠實的窗

三月獻辭

又是一個月過去了，日子永遠像枯謝了的花瓣，凋零了樹葉，它無法讓我們重新拾起，再裝在我們生命的樹上。你可曾經辜負你的日子，你可曾在你日記中無法尋求那逝去的生命？莫怪生命中不永是燦爛的日子。天有時晴有時陰有時雨，生命的內容也決不是永常的順利，它永遠要我們忍耐學習與創造。正是春光明媚的時節，你可曾讀一本你愛讀的書？你可曾交到一個談得投機的朋友？你可曾在你工作中發生了新的興趣與境界？這些都是你的收穫，你的收穫就是生命的擴充，它將永遠伴著你的生命行進。只因為你有將來，所以你必須接受過去。

——你的友人窗

四月獻辭

多麼燦爛的日子，多麼光明的天地！你可曾在課餘工暇一個人到野地裡，躺在溫香的土地上，呼吸新鮮的空氣，吸引和煦的陽光？你的靈魂是否因此而輕盈？你的精神是否因此而新鮮？你的生命是否因此而活潑？朋友，人類雖是社會的生命，但還是大自然的動物，在一本叫做《西流集》的書裡，作者有一篇談中西風景觀的文章，裡面就說到一個人靈魂之需要大自然，就如肉身之需要洗澡一樣。過去是我們的，痛苦的應忘去，錯誤的應改正；沒有人不犯過錯，且很少有人能不犯重複的過錯。讓一種過錯糾纏你是你的懦弱，有勇氣的人是立刻懺悔自新。那麼你肯不肯到大自然中，重溫你的日記，讓靈魂去淨化一下呢？因為現在是最好的季節。

——你的好友窗

五月獻辭

春天像白雲一般，一朵一朵地駛過去了，你或者已經享受了這季候所給我們的溫柔與美麗，但或者你忙，或者你懶，你始終在都市裡勞碌；那麼在深夜人靜的時候，你可曾舉頭望望天空？月光可是和暖些？星星可是明亮些？藍雲、紫雲、青雲，你可看到朵朵都是為你而逗留，而你竟長期辜負了它們夜夜的期待！五月是燦爛的日子，是光明的日子，我們民族，在這一月中，有希望，有掙扎，有奮鬥；曾留下過多少青年的吶喊，多少壯士的淚，多少戰士的血？假如你是振作的，你更應當發憤了；假如你是頹傷的，你也應當振作了。在下面的白頁中，你將給我什麼樣的光彩與聲音呢？

——期望你的朋友窗

六月獻辭

我要為你唱歌，唱一支日記的歌：

以前我們曾經盟誓，
每天總要會面一次，
我將獻你素白的心胸，
你要告我忠實的心事。
那麼你可曾為忙為懶，
為市場上的名利，
為對一個異性的愛慕，
多少的日子都把我忘記？
你可曾避免記過失，
你可曾隱瞞過犯罪，
你可曾把笑容給別人，

專贈我以眼淚？
如今我希望你忠實，
告訴我你醜陋與甜美，
我要忠實地為你懺悔，
虔誠地為你祈禱。

——常為你祈禱的朋友窗

七月獻辭

你住的地方熱嗎？——高樓的下面？原野的中間？山的峰巔？海的旁邊？但是你有較清涼的夜，風撫摸著你的皮膚，星光照著你的視線，你也許在高樓的陽台上，也許在幽靜院落中，也許在船上，也許在岸邊，也許在濃鬱的樹下，也許在曠朗的海角；那麼當你浴罷靜憩之時，你可曾想到今天起開始要過下半年的日子？一年中的一半已經悄悄地過去，你是否把它好好地消耗？你從社會吸收了多少光彩？你獻給社會又是多少光彩？在你回到燈下的時候，在你浴在晨光中的時候，請你重讀你在這裡所寫的話，那些都是你過程中的痕跡。繁葉下的日光，靜寂中的蟬聲；露水上的星星，夜闌時的蛙聲；它們都是你的，但並非永久是你的，它們點綴你的生命，而你也在點綴這世界。

——你的摯友窗

八月獻辭

日子過得很快，當你翻過去的日記厚起來的時候，你知道也是你前面的白頁薄了麼？人生也是一樣，它不過是幾十本的白頁叫我們填寫。有人在短短的生命中，寫了萬世的事業；有人在冗長的年代裡，過著平庸的日子；有人淡泊知足安詳愉快，生命在他是靜靜的溪流；有人奔走鬥爭，顛簸勞碌，生命在他如洶湧的波浪。無人能批評誰得誰失，但豐富的生命總是忠於自己。每個生命有它的光，有它的熱，珍貴你的生命，就會珍貴你的日子，珍貴你的日子也就該珍貴你的日記。那麼請你在未填前面的白頁時，先閱翻你已填寫的內容，過去在回憶中都在目前，你可願告訴我你讀你自己的過去是愉快還是惆悵？你感到了臉紅還是心跳呢？但一切已逝的都無法挽回，放在我們面前的是前面的白頁，想悠長的過去都像是昨天，而渺茫的將來也不過是明天。八月的天空是明亮的，但記住，過了八月，一年已是所剩無幾了。

——你的好友窗

九月獻辭

是秋了，有人說秋天是肅殺的季節，有人說秋天是成熟的季節，那麼，朋友，你的體驗是怎麼樣呢？多少花開了落了，多少葉綠了黃了，多少歌唱的昆蟲如今沉默了，秋天開始了蕭條的日子，但是稻熟了，麥重了，橘子黃了，棗子紅了，朋友，在果子樹下，你想到你細胞的凋零，頭髮的脫落中，換來了什麼樣的果子在你的心頭成熟，你的學業，你的事業，你給社會的光明與福利與你給別人的愛？「你們或以為樹好，果子也好；樹壞，果子也壞，因為看果子，就可以知道樹。」——《新約・馬太福音》。這裡樹是指你的心，而果子是指你的行為。親愛的朋友，你的行為結在社會裡，請你把心寫在這裡。

——愛你的朋友窗

十月獻辭

秋濃了，我想你需要旅行，到大自然的懷裡，依你環境所允許的，作一月，一星期，一天或半天的徜徉，像我在四月裡所勸你的，你靈魂可是又需要一次淨化的沐浴？在這許多消逝的日子，朋友，你是否繼續把心記在這裡，我希望在你喜歡與痛苦之中，都不會忘我，哪怕是一句也好，在燈下，在床邊，你寫給我的，凡是忠實的誠懇的話，在我都是光榮。頭髮長了，剪去；指甲深了，剪去；親愛的，這都是自然在你生命中所寫的記錄，請你告訴我，你寫在這時間中是什麼呢？你可曾培養一株樹長大？培養一只鳥飛翔？你可曾放射你的光芒，或者你正培養著，預備在將來照耀四方，我關念著，朋友。

——摯愛你的朋友窗

十一月獻辭

可是冬天了，朋友？你有沒有說，如今目前的景色太寂寞了？你有沒有說，你懷念春天的日子？「不要說先前的日子強過如今的日子，是什麼緣故呢？這樣問，就不是出於智能。」——《舊約》。因為我相信你的生命因四季的變化而更加豐富，你已經看過各季的花，你也享受各季太陽的溫度，也許你現在聽見了風，也許你就要看見雪，前面有你的梅花與水仙，前者象徵孤高，後者象徵純潔，你有沒有從那裡體驗到，你過去的日子中，春天裡太多的瘋狂，夏天裡太多的熱鬧與秋天裡太多的閒散麼？你願意收斂你的心，進修你的學業、事業與靈魂麼？這是一個最好的時期，在陽光所照的窗下，且過一時期沉潛的日子，生命在明春將有更多的充實。

——永遠摯愛你的窗

十二月獻辭

菊花早已香過，
池中已無殘荷，
時下除烏鴉外，
還有誰在你窗前唱歌？

白露化為霜，
楓葉紅如火，
昆蟲都已冬眠，
野禽廝守寒巢。

風聲拖著落葉，
嘆息裏帶著吟哦。
但星火總帶著希望，
夜夜在三更飛渡天河！

多少的生命，
在外面受凍挨餓，
那麼你，幸運的朋友，
你該唱什麼樣的歌？

——你的窗

尾語

又是一年過去了，你知道過去的日子向哪裡去了麼？在你的年齡上，在你的生理變化上，也在你的心靈成長上。流去的水不會回來了，開過的花不會重開了；今日的流水，今年的花朵已不是去年的花朵。沒有過去可能回來，也沒有現在可能逗留。在時間的流動前，聖賢與英雄都是只能低首的。孔子對著流水說：「逝者如斯夫！」桓大司馬對著長大了的樹說：「木猶如此，人何以堪？」那麼你，面對著這不斷的流過去的時間，有什麼感想呢？但是有人在長長的時間活得很短，有人在短短的時間中活得很長。孔子為什麼到現在還活在我們許多人的心中呢？這因為他在短短的生命中留下了無窮的業績。在我們個體生命中，過去愈長，將來愈短；但在我們工作的貢獻上，愈長的過去也留有愈長的未來。這因為在人類的生命中，過去有限而將來是無限的。如今一年又是過去了，在日記中，告訴你的，也就是告訴大家的，這一年的過去，你留給你家庭朋友社會是些什麼呢？原諒我在這裡囉嗦，這因為我同你在一起又有一年了。你可以藏起這日記，你可以燒去這日記，但是你不能抹殺你的過去。你可以忘去我，捨棄我，但只要你重新翻開這本日記，我就會在你的身邊，只要你想想你的過去，我也就會在你過去的裡面。而如果你需要我這樣的朋友，我是隨時會在你日記裡出現的。我是日記的神，永遠愛追隨珍貴生命的朋友，只要你要我，我永遠會在你創傷時看護你，你痛苦時安慰你，你歡樂時節制你，你頹傷時鼓勵你，你過錯時規勸你的。但是如今又是一年過去了，我們且暫時分手，光明燦爛的日等候著你。記住，午夜後的睡夢中，是我在你的耳朵邊祝你：「恭賀年禧！」

——你的窗

我的日記

扉語

望著淡淡的雲在天空駛過，俯視潺潺的水在河中流過，看到鮮艷的花開了謝了，青翠的樹葉大了老了枯了，你知道這些都象徵你的生命麼？生命永遠是在流動。一切的將來都要變成過去，而現在不過是過去與將來的焦點，它從不許我們有一剎那的占有。當我們凝視一秒鐘的現在時，它已經帶我到新的一秒鐘的將來了。因為我們對於將來無從推斷，所以只有過去是我們的。它永遠值得我們思索與探討，戀念與追慕，也只是從過去的學習中，我們產生了將來的希望與尋求。在我們的個人生命中，過去愈長，將來愈短；但在人類的生命中，過去有限，而將來是無窮的。我們的記憶保留著過去，它常常在我們心靈中刻著深深的斑痕，使我們情感思想與行為都受它的影響；但在我們真要捉摸我們的過去時，我們的記憶又顯得渺茫而遙遠。因此，且讓我在這裡獻給你將來的白頁，請你在流動的生命中記錄你轉眼悄逝的過去。生命是時間的記錄，而日記是生命的記錄，而你的過去永遠是你將來的希望。

——窗

對自己說話

近代心理學已經證明人的思想就是語言。現代人類學也已證明人之優於一切其他動物就因為有語言。現代神經學也證明人的大腦的發達就在於語言的中樞之複雜與優越。因此，人是言語的動物。一個人生活在世上，十分之九醒著的時間都在說話，有的發聲，有的不發聲。最沉默的人，實際上也總是對自己在說話的。我們的話雖多，但有的話能對人說，有的話只能對朋友說，有的話只能對父母說，有的話只能對姐妹說。而最真最深切的話則只能對自己說。我們每個人無時不在對自己說話，只是想過問過答過就忘了。把自己對自己說的話記在常常可看到的地方，那是日記。日記就是一個人對自己說話的地方。

語言與文字

上次我們說到日記是自己對自己說話的地方。可是我們記在日記上則是文字。文字是語言的記錄。一切文字都是語言的記錄。沒有文字的民族是未開化的民族。因為沒有文字，任何的智能知識都無法保留，賴言語可以傳達與表現的只能限於一時一地。文字則可遠達萬里之外，時歷萬世之後。此外，文字比語言要精確、洗練。我們的語言往往前後矛盾而不自知，上下脫節而不自覺，先後重複而不自明。在文字中，我們必須注意也容易注意矛盾、脫節、重複之處。這就是為什麼重要的演講，都先要將語言變成文字，再由文字的稿子變成言語了。演講是對許多人說話，日記則是專對自己說話。對人說話有許多顧忌，對越多的人說話，對越疏遠的人說話越有顧忌；對自己說話，則可以隨便與自由。因此，日記是最可以自由地說話的地方。

聽自己的談話

日記是最自由的說話的地方。但是，如果你曾經因聽人說話而覺得厭煩的時候，你也很容易在日記裡看到自己的話是否是自己所愛聽的。請你翻翻你已記的日記。人類的優越就在於我們能從記憶中發現自己的缺點而改進自己。你的日記正是你的記憶。為什麼同一故事，有人可以講得娓娓動聽，有人講得黯然無味呢？這就因為同樣的材料可以有不同的表現。你的日記可使你聽到你自己的談話。

生活與交友

我曾經說過一個人要靠修養擴大自己的精神。這修養所指的談話、讀書、旅行都是精神的糧食。交友正是談話的一種，所以它也是你精神糧食的一種來源。不同職業不同民族不同嗜好的朋友都可以同你交換見聞與智識。但是，朋友還會充實你的生活。有很多朋友的人，他的生活一定比孤獨的人要充實。每個朋友的興趣不能完全相同，但一定有部分相同。你如果有很多朋友，你的興趣就永遠有朋友與你共享共樂，所以你的生活一定比別人充實。

技藝與生活

智能知識的獲得可以擴大一個人的精神，也可以說充實自己的心靈。但要充實生活，還要學習技藝。打球，跳舞，游泳，畫一點畫，照照相都可以使你的生活充實。如果你會一點木工，油漆，園藝一類的技藝，你的生活一定還要充實。以前中國讀書人，最缺乏這一種教育與訓練。他們以為讀書就是讀聖賢的書，可以不學別的。現在知道這是不對的，我們學校的功課裡已經有運動手工一類的功課。可是還不夠普遍與注重。所以從學校出來，許多技藝上所學的不夠應用。你不一定要做畫家，但會幾筆畫；不一定是音樂家，但會一種樂器；不一定要做木匠，但也可以做成一張簡單的桌子；不一定是花匠，但也會種種花草，這是多麼有趣的事。你即使一個人假期中在鄉下家居，你也再不會閒悶。整天可以有工作調劑你的心身了。如果你在日記裡發現時間太多，你應當去學習一二種技藝。

時間的運用

一個人每天都有二十四小時，但有的人做了很多事情，有的人一點沒有做什麼。這就是在於你如何去運用時間。有許多學者與詩人都是利用職業的餘暇來努力的。在你的日記中，如果細細尋找浪費的時間，如等人等車，睡前飯後，你一定可以找出那些荒廢掉的半點鐘一點鐘的時間。而你竟沒有去珍惜它。在同一寫字樓中，有人利用中飯後的一小時去學跳舞，半年後他就跳得很好；後來他又利用這個時間去學駕車，半年後他又善於駕車。可是他的同事們則始終沒有知道利用這些時間，所以在生命中他們好像缺少了這個時間。荒廢時間等於荒廢生命。

「我」的成長

在你的日記中，中心人物是「我」。我們一生下來就有「我」。但是「我」在生長之中，因為與人的接觸，與環境的接觸，與世界的接觸而擴大自己。一切朋友的交接，人生經驗與知識學問的吸收都是營養。食物的營養使我們肉體生長，智能與知識的營養使我們精神成長，但是肉體的生長停止在二十幾歲，精神的成長要到中年以後才停止。你不難從你的身高與體重測量你的肉體的生長，但是你很難有具體的標準測量你的精神的成長。如果你在日記中看不出你的成長，那麼你就要多多增加修養。與有經驗有學問的人往還，多多閱讀，多多思想，因為這些都是你精神的糧食，正如食物是你肉體的糧食一樣。日記的好處就使過去的你，現在的你與將來的你有此比較。

我與人

人類社會中，人的關係都是我與人的關係，每個人意識著「我」，而把別人當作非我。人人的自己都是我，非自己的就是人。「我」的意識是與生俱來的自覺。但是把我看得太重，一切事情為自己打算，就成為自我主義者（Egoism）；更甚的叫做自我中心者（Egocentric）。自我中心者以為自己為宇宙中心，萬物都為他而設；再極端者則就成為自我狂（Egomaniac）了。自我狂則是一種神經病，應該請神經病的專科醫生來治療了。如果你想到「我」是一個人，而人人都有一個「我」；你雖意識自己的「我」，但尊敬別人的「我」，那麼你就不會是自我主義者。人雖有強弱智愚貧富之不同，但都有一個「我」，尊敬彼此的「我」，你的生活就不會陷於褊狹與自私。

朋友

許多兒童，受父母之溺愛，往往養成了自我中心的意識。這種兒童，到學校裡很難與別的兒童相處。一個人成了自我主義者，在社會裡也很難有朋友。但是我們不能想像一個人在社會裡可以沒有朋友。如果你到一個陌生的地方，就會感到你是一個多麼需要朋友的人了。在許多我們接觸的人中，為什麼其中有一個人竟成了我的朋友，這常常是偶然而且神祕的事情。但是太親密的朋友往往反會變成仇敵。要友誼美好永久就需要美好的距離，交友是一種藝術，友誼需要距離正如欣賞藝術需要美的距離一樣。一句「君子之交淡如水」的老話，已經說盡了交友的藝術。千萬不要在日記裡太苛責朋友，也千萬不要對你朋友有過分的期望。

生活的意義

如果你愛讀你自己的日記，你就可以看到你自己的生活。一個人的生活也是社會的生活，你所接觸的人，你所讀的畫報，你所購買的東西，以及一切社會的活動。問生活究竟怎麼樣才有意義。這個問題可以有千萬種不同的答案。有許多人生活的意義同你相同，有許多人同你殊異。一個人自己所解釋生活的意義，也因地、因時、因環境或內心的變化而不同。生活的意義是自己尋求的，不管你覺得的意義是什麼，有意義比沒有意義總要充實，因為沒有意義的生活就非常空虛了。

修養

生活的意義也可以說是生活的目的。許多宗教與哲學都曾為人生尋求正確的解釋。你不難從這些思想中找到你所愛採取的態度。這裡就是說，一個人的生活與修養有很大的關係。當你從書籍中，從前人的學說中接觸各種人生的解釋後，你所求的生活的意義會是你真正的信仰。人的信仰是漸進的，信仰因進步而懷疑，因懷疑而又獲得了新的信仰，這就是人由修養而深入。修養可以是與人交往而來，人的交往就是談話，讀書也是與前人談話。我們在讀書時候所發生的問題，即是對著書人所發的問題；著書人也許已經亡故，也許遠在千里之外；但你所懷疑的或你所反對的問題，會另有不懷疑的人，會有贊成著書者的人來回答你。往往你自己也會站在著書人的立場上回答你自己的意見。前者是談話，後者是思想，兩者都有賴於語言。

旅行與遠足

在生活的修養中，我們說過談話，談話是與人接觸；我們說過讀書，讀書是與前人或遠處的人接觸；我們說過思想，思想是與過去的自己接觸。但是此外還有一種是與環境接觸。這就是旅行與遠足。我們到新的城市，新的國家，即使我們不懂那地方的語言，即使我們不同任何人談話。那個新環境所給我們的印象，我們會很自然地對自己過去的生活環境有比較，這比較就是過去的習慣與印象與新的印象的交談。我們也可以離開所居住的城市，到郊外或山水間去旅行，對著山，對著空曠的天庭，我們往往有新的感覺與思致。這大自然所喚起我們的情緒，也正是大自然在對我們談話。

花錢

上面談到時間的運用，運用時間同用錢相仿。每個人所有的時間雖是一樣，但有人不要出賣自己的時間去為人做事，有人要整天去為人做工。所以忙閒之不同正如貧富之不同。貧富之不公平往往使人憤慨也使人自餒，但過分想到這些不公平，很容易使你不安於現實而痛苦。許多有時間的人因為不會運用時間不但一無所成，反覺得不知如何生活。許多有錢的人也是一樣，每天為錢做人，忙了一生，一無成就。所以你也許並不富有，但比你不如的人很多。如果要生活愉快幸福，那就要根據你的現實的經濟能力考慮如何花錢。金錢並不能使人幸福，只能助人幸福。如何花錢，正是如何把金錢用來增進自己幸福。社會上正有許多富有的人揮霍金錢在買痛苦。如果有人願意給你一筆很大的財富，可是指定你去買痛苦，我想你也一定不願受這筆財富吧。那麼還是用小量的財帛去幫助你的幸福吧。

健康

幸福到底是什麼？什麼樣的生活算是幸福的生活？這是沒有人可以答覆你的，因為每個人所謂的幸福是不同的。但是，有一點我們可以確切地說的，一切的幸福必須先有健康。沒有健康的人，決談不到什麼其他的幸福。財富與健康比較，我選擇健康；空閒與健康比較，我也選健康。如果你是健康的，你雖貧窮，但是你仍是較富；你雖是忙碌，仍是較閒。有健康的身心你就可有豐富的生活。失去了健康，生活一定是貧乏的。

健康的自由

上次我們談到健康可以使我們生活豐富，這因為有健康才有自由。當我們病倒在床上的時候，我們就可以發覺失去了健康也就是失去了自由。你想吃的無法吃，想玩的無法玩，想走動就眩暈，想談話就心跳。這時候你已經沒有任何的自由。自由的重要，在病床上我們深深地感到。但也有失去了自由的健康的人，如集中營的奴隸，如監獄裡的囚犯。於是我們一定要問：在所謂幸福上講，自由重要呢還是健康重要？有人說健康比自由重要，因為有健康還可以爭取自由，失去了健康也無法享受自由。有人說自由比健康重要，一個孩子被綁在床上的痛苦遠超於病在床上。有自由還可以設法爭取健康，沒有自由的健康正是無可設法醫治的殘疾。其實，健康只是自由的一種，可以說只是肉體自然動作的自由。譬如你的手臂受傷，你不能自然地揮動，是你手臂失去了自由。又譬如有肺病的人，不能隨意呼吸，一呼吸就咳嗽，那就是你的呼吸減少了自由。倘若你的手指生瘡，你無法握筆，那不是你失去了寫字與記日記的自由了麼？

多種的自由

健康既是一種肉體動作的自由，所以健康與自由在人生幸福中是占同樣的地位。但是所謂自由，在肉體動作的自由以外，還有許多其他的自由，如思想的自由、戀愛的自由、經濟的自由、閱讀的自由、交友的自由、行動的自由、集會的自由、出版的自由……我們聽到很多人談很多的自由，可是仔細分析起來，這些自由可以總括為兩類，一類是個人生活的自由，一類則是社會生活的自由，前者有思想的自由、著讀的自由、花錢的自由、運用時間的自由，肉體動作的自由也屬於這一類；後者則有交友的自由、戀愛的自由、工作的自由、經濟的自由、集會的自由……在這兩類的自由中，我們馬上可以找出其中最基本的為談話的自由。因為沒有談話的自由，就不能有其他的自由，其他任何的自由都基於談話的自由。我上面已經說過，靜思與閱讀都是一種談話。而人是運用語言的動物。

健康與語言

其實運用語言，正是肉體動作的一部分。動物有同人一樣的肉體動作，但不會運用語言。人之高於動物，就因為人的肉體動作上多一種語言動作。言語的動作之生理基礎，在腦皮上有擴大區域的神經組織，在喉部有其他發音的肌肉的安排，這些都是專為管轄言語的活動而存在。思想，雖然不運用聲帶發音，但是其他神經上肌肉上的語言活動仍是在運用，因此這也是語言。啞巴，雖是不會發聲，但是他的管轄言語活動的神經與肌肉仍會活動，所以他還是有語言，不過他需要用手勢與嘴唇的動作來代替發聲而已。所以，言語一方面可說是肉體動作的一部分，另一方面則是精神活動的大部分。說話的自由因此就比其他肉體動作的自由——健康還要重要。

自由的感覺

說話的自由可以說是人類精神活動的全部，在社會中，因為種種關係，我們不能暢所欲言，可是我們可以思想。思想是我們個人之思想，不求發表，就是緘默。緘默的自由就是言語自由的極限。我們記日記，如果這日記是不給人讀的，那麼這也就是近乎緘默的一種。上面我們談到幸福，談到幸福最重要的是自由。可是人說任何自由都有限度。你不能侵犯別人的自由而自由，你不能破壞秩序而自由。其實這話並沒有接觸到自由的真諦。我們說一個人健康，是肉體動作的自由，並不是說他可以隨便打人，也不是說他可以活一百八十歲，也不是說他每小時可以走一百里路，也並不是說他一定是一個能舉上百八十磅的大力士。健康是一種自由，這個自由雖是肉體動作的自由，但肉體動作有習慣的自然的限度。我們從病中痊癒，就體現了健康，就體會到這個自由。用不著去打人一拳，也用不著得賽跑錦標，來表示我肉體動作的自由。健康是一種肉體生理機構的諧和。一切人類社會的自由也是一種秩序的諧和。這諧和，在客觀上是一種秩序，在主觀講則是一種感覺。

談話的和諧

我說諧和的感覺，我相信是大家都有的經驗。我們穿著整齊的衣服，初到一個非常客氣的宴會中，我們感到一種拘束，這拘束就是我們未能與環境諧和，可是談久了，你在客氣朋友中找到投機的話題，你與環境諧和了，你就有更大的自由。我們交朋友也是如此，談得投機的朋友，我們暢所欲言，我們可以自由自在；談不投機的朋友，搜索枯腸，找不到話題。所謂投機就是一種和諧。這種和諧是部分的，也是人可以自由努力的。我們在社交上，總是找些容易與人可以和諧的話題來談話。談談彼此相熟的人，談談彼此共知的新聞，談談彼此所熟識的地方。兩個人的共同點就是求和諧的部分。和諧就是自由。因此我們要求與人與世和諧。

自由的範圍

一個人的自由範圍就是他對人對世和諧的範圍，而智能與知識是這範圍的鑰匙。我們知識豐富，和諧的範圍也愈廣。一個人有衛生的知識，他就會使人有更多健康的自由。我們知道不吃蒼蠅爬過的食物，雖然像是減少一種自由，但是保衛了我們健康的自由。我們有更多的知識也就有更多與人談得來的話題。我們有豐富的地理知識，我們也有更多旅行的自由。你有航海的知識，你就有更多航海的自由；你有較多的科學的知識，你也就會有較廣泛的生活上的自由。一個小孩子對火一無所知，所以被火燙焦了手，以後見火就怕，一直到他知道了火究竟是怎麼回事，他才敢再去弄火。我們誰都可以坐船去航海，但沒有航海的知識，就少了許多航海的享受。一個小孩子到新的環境要問東問西，他就是要通過知識求更大的自由。一個人思想之廣度與深度，與他的知識與智能有很大的關係。野蠻人的思想範圍很狹，因為他知識不夠。沒有受教育的人，無論他多麼聰敏，所想的不外他周圍一些瑣碎事情。一個哲學家的思想，就能每天上下古今的馳騁，他就比普通人有更多的自由了。

幸福的生活

生活怎麼樣算作幸福，各人有各人的想法。但我們可以知道不管他以為生活的幸福是什麼，他的幸福一定來自某種的自由。他的天賦如適合於某種事業或工作，他在那一方面就可以伸展他的自由。一個和尚在茅屋中整天打坐，你以為這不是幸福的生活麼？但是他的精神正徜徉於大自然之內，他所有的與天地和諧的自由是我們所不了解的。所以所謂幸福的生活，就是有一種對象與我們生命的和諧。

物質與精神

有許多思想家把人類生活分為物質的與精神的。可是在生活中精神的與物質的實在是一個整體，我們是無法把它分開的，也無需把它分開的。一個和尚打坐思想，一個科學家在做實驗，這些都是屬於精神的了，但是在他們也正是有肉體的感受。耳所聽的，鼻所嗅的，心所感的，都可以是肉體的感受。我們愛好音樂愛好畫，愛好文藝，這些都是精神的對象，可是也都是我們感官的享受。人是一個生物的整體。他的肉體裡有言語思想的生理構造，這是與他肉體的感官不可分的整體，一切屬於精神的幸福，實際上也正是肉體的慰藉。

靈與肉

戀愛是一種精神的和諧，但不能說是可以完全與肉體分離的。人的靈與肉永遠是一致的，除非他是變態的。我們與好友歡敘終日，暢談通宵，是精神的和諧，但我們眼看耳聽，同行同坐都是屬於感官的。我們一個人讀書，其中的內容都引起我們感官的活動，這是誰都有過的經驗，讀悲劇流淚，讀鬼故事害怕，讀偵探小說出汗，都是感官的反應。所以把精神的幸福與肉體的幸福分開是沒有了解生活的說法。把精神的自由與肉體的自由分開也是不知生理機構的說法。

運動家與思想家

不管一個運動家的思想多麼簡單，如果不許他談話或思想，叫他整天專事運動，這是不可能的；不管一個打坐的高僧多麼靜寂，如果用繩子綁著他，只允許他自由運用冥想，這也是不可能的。因為人是一個整體，精神與肉體是不可能分的。我們可以專造一個機器人整天動作，我們可以造一個電腦整天計算數字，但我們不能使人專用腦或專用四肢。人的尊貴，就因為他是一個不可分割的整體。而我們無法造人。人類還是順著生物的自然法則在延續。

自由與秩序

人既是一個不可分割的個體，而一個人生活又是為幸福；上面還談到人生的幸福就是求更廣更深的自由。所以人的聚居正是為個體求自由的便利。倘若我們假期中一個人在自己的公寓裡感到非常自由舒適的話，你應當不要忘記這就因為你是在社會之中。你的書報，你的無線電的收音，你的電燈的光亮，你浴室裡的水都是社會的活動與交流。一個人不能離開社會而生存。社會有秩序，這秩序就是使每個人有充分自由的軌道。為社會秩序的維護，個人有時不得不犧牲部分的自由，但有一個原則，這犧牲的目的還是為更廣更深的自由。

兩個例子

在香港，雨水少的時候要制水。我們要求每個人節約用水，目的還在每個人每天有水用。倘若我們每個人要有用水的自由，那麼沒有多少時候，用水就沒有了，我們就失去了用水的自由。更普通的運用自由的例子是交通規則。要使車輛與行人自由地行駛，我們不能說交通規則是限制個人駕車與行路的自由。因為如沒有交通的秩序，我們駕車行路的自由就會完全失去了。社會的秩序正是為個體的自由而存在。

秩序與和諧

在任何社會中，你必須與其所有的秩序和諧，你就獲得更大的自由。去學駕車的人，時時感到不自由；可是等你熟練以後，你就覺得駕輕就熟，舉止自由。鄉下人進城，不知道交通慣例，走馬路動輒得咎，習慣了以後，就再無困難。這也是知識使你的自由增進。多一份知識，多一份自由，你也多一種幸福。

生活的享受

人生不管苦多樂多，但一個人既生到這個世界，對生活就要儘量享受。所謂享受，絕不是縱慾狂歡。縱慾狂歡，結局一定是不會快樂。享受應當是儘量享受個人的尊嚴與世界一切和諧，謀取更廣更深的自由。你有聽覺，你就有權利享受音樂的美妙；你學會游泳，你可享受海水裡進退俯仰的愉快；你會跳舞，你就可有疾徐節奏的舒展；你有某種修養，就可以讀某種書，與上下古今的人作深切的敘談。人生有無窮盡的蘊藏，每個人都可以發覺自己所最愛的去享受。享受也即是一種自由的伸展，你的學習即是謀取諧和。你能夠與海水和諧，你才能享受游泳；你能夠與旋律和諧，你方能享受跳舞。你必須在學習與求知中才能獲得享受。

惠特曼的話

下面是美國詩人惠特曼的話：

一個澄清的日子——空氣是乾燥的，有點微風，充滿著氧氣。在一切圍繞著我，把我融化了的，健全的，沉默的，美麗的奇跡——樹木、水、草、陽光和早霜——之中。我今日看得最多的是天空，它有那種細膩的，透明的藍色，秋天特有的藍色，所有的雲都是白色的，或大或小，在那個偉大的蒼穹之中表現著它們的靜止的，神靈的動作。在上午，天空始終保持著一種潔淨而生動的藍色。可是近正午的時候，天空的顏色轉淡了，在兩三個鐘頭之內變成灰色——然後又再轉淡一會，一直到落日的時候——我凝望那落日在一襲大樹的圓丘上的縫隙間閃爍著——堆堆的火和淡黃；乾褐與赤紅等顏色的華麗展覽，一大片燦爛的金光斜映在水面上——那種一切圖書所無從表現的透明的陰影，線條，閃爍和生動的顏色。我不知道是什麼，也不知道怎樣，不過我覺得我在今秋有過一些美妙的，滿足的時候（我不可以說這是十分快樂的時刻嗎？），大都是由天空而來的。

詩人的享受

惠特曼是詩人，所以他對著天空有著如許的享受。如果你在大自然之中，感覺不到享受，那就是你的智能不夠。因為你智能不夠，所以你失去這現成的享受。這也就是說你未能與天空取得某種諧和，使你的感覺沒有通過天空的美麗的自由。這正如不會游泳的人，未能與海水諧和，取得在海水中進退俯仰自由一樣。這也正如不會跳舞的人，未能與音樂旋律諧和一樣，取得在音樂中抑揚疾徐的自由一樣。

享受的選擇

可是人世可享受的實在太豐富，人生有限，我們並不能精通一切去享受一切，我們每個人都只能選擇一二樣來享受。但是人有兩種，有一種是少而深的享受，有一種是多而淺的享受。許多哲學家，科學家，許多詩人與藝術家，他們除了本行的學問以外，什麼都沒有興趣，終生可以在自己的一個世界中有無盡的享受；也有許多人，他什麼都會，什麼都有興趣，結果他享受很多，但都未深入。我們不能使第一種人改變為第二種人，也不能使第二種人改變為第一種人。我們也覺得無須改變。世界有不同的人，世界才見豐富。

人生的煩惱

人因為要幸福，所以要求擴充自由，要擴充自由就需要謀取諧和。人生的苦惱也就在謀取諧和之困難上。我們要去法國，你需要學法國語文，而這需要你很大的努力。我們愛上一個不相識的異性，想同他交友，但無從接近。我們在社會相處，格格不入，或者參加一會集，人人唱歌而自己不會，都是一些謀取諧和的困難。這不過是一些淺陋的例子，在複雜的人生中，我們有各種的苦惱，而苦惱都是來自不自由的感覺。而一切的不自由都因為我個體未能與所處或想處的環境諧和所致。

孤僻與變態

因為我個體未能與所處的環境調和，往往使人產生了一種自卑感。這自卑感不是使自己不謀取諧和，就是厭憎別人與自己的不諧之處。因為自己不會跳舞，就說跳舞是傷風敗俗；因為自己不會游泳，就說游泳是野蠻。這是酸葡萄的典型。因為自己戀愛失敗，不許弟妹或子女有正常的社交；因為自己不會英文，在社會上吃虧，硬要兒女專攻英文，這是報復與補償心理，正是一種變態的兩端。有了這些變態，就要侵犯別人的自由，或利用社會的秩序之名去干涉別人個人的自由。這些變態很容易與偏激的思想結合，成為妨害自由或擾亂社會的理論。

變態與自由

上面講過健康是一種自由，失去健康當然即是失去自由。但是一切健康的失去，我們都會感到自由的損失，唯有精神之失常，我們不但不覺得自己失去自由，還以為是環境在妨礙我們自由。一個人之發脾氣，英文叫做lose temper，實則即是失去一種自由。但是這是暫時的，我們在發脾氣之後往往會後悔，即是當我們精神恢復平衡，理智澄清的時候，自己會覺得這是可笑或是可羞的。可是真正精神病，或瘋狂的人，往往不會知道自己之失去自由。實則在正常的人看來，這種人不會控制，無法控制自己，是沒有自由可談的。

自我狂

在許多變態心理之中，有一種就是自我狂（Egomaniac）。這種人把自己看得很偉大，以為世界一切都是該為他而存在，也該為他而死亡。他覺得不順他意的事物與人類都是妨礙他的自由，他要毀滅它或排除它。自我狂當然是一種瘋狂的象徵。比自我狂稍輕的則是自我中心（Egocentric），自我中心雖然也以為自己是世界中心，但不一定要毀滅不順他意的事物或人類，可是對不順他意的事物或人們總是懷著敵意的。這種人心理上是不正常的，也可以說是病態，他自己可並不知道他也是失去了一種自由。自我中心可以說是心理上的病態，但還有一種自大心病者（Egotist），則是與自我中心者很相近的人物，他把自己看得很大。談到聰敏，他是第一，只是他並不想幹；談到異性，他以為人人都在談他追求他；他在什麼場合都是英雄。

自我主義

上次談到自我狂與其鄰近的許多變態或不正常的心理。這些都是失去某種健康的人，他們是不可能或很難與他們環境取得諧和的。但還有一種人我們叫他自我主義者（Egoist），這種人不能說是變態，但對一切事情的考慮，總是以自我為前提。他們雖不是變態，但有許多也是從小心理上有某種壓抑，有許多則因為從小家庭裡對他過度溺愛所致。這類人自己往往不會反省，遇事總是責人責環境，我們雖不能說他一定有什麼病態，可是，我們可以相信，他認為社會或別人妨礙他自由的，正是他自己心理上的自由有點障礙。

自囿與自滿

自我主義者因為什麼都以自己為前提，所以總是非常狹小，不能與人諧和。一個人都有一個我，但因為人人都有一個我，能常看到別人的我，自己這個我也就不會是唯一的我了。我是一個同別人分別的概念，因此我自己的主張往往有一自滿排外的傾向。一個人一到自滿排外，往往他不願再讀與自己意見不同的書，不願再交與自己意見不相同的朋友。這樣他就把自己鎖在小小的圍城中，再不能與廣大的世界接觸。這雖不是一種變態，但正是限制自己的自由。在日常生活中，我們常常看到一群一群人在一起，談的永遠是狹小的瑣事，爭的也是碎屑的是非，他們活動的天地不過是一個小小的圈子。一個年輕的人如果就這樣把自己封鎖起來，雖然是他的自由，但也正是自己限制了自己的自由。

世界與個人

在這廣大的世界上，我們個人是多麼渺小，我們正應當多與世界接觸，與各種的人來往，認識各種思想，讀各種的書，聽各種的意見。世界上任何的意見與思想都是個人的意見與思想，最有影響的意見與思想也只是一部分或一派的思想。除非你接觸過許多思想以後，你了解了這些思想，你才能說得上你有所贊成與反對。除非你走過許多地方以後，你才能說你真正喜歡哪一個地方。除非你嘗過許多果子以後，你才能說頂喜歡哪一種果子。

豐富的寶藏

人生是一個豐富的寶藏。我短短的一生，在無限的時空中，真是滄海的一粟。這裡有我們終生可以發掘的真理，有我們終生可以欣賞的美麗，也有我們終生可以努力的理想。我們做了人，參加在這個偉大的人世中，就要儘量利用我們所有的歲月。我們如果想到世界之大，就不會斤斤計較身邊的瑣事；如果想到時間之悠久，就不會太計較暫時之得失。一個人能夠不太計較身邊的瑣事與暫時的得失，他就有胸懷與更大的世界和諧，他也有更大的自由。只要我們肯學，哪裡都是學問；只要我們肯幹，哪裡都是事業；只要我們肯看肯聽，哪裡都有好戲與美麗的音樂。人往往為戀執某種小小愛好，就忘忽了這豐富的寶藏。

無限的變化

人在生長之中，一日一月都在變化，尤其我們在亂世裡生存，時時刻刻，萬事萬物，都在變動。我們眼看外界事物的變化，也就可感到自己的變化；我們感到自己的變化，也就可知道外界事物的變化。多少城市化為荒墟，多少荒墟變為城市；年輕的成長，年老的死去。個別的城市，再訪的時候常常無從認識，少年的遊伴，重會的時候往往視同路人。在這無限的變化之中，一個人往往會迷戀現狀而痛苦。如果你常常意識到這現狀是要變的，你就會少許多痛苦了。

〈好了歌〉的注解

寫人生的變幻，莫若《紅樓夢》，這裡引了它一段關於〈好了歌〉的注解：

陋室空堂，當年笏滿床；衰草枯楊，曾為歌舞場。蛛絲兒結滿雕梁，綠紗今又在篷窗上。說什麼脂正濃，粉正香，如何兩鬢又成霜？昨日黃土隴頭埋白骨，今宵紅燈帳底臥鴛鴦。金滿箱，銀滿箱，轉眼乞丐人皆謗。正嘆他人命不長，哪知自己歸來喪？訓有方，保不定日後作強梁，擇膏粱，誰承望流落在煙花巷！因嫌紗帽小，致使鎖枷扛。昨憐破襖寒，今嫌紫蟒長。亂哄哄，你方唱罷我登場，反認他鄉是故鄉。甚荒唐，到頭來，都是為他人作嫁衣裳！

變化

諧和廣大的世界是千變萬化的世界，豐富的人生是千變萬化的人生。世上沒有不謝的花，世上沒有不老的人，世上沒有不散的筵席，世上也沒有不醒的夢。我們在這千變萬化的世界上，度短短幾十年的人生，應該如何珍惜自己。許多人在某一個環境中，總相信這世界是不變的，因此常帶有過分戀執，一旦變了，就無法自處，有的甚至只好自殺。能夠時時想到這世界是變的，我們對一切不至於太戀執，這就不會因為世界的變幻而無法自處。這也就是說，我們的智能如果可以與變幻諧和，我們可以享受更大的自由。

達觀

活在人世上，人人都會經歷到生老病死悲歡離合的變化。人非木石，誰能無情？一個人除非完全出世，誰也不能不因這些變化而有所感觸。但是達觀的人可以在傷心或痛苦之中較快地自拔，這就比一般的人要自由許多。達觀是一種人生態度。這一半是靠個人天性，一半也靠修養。太達觀的人往往變成玩世，他們認為世界既然是暫時的，大家似乎都不必認真生活。這種態度，一方面說他有較大心靈的自由，但另一方面說，他也失去了人生中許多的欣賞與享受。人生，如果抹殺了許多欣賞與享受，也許也正是辜負了我們到這世界住了幾十年。

下棋的精神

用玩世的態度來看人生，他一定不會有下棋的精神。下棋的精神就需要對棋局很認真，如果你以為這不過是逢場作戲，不必認真，那麼你就不必下棋。可是下棋是自己選擇的，做人則不是自己選擇的；做了人，如果不認真，那麼不是比下棋還空虛了麼？可是下棋雖然要認真，但是許多孩子們下棋，因為得失勝負的關係，因而吵嘴打架，這就失去了下棋的意義。人也是一樣，人生有比下棋更值得認真的意義，但太計較成敗得失，那就失去了對於人生的享受。

定命論

有一種悲觀的人生觀，叫做定命論。這種人生觀以為我們一切都是命中注定的，既然是命中注定，我們就無需努力。不要以為這是一種迷信的說法。從嚴密的因果律來推理，也正可以得出這樣的結論。地球的形成，生物的進化，人類文化的發展，如果都是因果，那麼大至世界戰爭小至個人一舉一動，都可以有一定的前因，我們之不能自主，正如我們生而為人所不能自主一樣。這裡我並不想介紹哲學思想。許多人並沒有這些了解，但也會取這樣的人生態度。定命論是覺得人是無法努力的。可是事實上我們日常生活中正有不少努力的自由。定命論只能說我們的努力也是命定的。說到定命論的思想，就該談到人的意志是否自由的問題。可是我們這裡要談的是人生，所以只說到這裡為止。

偶然論與或然論

也有人以為人生是偶然的綜錯。並沒有命定，只是碰到哪裡就是哪裡。我們很難有自己的計畫，因此我們無法也無從努力。這種人生哲學，結論往往同定命論一樣。這種人生觀，可以說是擲骰子的人生觀。覺得人的得失成敗都是偶然的機會。戀愛是偶然的際遇，發財也是偶然的機遇。還有一種人生哲學，以為人生是或然的。人的際遇雖是不一定，但不是這種就是那種。這即是說，人生總不出幾種可能，這幾個可能中是你自己可以選擇與努力的。譬如你進大學，有幾種可能的選擇。你選讀了工程，畢業後，因為你是工程師，就有幾個職業的可能，你又有了選擇。於是在你職業的環境中，你有幾個可能結婚的對象，你又有了選擇。這裡的選擇不是甲，就是乙。但是如果當初在升學時選擇了經濟學，第二個職業的選擇就完全不會有工程師的可能，於是第三個婚姻的選擇也更不會是那些工程師環境的對象。因此，人生，在或然論的眼光看來，往往選擇了一步，就影響了整個的人生。

兩種態度

上面所談的幾種人生哲學，雖不相同，但對於人在這世界是暫時的，則有一致的感覺。世界既是暫時的，因此就有人覺得活在世界上就該儘量地享受與尋求快樂。有人覺得世界既然在我們手裡經過，我們應該使世界更完美，再傳給我們的後代。這兩種態度聽起來都有道理。但是細細分析，這兩種意見，第一所謂尋求快樂，到底什麼是快樂呢？有人就說，只有肉體的快樂才是真正的快樂。可是追求肉體快樂的人往往很快就發現肉體快樂是非常暫時，而且隨之而來的就有痛苦。第二種熱心人，要使世界完美，不怕自己吃苦，這當然是值得推崇的說法，可是什麼樣才是完美的世界呢？我們以為完美的，一定會是我們後代所喜歡的麼？祖父所教我們的都是善意，可是與我們意見是多不同呢？他認為完美的家庭，在我們看來是多麼腐舊。那麼我們所認為更完美的世界，難道一定是我們後代所喜歡麼？

豐富與完美

所謂完美，實際上是一種很主觀的意見。你認為完美的，也許正是樊籠。我們常常用油漆輝煌的鳥籠來安頓我們心愛的鳥，裡面用精緻的瓷罐供牠飽食，外面用絲絨的罩子遮擋侵襲牠們的陽光與風雨，可是牠們寧願活在樹林裡過有時候危險有時候不安的生活。因此完美是一個很不可靠的意見。我覺得如果你愛那些常到你園中樹林上來的鳥，與其要為牠築一個完美的鳥籠，還不如在你園中多種一些樹木。多種樹木並不能使飛鳥有完美的生活，但可以使它有更多棲止的自由，也就是說使鳥兒有更豐富的生活。因此，為我們後裔，如果我們想造成一個我們以為完美的世界，則遠不如在這世界上作更豐富的點綴與貢獻。

豐富即自由的擴大

這裡我們不得不感謝我們的祖先，他們給我們這豐富的世界，使我們可以有這許多自由。不管這些自由，是來自命定，或來自或然或偶然，我們已經知道，我們的自由範圍已經遠超於我們的祖先。有了火車，輪船，飛機，我們的足跡廣於我們的祖先，有了電影，無線電，電視，我們的見聞遠廣於我們的祖先。這就是說我們的世界比祖先所有的豐富，也即是我們有更廣的自由。最明顯的是藝術與文藝。因為前人之創作或翻譯，使我們有更豐富的享受與欣賞。詩歌也好，繪畫也好，音樂也好，我們所處的豐富的藝術天地，是我們以前的人所夢想不到的。這一切，都是累積而來。因此，我們也應該使世界更豐富，使我們的後裔因我們的努力，有更大的自由。

完美的藍圖

在歷史上，我們不難發現有兩種人，一種是自己有一個藍圖，想把世界造成自己的藍圖一樣。許多歷史上中外的帝皇英雄都有這樣改造世界的雄心，可是帶來的往往是災禍。偶爾也有少量的表面的繁榮，但都是褊狹的與暫時的，即是說很少的人享受到他所規畫的繁榮，這繁榮是馬上就會消散的，而他們想的藍圖則從未實現。這正因為他們所認為完美的藍圖，在別人看來是醜惡而愚蠢的。另一種人則是科學家、詩人與藝術家，他們只是盡自己力量使世界豐富，他們並不想使世界完美，只是憑自己力量去點綴了世界，使人有更多的享受與欣賞。

宗教的信仰

還有許多人，因為人生是短暫的，相信自由是永恆的，他們在現世界之外發現有一個來世的信仰。這就是宗教信仰。我沒有意圖在這裡傳教，我只是想談宗教與人生的關係。我們在科學上哲學上都沒有確實的解答宇宙的始終與其意義，因此宗教永遠是人類所需要的文化。在許多宗教的意義中，哪一個是更真的真理？似乎現在世界上還沒有人的評價可以使任何人折服。一個人宗教的信仰，是一種個人自由。這裡可說的還是一樣。你聽到了各宗各派的教義，你的選擇則真正是你自己的。

日記園地

上面所談的不過是一些人生的看法。我所想的不是叫人來相信，而是覺得每個人都該想到的一些問題。也許你早已想到這些問題，那麼我的意見可以給你參考；也許你從未想到這些問題，那麼這也正是提醒你想想這些問題。你想到了這些問題，你的日記對於你就有不同的意義。一個人一年的日記不定是記一年的起居行止，而是一年的見聞思想。你的見聞一年廣一年，你的思想也一年擴充一年。這裡，原諒我在每星期在你的日記裡出現一次。我所想努力的是在點綴你的日記的園地。所謂點綴，是想使你的日記園地豐富些，而且也想使你的筆在日記裡有更大的自由的奔放，接觸更遠的世界。倘若我並沒有做到這一層，那是我的失敗，那麼請你原諒。

尾語

一年終於過去了，我在此暫時同你告別，在這一年中，我在你的身邊，像心在你的胸膛，也許你曾經忘我，但你還未將我遺棄，因為如果遺棄的話，你決不會再看到這裡了。現在請你把我關上，請你把我藏起，但還請你不時拿出我來翻閱，因為這都是你過去的生命與愛，我珍貴這些，希望你也珍貴這些。假使你是戀念我的，你還可以尋到我，我永遠願意在你日記裡出現，像你自己的影子，像你靈魂的光芒。我是誰？你問。現在我告訴你，我是日記之神，我要在你創傷時看護你，在你痛苦時安慰你，在你歡樂時節制你，在你頹傷時鼓勵你，在你過錯時規勸你！因為我有愛，而我也永遠愛著寫日記的人。如今再會，親愛的朋友！「曉鼓一聲分散去，明朝風景屬何人？」——白香山。但是明朝又是新年了，我希望你有更光明燦爛的日子，我為你祝福。

——你的窗

徐訏文集・散文卷05　PG2211

思與感

作　　者　徐　訏
責任編輯　劉亦宸
圖文排版　周妤靜
封面設計　王嵩賀

出版策劃　釀出版
製作發行　秀威資訊科技股份有限公司
114 台北市內湖區瑞光路76巷65號1樓
電話：+886-2-2796-3638　傳真：+886-2-2796-1377
服務信箱：service@showwe.com.tw
http://www.showwe.com.tw
郵政劃撥　19563868　戶名：秀威資訊科技股份有限公司
展售門市　國家書店【松江門市】
104 台北市中山區松江路209號1樓
電話：+886-2-2518-0207　傳真：+886-2-2518-0778
網路訂購　秀威網路書店：https://store.showwe.tw
國家網路書店：https://www.govbooks.com.tw
法律顧問　毛國樑　律師
總 經 銷　聯合發行股份有限公司
231新北市新店區寶橋路235巷6弄6號4F
電話：+886-2-2917-8022　傳真：+886-2-2915-6275

出版日期　2019年1月　BOD一版
定　　價　570元

Printed in Taiwan

國家圖書館出版品預行編目

思與感 / 徐訏著. -- 一版. -- 臺北市 : 釀出版,
2019.01
面 ;　公分. -- (徐訏文集. 散文卷 ; 5)
BOD版
ISBN 978-986-445-311-5(平裝)

855　　　　107022761

讀者回函卡

感謝您購買本書，為提升服務品質，請填妥以下資料，將讀者回函卡直接寄回或傳真本公司，收到您的寶貴意見後，我們會收藏記錄及檢討，謝謝！如您需要了解本公司最新出版書目、購書優惠或企劃活動，歡迎您上網查詢或下載相關資料：http:// www.showwe.com.tw

您購買的書名：________________________________

出生日期：________年________月________日

學歷：□高中（含）以下　□大專　□研究所（含）以上

職業：□製造業　□金融業　□資訊業　□軍警　□傳播業　□自由業

□服務業　□公務員　□教職　□學生　□家管　□其它____

購書地點：□網路書店　□實體書店　□書展　□郵購　□贈閱　□其他

您從何得知本書的消息？

□網路書店　□實體書店　□網路搜尋　□電子報　□書訊　□雜誌

□傳播媒體　□親友推薦　□網站推薦　□部落格　□其他________

您對本書的評價：（請填代號　1.非常滿意　2.滿意　3.尚可　4.再改進）

封面設計____　版面編排____　內容____　文／譯筆____　價格____

讀完書後您覺得：

□很有收穫　□有收穫　□收穫不多　□沒收穫

對我們的建議：________________________________

____

____

____

請貼
郵票

11466
台北市內湖區瑞光路 76 巷 65 號 1 樓
秀威資訊科技股份有限公司 收
BOD 數位出版事業部

（請沿線對折寄回，謝謝！）

姓　名：________ 年齡：____ 性別：□女 □男

郵遞區號：□□□□□

地　址：________________

聯絡電話：(日) ____________ (夜) ____________

E-mail：________________